图书在版编目(CIP)数据

西冷社悬疑典藏. 第2季 / 风雨如书等著. —北京：九州出版社，2010.11

ISBN 978-7-5108-0724-4

Ⅰ. ①西… Ⅱ. ①风… Ⅲ. ①中篇小说－作品集－中国－当代 Ⅳ. ①I247.5

中国版本图书馆 CIP 数据核字(2010)第 206160 号

西冷社悬疑典藏. 第2季

作　　者	风雨如书 等 著
出版发行	九州出版社
出 版 人	徐尚定
地　　址	北京市西城区阜外大街甲35号(100037)
发行电话	(010)68992190/2/3/5/6
网　　址	www.jiuzhoupress.com
电子信箱	jiuzhou@jiuzhoupress.com
印　　刷	北京建泰印刷有限公司
开　　本	710毫米×1000毫米　16开
印　　张	19
字　　数	280千字
版　　次	2011年1月第1版
印　　次	2011年1月第1次印刷
书　　号	ISBN 978-7-5108-0724-4
定　　价	28.80元

西冷社悬疑典藏 第二季

目录

锦荷就是这种表情的标准版本，那种忧郁从眼睛里面飘出来，粘到你身上，甩都甩不掉。

纸片人 / 花布 / 092

她呆住了，一动也不敢动，这时，那个行李箱突然自己打开了，拉链开启的一瞬间，一只湿漉漉的手伸了出来，接着是脑袋、脖子、腿和脚，等到整个人都爬出来后，她才看清楚，那是一个湿漉漉的小王！

生病的童话 / 辛欣 / 108

一道血柱喷出，染红了理发厅的窗户，又一刀划下，鲜血顿时如喷泉般涌出，喷洒在理发师的脸上与身上。最终，法官垂下头去，埋首在自己的血液里，理发师朝踏板一踩，尸首便随着机关椅的启动而滑落，掉进那个通往地狱的通道。

噬梦魔 / 辛欣 / 133

每个小孩出生时，都伴随着一个美好的梦，但等到他们慢慢长大，变成大人以后，噬梦魔就会慢慢把他们的梦吃掉——当然，有的人就算是在变成大人后，也还是能保有着自己的梦，没有让噬梦魔偷走。只是，那毕竟是很少数的一部分。

偶尔，被噬梦魔吃掉的梦还是会被某人拾获，然后再次出生在这个世上——就像我，还有我妹。

无路可逃 / 花布 / 147

这时，天上突然炸开一个响雷，林木木哆嗦了一下，惊恐地望向鬼山，山上的树在风中摇曳着，像一双双招魂的大手向她抚摸了过来……

洗人 / 花布 / 157

我蜷缩在沙发上，看着电视中的女孩，仿佛觉得，有一天，她会把自己的心和肺也从肚子里掏出来，认认真真地洗洗干净……

交叉点 / 花布 / 170

我的脑袋“嗡”地一下就大了，他这是什么意思，我是他老婆？我是一个疯子的老婆？上天作证啊，我根本不认识他……

孤掌难鸣 / 尾巴卷卷 / 185

民警把笔录拿给两人看，林觉两年前就被囚禁在一个郊区的废弃地下室，每天有人给他送一点点食物和水，有个穿黑色长袍的人用外科手术截断了他的身体，又从背后取皮包住他身体的断面，保住了他的命。那个凶手在前不久又截断了他的双手，说要用他的手做成人皮手套……但是问起凶手的行凶动机，林觉本人也说不清楚。

夜钓 / 尾巴卷卷 / 202

最后他扶我躺在床上，并且收拾了我弄脏的地板，直到他走，我都没有告诉他，我是用狗肉做的红烧肉，用牛肉做的爆炒羊肉，用羊肉做的狗肉汤，用狗肉做的牛肉萝卜……

眼睛，果然靠不住。

蛊蛇 / 尾巴卷卷 / 215

夜深得像金丝线笼子外面的黑布，黑暗的东西下面总是包含着这样或者那样的危险，在你看不见的地方对你龇牙咧嘴。

壁虎 / 何许人 / 235

棺材里面没有尸体，只有一千只壁虎，而且可能更多。棺材盖一打开，壁虎们以最快的速度爬了出来，它们是不喜欢光线的动物。不少还经过了绣儿和秦夜的手臂。现在的绣儿只想尖叫，任何一个女人看见那么多只壁虎都会想尖叫。

猫知道 / 何许人 / 256

董湘不知道，就在她把猫扔到郊外的那个晚上，我一直在跟在她后面。我把猫带回公寓，给它注射了从兽医手上高价买来的狂犬病毒，然后又把猫送了回去。我知道狂犬病是可以通过体液传染的，所以才鼓励董湘怀上李承鹏的孩子。接下来的一切，要怪也只能怪他们自己，一切都是他们咎由自取。

故事里的事／何许人／263

旁边的人也好像全都看不见这个影子的存在，姐姐摇着她的手，问她怎么了。可她说不出话来，她也不想说，再看姐姐也好像隔着一层纱似的。身体很不对劲，手脚冰凉，刚想说句“我怎么了”，结果话一出口却变成了：“我又回来了！”

那语气，像极了曹尚智。连同姐姐在内，所有在场的人都愣住了。

梁祝／辛欣／284

我颓然地走出卫生间，连脸都忘了洗，我想到外国电影《变蝇人》中的那个倒霉鬼，是因为做实验的时候有苍蝇飞进去才会变成那样，但我又不是科学家，我怎么可能会变这副模样……对了，《变蝇人》续集的主角好像是因为他父亲遗传的关系……可是我老爸正常得很啊！

连环杀

文 / 风雨如书

楔子

寂静的深夜，月光一片凄凉。墙壁上的钟摆滴滴答答地来回摆动着，时间正向新的一天迈进。

他突然睁开了眼睛，仿佛是带着某种约定，又好像是由于某种不安。这种不安来自他心底的那个秘密。他转过头盯着床头上的电话，沉寂的电话仿佛是一具尸体，没有任何表情和声音。

两分钟后，他坐了起来，黑白相间的睡衣把他瘦弱的身体包得严严实实的。他走到桌子面前，打开了电脑。

蓝色的屏幕下映出他苍白消瘦的脸，他的嘴角因为紧张时不时抽搐一下，他看着电脑进入系统，然后联网，最后桌面上出现一个自制的网页。

血红色的背景下，一个身穿白衣的女人站在左边，自设的动画程序让那个女人的背影看起来就像是一个真实的人像。

“苏蓝，我爱你。”他的眼泪涌了出来，继而模糊了视线。眼前画面渐渐变得模糊的瞬间，他按下了回车键。

黑色的风在室外呼啸着响起，带着罪恶的尖叫四处蔓延……

1. 前奏

周伟从电子阅览室出来的时候，天已经彻底黑了，校园里已经没有了先前的热闹与喧哗。

“滴，滴。”手机响了起来，是短信息。周伟打开看了一眼，是刚才在网上聊天的网友发来的信息。

“认识你很高兴，我叫杜兰。”

“我也是，希望有机会下次再聊。”周伟淡淡地笑了一下，回复了杜兰的信息。

这就是大学生活吗？周伟有些无聊地叹了口气，每天除了那几节了无生气的课程以外，他做的最多的事情便是上网、打游戏。他想起自己刚来上大学之前曾经规划的未来，现在看来那就像是一个遥不可及的梦。

宿舍楼里静悄悄的，让人有种莫名的惊恐。周伟皱了皱眉头，掏出钥匙向宿舍走去。

推开门，周伟摸索着开灯，按了几下开关却没有任何反应。有风从外面吹进来，他不禁缩了缩脖子，打了个冷颤。

“出门了也不知道关窗户。”借着窗外的月光，周伟看见对面的窗户竟然开着。

“苏三离了梧桐县。”突然，宿舍里传来一个尖锐的声音，周伟转头看了一圈，发现那个声音来自舍友林笑云的床头，他这才想起来那是林笑云的手机铃声。

关上窗户，周伟吁了一口气。这样的沉寂总是让他感到莫名的心慌，这种害怕来自于昨天晚上林笑云讲的那个故事。

任何学校都会有卧谈会，尤其是男生宿舍。卧谈会的内容除了班里的女同学外，更多的是一些恐怖故事和学校的诡异传说。虽然这些故事只是一些调皮男生的戏谑之言，但是总会有些东西落到听者的心头。

“砰！”宿舍的门突然响了一下，然后缓缓地开了，似乎是被风吹开的。

“每当夜里没人的时候，我们宿舍的门便会无缘无故地自己打开，等你出去后你会发现在宿舍门口多了一双纸折的鞋。当你走近那双鞋的时候，它就会向你走来。”

周伟的脑子里想起了林笑云讲的那个故事，他咽了口唾液，慢慢向宿舍外面走去。他心里忐忑不定，难道真的会有一双纸折的鞋？

一双白色的纸鞋赫然放在门边，像是一个狰狞的恶魔睁着猩红的血盆大口。

周伟呆住了。

这个时候,那双纸鞋动了起来,像是有人穿上了一样缓缓向周伟走过来。周伟全身僵住了,他愣在那里不知该做什么,一股冷气顺着后背蔓延而上。

“哈哈,哈哈。”一个笑声突然响了起来,周伟一愣,他循声望去,看见隔壁宿舍里闪过一个人影。

“王八蛋。”周伟忽然明白过来,他一把推开隔壁宿舍的门,看见了蹲在里面的两个人,他们是林笑云和黄虎。

“笑什么笑?都怨你。”林笑云推了黄虎一下。

“你们竟敢玩我?”周伟冲了过去和他们打闹。

“别,别,我们错了,我们错了。”林笑云连连求饶。

回到宿舍,林笑云把电闸拉开,然后打开了电脑,先前的恐怖阴暗气氛一扫而光,黄虎拿起手机又和女朋友煲起电话粥来。周伟则坐在床上看书。

“嗖!”一个黑影从窗前一晃而过,周伟愣了一下,还没有等他反应过来便听见楼下传来几声惊叫。

“怎么了?”林笑云放下手里的鼠标冲到窗边望了下去。

“有人跳楼了。”周伟看见一个人倒在楼下,身体还在微微抽搐着。

“什么?有人跳楼了。”黄虎也放下手里的电话,跑到了窗户旁边。

2. 一个接一个

跳楼的是经济系的管苍,这个本来在学校并不起眼的学生,因为跳楼事件他的名字很快被学校的各个班级的学生记住了。

从昨天晚上到凌晨三点,警察在整个宿舍楼进行排查,最后依然没有找出管苍跳楼的动机和可疑之处。那天管苍一个人在宿舍玩电脑,后来不知道怎么回事走到阳台上跳了下来。

虽然事情已经过去了快十个小时,周伟的脑子里依然清晰地记得管苍躺在地上的样子。他的整个头部倒在血泊中,这是真实的死亡,不像电视和书上说的脑浆迸出什么的,管苍的头陷在血中,只能看见一片模糊的影子。

忽然,身后有人捅了周伟一下。他转过头,看见后面的同学递给他一张纸,周伟打开一看,纸上画着一个人侧躺在地上,头歪着,眼睛却睁得又圆又大,那赫然就是昨天跳楼的管苍。

周伟觉得胃里有一股东西在翻腾,然后喉头一甜,有东西瞬间涌了出来。

“怎么回事?”台上的老师停止了讲课。

“没、没事。”周伟摆了摆手,捂着嘴向教室外面跑去。

一到卫生间,周伟就把强忍着的苦水全部吐了出来。林笑云和黄虎随后赶了过来,他们走进厕所看见周伟蹲在地上,大口大口地喘着气。

“你,没事吧?”林笑云问道。

“没,我没事。”周伟摇了摇头,脸色显得格外苍白。

“管苍的死也许是个意外,我传给你的纸片上画的是管苍的死亡现场图。”黄虎皱了皱眉头说道。

“什么现场图?”周伟愣住了。

“你看。”黄虎走过来把周伟手里的那张纸展开,“这是美术系李明哲在管苍跳楼后画的现场图,看见了吗?管苍的脸,他在笑。”

果然,周伟顺着黄虎的提醒看见画上的管苍虽然倒在血泊中,但是他的脸上却带着诡异的微笑。

“不知道你们有没发现管苍的样子,就像那天晚上我们画的死亡模拟图。”林笑云沉默了片刻,突然说话了。

周伟和黄虎对视了一眼,显然,他们也发现了同样的问题。

“可是,可是那只是个实验啊!确切地说,那只是个游戏。”周伟顿了一下,提出了不同意见。

“苏三离了梧桐县。”突然,林笑云的手机响了起来,尖锐的声音让所有人惊了一跳。林笑云慌忙拿出手机,接通了电话。

“我们谁也逃不掉,命运设置的牢。”一个冰凉的声音,像是从地狱里窜出来的幽灵一样清晰地从电话里传出来,让人不寒而栗,毛骨悚然。

“什么?你说什么?”林笑云愣住了,他冲着电话喊道。

电话断了,只剩下空洞的忙音。

“是李明哲。”林笑云看了他们一眼。

“下一个就是他!那不是游戏。”黄虎的脸皮颤抖了一下,骂了起来。

“可是,可是这不可能啊!我不信,我不相信。”周伟甩手冲出了厕所,他的脑子里只有一个想法,那就是亲口问问李明哲到底怎么了。

周伟刚走出教学楼便看见很多人向操场后面涌去，他心里有一种不祥的预感，等他走到人群中间的时候，他感到脑子“嗡”地一声响了起来。

一个男孩躺在足球场中间，他穿着一件黑色的衬衣，手腕上戴着一只运动手表，让所有人恐惧的是，他的脸被什么东西捣得血肉模糊。

周伟惊呆了，一个声音在心底响了起来，那个躺在地上的人就是李明哲。几分钟前，他刚刚给林笑云打了一个电话。

我们谁也逃不出命运设置的牢。

3. 模拟游戏

坠楼，无面，残手，断脚，死心，泣血。

六个简单的词语，却是六种死亡结局方式。只要你能挑战成功，那么游戏运营商将会奖励你两万元现金。

海报上的图案和宣传语依然和一个月前一样诱惑着人们。

周伟、林笑云、黄虎、李明哲和管苍，他们于一个月前参加了海报里的模拟游戏。游戏一共有六个人参加，除了他们五个人，还有一个陌生人。那个陌生人从开始到结束一直戴着一个白色的面具。

每个人选择了一条游戏通道，坠楼是管苍选择的，无面则是李明哲选择的，然后依次是黄虎、林笑云、周伟和那个陌生人。

曾经以为那只是简单的游戏，现在却一个接一个地应验了。

李明哲的尸体是在足球场被人发现的，经过鉴定，却无法判定他是属于自杀还是他杀。从他伤口的位置来看，应该属于自杀，不过但凡自杀的人第一刀下去后往往因为疼痛接下来的刀伤会减轻，可是李明哲的刀伤却是一下比一下深，就像拿刀刺伤自己是一种享受一样。

“不到十二个小时，两起命案。真是太诡异了。”法医站起来叹了口气和其他警察离开了。

人群渐渐散去，死亡的阴霾悄无声息地笼罩在每个人的心头。

“李明哲也死了，下一个会不会是我？”黄虎在宿舍里来回走动着，因为恐惧声音显得激烈而颤抖。

“不，也许我们陷入了误区。如果，如果管苍和李明哲是被人杀害的呢？

也许，也许就是那个陌生人。”林笑云忽然提出了一个看法。

“不错，我也是这么想的。管苍跳楼？他没理由跳楼的，他一定是被人推下来的，还有李明哲死前给林笑云打电话，没过几分钟就死了，并且脸都被毁了，真不可思议。”周伟对林笑云的话表示赞同。

“是的，下午警察询问我的时候我还特意问了问，警察说李明哲的死亡时间是一个小时以前。也就是说有人把李明哲的手机卡复制了一份，然后给我打了个恐吓电话。现在我们必须把他找出来。”

“是、是，把他找出来。”黄虎已经方寸大乱。

“我知道，我知道网络上有个软件可以解析手机复制卡的进程。”周伟忽然想了起来，然后他拉着林笑云和黄虎坐到了电脑前。

周伟在网络上很快下载了一个软件，然后输入李明哲的电话，没过几分钟，一行数字出现在上面。

“这是一个 IP 地址，就是那个人用来复制手机卡的地方。”周伟说着搜索了一下，一个地址出现在屏幕上，槐花街星云网吧。

“怎么是个网吧？这怎么找啊？”林笑云愣住了。

周伟没有说话，他皱紧眉头仔细想着什么，猛地，他想起了眼前这个 IP 地址。他慌忙拿出手机拨出了一个电话，“喂，你好，是杜兰吗？我是昨天和你聊天的那位。”

电话挂掉后，周伟笑了起来，“我已经找到那个人了，就在星云网吧。走，我们现在去看看那个复制李明哲手机卡的人到底是谁。”

4. 魅影

夜色深沉，他把围巾戴到了脖子上，一圈又一圈。以前苏蓝说过，围巾就像人生，每一圈都代表着不同的意义。

星云网吧里的人很多，他轻轻咳嗽了一下，坐到了一台电脑前。旁边一个男孩正在玩一种枪战游戏，因为刚出来就被人打死，他对着耳机大声讲着粗话。男孩还很年轻，看起来只有十五六岁，对于电脑熟练操纵度远远超过曾经的他。

“吱——”电脑响了一下，那个血色的页面打开了。他点了一下，在上面输入了一行数字。一个程序悄然启动。

“这是什么游戏啊！我怎么没见过？”旁边的男孩好奇地问道。

他微微笑了笑,没有说话,点了一下屏幕上方的关闭键。然后,站起来走出了网吧。推开门的瞬间,他迎面撞上了一个男孩。

“对不起,对不起。”那个男孩慌忙道歉。

他没有说话,低了低头便向前走去。

那个男孩走到吧台办理上网手续后,向前面一台机器走去。

看到那个男孩把电脑启动了,他深深地吁了口气,嘴里轻声念了一句话,“我仁慈的父,请你原谅我犯下的错误,我将以我的身体来弥补所有的罪恶与救赎。”

“怎么样?查到了吗?”黄虎看着屏幕上那些飞快翻转的数字,心急地问道。

“不知道,应该可以吧!如果他删除了记录就不好办了。”周伟目不转睛地看着电脑。

“滴,滴”,突然,屏幕顿住了。一个网页出现在眼前,背景是血红色的,一个白衣长发女孩出现在屏幕上。

周伟忽然感觉身边很冷,他的目光随着那个女孩越走越远,就像断线的风筝,一路飘远。

两边变成了空旷的荒野,那个女孩就像是一个翩翩起舞的仙子,走在凄迷的月色下。周伟的眼睛就这样一直追随着她。

终于,那个女孩停了下来,她缓缓地转过了头。

那是一张绝世风华的美丽容颜,周伟不禁看呆了,他感觉自己的身体像是被什么东西吸住了一样,晃晃悠悠地向那个女孩走去。女孩的样子越来越近,却显得越来越模糊,周伟睁大了眼睛。

“我们谁也逃不出命运设置的牢。”女孩突然说话了,那个声音分明是李明哲的声音,与此同时,女孩的脸猛地变了样子,本来清秀美丽的容颜变得扭曲恐怖,如同地狱的幽灵。

周伟大声惊叫了起来。

“怎么了？周伟,你怎么了？”林笑云拍了拍周伟的脸。

周伟睁开了眼睛,他看见旁边的人都在看着他,屏幕上那个网页不见了,取而代之的是一串数字。

“好了吗？”黄虎问道。

“好,好了。”周伟吸了口气,把上面的那串数字复制下来,然后在输入到QQ查询上,一个用户名出现在眼前。

“怎么是他？”看到用户资料后,所有人都惊呆了。

那竟然是李明哲的。

5. 求助

这是最漫长的一夜,也是最短暂的一夜。

周伟感觉自己陷入了一个没有边际的世界，黑暗像潮水一样将他包围。没有光亮,没有路口,身边只有寒风刮过。他听见一个飘渺的声音在呼喊着自己的名字,仿佛是一条牵引生命的求生之线,让他一步一步向前面走去。

“你来了。”周伟看见了一个模糊的人影,他站在前面,全身上下被黑色的衣服包裹得严严实实。

“你是谁？”周伟的头有些晕沉,他觉得整个世界似乎在下沉。

“我是神。”那个人突然走了过来,本来漆黑的世界一片光亮,周伟看见一个巨大的黑影向自己覆盖过来。

周伟的手里突然多了一把尖刀,他无意识地向前扎了过去。

“周伟,你干什么?”一个尖叫声刺进了周伟的耳朵里,所有景象瞬间消退,眼前的世界渐渐清晰。周伟看见自己左手拿着刀,正向旁边黄虎的心口扎去。那把刀被黄虎死死地顶在手上,只差一寸就进了心口。

“我,我怎么了？”周伟脸色一暗,一屁股坐到了地上。

“你妈的疯了,好好的为什么冲过来杀我？”黄虎松了口气,大声骂道。

“周伟,你中邪了吗?好好的怎么变成这样了?”林笑云皱着眉头沉声说道。

诅咒?黑影?神。周伟的头又痛起来,难道那个模拟游戏真的是诅咒游戏？如果真是这样的话,那么他们谁也逃不掉。

“真邪门,我看刚才周伟的样子根本不像平时的他,眼睛发怵,没有任何表情。就像被人催眠了一样。”黄虎擦了擦额头上的汗说道。

“催眠？”听到这个词，周伟和林笑云同时顿住了，他们想到了一个人——心理学教授秦德纲。

“秦教授好。”秦教授的办公室里，林笑云首先开口向秦教授问好。

“你们好。”和蔼的秦教授回应道。

“我们……我们有事找你。能帮帮我们吗？”周伟的嘴唇都开始哆嗦了。

6. 诡局

周伟等三人把整个事情讲了一遍，他们把唯一的希望都寄托在秦教授身上。

“秦教授，你说这个世界上真的有诅咒吗？还是说我们被人催眠了？”最后，周伟提出了心里的疑惑。

“诅咒？不，不可能有诅咒。”秦教授的脸色格外阴沉，他紧皱着眉头似乎在思索着什么重要的问题。

“看吧，我就说这个世界上没什么诅咒。”林笑云松了口气。

“可是，周伟昨天晚上的样子又是怎么回事呢？”黄虎疑惑了。

“也许，是催眠。”秦教授忽然说话了，然后他走到桌子前拿出一张白纸放到了周伟面前，“把你在意识恍惚中见到的那个女人的样子画出来。”

“可是我不会画画啊！”周伟呆了一下说道。

“没事，现在你听我的口令。”秦教授的声音忽然低沉了很多，并且说话的速度也慢下来。他把画笔慢慢放到周伟的面前，嘴里轻轻地说：“现在你坐在舞台中央，你就是世界上最优秀的画手。眼前出现你见到的女孩，她穿着白衣，长发飘扬，你把她的样子画下来。”

周伟接过了画笔，他的目光直直地盯着前面，握画笔的手却在纸上轻轻勾勒起来，一个女孩的样子慢慢被他画了出来。

林笑云和黄虎惊呆了，他们认识周伟两年多了，从来没有见过周伟画画。

终于，周伟的画画完了。

秦教授拿起那幅画，像是在打量一幅精美的艺术品一样审视着它，他的嘴角甚至在微微颤抖。

“这,这是我画的吗?”周伟像是做了一场梦一般。

“你们走吧!”秦教授猛地把画拍到了桌子上,身体莫名地颤抖了一下。

“怎么了?秦教授?”周伟和林笑云对视了一眼,不知道发生了什么事情。

“你们走吧,下午两点再来找我,现在我需要查些资料。”秦教授努了努嘴,露出一个牵强的笑容。

“那好吧!”周伟点了点头,无奈地看了其他人一眼。

走出秦教授的办公室,周伟又回头看了一眼,秦教授低着头,一滴泪从他的脸上落了下来,正好滴在那幅画上。

“秦教授怎么了?他的样子有些奇怪啊!”林笑云看了看周伟问道。

“是的,我也觉得他有些奇怪。会不会他也被催眠了?”黄虎挠了挠头问。

“胡说。算了,我们下午来不就知道答案了?”周伟摆了摆手,然后向前走去。

在周伟等三人拐过教学楼后,一个人影悄然从旁边的角落里钻了出来。他快步移动着双脚,悄无声息地来到了秦教授的办公室。

秦教授的泪水一滴滴滴在画上,他的神情有些痴然,仿佛依旧沉浸在悲痛之中,对于有人闯进来丝毫没有察觉。

“愿我以我之身,度世人罪恶之祸。”身后的人突然说话了。

秦教授身体一怔,转过了头,他看见一个男人站在身后,那人戴着一个黑白相间的口罩,整个脸看起来就像是一个骷髅。

“孩子,回头吧!这一切罪恶不是你所能承担的。”秦教授轻摇着头,眼里露出一丝哀怜与无奈。

“我已经没有回头路。”男人说话了,像一道冰凉的利剑瞬间刺进秦教授的心里,就像多年前那个夜晚的阴冷与残忍……

7. 破绽

警车是在午休的时候驶来的。这几天接二连三的事情已经让整个学校人心惶惶,所以当警笛响起时,所有的学生都被惊动了。

周伟从宿舍跑出来的时候，刚好看见警车向学校的办公楼驶去。

"听说是秦教授出事了。"旁边有同学议论道。

听到这个消息，周伟的脑子一阵空白，停顿了几秒，他飞快地跑回宿舍，拉起正在睡梦中的林笑云和黄虎，然后向楼下跑去。

秦教授的办公室门口被拉起了警戒线，旁边站满了围观的学生和老师。几名警察正在询问发现秦教授死亡的人。

"我是来还秦教授书的，谁知道门虚掩着，推开一看便发现他出事了。我马上拨打了报警电话。"第一个发现尸体的是住在秦教授隔壁的一名老师，他正在向警察叙说着事情的经过。

"今天有什么人来找过秦教授吗？"警察问道。

"有，有三个学生早上来过。"

"是，是我们找过秦教授。"听到这里，周伟拉着林笑云和黄虎走了过去。

"哦，是你们三个吗？"那个警察显然没有想到周伟他们三人会主动站出来。

"我们找秦教授问了一些心理学上的问题。"

"高队，这边有发现。"从房间里走出来的一个警察打断了他们。那个警察把笔录收起来走进了办公室里。

透过门的缝隙，周伟看见一名警察正搬动秦教授的尸体，从周伟的位置可以清晰地看见虽然秦教授的身体已经僵硬，但是他的脸上却带着诡异的笑容——就像管苍死时一样。

不知道是因为警察太过忙碌还是其他原因，警察没有再来找他们询问什么，只是把秦教授的办公室门上贴了张封条后便离开了。

整整一下午，周伟一个字也没听进去。他知道秦教授的死一定和他们去找他有关系，本来秦教授说下午两点会告诉他们答案的，可是中午却出事了。这中间究竟发生了什么事情？难道秦教授也受到了诅咒？

同样的问题也困扰着林笑云和黄虎，尤其是黄虎。如果那个诅咒是真的话，那么下一个遇害的人可能就是他了。

周伟记得今天警察在现场并没有找到那幅画，也就是说秦教授让自己画的那幅画要么是被凶手抢走了，要不是被秦教授藏起来了。那幅画上的女孩到底是谁呢?

虽然周伟不知道秦教授是用什么办法让自己把那个女孩画出来的，但是秦教授在看到画上的那个女孩后的表现十分反常，他们之间一定有什么联系。也许他们认识，或者有更深的关系。会不会是因为那幅画，秦教授才被人杀害的呢？想到这里，周伟的脑子里突然有了一个大胆的想法，他轻轻拉了拉旁边的林笑云……

8. 交锋

夜渐渐深了，黄虎睁开了眼睛。他抬头望了望林笑云和周伟，然后轻声下了床。

模拟游戏的诅咒已经开始，他就是下一个。

在秦教授的死亡现场，黄虎接到了一条短信息。对方约他晚上十点半来秦教授的办公室，否则诅咒必将应验。

人是情感动物，当面对死亡的时候，大部分人会手足无措，自乱阵脚。黄虎不想死，他不愿意成为下一个，他知道如果自己死了，女朋友会有多伤心。他跟着周伟和林笑云用尽了所有办法，却依然没有任何效果。

现在，这是唯一的办法。

黄虎沿着墙壁慢慢来到了秦教授的办公室门前，房门上的封条像是一双死人的眼睛，冷冷地注视着他。

封条被揭开了，黄虎推开了门，办公室内一片阴森。所有家具都被蒙上了一层白布，看起来就像是一具具静静沉默的尸体。

黄虎把白布揭开开始寻找起来，书架上的书也被扔得到处都是。

这个时候，有两个人走了进来，他们静静地看着黄虎。

“你们，你们怎么来了?”黄虎看见面前的两个人后呆住了，是周伟和林笑云。

“黄虎，你这是什么意思？你来这里要是被警察发现了我们就全完了。你不会想出卖我们吧？”林笑云的嘴角颤抖了一下，冷声问道。

“我不想成为下一个管苍，我不想死。如果我不按照他说的去做，我会死，我们都会死。”黄虎的情绪陡然激动起来，歇斯底里地喊着。

“谁？你说的是谁？”周伟心里一惊。

“你们在干什么？”这个时候，门外传来一声冷喝。

“我们、我们……”黄虎惊呆了，周伟和林笑云也不知道该怎么解释。

“白天我们在这里警戒，为的就是等凶手来，现在你们却闯进来了。你们跟我回警局吧！”那个警察说道。

“是我先来的，他们是来找我的，要回我跟你回。”黄虎的声音突然一扬。

“那好，你跟我走。”那个警察扫了黄虎一眼，然后转身向前面走去。

周伟想说什么，林笑云却拉住了他。他们眼睁睁地看着黄虎和那个警察离开。

“我觉得这个警察好像在哪儿见过？”周伟看了看林笑云。

“下午的时候吧！黄虎真郁闷，怎么半夜跑到这儿来，他会不会把咱们的事情抖出来啊？”林笑云担心地说道。

“应该不会，我只是不明白为什么那个人会找到黄虎。这个事情还真难办！”

“你们是干什么的?”周伟的话刚说完，对面的房间突然传来一个声音，然后两名警察从里面走了出来。

“你们是哪个系的，怎么揭开封条了？”其中一名警察看到他们后面的情景惊叫了起来。

“我的同学都被你的同事带回警察局了，你们还想怎样？”林笑云瞪了那个警察一眼说道。

“哪个同事？今天就我们两个在这里值班。”那个警察一听，愣住了。

“不好！”周伟的脑子“嗡”地一下响了起来，他拉着林笑云急忙向前面跑去。

9. 审问

黄虎倒在教学楼的墙角，他的身体在抽搐。他看着眼前的人慢慢脱掉警服，然后缓缓地把刀从自己的身上抽离出去。

“愿佛以我罪恶之躯，化解世上的混浊。”男人轻声念叨着，他的目光温柔如水，就像情人的眼泪一样，只是这样的温柔却带着冷酷的杀意。

“不,我不想死,求你、求你放过我。”黄虎感觉自己的身体正在一点一被抽空,他用力按着胸前的伤口,血像泉水一样往外翻涌。

“人生如同一场游戏,谁也无法重来。现在请接受你的结局,残手。”男人低头凝视着黄虎,嘴角抽动了一下,然后右手紧握的尖刀瞬间向黄虎的左手扎去,左手一把捂住了黄虎的嘴巴……

周伟在教学楼的墙角发现了黄虎,他已经死了。他的左手被刀切下来了,放在一边。黄虎的五官扭曲在一起,可以想象出他死前曾经受过怎样的痛苦。

林笑云对着旁边的墙壁用力打了一拳,然后呆呆地瘫坐在地上。

周伟和林笑云被带到了警察局,这一次接待他们的是负责整个案子的队长高成。周伟悄悄打量了一下高成,他大约三十多岁,头发很短,目光犀利,仿佛只要一眼便能看穿所有人的秘密。

“我们之前见过一次,你们不用紧张。”

“我们、我们和黄虎一个宿舍,半夜的时候发现他出去了便跟着他来到了现场。”林笑云按照事先两人商量的话说道。

“错!你在撒谎!”高成的声音陡然提高了,目光直直地盯着他,“半夜的时候他睡着了没?你们睡着了没?”

“睡、睡着了。”林笑云一愣,脱口说道。

“睡着了怎么会跟着他出来?我察看过你们的宿舍,你们的卫生间在外面,即使你们没睡着发现黄虎出去,他也可能是去卫生间。可是你们却跟着他出来了,只有一种解释,你们在撒谎。你们知道黄虎要去现场。”

“我,我们……”

“好了,你们最好说实话。否则下一个出事的人就在你们中间。”高成厉声打断了周伟。

“好吧!我们说,我们说。”周伟和林笑云对视了一眼,叹了口气。

高成静静地听着他们的诉说,时不时皱皱眉头。直到他听到凶手假冒警察把黄虎骗走,他用力拍了一下桌子,“你们怎么这么糊涂,穿警服的就是警察吗?”

“我们、我们也不知道啊!”周伟被吓了一跳,颤抖着说道。

“你们还记得那个人的样子吗?”高成意识到了自己的失态,换了个话题。

“记得,记得。”周伟点了点头。

“那好。”高成站起来走到门边喊了一声,一个警察走了进来。

“你们跟着他去做个拼图,一定要把主要长相说清楚。”高成指了指那个警察对周伟和林笑云说道。

10. 七杀案

画像上的男子面相温和,但是眉宇间却多了一份阴谲。他正是昨天晚上冒充警察带走黄虎的男人。

“就是他!”林笑云肯定地说道。

“你确定是他?”那个警察的脸色很难看,似乎觉得有些不可思议。

“是他,化成灰我也认得。”林笑云点点头,周伟也附和着点头。

那个警察没有再说话,拿起打印出的电脑画像向旁边的房间走去。

高成盯着那幅画像,他的眼睛里露出的也是震惊,他把画像放到桌子上,看着林笑云和周伟问:“你们确定没有看错?”

“没有,就是他。”周伟点点头。

“可是这个人已经死了两年了,他的名字想必你们也不会陌生,他叫许安晨。”高成顿了一下说道。

“许安晨?七杀案子的主犯?”周伟惊叫了起来。

高成点了点头,目光落到了画像上。

两年前,这个城市出现了一名连环杀手,所有受害者都被人冠上罪恶之印,名曰“七杀”。高成本来正在外地深造,被调回来侦破七杀案。经过十天九夜的努力,最终警察抓住了正在行凶的许安晨。

确切地说,那次的抓捕在高成看来更像是许安晨主动落网。他给高成打了个电话,并且在那里一直等待警察的到来。

许安晨在经过审讯后被枪毙了,但是他死的时候一直微笑着,仿佛那不是生命的结束,而是开始。

现在,他又回来了,是鬼魂吗?

“是诅咒?一定是诅咒。周伟,我们怎么办?我们怎么办?”突然,林笑云叫了起来，他紧紧地拉着周伟的手，脸上写满了恐惧。

“那是命运的牢，谁也无法挣脱。都——得——死。”周伟的神情突然变得狰狞起来，讲出最后三个字的时候声音拖得又长又慢，就像一个在审判犯人的法官一样。

“你怎么了？”林笑云愣住了，高成也呆住了。

“哈哈，哈哈，死。”周伟突然一把掐住了林笑云的脖子，目光变得狠毒起来。

“快松开。”高成站起来冲了过去，然后和其他人把周伟拖到了一边。周伟的情绪依然暴躁不安，仍然在歇斯底里地喊着，像一个受到刺激的野兽。

“他被人催眠了，高队，你看他的眼睛。”旁边的警察用力按住周伟，指着他说道。

高成看见周伟的瞳孔里布满血丝，那正是精神被催眠后眼睛出现的斥血反应。

“快，快喊王博士来，否则他会精力衰竭死掉的。”高成忽然明白了过来，他冲着门口大声喊道。

“我看到她了，我又看到她了。”周伟的情绪猛地变得平缓了。

“你看到谁了？”高成追问。

“白衣女孩，她要带我走。她是仙子，是仙子。”周伟的神情变得像一个迷途的孩子。

“我知道，我知道，那个女孩。秦教授就是看了那个女孩的画像后被人杀害的，我知道。”旁边的林笑云顿时想起来了，他拉住高成急切地说道。

11. 诡图

周伟的眼睛闭上了，他感觉自己陷入了一个巨大的空谷中，整个天地间仿佛只有自己。

“叮”，耳边响起一声刺耳的金属音。周伟一惊，醒了过来。他看见自己正坐在一张椅子上，身边围了一群人，为首的正是刚才询问自己的高成。

“你醒了。”一个穿着便装的警察微笑着看着他，他就是王博士。

“我，我怎么了？”周伟看了看旁边的林笑云问道。

“和之前一样,你又像是变了一个人一样。”林笑云点点头。

“你被人催眠了。有没有看过一个这样的画面，比如说类似于单色底面的背景下,有一个女孩,就是你梦中看到的那个女孩,白衣长发的？”王博士问道。

“有,我在星云网吧见过。那次我们追查李明哲电话的时候看见的。我以为那是个垃圾网页。”周伟忽然想了起来。

“这就对了,对方一定是在你们没来之前先种下了画面种子,等你打开电脑看到后,那个画面被印进你的脑子里。在特定的情况下便会让你被催眠。”王博士看了看高成说道。

“马上去查星云网吧的监控录像，看看那天除了他们还有谁登陆过那台机器。”高成起身对旁边的警察说道。

“不用了,对方肯定想到了这一点。”王博士摆了摆手。

“那怎么办？”高成问道。

“对方既然在玩一个游戏，那么他一定不会停止。所以我们要做的就是,等待凶手下一次出现。他的下一个目标是林笑云。所以只要你们看好林笑云,就一定可以抓到凶手。”王博士信心满满地笑着说道。

人生如同一出舞台剧,斗转之间,让你无法预测未来。

林笑云现在终于明白黄虎在临死前为什么会那样歇斯底里，无法自控。当死亡即将来临的时候,没有人不感到恐惧。就像一个被吊在悬崖上的人,悬挂着的绳子随时可能断掉,但是你却不知道是在什么时候。虽然高成一再强调,他们的保护措施绝对没问题,但是恐惧与不安依然笼罩在林笑云心头。

模拟游戏中,林笑云选择的结局是断脚。他难以想象自己的脚被人砍断的情景。

高成已经通过技术手段查到那个和他们一起参加模拟游戏的陌生人的信息,他的名字叫段子强,现在高成和其他警察正在想办法寻找段子强,因为段子强的处境也很危险。

“滴,滴”,手机响了起来。是条彩信,林笑云打开看了一下,彩信的内容是张照片,上面一片模糊,像是有个人在用力挣扎。

照片的后面是一句话,看到那句话,林笑云突然明白为什么黄虎会半夜跑去秦教授的死亡现场。

“今天晚上十一点，你一个人来梅花巷，我可以告诉你解除诅咒的方法。否则,你只有死路一条。”

当无法面对未知的死亡时,便会出现病急乱投医的情况,这是人的本性,求生的本能。林笑云思索再三,还是回复了对方的信息。

12. 对决

梅花巷是条古城巷,这样的巷子在城市里到处都是,他们把整个城市划分为无数个版块,把整个城市的繁华与苍凉填满抚平。

林笑云裹了裹衣服,他的右手紧紧地藏在衣服口袋里,那里有一根高压电棍。林笑云知道现在他面对的是什么人,一个杀了无数个人,或者说根本不是人的幽灵。

破除诅咒的方法是什么？最简单的便是抓住凶手,可是根据现在警察掌握的信息,他们根本不可能做到;另一种办法便是和凶手交涉。

走出市区,夜风越来越凉。路灯的光亮也渐渐远去,林笑云看着梅花巷离自己越来越近,他的心跳也越来越快。

电话响了起来。

“我到了,你在哪儿？”林笑云问道。

“我在巷口,我看见你了。你来吧！”对方的声音阴冷鬼魅,像是故意捏着鼻子卡着嗓子一样,让人听上去很不舒服。

林笑云收起了手机,他的目光落到了对面的梅花巷。巷口站着一个黑影,他正是这次约自己来的人。

脚步因为心里的情绪纠结变得越发缓慢起来,终于,林笑云走到了那个人面前。

“很好,你竟然来了。非常感谢你对我的信任。”对方轻轻笑了一下,这让林笑云浑身不舒服。

“说吧,你想怎么样？”林笑云吸了口气问道。

“其实解除诅咒的办法非常简单,只要你找个人代替你死去,那么你就可以解除印记。当然,你能选择的对象只有一个,那就是周伟。你回去杀了他，那么你将不会再受到诅咒的侵害。”那个人说道。

“胡说八道，我凭什么信你？”林笑云骂了起来。

“这是你唯一的生路，你可以不信，也可以信。在死亡与求生面前，你没得选择。”那个人冷笑了一声，向林笑云走过来。

他竟然是——李明哲。

“怎么是你？你不是死了吗？”林笑云呆住了。

“我说过，解除诅咒的方法就是杀死另一个人。我杀死了段子强，让他替我死了。所以诅咒消除了。现在我是在帮你，懂吗？我要离开了，否则会被人发现的。”李明哲说着戴上了一个帽子。

“是你引我们去星云网吧，然后给周伟看了电脑上那张图，你将他催眠了。所有的一切是你做的，对吧？”林笑云一把抓住了他。

“不错，是我做的。但是我做的一切是为了求生，我不想死，我不想像管苍一样死得那么难看。我们谁也没法挣脱命运的牢，除非找人替自己死。记住我的话。”李明哲又重复了一遍。

“可惜，晚了。你走不了了。”林笑云摇了摇头，往后退了两步。

两道明亮刺眼的光线照了过来，李明哲不禁掩住了眼睛，高成带着几名警察走了过去。

“林笑云，你出卖我？”李明哲的脸色变了。

“不是他出卖你，而是你自己在出卖自己。请跟我们走吧！也许这是唯一让你从鬼变成人的机会了。”高成冷声说道。

李明哲的脸颤了一下，然后突然向旁边的石墙上撞了过去，这一切发生得太快，高成还没有反应过来，李明哲已经重重地撞在墙壁上，然后倒在了地上……

13. 选择

人生是一道选择题。

周伟第一次听到这句话是在中考的时候，那时候班主任站在讲台上声嘶力竭地对他们讲着迈入名牌高中后的种种荣誉。

现在，距离听到这句话已经过去了六个年头，可是周伟忽然觉得这句话是多么正确。李明哲为了保全自己的生命，做出了一个选择，他杀死了段子强，让自己活了下来。这样的事情听起来很荒唐，可是却发生了。然而，他也选择了一条不归路，警察发现他的时候，他除了自杀，没有其他选择。

值得庆幸的是，李明哲没有死，他现在依然昏迷不醒。周伟和林笑云都没有离开医院，他们希望在李明哲醒过来后能马上知道所有的真相。

门响了，周伟抬起头看了一下，是王博士。

“还没睡？”王博士笑了笑，走了过来。

“没有，睡不着啊！对了，李明哲怎样了？”周伟摇了摇头说。

“我看是醒不过来了。我分析了一下案情，你过来看看这个。”王博士说着坐到了桌子边。

王博士打开了一幅画，画上的人正是先前周伟按照秦教授的方法画出来的女孩。

“她叫苏蓝，曾经是一名优秀的心理学研究员。后来，因为一次事故离开了这个世界。”王博士叹息着说道。

“那她和秦教授有什么关系吗？”周伟问道。

“有，她不但和秦教授有关系，就连许安晨也跟她有关系。我们已经查到秦教授被害的真相，其实他是自杀的。他这样做的目的应该是为了维护凶手。你知道他为什么让你们在当天下午两点去他的办公室吗？其实很简单，他这样做是为了迷惑警察，好让凶手能够悔悟。”

“可是凶手没有停止杀戮。”

“他也没有理由停止。周伟，如果李明哲告诉你杀了林笑云你便可以活，你会做出怎样的选择？如果李明哲告诉林笑云杀了你便可以活，那么，他会怎么选择？”

周伟愣住了，这个问题他一直在思索。如果不是因为警察跟着林笑云去参加李明哲的邀约，林笑云会怎么选？

死路，还是生路？

如果是自己呢？

周伟的脑子有些乱，他觉得王博士的问题非常恐怖，如果真的是那样，也许林笑云会像李明哲杀死段子强一样杀掉自己。也许，也许现在林笑云也在考虑这个问题。

如果真的想摆脱诅咒，摆脱凶手的追杀，只有一个办法，那就是按照凶手提供的生路走下去。周伟觉得喉咙发干，他的眼里闪出一道诡异的凶光。

14. 真相

高成冲进房间的时候看到林笑云躺在地上，胸口一片殷红，周伟目光呆滞地坐在一边，嘴里喃喃地说："杀了他我才能活，杀了他我才能活。"

"怎么会这样？"高成走到林笑云的尸体边探了探鼻息，无奈地摇了摇头。

"不知道，他一冲进来就拿着刀扎向了林笑云，拦都拦不住。"旁边一名护士说道。

"看来这个案子的线索又一次断了，就像之前的七杀案。这样的场景不正是凶手所希望的吗？"王博士叹了口气说道。

"可是，好好的周伟为什么会向林笑云下杀手呢？难道他还是出于被催眠的状态？"高成疑惑了。

"可能吧，不过按照时间推算，那些心理暗示早该消失了呀！"王博士说道。

"如果有人重新给他暗示呢？比如说你，王博士，告诉他一些关于行凶的暗示，这样会不会促成他杀人？"高成忽然话锋一转，直直地盯着王博士。

"你、你这是什么意思？"王博士愣住了。

"在这之前周伟和林笑云是不是都曾经受到过你的暗示，你对林笑云说杀了周伟他才能活，同样你对周伟说杀了林笑云他才能活。"高成冷声说道。

"没有，我没这样说。"

王博士的话刚说完，躺在地上的林笑云竟然坐了起来，旁边的周伟也一改呆滞的表情，恢复了先前的模样。

"你们，你们？"

"不错，这是个圈套，为的就是引你王博士。这个案子是你一手操纵的吧，从最初的模拟游戏到后来的凶杀案。"高成厉声问道。

"你有什么证据？"王博士嘴唇努了努，神情变得有些惶恐。

“虽然你每次作案都把现场处理得很干净，不过我们还是找到了关于你的证据。二十五年前，你和秦教授，还有苏蓝同时供职于一家心理研究所。那时候你和秦教授同时爱上了苏蓝，可是苏蓝却过度沉迷于课题研究，她对你们提了一个要求，谁能率先做出计算机和心理结合的课题，她便嫁给谁。很不幸，你输了。但是你并不甘心，离开心理研究所后，你重新进修读到了博士。就在你准备重新出现在苏蓝面前的时候，你却接到了苏蓝去世的消息。悲痛万分的你为了纪念苏蓝，做了一个计算机催眠病毒。然后，你选择了模拟游戏来进行传播。你故意从秦教授所在的学校选了五个学生，因为你知道这些学生在受到催眠后肯定会向秦教授求助。”

“我如果想报复秦教授，何必费这么大的周折？”王博士打断了高成的话。

“你这样做的目的当然不是为了报复秦教授，你的目的是对付秦教授和苏蓝的儿子，他就是两年前的‘连环杀手’许安晨。当年的连环杀手案让秦教授与许安晨断绝了父子关系，那是秦教授心里永远的痛。就在时间快要抚平伤痛的时候，你又重新揭开了他的伤疤。”高成顿了一下，然后拿出一个东西扔到了桌子上，“这个是从你办公室找出来的，这是你复制的许安晨的面具，想必你就是戴着这个面具把黄虎带走，然后杀害的吧！”

“没想到你竟然查得这么清楚，你是怎么会知道的？”王博士的脸变得分外难看。

“你想知道吗？好，我让你明白这是为什么？”高成说完拍了一下手。

一个人走了进来，他穿着一件黑色的风衣，他抬起头时，现场所有的人都惊呆了。

“你、你还活着？”王博士也呆住了。

“不错，没有人会想到连环杀手案的‘主谋’许安晨还活着，知道为什么吗？因为当年这个案件有不少疑点，为了找出真正的罪犯，所以许安晨并没有被行刑。当然，这是机密。”高成说完拿出一副手铐，走到了王博士面前……

死亡摄影

文 / 风雨如书

楔子

夜色寂然，整个校园一片安静，只有宿舍楼上一盏探照灯不时地晃来晃去。宿舍楼的对面是实验楼，此刻正有四个人影蹑手蹑脚地向那里走去。几分钟后，他们停在了实验楼前。微弱的光线下，可以看见旁边刚刚挂上去的牌匾——东海学院医学系实验中心。

“我们进去吧！”为首的一个男孩看了看其他人，扬了扬胸前挂的照相机。然后他第一个向实验楼入口走去，其他人没有说话，紧紧地跟在他的后面。

今天是东海学院医学系实验中心成立的第一天，下午的时候，刚刚有一批尸体运进来，现在就停放在实验楼二楼的医学实验室。几个人贴着墙角，慢慢来到了医学实验室门口。

“张刚，我们真的要这么做吗？”身后一个女孩低低地说了一句。

“当然，你不会害怕吧？”挂着相机的男孩回头瞪了她一眼。

“怕什么？不过是些死人。”另一个男孩接口说道。

实验室的门被推开了，四个人依次走了进去。实验室里弥漫着一股浓重的福尔马林的气味，前面摆了五张停尸床，上面躺着五具盖着白布的尸体。张刚走到第一具尸体面前，揭开了盖在上面的白布。

一具灰白干瘪的尸体出现在眼前，因为浸泡时间太长的缘故，尸体的五官已经看不清了。张刚拿起胸前的照相机，调整好焦距，按下了快门。

“啊！”突然旁边一个女生惊声叫了起来。其他人纷纷涌了过去，那个女生指着她面前的那具尸体战战兢兢地说：“尸体，尸体他动了，他的手动了。”

就在所有人疑惑惊诧的时候，张刚对面的一个男生忽然抬起手，嘴里哆嗦着，“鬼，鬼，鬼啊！”然后，他疯了一样向门外跑去。男孩的举动引起了连锁反应，有几个人也跟着叫了起来，跑出了实验室。

唯独张刚没有动，他的手里依然拿着照相机。相机的镜头里，那具本来应该躺在停尸床上的尸体竟然慢慢坐了起来，并且一步一步向张刚走过来。

“啪！”照相机闪过一道刺眼的光芒，然后掉在了地上。一阵风吹来，实验室的门悄无声息地关上了……

1. 关于 204 的恐怖传说

有股莫名的苦味在叶天的嘴里徘徊，他的舌头像一条刚刚冬眠醒来的蛇一样，懒洋洋地蠕动着。他感到眼皮有些发酸，一跳一跳的。无尽的黑暗中，那一个人影慢慢走了过来，他的两只手直直地垂下来，两边的光线越来越亮，那个人的样子也越来越清晰。

叶天仿佛触电般睁开了眼，一滴冷汗瞬间滑进眼睛里，有些刺痛与酸楚。他坐了起来，揉了揉眼睛，长长地吁了一口气。

靠在床上，叶天向窗户外面望了出去。透过窗口可以看见楼下浓密的林荫大道。林荫大道对面是一栋荒废的楼房。楼房的门被一把铁锁锁住，铁锁已经生锈了，叶天甚至能想象出那把铁锁上缠绕着的白色的蛛丝。

那里曾经是东海学院医学实验中心楼，现在却是东海学院的“禁忌之地”。

今天是叶天来到东海学院的第一天，他曾经专门在网上搜索过有关这所学校的资料，他对这所学校相当满意。可是就在宿舍熄灯前，叶天听到了和自己同一宿舍的大二学长丁子寒对东海学院另一面的描述。

每个大学都有一些恐怖的传说，比如白天 12 层，到了晚上却是 13 层的楼梯，或者是飘荡在校园里午夜拍肩膀的“幽灵”。当然很多传说都是调皮的学生杜撰出来的，在学生之间传播后，就变成了一个个校园恐怖故事。

东海学院的恐怖传说便是以前的医学系实验中心二楼的实验室 204

房间。两年前，东海学院医学系实验中心刚刚成立，几个调皮的学生在当天夜里拿着相机来到实验室想拍几张尸体的照片。在拍摄中途，他们却遇见了诡异的事情。几个学生顿时吓得鸟兽散，最后只剩下一个叫张刚的学生留在实验室里。

第二天，人们在实验室发现了张刚的尸体。他躺在停尸床上，胸口被解剖刀划了一道十公分的口子，在他的手里还拿着那个照相机。照相机里一共有三张照片，前两张是他拍摄的尸体照片，而最后一张照片却是一张类似于曝光的白片。

对于张刚的死亡，没有人知道真相。警察对现场作了详细的勘察，经过一个月的时间，也没有找到有用的线索。最后，学校在赔了张刚家一大笔钱后把事情了解了。

后来，有关204实验室闹鬼的传言不胫而走。最开始是一个学生晚上去那里取白天遗落的手机，结果却看见一个人影拿着相机向他走来……传言越来越多，大部分内容还是围绕在死去的张刚身上。有人说是张刚死不瞑目，前来寻找替身，也有人说那个人影是杀死张刚的凶手，到最后竟然发展到没有学生敢去那里上课。无奈之下，学校只得把那个实验室封闭了。

丁子寒讲这些的时候，叶天和宿舍的其他人的心都揪得紧紧的。虽然这样的恐怖传说他们之前都想到过，可是真正听到时心里还是有些发毛。特别是丁子寒最后说的一句话，让叶天感觉有关204的恐怖传说就像真的一样：

我的哥哥和张刚是同学，两年前出事的那个晚上，他也去了实验室。所以这件事情并不是空穴来风。

想到刚才的噩梦，叶天有些紧张。他揉了揉太阳穴，刚准备躺下，目光却落在了对面的林荫大道上。

一个人影正慢慢从林荫大道向对面那栋废弃的实验楼走去。微弱的月光下，那个人影看起来就像是一个从地下爬出来的幽灵一样。叶天的身体往前倾了倾，他定睛一看，那个人影似乎是个女孩。她穿着一件白色的连衣裙，在暗淡的夜里显得格外醒目。

那个女孩是谁？怎么大半夜去那里？一连串的疑问涌进了叶天的脑子里。

2. 午夜唱歌的人

那个女孩并没有走进实验楼,而是站在实验楼前唱歌。那似乎是一首忧伤的曲子,叶天只能隐约听到一点声响。此刻看上去,那个女孩就像一个午夜吟唱的亡灵一样,她站在那里,让人有一种莫名的恐惧。

"她叫杜晓月，自从两年前张刚死后便一直这样。很多时候她会站在那座楼前唱歌。"这个时候,叶天忽然听见有人在他耳边说话。转过头他看见丁子寒不知道什么时候竟然坐到了他的床边。

"两年前那个晚上,她也去了实验室？"叶天问道。

"不错,两年前那个晚上一共去了四个人。除了死去的张刚,他们分别是杜小月,林笑云,还有我哥哥丁子风。"丁子寒点点头。

"那么,你哥哥现在还在东海学院吗？"叶天想了想说道。

"死了。我哥哥死了。半年前的一天晚上,他和林笑云忍不住跑进了对面的实验楼。等人们发现他们的时候,我哥哥已经死了。他拿着一把解剖刀插进了自己的喉咙。"丁子寒说着声音有些哽咽。

"对不起。"叶天有些难过,他没想到事情竟然会是这样。

"没事。"良久,丁子寒忽然抬起头说,"你相信诅咒吗？"

"诅咒？"叶天愣住了。

"那天晚上,林笑云疯了。他现在在明安精神研究院。我去见过他一次,他只会说四个字——死亡摄影。那四个字正是他们那天晚上去实验室的主题。有人说去拍死人照片本身就是一个诅咒。可是,我不信。我不相信这个世界上有什么诅咒。我一定要我哥哥死亡的真相。"丁子寒说着说着就流下了眼泪。

叶天没有说话,他拍了拍丁子寒的肩膀。

此时,站在实验楼面前唱歌的杜晓月已经停止了歌唱,她缓缓地穿过林荫大道向宿舍楼走去。经过男生宿舍楼的时候,她向叶天所在的宿舍望了一眼。

叶天终于看清了她的样子,一张清秀乖巧的脸,乌黑的长发披在肩上。如果不是脸色太过惨白,她绝对是一个漂亮的女孩。

丁子寒回到了自己的床铺,叶天重新躺了下来。这个夜晚注定不会平静,丁子寒的故事,204 的诡异诅咒,午夜站在实验楼前唱歌的杜晓月,所有的一切像是一张无形的大网把叶天紧紧裹在其中,让他无法呼吸。

天亮的时候,叶天睁开了眼。宿舍里已经没有人了,因为晚上睡得太晚,叶天的头有些痛。他收拾了一下,起来后才发现快迟到了。今天是第一天上课,他拿了几本书急匆匆地出了宿舍。

在经过教学楼拐弯的时候,他迎面和一个人撞到了一起。两人手里的书顿时掉落到地上。叶天慌忙说着对不起,抬眼却愣住了。他撞到的人竟然是杜晓月。杜晓月没有理他,低头拾起自己的书向前走去。

叶天看着杜晓月的背影走进旁边的教学楼后,他才拾起自己的书本向教室跑去。

走进教室,叶天找了个位置坐了下来。翻书的时候,他才发现竟然多了一本书。那本书是一本病理学，打开封面，他看见三个清秀隽永的小字——杜晓月。

叶天顿时想起了刚才在楼下的情景,一定是杜晓月收书太匆忙,遗漏了这本。想到这里,叶天往后翻了翻,书的中间夹着一个信封。叶天愣了几秒,打开了那个信封。

信封里有一张杜晓月的照片,那似乎是张艺术照,上面的杜晓月梳着麻花辫子,目光望着前方,像一个沉思的少女一样。照片的背后还写了一段话:相思欲寄无从寄,画个圈儿替,单圈是你,双圈是我,圈圈都是情和义。

随照片附在一起的还有一封信,看到信上面的第一句话,叶天的心里不禁一震。信的第一句话是:晓月,我是张刚。

3. 缅怀的爱情

那封信是张刚写给杜晓月的情书,里面详细记载了张刚所有的爱恋与思念。叶天看完后似乎明白了为什么杜晓月会在午夜去实验楼前唱歌。从信里面的话可以看出,张刚并没有告诉杜晓月自己对她的爱恋。也许这封信是在张刚出事以后才被杜晓月发现的。

中午放学的时候,叶天刚走出教室便看见杜晓月向自己走来。

“这个、这个是你的吧!”叶天没有等杜晓月说话,先把那本病理书拿了出来。

杜晓月接过去,抬眼看了一下问:“你没看不该看的东西吧?”

“我看了张刚给你写的信,还有照片。”叶天坦白地说道。

杜晓月似乎没有想到叶天会这么坦白,愣了几秒后转身向前走去。看着杜晓月的背影,叶天的心里忽然涌起一股莫名的冲动,他不禁跟了过去。

走到操场附近的时候,杜晓月转过了头,她定定地看着叶天说:“为什么跟着我?”

“我想问你一件事情。”

“什么事情?”

“关于 204 的事情。”叶天咬了咬嘴唇说道。

杜晓月迟疑了几秒,“你相信诅咒吗?”

叶天呆住了,杜晓月的眼神像是在说一个惊天秘密一样,带着焦虑与惶恐。

有风吹过来,掠过皮肤,凉凉的。

杜晓月转身走了,这一次叶天没有再跟过去。

推开宿舍门,叶天走了进去。宿舍里只有丁子寒一个人。看见叶天,他放下手中的书站了起来。

“我看见你和杜晓月在一起。”

“是的,我想问她关于 204 的事情,可是她没说。”叶天点点头。

“晚上我要出去一趟。”丁子寒说道。

“你去哪儿?”叶天一愣。

丁子寒没有说话,只是把头转向了窗外对面的林荫大道。

“你要去……”叶天惊声叫了起来。

“我不相信什么诅咒,我想知道那天晚上我哥哥到底看到了什么。”丁子寒点点头。

夜深了,叶天躺在床上翻来覆去怎么也睡不着。对面的丁子寒没有动,他在等时间。叶天正在考虑要不要和丁子寒一起去。他担心丁子寒一个人去有危险,可是想到 204 的恐怖事件,叶天的心中也有些发毛。

终于,对面的丁子寒坐了起来,蹑手蹑脚地下床向宿舍外面走去。叶天的心剧烈地跳动起来，几秒钟后他穿上衣服向宿舍外面走去。

丁子寒走得很快，叶天走到林荫大道的时候看见他已经闪身钻进了对面的实验楼。夜风吹在身上，有一种说不出的寒意。

这是叶天第一次走进实验楼，之前听过有关实验楼太多的恐怖描述，所以从踏进实验楼第一步开始，叶天便有一种惶恐感。四周黑黢黢的，只有微弱的月光洒在地面上。叶天的身子贴着墙角向二楼走去。

201，202，203，看着旁边模糊不清的数字，叶天停在了204实验室门口。

门闪着一条缝，像是咧着嘴的怪兽。叶天吸了口气，用脚尖踢了踢门，门开了，吱吱扭扭的，像一个垂死的老人在呻吟。

“丁子寒。”叶天喊了一声，走了进去。

微弱的光线下，整个204的全景映入眼帘。除了三张早已经锈迹斑斑的停尸床外，再无其他东西。可能因为长时间废弃的缘故，空气中有一股浓重的腐朽味。叶天看着那三张停尸床，想起了204的恐怖故事。两年前的那个晚上，张刚一行人就是在这里揭开盖在尸体脸上的白布，然后拿着相机拍下尸体的样子。后来，有一具尸体竟然慢慢坐了起来。

想到这里，叶天不禁打了个冷颤。他感觉脖子上有股冷气在吹，不，不是感觉，似乎是真的有人在自己的脖子后面吹气，并且带着呼吸声。

叶天缓缓转过头，眼睛顿时睁得又圆又大。他的身后站着一个人，那个人穿着一件破旧的白大褂，他的脸上带着几丝干涸的血迹，像一个幽灵一样闪着诡异的光芒。看见叶天转过头，他嘿嘿一笑，“欢迎你来到204实验室。”

“啊！”叶天一惊，脚下不禁一软，一屁股坐到了地上。

4. 数字提示

就在那个人慢慢向叶天走过来的时候，门突然被撞开了。丁子寒冲了进来，一把拉住那个人，刚准备往地上按的时候，他顿住了，“林笑云？”

“子风，子风，你来了。”林笑云看见丁子寒后忽然哭了起来，“你怎么都不来看我？”

丁子寒看了看叶天，然后扶起了林笑云。

叶天明白过来，这个男生就是林笑云。他本该待在明安精神研究院的，可是怎么会跑到这里呢?

“你怎么会来这里？”丁子寒和叶天有着一样的疑问，他看着林笑云问出口后便后悔了，林笑云现在肯定是精神紊乱，当然不会回答问题。

“我来找你，把数字告诉你。要不然别人会发现的。”林笑云盯着丁子寒说。很显然，林笑云把丁子寒当成了丁子风，

“什么数字？”丁子寒问道。

“1311732043。”林笑云一字一顿地念出了几个数字。

“啪。”门外突然响了一声，丁子寒脸色一变，慌忙冲出了门外。一个人影闪身转过旁边的走廊。

“怎么回事？”叶天跟了出来。

“我来到这里的时候便发现一个人影，刚才便是去追那个人了。我还拿东西砸到了那个人的右手。看来 204 的事情的确不简单。”丁子寒若有所思地说道。

走出实验楼，丁子寒带着林笑云离开了。他要送林笑云回医院。叶天一个人向宿舍走去。经过林荫大道的时候，他看见杜晓月竟然坐在旁边的石椅上。

杜晓月靠在椅子上，微微闭着眼睛，月光洒在她的脸上，那画面美极了。听见响声，杜晓月睁开了眼。

“你，你怎么在这里？”叶天心里明白，杜晓月也许是来实验楼前唱歌的。

杜晓月没有说话，站起身向前走去，可是身体却忽然晃了起来。叶天慌忙追过去扶住了她。

叶天这才发现杜晓月的右胳膊又青又肿，他忽然想起了刚才丁子寒说的话。难道丁子寒追的那个人是杜晓月?

此时的杜晓月的眼睛已经有些迷离，晕倒在叶天的怀里，像一只乖巧的小猫。叶天扶着她向前面的医务室走去。

“你们这帮孩子，怎么大半夜不回宿舍?谁把她的手弄伤的?”校医絮絮叨叨地说着，然后帮杜晓月清洗伤口。

叶天不知所措地站在一边。

杜晓月并没有什么大碍，只是因为太过劳累，再加上胳膊受伤，所以才晕了过去。叶天理解杜晓月，她每天晚上跑去实验楼前唱歌，怎么能休息

好？可是，杜晓月真的是去实验楼面前唱歌吗？

疑问像水草一样缠上来，也许杜晓月和丁子寒一样，都是在寻找什么线索。看着躺在病床上的杜晓月，叶天忍不住有种爱怜的感觉。

不知道过了多久，叶天迷迷糊糊地睡着了。他梦见自己又来到了204，那三张原本空荡的停尸床上竟然躺着尸体。依次揭开白布，叶天分别看到了躺在上面的尸体。第一个是林笑云，然后是丁子寒，最后竟然是自己。

叶天打了个寒颤，坐了起来，他看见杜晓月不知道什么时候已经醒了过来，直直地看着自己。

"谢谢你。"杜晓月说话了。

"没，没什么。"叶天笑了笑。

"你为什么非要探究204的事情？"杜晓月顿了顿说道。

"我，因为，因为我朋友丁子寒，就是丁子风的弟弟。他想知道他哥哥的死亡真相。"叶天说道。

"如果我告诉你丁子风根本没有弟弟，你信吗？"杜晓月迟疑了数秒，忽然说道。

"你说什么？"叶天呆住了。

"任何事情都不要看表面。也许你已经知道昨天晚上那个听见你们谈话的人就是我。林笑云说的那串数字其实是一个QQ号，那个QQ号的空间相册里有三张照片。"

"张刚死前拍下的那三张照片？"叶天问道。

"不错，那也是让丁子风死亡和林笑云疯掉的东西。"杜晓月点了点头。

5. 照片诅咒

叶天感觉自己陷入了一场看不到边际的黑暗中，在这个行进的路程中，他不知道该相信谁。杜晓月说的话是真的吗？丁子寒真的是丁子风的弟弟吗？也许他应该相信丁子寒，至少那天晚上林笑云错把丁子寒当成了丁子风，那说明丁子寒和丁子风应该长得很像。

推开宿舍的门，叶天看见丁子寒坐在电脑前。看见叶天，丁子寒朝他挥了挥手。

丁子寒两眼通红，似乎一夜未眠。不过他却没有一丝困意，他指着显示器上的网页说，“你看，昨天林笑云说的那一串数字是一个QQ号。我在那个QQ号的空间里找到了三张照片。”

果然，杜晓月说的没错。

丁子寒把那三张照片打开，一幅一幅地浏览着。前两张是尸体的照片，最后一张照片上却是一片空白。

“等等。”叶天突然按住了丁子寒的手，他仔细地盯着显示器上的第一张照片，似乎想到了什么。

“你，你怎么了？”丁子寒看着他问。

“张刚是怎么死的？”叶天脸色阴沉着，眼睛直直地盯着那张照片。

“胸口被划了一个十公分的伤口。”丁子寒说话的时候，叶天把照片放大了，一点一点地扩大，最后拖到尸体照片上的胸口处，尸体的胸口上有一道干涸的伤口，一直延伸到照片最下方。

丁子寒似乎明白了什么，他一把夺过叶天手里的鼠标，点到了第二张照片。第二张照片上是尸体喉咙处隐约有一块黑点，最开始丁子寒以为那是尸体被处理时出现的斑点，现在看来那应该是伤口凝固后在低温环境下留下的疤痕。也就是说，第二具尸体的死亡原因是喉咙被利物刺中，比如剪刀。

张刚是第一个死的，他和第一张照片上的尸体死亡方法一样，至少从外表看是一样的；丁子风是第二个死的，他和第二张照片上的尸体死亡方法一样。

现在丁子寒和叶天明白了林笑云在疯掉前说的那四个字——死亡摄影。同样，杜晓月、丁子风和林笑云一定是发现了这个秘密，当丁子风同样死于诅咒后，林笑云才彻底崩溃了。

整个事件就像博尔赫斯在《圆形废墟》中描述的那样，一切都无始无终。叶天和丁子寒就像是从命运之树上飘落下来的树叶，无论落到那一点，都要随着轨道走进事件中心。

这个时候，丁子寒打开了最后一张照片。这是一张曝光过度的照片，上面只有一团模糊的白影。丁子寒把照片放大，模糊的白影扩散起来，像是一团泛滥的云朵。在那团云朵中，似乎有个影子。

丁子寒把显示器的亮度调暗以后，一个模糊的影子出现在上面。那似乎是一个人伸着双手映在上面的。

张刚出事前胸口的相机是对着那具从停尸床上爬起来的尸体的,可是照片却莫名其妙地反光了。

“我想我们应该去查查照片上这两具尸体的资料。虽然我不太相信什么诅咒,可是这确实有些蹊跷。”叶天说话了。

“是的,我也是这么想的。只是时间太长了,也不知道能不能找到。”丁子寒有些担心。

“正常情况下,学校一定不会告诉我们。我知道我们学校所有的资料都在图书馆二楼,我们晚上去。”叶天低声说道。

丁子寒没有说话,点了点头。

6. 旧案

夜色深沉,校园一片寂静。叶天和丁子寒偷偷溜出宿舍,向图书馆走去。图书馆在东海学院南校区,据说那里以前是一片坟场,后来被学校买下来修建成了图书馆和新的实验楼。

十几分钟后,叶天和丁子寒来到图书馆门口,闪身钻了进去。走廊里很静,叶天有种钻入坟墓的感觉。他们在走廊左边一个房间停了下来,那里就是资料存档处。

丁子寒从包里拿出一个钢片,在锁孔里摆弄了几下,只听“啪”的一声,锁开了,两人走进了房间里面。

走进里面,叶天才发现里面的资料远比他们想象的多。三排书架,上面全部是密密麻麻的书,甚至有的上面覆满了厚厚的灰尘。幸运的是,所有的资料都是按照年份分的。他们找到两年前的分类架边,开始寻找。

一本本资料簿被翻过,一个个文件夹被打开。查找用了大约一个多小时,丁子寒找到了一个文件夹,上面写着一行字——东海学院医学系实验中心资料。

“找到了。”丁子寒欣喜地说道。

打开文件夹,丁子寒拿出了里面的几张信纸。草草扫了几眼,他在后面到了尸体捐献者的医院和资料。

捐献医院:东海第二人民医院。

捐献尸体资料:赵明强,胡力,段飞。

“怎么是他们?”丁子寒呆住了。

“你认识他们?”叶天疑惑地看着他问。

“不,我不认识他们。但是我知道他们是怎么死的。”丁子寒摇了摇头说道。

三年前,东海市出了一桩惊天大案。东海第二人民医院一个医生为了研究自己的医科项目,竟然把实验对象转移到了他的病人身上。因病住院的三个孤儿赵明强、胡力和段飞就是他实施的实验对象。

直到一个护士无意中发现那个医生的罪恶行径后,整个案子才浮出了水面。当时东海第二人民医院说赵明强、胡力和段飞的身体因为受到那个医生的非正常实验没有办法还给他们三人所在的福利院安葬。令人想不到的是,他们三人的尸体竟然被人偷偷运到东海学院实验室里。

“这样说来,难道真的是这三个孤儿死得冤枉。张刚他们的恶作剧惊扰了他们,他们才杀了张刚?”叶天听完后说道。

“事情现在正是这样,可是这个世界上怎么会有这样的事呢?”丁子寒无法相信却又无可奈何。

两人没有再说话,开始把那些翻乱的资料重新整合好。叶天无意把一本资料推到了地上,他弯腰捡起后看见了那本资料的内容,他不禁愣住了。那本资料竟然是杜晓月的入学资料。上面的照片应该是两年前的杜晓月,剪着齐耳的短发,眼睛清澈如水,让人禁不住沉醉。叶天趁着丁子寒不注意,把那张照片撕了下来,然后装到了口袋里。

这个夜晚注定无法平静,叶天望着手里的照片,心里涌起一股淡淡的情绪。为什么自己会对这个事情如此上心?难道真的是因为丁子寒吗?不,不是的,也许是因为杜晓月。

“也许,我是爱上你了,你知道吗?杜晓月。”盯着手里的照片,叶天在心里说道。

7. 凶杀

凌晨三点，杜晓月突然醒了过来。

月光透过粉色的窗帘钻进来，在地上幻化成诡异的影像。她又梦见了那个场景，两年了，这个场景像一个摆脱不掉的影子，总是不间断地出现在她脑海里。

两年前的那个晚上，杜晓月亲眼看见那具躺在停尸床上的尸体慢慢坐了起来。惊恐之余，她和其他人全部跑了出去，只有张刚没有跑。当他们发现张刚没有跑出来的时候，他们没有选择回去，而是选择离开。

杜晓月一直不明白自己当时为什么会那么冷酷无情？也许人的天性都是自私的，当危险来临时，最先想到的是自己的安危。所以，他们抛下了张刚，离开了实验楼。

第二天，他们在实验室发现了张刚的尸体。他们后悔、悲伤、不安，可是却又无能为力。最后，丁子风说："这件事情谁也别说出去。"

他们又一次选择了自私。

偶然一次机会，杜晓月在书上看到一种赎罪的方法，那就是午夜在亡灵死去的地方吟唱送葬曲。于是，她开始每隔几天便去实验楼前唱歌。在收拾张刚的遗物时，杜晓月看到了一本日记。那里记满了张刚对她的爱恋。那天晚上，她抱着那本日记痛哭流泪，她可以想象当他们抛弃张刚的时候，张刚会是怎样的难过与伤心。

"滴滴"，手机突然响了起来。杜晓月拿起来看了一眼，是一条短消息：

"明安精神研究院，我等你。"

没有多想，杜晓月穿上衣服向宿舍外面走去。

与此同时，一个人影走进了明安精神研究院。他穿着一件黑色的雨披，帽子压得很低。他绕过导医台，贴着墙角来到了一间病房门口。

病房里，一个男孩安静地躺在床上，呼吸平稳。

推开门，他走了进去，一步一步向病床走去。

熟睡的男孩一个激灵，突然睁开了眼睛。

窗外闪过一道光，映出眼前人的样子。他的脸上戴着一副狰狞的面具，在短暂的光亮明灭下显得诡异而恐怖。

男孩的嘴唇剧烈地抖动着，他眼睁睁地看着眼前的人扬起手里尖锐的解剖刀，慢慢向自己刺过来。

随着解剖刀的深入，男孩的瞳孔开始放大，在最后那一刻，他看见对方把脸上的面具摘了下来。

“你，是你？”可惜话没说出口，男孩的生命就画上了休止符。

病房的门被轻轻地关上了，那个人影悄然无息地离开了……

一个小时后，杜晓月来到了导医台。

“你好，我来看望 105 房病人林笑云。”

“这么晚，什么事啊？”护士奇怪地看了她一眼，问道。

“有点急事，麻烦你了。”杜晓月笑了笑，向里面走去。

推开病房的门，杜晓月闻到一股奇怪的气味，似乎是血腥味。她慌忙打开灯，然后看到全身是血的林笑云。

解剖刀在他的右心房扭转了几圈，殷红的血把被单都染得鲜红。林笑云睁着眼睛，一副死不瞑目的样子。

第三个诅咒。

段飞死于心脏复跳实验中，因为手术失败，被那个变态医生用解剖刀捣乱左心脏。现在，同样的死亡方法应验在林笑云的身上。

“啊！”身后传来了护士凄厉的尖叫声。

杜晓月无奈地闭上了眼睛。

8. 幽灵

叶天和丁子寒赶到医院的时候，警察已经把 105 病房封锁起来。杜晓月和一名警察坐在医院的走廊椅上交谈着。

杜晓月的两只手抱着低垂的头，刘海遮掩着她的面容，看不清表情。她保持这样的姿势已经很长时间了，警察问了她很多遍，可是她还是一言未发。

“你再不说，我现在就带你回局里。”终于，那个警察忍不住叫了起来。

“你干什么？警察了不起啊！”叶天走了过去，他冲着那个警察喊了起来。

听见叶天的声音，杜晓月抬起了头，她的眼里全是泪水，就像一只流浪多天的小猫忽然听到了一丝温暖的呢喃。

“晓月，你、你没事吧！”叶天呆住了，他看着杜晓月噙满泪水的眼睛，心里像是被什么东西用力割过一样。

“好了，已经问了大半夜了。我们也不勉强你，如果你记起了什么请及时告诉我们。”那个警察的神情缓和下来，然后起身走了。

叶天坐到了杜晓月身边，轻轻地把她揽在怀里。他能感觉到杜晓月的身体在微微颤抖，那似乎是一根绷了很久的弦终于松下来的感觉。

旁边的丁子寒脸色有些阴沉，他不知道什么时候叶天和杜晓月的关系变得如此亲密。可是这并不是重要的，他走到杜晓月面前说：“是第三个诅咒，对吗？”

杜晓月点了点头，再也无力回答任何问题，她的头一歪，整个身子倒在了叶天的怀里。

站在病房外面，丁子寒盯着叶天问：“你是什么时候和杜晓月走到一起的？”

“怎么了？有什么问题吗？”叶天反问道。

“没什么问题，可是你为什么不告诉我？”丁子寒摇了摇头说。

“你也从来没问过我。现在既然你知道了，我告诉你。我爱杜晓月。我一直在思考一个问题，我之所以和你一起探究204的恐怖事件，究竟是为什么？以前我以为是为了帮你寻找你哥哥被害的真相。可是现在我发现，吸引我这么做的其实是杜晓月。我希望自己能找出事情的真相，帮助晓月走出阴影。这是我想了很久以后找到的答案。”叶天沉声说道。

“可是，你知道杜晓月身上有多少疑点吗？我哥哥和林笑云出事的那天晚上，杜晓月也去了实验室。还有，那天晚上在实验室我遇见的那个人就是杜晓月。”

“你真的是丁子风的弟弟吗？”叶天突然打断了丁子寒的话。

“你这是什么意思？”丁子寒愣住了。

“任何事情都有表面和背面，有时候我们谁都不愿意看到背面。正因为我们陷在一个看不到表面和背面的漩涡里，所以谁都有可能是罪恶，同样谁都有可能是善良。”叶天说完这些听起来让人感到费解的话后转身向病房走去。

天黑的时候，杜晓月醒了过来。看见身边的叶天，她笑了笑。这是叶天第一次看见杜晓月笑，就像那张照片上的笑容一样，自然、清秀，却不失美丽。

“半年前，我在网上认识了一个人，他的网号叫幽灵。他告诉我他知道张刚和丁子风的死亡真相。他说那是一个诅咒，他把那个QQ号发给了我。在他的指导下，我的确看到了张刚和丁子风死亡背后的诅咒。

“自从张刚死后，我便没有再和丁子风、林笑云联系过。有时候，我们在校园遇见，也只是点点头。我们都知道，张刚的死让大家看到了人性最丑陋的一幕。

“当然，我一直在寻找张刚死亡的真相。张刚是个孤儿，没有家属，所有的善后事宜都由学校决定。一直到丁子风出事后，我才知道原来他们也在调查张刚的死亡真相。

“今天早上凌晨四点，我接到了‘幽灵’的短信，他让我来明安精神研究院。我想他可能发现了什么。谁知道来到这里的时候，林笑云已经被害了。”

叶天现在明白为什么杜晓月怎么也不向警察说出事情的原委。她不知道这个幽灵究竟是友是敌，所以才她的心才会如此纠结踌躇。

9. 守灵夜

今天是林笑云出事后的第三天。虽然警察还没有找到杀害他的凶手，但是林笑云的父母强烈要求把林笑云的尸体带回家。这是东海市的风俗，意外死去的人，都要在家里停尸三天，家属朋友前来守灵。

当天晚上的守灵夜，丁子寒、叶天和杜晓月都去了。

叶天看着林笑云的父母把一些白色的石灰沿着墙角一直洒到院子外面，并且把所有的门都向东面拉了一条缝。据说，这样做的目的是为了能让林笑云的灵魂回家。

夜一点一点深了,灵堂内的烛火轻晃,像是两个眼球一样。叶天和杜晓月坐在一起,丁子寒坐在对面。他们的心情都很沉重,各怀心事。

“你说,他会来吗? ”叶天轻轻推了推杜晓月问道。

“应该会来。”杜晓月点点头。

一阵风吹来, 灵堂上的蜡烛突然灭了一支。叶天惊恐地抬起了头,他望着门外的夜幕,心里莫名地打了个冷颤。

不知道过了多久,叶天突然一激灵醒了过来。旁边的杜晓月和对面的丁子寒也靠在墙边睡着了。林笑云的母亲还坐在一边,看上去她的精神已经很疲乏。叶天看了看那几道洒在门边的石灰粉,顿时呆住了。

那些石灰粉上竟然有一排脚印,并且一直向里屋走去。

叶天拉了拉杜晓月,然后说:“回来了,他真的回来了。”

杜晓月一惊,轻声嘘了一下。然后拉着叶天慢慢站了起来。

两人跟着那排脚印向里屋走去,里屋放着林笑云的尸体。此刻的叶天显得有些胆怯,他跟在杜晓月的身后。两人慢慢来到了林笑云的棺材边。

一个黑影站在棺材边,像是在翻动着什么。

“你是谁? ”杜晓月说话了。

此刻叶天明白过来, 那排脚印根本不是林笑云的亡魂归来的脚印,而是有人潜了进来。他的胆子跟着大了起来。

那个黑影停下了动作,然后转过了头。他穿着一件黑色雨披,帽子压得很低,微弱的光线下看不清样子。

“你到底是谁?来这里干什么?”叶天大声喊了一句,他想把外面的人惊醒。

那个人显然明白了叶天的用意,只见他拿起棺材旁边一叠纸钱冲着他们扔了过来,然后推开旁边的窗户,身体猛地钻了出去。

响声惊动了外面的人,丁子寒和林笑云的父母走了进来。他们走到棺材边,这才发现林笑云的寿衣被解开,那个已经凝固的伤口露在外面,像一张狰狞的血盆大口。

“他一定就是杀害林笑云的凶手。可惜让他跑了。”叶天气愤地说道。

“不,他不是凶手。他是来察看林笑云的死亡原因的。也许他不相信警察的说法,所以想来亲自验证一下。”杜晓月摇了摇头。

“那这个人是谁呢? ”丁子寒更疑惑了。

杜晓月没有说话，只是看了看叶天。叶天忽然明白了杜晓月眼里的意思，那个人很有可能是那个“幽灵”。

10. “幽灵”的身份

东海学院网络阅览室。

叶天不停地刷新着显示器上的软件首页，上面翻滚着一些数字。旁边挂着一个 QQ 号，上面每有一条消息过来，旁边的数字便会飞快地变化，最后显示出一个 IP 地址。

“这样行吗？”坐在旁边的杜晓月疑惑地问道。

“应该可以。除非他用的是无线网卡上网。除了这样做，我们也没有其他办法了。”叶天叹了口气，目光又一次落在了幽灵的 QQ 头像上。

时间一分一秒地过去了，幽灵一直没有上线。就在叶天和杜晓月准备放弃的时候，耳机里传来一个轻微的上线声。幽灵的头像由灰白变成了彩色。

“他上来了。”杜晓月轻声说道。

叶天没有说话，他给幽灵发了一条信息，“你来了？”

片刻后，幽灵回复了一个字，“嗯。”

旁边的 IP 软件快速翻滚，最后停了下来。叶天看着那个数字对应的地址竟然是：东海学院网络阅览室 12 号机器。

没有等叶天站起来，一个男生从 12 号机器旁快速地向外面跑去。叶天和杜晓月慌忙追了过去。

网络阅览室的同学奇怪地看着他们，有些不知所措。在阅览室的角落，一个人微微抬起了头，他的眼光里闪过一丝冰冷的光芒。

那个男孩最终停了下来。

叶天和杜晓月走到了他身边。看到他的脸后，杜晓月愣住了。

男孩竟然是医学系的左伟。

“你是‘幽灵’？”杜晓月难以置信地看着他。

“不错，我就是‘幽灵’。”左伟点了点头。

“昨天晚上在林笑云家的那个人是不是你？”叶天问道。

左伟没有说话，只是点了点头。

两年前的那个晚上，左伟也在实验室里。本来，那只是一个玩笑，可是他没想到却出了人命。

张刚和其他人看到的那具爬起来的尸体就是左伟。他在张刚和其他人没来之前，先把那具尸体藏了起来，然后自己躺在停尸床上。这个恶作剧是他和丁子风一起合作的，他们的目的是为了看看张刚和其他人惊恐时的表现。

可是让左伟没想到的是，张刚竟然没有跑。并且在左伟向他走来的时候，随手拿起了旁边的解剖刀向他冲来。两人扭打在了一起，慌乱中左伟把刀插进了张刚的胸口。张刚在死前无意中按到了相机的快门，因为焦距没有调好，再加上镜头晃动，最后照片曝光过度——就是第三张照片。

左伟无意中杀了张刚，最后又伪造了杀人现场。左伟拿着解剖刀照着第一具尸体的样子在张刚的胸口划了个十公分的口子。然后逃离了现场。

第二天，丁子风找到了左伟。可是左伟却告诉丁子风昨天他根本没去实验室。张刚死后，警察一直在调查，那几天左伟很害怕。要知道，只要验一下指纹什么的便可锁定杀人凶手的。左伟不明白的是，过了几天，学校竟然动用各种关系要求警方快速结案。

张刚的事情并没有随着警察的结案过去，杜晓月私底下展开了调查。左伟为了让她相信张刚死于诅咒，于是便以“幽灵”的身份出现在杜晓月的QQ上。并且把那三张照片和诅咒的事情联系起来告诉杜晓月，让她相信张刚是因为得罪了赵明强等三个人的尸体，被诅咒了。

可是接下来的事情让左伟也大惑不解，丁子风和林笑云在去实验室后一死一疯。并且丁子风的死和第二张照片的样子一模一样。如果说张刚的死是左伟特意伪造的诅咒现场，那么丁子风的死又该怎么解释呢?

难道真的有诅咒?

左伟陷入了惶恐中。那天，左伟给杜晓月发了一条短信，想约杜晓月来明安精神研究院一起问问林笑云的，可是林笑云却在那天晚上死了。

为了弄清楚林笑云的死因，昨天晚上左伟便趁着夜色潜入到了林笑云家里，查看林笑云的死因。

“你是说你也不知道丁子风和林笑云的死因？”叶天问道。

“不错，张刚的死是我造成的。这两年来我受够了噩梦与良心的谴责。

不管是诅咒也好，我已经没有力气再去挣扎。明天我会去警察局自首。”左伟说完，向前走去，他的背影像是一个生命垂危的老人，凄凉，蹒跚，令人感到惆怅。

11. 诅咒的源头

回到宿舍，丁子寒坐在床上看书。

叶天犹豫了一下，然后把事情告诉了他。

丁子寒听完后，眼神有些呆滞地说：“张刚竟然是被左伟杀害的。那诅咒到底是真的还是假的呢？”

“也许是真的。正因为整个事情扑朔迷离，所以才会让左伟跳了出来。明天等左伟自首后，也许警察会有新的发现。”叶天说道。

“也许吧！今天有点感冒，刚吃了药。没什么事别叫我。”丁子寒说完，把书放到床边，和衣躺到了床上。

半夜时，叶天被手机铃声惊醒了。他拿起手机一看，竟然是杜晓月打来的。

“怎么了？”叶天接通了电话。

“刚才左伟给我打了个电话，说有人可以救他，让他去学校的实验室。我觉得事情不大对劲。”

“肯定不对劲。你等我，我马上下楼。我们快点去找他。”叶天说完挂了电话，穿上衣服下了床。

走到丁子寒的床边，他看见丁子寒的被子掉到了床沿外面，人却蜷缩在里面。叶天走过去拍了他一下，刚准备喊他，突然想起睡觉前丁子寒说的话。于是，他直接向宿舍外面跑去。

叶天赶到实验楼面前的时候，杜晓月也赶来了。两人没有多说，直接向实验楼走去。

寂静的实验室，偶尔有什么东西从旁边蹿过去。两人沿着走廊挨个找去，最后他们来到了二楼。

走到 204 的时候，他们停了下来。有微弱的光从里面透出来，左伟一定在里面。叶天推开门,和杜晓月走了进去。

停尸床上躺着一个人，身上盖了一块白布。叶天看了杜晓月一眼,然后慢慢走了过去。

揭开白布,他们看见了左伟。

左伟睁着眼睛,一根又细又长的铁索缠在他的脖子上。

“你在哪儿?你是谁?”叶天喊了起来,愤怒的声音在空荡的房间里格外清晰。

一个人从对面的实验台后面走了出来,他穿着一件黑色的雨披,脸上戴着一个狰狞的面具。

“是你杀了左伟? ”杜晓月问道。

“他杀了张刚,我替张刚报仇。你不喜欢吗?”那个人的声音沙哑,似乎是故意装出来的。

“左伟的罪行应该由法官来判决。”杜晓月恨声说道。

“林笑云也是你杀的,对吧?”叶天忽然抬起了头,冷冷地看着眼前的神秘人。

“不错,他是我杀的。不过,现在一切都结束了。诅咒也要消失了。诅咒的源头是左伟带来的,他的死也将结束这一切。”那个人说道。

“真的吗? 丁子寒,你觉得这一切真的结束了吗?”叶天沉默了几秒,提高音量说道。

“什么? 他是丁子寒? ”杜晓月愣住了。

对面的人冷笑了一声,然后摘下了脸上的面具,露出一张清秀的面容,他正是丁子寒。

12. 罪之惩罚

“如果我猜得不错,你哥哥也是你杀的,对吗? ”叶天问道。

“他不是我哥哥。杜晓月不是说过吗?丁子风没有弟弟。因为他从来没有承认过我是他的弟弟。”丁子寒的情绪突然暴躁起来,眼神中闪过一丝悲伤。

每个人的命运总会因为一些简单的东西而改变。丁子寒的命运就是被一个数字改变的。因为工作的原因，丁子寒的父母只能让一个孩子跟着他们生活。于是他的父母在他和哥哥之间进行选择——用最原始的抽签方法。很可惜，丁子寒抽到了那张倒霉的数字。

哥哥跟着父母来到了东海。在这里，他接受良好的教育，吃好吃的东西，穿好衣服。而丁子寒却跟着爷爷住在乡下，过着没有父母关爱的生活。一直到爷爷死去的那天，他才来到了东海。

对于突然出现的乡下弟弟，丁子风除了轻视更多的是排斥。他不承认有这样一个弟弟，甚至背着父母辱骂他。

两年前那个夜晚的事情让丁子风害怕了。本来他和左伟约好一起去实验室吓唬其他人。可是左伟竟然告诉他那天晚上他没去。丁子风的心里开始有压力，他总是想起那天晚上那个从停尸床上爬起来的尸体。

丁子寒是无意中知道事情的真相的。多年的仇恨让他心里的罪恶倾巢而出，他找到林笑云，并且威胁林笑云帮助自己杀掉哥哥丁子风。于是，在半年前的一个晚上，借着林笑云和丁子寒去实验室的机会。丁子寒打晕了林笑云，然后假扮尸体杀死了哥哥丁子风，并且伪装成诅咒杀人现场。林笑云醒过来后看到眼前的一切，精神彻底崩溃了。

这一次警察开始着手调查。但是丁子寒极力劝告父母，使警察中断调查，好让哥哥早点入土为安。

本来，丁子寒以为事情结束了，可是他发现杜晓月依然在调查204的事情。于是，丁子寒决定利用新生叶天来完成诅咒的最后演出。他告诉叶天一些半真半假的资料。随着叶天的深入，他让叶天来证明整个事件里的死亡都和照片诅咒有着莫大的联系。

林笑云的最后死亡便是诅咒的结束。可是让丁子寒没想到的是，半路竟然杀出一个左伟来。

如果让左伟去自首，那么所谓的诅咒之说便会不攻自破，那么他自然便会被牵连出来。所以他便把左伟约了出来，然后杀了他。

“这就是所有事情的真相。”丁子寒说完深深地叹了口气。突然，他从口袋里拿出一把刀，用力插进了自己的胸口。

突然的变故让叶天和杜晓月有些措手不及。

“那天，我送林笑云回医院，他告诉我，他看到了鬼。诅咒之说，真的没有吗？我宁愿这一切随着我的离开而结束。”丁子寒颤声说道。

13. 尾声

是夜,万籁俱寂。

几个人影蹑手蹑脚地来到一幢建筑楼前。为首的一个男孩指着建筑楼旁边挂着的牌子说:“东海学院医学系实验中心。就是这里了。”

“我听说几年前这里发生过诅咒杀人案!”旁边一个人说话了。

“切,后来不是说是个学生恨他哥哥,故意制造的嘛!现在什么年代了,还信诅咒之说。你以为是埃及法老墓啊!害怕的给我回去,这可是我们探险社的第一次活动啊!”为首的男孩说完抬脚向里面走去。

后面的人跟着依次走了进去。

寂静的夜,突然闪过一道闪电,大雨倾盆………

问猫

文/喂小饱

楔子

清帝退位三年后的一个冬天，整个储松城被咸腥的海风吹彻，奇冷无比。这日傍晚，沿街城楼下贴了张告示：

兹府中有人患疾，急需药引，猫无大小，凡皮毛黑色者皆可，每只均换大洋一枚，童叟无欺，即日。

城门外走来一个年轻男子，刚被守城的官兵严格搜过身。他目光凛冽，剑眉微蹙地仰视着眼前的告示，刀削般分明的五官在慵懒的余晖中更显精致。

天色渐渐暗淡，清冷的街上行人渐稀，远处传来寂寥幽怨的箫声。

男子一伸手，将告示揭了下来。

1

百年历史的书生第内，一派祥和。

后院里人迹罕至，家中下人亦不常打扫，干瘪酥脆的枯叶踩上去发出“咯吱咯吱”的声响，干冷的空气中渗透着檀香的气味。

巨大的槐树下立着一个纤弱的少女，她穿着丝绸宽袖对襟小袄，下身是条绛紫色棉布长裙，上面密密匝匝地镶了好多珠片，在晨光下发出耀目的光晕。最引人注目的是她脚上那双黑色圆头布鞋，如两只诡异的黑猫。

少女的眼睛被一块面巾蒙上，看不清模样，只从那脆若风铃的喘息中可以听出，她不过十七八岁的光景。

后院里再无其他响动，静如坟茔。

少女略微迟疑一下，嗅了嗅空气中的味道，摸索着向高处的祠堂移步走去。

门“吱呀”一声被推开了，外面的光线照进来驱散了黑暗，佘家历代祖先的牌位供奉在桌上，高处还挂了好多画像，当然，她完全看不见。

少女并未径直朝前面走去，而是将身子一转，朝着左侧缓步移去。

少女的嘴角突然露出一丝笑意，她终于说话了，“线儿，快快出来，我看见你了！”

无人应答，少女此时深陷一片斑驳的光影中。

少女继续向前摸索着。

“抓到你啦！”她摸到人的一双腿。

还是无人应声。

少女似乎有些气愤，急急地将面巾扯下来。等眼睛慢慢适应了祠堂内侧的昏暗，她发现自己手中仍旧揽着一双腿。

那双腿连同它主人的身子一起，吊在屋梁上。

2

佘家正堂大厅内，依旧是前朝的布置打扮。四对镂雕太师椅相对一字排开，进门便可看见高处那块写着“书生第”的牌匾。下面的长几上零星摆了几件花纹繁复的瓷器，通体奇美高贵。

佘老爷喝过下人递来的参茶，转身问一旁的账房先生兼管家苏衡，“小姐把煎好的药喝下没有？”苏衡忙回，“已经喝过，气色看上去好了许多。”说着，苏衡把药单给佘老爷过目。最上面一行字用黑毛笔写着：黑猫肝脏一付，配以佐药，文火煎服。

这是佘老爷的学生常致远从乡间名医那求来的秘方。佘家小姐佘蔓萝在祠堂里受了惊吓，一连数日卧床不起，各种药剂尝遍都不见起色，最后只得找偏方，这才有了城楼下那张告示。

苏衡又说:“尸体已经拉到城外海边墓地安葬。”佘老爷捻动着指上的玉扳指,长吁一口气,他不禁又想起那日发生的事情。

听到佘蔓萝的惊叫,与她捉迷藏的侍女线儿赶忙从藏身的地方跑来祠堂,发现佘蔓萝已经昏厥,再看屋梁上吊着的人,线儿骇得瘫坐在地上,过了好一会儿才连滚带爬地喊了人来。

死者是潘泽阳,佘老爷的得意门生,所有人对他的死均感到诧异。他的脑袋置于麻绳套内,眼睛圆睁,微张的嘴角处结有血痂,并有斑斑血迹滴落在胸襟。最为怪异的是,潘泽阳的双臂高高架起弯曲,左右手五指张开贴在脸颊两侧。他的手势如同某种仪式的开端,又如同某个死亡的预言,将书生第紧紧笼罩在阴晦而又杀机重重的境地里。

“老爷,人都已经到齐。”苏衡立在大堂的门边说道。

佘老爷缓过神来,睁开混浊的老眼。

他重重地点了点头。

3

佘老爷祖上以教书为生,百年前还有一位先祖当过皇帝的老师,这处宅子便是那位先祖的遗产。

佘老爷一生育人无数,老来逢此乱世,干脆在家修身养性,颐养天年。旧历新年过后,陆续有几位当年的门生前来探望,不想才住了几日,就有人死去。

大堂里先后走进四个年轻人,为首的眉眼俊朗,不过二十岁的模样,个头高挑,穿着改易的学生装,他就是常致远。

常致远走到佘老爷跟前,说道:“现在老师的处境似乎很危险,我们师兄弟几人商量一番,决定还是留下,更何况泽阳的死因尚未明朗,我们此时走开,也脱不了干系。”

佘老爷思忖了一会儿,“事到如今,也只能这样了。”随后他盯着一个身形较胖的年轻人问道:“孔博,你面色何以如此难看?”

被问话的孔博身子不由抖了一下,抬起惊惧的双眼望向老师,半天才颤颤巍巍地说道:“泽阳的死有蹊跷。”

“哦?”佘老爷一愣,接着说道,“讲来听听!”

原来，潘泽阳死的前一天晚上出门如厕时隐约听到门外有动静，隔着厚厚的榆木门板，仍有一股阴冷之气扑面而来。他是个谨小慎微的人，悄悄把门打开一条缝，却什么都没有发现。潘泽阳这才走出门，当他踏出房门的第一步，整个人都吓瘫了！他看到房门两侧站满了黑色的猫！足足有上百只！还有的攀在廊柱上，甩动着尾巴，都瞪着明黄色发光的眼睛看着自己！

孔博把潘泽阳生前告诉自己的怪事说了出来，宽厚的额头上沁出了细密的汗珠，脸色惨白。

佘老爷双目紧闭，只管听着，他眼角的青筋不易察觉地跳了一下。

这时，相貌有些丑陋的王光北按捺不住地说出了自己的疑惑，"发现泽阳尸体的前天晚上，大约二更的时候，我被一声闷响惊醒。我至今也描绘不出那种声响，总之很奇特，从未听过。"

佘老爷将目光投向常致远，"你听到那个奇特的声响没有？"常致远和王光北分别住在潘泽阳隔壁的院落里，按常理，常致远也应听到——如果那声响存在过。

"没有，"常致远有些紧张，小声地回复，"我当时在蔓萝的房间内与她研习书画。"

佘老爷的脸色看上去很难看。

常致远又怕别人多想，补充道："侍女线儿一直在我们旁边的！"

众人还没反应过来，一直默不做声的小个子赵三哲惊叫着瘫坐在地上，指着窜进大堂的一只黑影，吓得连话都说不出来！

一只黑猫径直扑进佘老爷的怀里，佘老爷爱抚地将它抱起。那只黑猫慢慢把脑袋转过来，用那双晶莹魅惑的眼睛审视着每一个人。

它，是不是在笑？

4

潘泽坤一伸手，将告示揭了下来。

异地经商的他闻听胞兄潘泽阳的死讯，连夜赶回了储松城。

天色黑透了的时候，潘泽坤走进了书生第的大门。

管家苏衡在前面引路，院内一派肃杀的氛围，回廊上挂着几盏白色的纸灯笼，整个书生第如同一座空旷的坟茔。

佘老爷已经在大堂内等候了。

不等潘泽坤开口，佘老爷便道："北洋军阀驻扎城内，严禁死尸在家中滞留，所以我及早让你家兄入了土。"

潘泽坤点头称是，随后佘老爷命苏衡明日一早带潘泽坤去海边的墓地。

几人正欲起身去赴早已备好的酒席，潘泽坤忽地闻到一股怪异腥重的气味，直入鼻腔，胃中不禁翻腾。

"爹。"一个柔弱的声音乍然响起，潘泽坤定睛一看，眼前的少女满脸病容，倒是模样极为标致，身形也娇俏可人，左眼睑有颗细小的泪痣。

这就是佘蔓萝了。

佘老爷正欲开口，潘泽坤说道："我和小姐见过面的。"

当下众人皆异。

佘蔓萝也望着潘泽坤，眼神里有些惊惧。

"爹，那药女儿实在吃不下。"佘蔓萝的声音十分虚弱，一副大病未愈的样子。

"不行，这兵荒马乱的年头，虎骨得来不易，况且还能根治你的惊吓之病。"佘老爷一口回绝了佘蔓萝的请求。

潘泽坤当然明白，佘老爷所谓的虎骨，就是猫骨。自古民间有言：龙蛇虎猫。

这时，佘蔓萝的侍女线儿出现在门边，手里的托盘内摆着一只碗，碗内冒着热气。潘泽坤眉头一皱，明白那股难闻的气味就是来自这里。

几个人正僵持着，线儿突然惊叫起来，手中的汤药也洒在了地上。

潘泽坤用眼角的余光追逐着转瞬消失在门边的黑影，那是一只体格巨大的黑猫。结实的后臀以及粗壮的尾巴，单是从外形上看就令人生惧，那简直是只异兽。

佘老爷面无表情地望着地上的碎碗片，厉声喝道："通知下人，马上给小姐再熬一副虎骨！"

佘蔓萝的脸急速抽搐，后退两步倚在门边，喃喃地说"不要"，随即剧烈地呕吐。

是夜，月明星稀，潘泽坤被安排住在亡兄的房间内。

5

第二日一大早,住在书生第的人们再次陷入无边的恐惧之中。

小个子赵三哲死了。

他也是被吊在绳索之上,嘴角洇出紫黑的血痕,生前小小的身体此时得以彻底伸长,使人徒感陌生。最为奇异的是,赵三哲也做了那个和潘泽阳一模一样的动作,他把双臂高高驾起弯曲,左右手的五指张开紧贴着脸颊。

众人齐聚命案现场,一片肃穆静谧。

最早发现赵三哲上吊的人是潘泽坤。

因为赵三哲横死在他的房中。

毫无疑问,所有矛头都直指潘泽坤。

潘泽坤并不作解释,脸上的神情与之前无异。

佘老爷缓缓坐下,问道:“昨晚你在哪里?”

“储松城城门下。”潘泽坤答。

“何人可以作证?”佘老爷又问。

“我!”一个粗犷的声音从屋外响起,众人让出一人宽的夹道来,来人正是驻守城门的官员,叫翟坚,与佘老爷是至交。

“哈哈,潘兄弟好酒量,昨晚我守城时看到他,还以为是半夜偷运鸦片的小贼,便问他在做什么,他指着头顶说在赏月!我便来了兴致与他喝酒聊天,就这般过了一夜。”翟坚说道。

这翟坚虽为军人,却秉直办事,从不做结党营私的苟且之事。有他的证言,潘泽坤便可洗脱嫌疑了。

站在一旁的常致远开口了,“昨晚,我在房内果然听到一声奇怪的声响。”

话音未落,佘老爷的另一个徒弟王光北连忙接话,“我也听到了那声闷响,与我之前听到的一模一样!奇怪的是,那声音极为短促,却分外沉闷,只一下便将我惊醒!”

“那声音来自哪里?”佘老爷不禁问道。

常致远和王光北不约而同地将手指向了外面的院子。

潘泽坤所住的这座院落,与其他院落并无二致,都是狭长的构造,两边围着矮矮的镂花院墙。普通身高的人也可轻易翻越而过。

唯一不同的是,潘泽坤的院子靠墙的地方有一口铜制大钟,上面嵌着古体铭文。

如果说那声闷响是大钟发出的,显然不合情理,因为钟声大都脆而绵长,回音更是经久不息,而那闷响转瞬即逝,如同包裹了一层厚厚的棉花。

就在这时,王光北嘀咕道:“孔博怎么不见了?”

所有的人听了一愣。

常致远兀自说道:“刚刚还在的。”

潘泽坤不多言语,问明孔博的住处,转身就朝院外跑去,大家陆续也跟了出去。

孔博住在那一排院落的最外边。

潘泽坤推开院门走了进去,里面十分整洁。潘泽坤赶至房门前,将门板擂得山响。

用力推,才发现门从里面锁上了。

门内毫无反应。

潘泽坤腾空一脚,门“啪哒”开了。

大家冲进里面，每个人都在猜测可能出现的恐怖场景。屋内很安静，孔博瑟缩在檀木桌子下,睁着惊恐的双眼望向众人。

所有的人长吁了一口气。

潘泽坤蹲下身子,伸手要把孔博扶起来,他的心突然“咯噔”一下。

只见孔博眼中的恐惧缓缓退去,转而一咧嘴,嘿嘿地笑了起来,并不住地喊“黑猫”!

潘泽坤神色凝重地起身,转头对屋内的人说:“他疯了。”

6

书生第连毙两命,一时间在储松城内传为奇谈。

潘泽坤再次从哥哥潘泽阳位于海边的墓地回来时,正碰到赵三哲的尸体入殓,他盯着那副漆皮棺材看了许久。

佘蔓萝轻靠在院中石桌旁,绣着女红。她已然入神,丝毫没察觉到潘泽坤慢慢地走向了自己。潘泽坤在心中暗自猜测那上面绣的会是何种图案，一步步挪动靠近，然后惊得说不出话来！

佘蔓萝绣的是一只黑猫！

虽然只完成了猫头的那部分，但黑猫灵动诡异的双眼极为传神，死死地盯住潘泽坤。潘泽坤失声惊呼，身子忙向后退了几步。

佘蔓萝听到动静，回眸一看，脸上竟还带着一丝没有消失的笑意。她诧异地看着潘泽坤，女红掉落在地。凌乱的线头拖在地上，如同黑猫牵牵绊绊的肝肠。

潘泽坤尴尬地站在原地，不知该如何是好。佘蔓萝急急收拾了一番，躲进了厢房。

风陡然大了起来，枯枝上的麻雀纷纷挣扎着飞向别处。

潘泽坤回到自己的住处，进门前他想起了王光北的话。

"黑猫。"

哥哥潘泽阳死前真的看到了很多黑猫？

他停在门前，没有进去，眼睛打量着小小的院落。最后，他把目光收了回来，注视着眼前的朱漆回廊柱子。

若是从远处看，门前的两根柱子很光鲜，毫无破损。但走近观望，便会发现上面有很多细碎的划痕，借着光线从侧面望去，呈现出一道道深浅不一的凹槽。

爪痕？潘泽坤的心脏剧烈收缩挤压，黑猫的爪痕？那么说，哥哥潘泽阳死前真的见到了黑猫？那些黑猫为何聚集在哥哥的门前？

潘泽坤抚摩着朱漆柱子，再次回想起王光北的话来。

"黑猫。"

似乎就在一瞬间，潘泽坤突然冲出院门，直奔王光北的住处。

果然，王光北门前的柱子上也遍布爪痕！与潘泽坤住处的爪痕如出一辙。

"喵——"

一声虚弱悲惨的猫叫传来！潘泽坤定了定心神，随后判定出声音是从屋后传来的。

那里便是书生第的后院。

出了门往左拐，在路的尽头与一排院落并列着的是一处拱形石门，门前立着两个半人高的石狮。干枯的枝蔓将它牢牢围住，若是正逢夏日，爬山虎的触角会把石门完全遮掩，看上去如同一堵普通的墙壁。

石门没有上锁，透过缝隙能依稀窥见里面萧索的光景。

潘泽坤迟疑片刻，弯腰钻了进去。

确切地说，后院俨然是一片树林，林立着不下数百棵粗壮的老槐树，落叶积成厚厚的一层。

潘泽坤踩在上面，发出“嚓嚓嚓”树叶碎裂的声音，他几乎能听到自己的心跳声。

树林的尽头，赫然现出一间房子，白墙黑瓦，颇有些像南方建筑。

木板门死死地关着，静谧得令人感到窒息。

潘泽坤克制住越来越喘的呼吸，猛地上前，一脚踢开了木门！

他立即被眼前的景象惊呆了！

7

一股恶臭扑面而来，潘泽坤几乎被熏晕。

管家苏衡蓦地回头看着潘泽坤。他右手握着一个粗壮的烧得通红的三角铁，左手竟然抓着一只正处于幼年的黑猫，身边是一个烧得正旺的铁炉。

苏衡面无表情地低下头，把三角铁烙在黑猫的脖颈处！潘泽坤把门尽量敞开，他看到整间屋子里摆满了铁笼，里面塞满了清一色的黑猫！

潘泽坤吓得面无血色，踉跄着退出时被绊倒了。

苏衡见状，扔掉手中的黑猫和炽热的三角铁，把潘泽坤扶了起来。潘泽坤闻到苏衡身上有股毛发烧焦的恶臭，他突然想要呕吐。

“没办法啊，”苏衡的声音听上去有太多的无奈，“我家小姐自从发现你兄长吊死在祠堂后，整个人都被吓傻了。好在寻到这个偏方，才救了她的性命。”

“我哥哥以及赵三哲均不是吊死，而是内脏受到压迫致死，”潘泽坤冷冷地更正道，“他们嘴角都有显而易见的血痕，并且胸腔骨均有断裂现象。”

苏衡显然有些惊讶，一时不知该说些什么。

“为何对这些黑猫如此残忍？将它们入药也就罢了，竟这般虐待！”潘泽坤情绪激动。

“唉，这些黑猫都是从城内各家各户收购来的，每只猫在入药前两天都不能喂食，它们饿得直叫，严重影响书生第的清静啊！”苏衡说道。

“为何不能喂食？”

“老爷的弟子常致远精通药理，说这样熬出的虎骨才有祛病的功效。”苏衡回答。

潘泽坤久久无语，转身越过槐树林，出了后院的石门。

那夜，潘泽坤躺在床上，一遍遍地回想着那天在海边墓地所见的可怕景象。

那日清晨，他告别守城军官翟坚，独自一人找到了哥哥在海边的墓地。

咸腥冰冷的海风伴着薄薄的雾霭，哥哥的墓地有些低洼。他小心翼翼地走下去，发现自己踩在了什么绵软的东西上，潘泽坤俯下身子，他看清了，那是一只死去的黑猫！

潘泽坤惊恐地往上爬，待到雾霭渐渐散尽，更为恐怖的场景出现了：上百只黑猫的尸体散布在哥哥的墓碑周围，死态各异，僵直的身体已经开始膨胀！黑猫的眼睛骇人地圆睁着，几乎要滚落出眼眶！

随后的场景潘泽坤终生难忘，哥哥的尸体横躺在墓碑后，体无完肤，到处是被黑猫咬食的溃烂伤口，唯有脚底板上一个“阳”字向他表明了哥哥的身份，那是小时候父母命人刺上的。

潘泽坤瘫坐在地上，他预感到这是个处心积虑的阴谋。哥哥很可能只是这个阴谋的牺牲品。奇怪的是，在墓地旁的一棵枣树下，拴了几只幼小的猫，正吃着食物。

忽然，他听到不远处海边有划船的声响，如此早的时候，决不会是渔民出海。雾霭渐渐散尽，潘泽坤看到那艘不大的船正驶向远处。

而立于船头的人穿着十分怪异，他正满脸阴毒地望向潘泽坤！

8

阴天。

才上午时候，书生第内便一片昏暗，死气沉沉。

常致远在大厅里跟佘老爷讨论国家大事，佘蔓萝静坐于一旁，眼中满是欢欣地望着常致远。

佘老爷怀里抱着那只体型巨大的黑猫，用手一遍遍地摩挲着它黝黑发亮的脊背。黑猫不似先前那般活跃，赖在佘老爷身上昏昏欲睡。

奇怪的是，黑猫的嘴上套了一幅银质的嚼子。潘泽坤长久地盯着那副嚼子，一股凉意慢慢由肋下直窜后脊梁。

佘老爷仿佛看透了潘泽坤的想法，说道："这猫刚生育不久，会乱吃食物，一不小心则会丢了性命。"

这时，常致远也开口了，"听说过猫有九条命吧?其实，民间也有猫有十条命的传说。十命猫即是当之无愧的猫皇。老师的这只猫是不是储松城内的猫皇我不敢断言，但它每次嗥叫都会引得后院众多黑猫乱嗥。"

"为了避免影响到书生第的清幽，你就建议给它戴上了嚼子？"潘泽坤抢先问道。

常致远笑着点了点头。

"唉——"王光北一声长叹，引得众人都望向他。

王光北有些不自然地挠挠头，这才说道："真是晦气，我丢了好几件衣服。奇怪的是，衣服均是被人随机取走，好坏不一。"

"真有这事?"佘老爷猛地站起来，黑猫顺势扑到地上，马上迅捷地跑出去，消失得无影无踪。

当下佘老爷命众家丁彻底搜查书生第，如此兴师动众有些不合情理，谁都明白，佘老爷无非是想维护书生第百年的清誉罢了。

结果自然是一无所获。

正当众人心里抱怨王光北不该让佘老爷如此大动干戈之时，潘泽坤说道："书生第的后院还没有搜。"

佘蔓萝的反应最为强烈，转身又要呕吐，估计是又想起了那日的情景。线儿忙上前给她捶背。

潘泽坤不再言语，转身向后院走去。佘老爷命苏衡前去将门打开。

所有的地方，包括祠堂都搜查过后，潘泽坤再次站到了那间饲养着无数黑猫的房前。

9

天越发阴沉了，头顶的枯枝在摇晃，发出沉重的声响，压迫着在场所有人的神经。

潘泽坤上前，一把推开了房门，一片漆黑中，无数双闪烁着明黄色光泽的眼睛在注视着他！

潘泽坤被震慑住了，浑身的汗毛直立，心脏被狠狠地挤压着，他快要窒息了。他脑中再次重现哥哥死时的惨状，猫的爪痕遍布那张支离破碎的脸。

管家苏衡和众家丁赶忙上前，把两边的窗户打开，光线这才透进了房间。

那些黑猫被关在一层层铁笼内，胸腔绝望地起伏着，它们大都失去了声音，喘息声都喷发出彻骨的愤恨。

潘泽坤忍受着无比的恶臭，走了进去。

这里是黑猫的地狱，它们随时都会被扔进滚烫的水中做成汤药。

在房间一个相对空旷的幽暗角落，平行摆着八只铁笼，如同赌场上的骰子。

潘泽坤提着灯笼凑过去观察，空气中扬起纷繁的丝质绒毛，他蹲下去靠得更近一些，不禁张大了嘴巴！

每个铁笼内都放进了一件衣物，已经被黑猫撕扯得褴褛破碎。

这时，一直跟在身后的王光北面色土灰，他用颤抖的声音说："没错，全是我的衣物！"

10

当夜，书生第内锣鼓喧天，张灯结彩。

佘老爷宣布了一件令所有人都感到惊讶的事情。原来，潘泽坤此次前来，不单是为了亡兄，还是奉父母之命前来与佘蔓萝完婚的。

按照旧时的说法，此举被称为"冲喜"，就是冲淡连日来的阴霾晦气，为书生第注入新的气象。

佘蔓萝自是不敢违背父命，苦泪涟涟地被人送入了洞房。

深夜，潘泽坤进屋，神色严肃，全然不似一个新郎倌。他静静地坐在桌子边对佘蔓萝说：“我知道，你喜欢的是常致远。”

佘蔓萝的眼泪簌簌落下。

潘泽坤又道：“你可知我也是喜欢你的？”

佘蔓萝看着烛光摇曳下的潘泽坤，没有说话。

“你真不记得我了？”潘泽坤有些动情。

佘蔓萝擦干眼角的泪，浅浅地摇头。

“为何要帮他躲过所有人的怀疑？其实你根本没有喝下那些汤药。”潘泽坤转而补充道，“我说的他指的是谁你应该很明白。”

佘蔓萝的表情猛然凝住，仓皇地抬头看着潘泽坤，眼里满是讶异。

就在这时，潘泽坤原来的住处里传来一声震耳欲聋的钟声！

浑厚绵长的钟声在深夜里听起来异常惊心动魄。

“果然不出我所料！”潘泽坤兴奋地起身，朝外跑了出去。

11

院内。

王光北瘫坐在大钟之下，喘着粗气，一见到潘泽坤便喊：“快去抓住他！”

书生第里跟过来的家丁倾巢出动了。

潘泽坤将王光北扶起来，在院中的石阶上坐下。王光北惊魂未定地说道：“真的是他干的！”

潘泽坤赶忙打断他，不让他再说下去，只道：“等佘老爷来之后再说不迟。”

王光北愣了一下，遂问道：“你该称呼我老师为岳丈的，怎么还称呼佘老爷？”

潘泽坤笑了，低声回答：“跟你一样，我也是在演戏给他看。”

书生第的大堂内，灯火齐明，佘老爷穿戴整齐地坐在太师椅上，看上去之前根本没有更衣休憩，更像是在等着看一出好戏。

常致远被五花大绑后摁倒在地。

潘泽坤不动声色地走上前说道：“咱们就从虎骨说起吧。小姐得病是假，只不过你由此提出了大量收购黑猫的要求。我哥哥和赵三哲死时都做了同样的动作，后来我顿悟，明白那动作是指黑猫，是想告诉我们要调查收购黑猫的始作俑者！”

常致远冷笑道：“那我大量收购黑猫，不为小姐的病，难不成还有别的企图？”

“有！”浑厚的声音从众人背后传来，是守城军官翟坚，“还记得当初我问潘泽坤在城门下做什么，他答在赏月。我断不会愚蠢到因为这样的回答就与他喝酒交谈。”

翟坚清了清嗓子，转头对佘老爷说：“老大哥可知道我们北洋军最新的禁令？”

“严禁与城外倭寇进行鸦片交易，违令者斩。”佘老爷说。

“众所周知，储松城盛产罂粟花，做成鸦片可谋暴利。但家国危亡之时，断不能让它们流通出去祸害黎民百姓。那晚，潘泽坤指着城墙上一排鬼魅般的黑影让我看，竟然是上百条黑猫！它们正接连越过城墙，向城外面跑去！我当即用箭射下一只，竟发现它的腹部绑着一大块鸦片！”

所有人都惊异万分，连佘老爷这般见过世面的人都乱了方寸。

“我认出了为首的那只大黑猫正是佘老爷的宠物，便断定贩卖鸦片人肯定在书生第内。所谓欲擒故纵，我索性放任那人为所欲为。”潘泽坤继续说道，“后来我兄长曝尸于墓外，继而又看到倭人乘船远去，便打开埋于地下的棺材，发现里面满是钱财，我至此终于明白了你们的交易手段！”

王光北指了指常致远，忙问道：“快说来听听！”

“那只黑猫无疑是储松城内的猫皇，身上的气息会对其他猫产生刺激。每次常致远杀人后都负责主持丧葬事宜，暗中又给尸体灌下毒药。”

“人已经被杀，为何还灌下毒药？”守城官员翟坚不解。

“这在稍后会讲到。大家一定记得佘老爷的黑猫被戴上了嚼子吧？目的不是为了防止黑猫乱吃东西，而是防止它半夜出城门时闹出大的声响。那日我发现，每座院落的柱子上都有黑猫留下的爪痕，而这座院落又是平直建造，这说明黑猫是顺着回廊柱子上的连贯横木爬出了戒备森严的书生第！

“这只猫皇刚生了仔,常致远把小猫寄养在城外墓地。猫的嗅觉灵敏,便在万籁俱寂之时出外寻找儿女。而其他的黑猫载上鸦片后,也跟随出了城门。猫毕竟是动物,黑夜出没极为正常,自然不会引起守城官兵的怀疑。猫皇带领众猫来至墓边,悲剧就开始上演了!”

潘泽坤愤恨地将目光投掷在才行致远身上,继续说下去。

“其实,不只王光北的衣服被盗,我哥哥和赵三哲死前的衣服也被盗走。王光北的衣服何以会出现在后院的那间房内?很简单,就是为了让黑猫们熟悉他们身上的气味,继而出城去寻找尸体。由此我推断,王光北将是下一个被谋害的人。黑猫们来至墓前,由于连日没有喂食,便将我哥哥的尸体吃掉,随后又因尸体有毒,所有黑猫相继死去。躲于一旁的倭寇便把黑猫身上的鸦片取走,将给常致远的钱财放于棺材内。而猫皇则因为戴了嚼子,并没有中毒,安然回到书生第。”

常致远的脸色变得很难看,嘴角在轻微地抖动。

“再说说那个奇怪的闷响,这正是你杀人的手段。所有人都把注意力集中到大钟上,便忽略了敲钟的巨大木桩。常致远把我哥哥喊到大钟前,突然解开捆绑木桩的绳索,惯力使木桩冲下来,正好撞在哥哥的胸口上!”

王光北掏出一封信对常致远说:“你写下这封署名潘泽坤的信约我来至大钟前,本想杀人灭口后再将信毁迹,却不料中了我们的计策!潘泽坤和小姐结婚是为了激怒你,而我来赴约也是事先设计好的!”

常致远叫道:“你们陷害我!有谁看到了?”

“我!”孔博走进来,全然没有之前的呆傻之气。

“你没有疯?”常致远惊叫道。

“我若不装疯卖傻,想必早被你杀了吧!”孔博冷冷地笑道。刚才他躲在院外,看到了常致远意欲杀害王光北的全过程。

“但是,潘泽阳被杀当晚,我并不在场!”常致远仍想狡辩。

“呸!”挤在人群里的线儿唾了一口道,“你骗我和小姐说潘泽阳他们私自将国宝文物卖给倭寇,该杀。我们信了你,事后还帮你遮掩!没想到你才是败类!”

远处的厢房内突然发出一声佣人的惨叫。

佘蔓萝愤恨中自缢身亡。

潘泽坤久久立于屋外,一言未发,俄而泪流满面。

12

数年后，有人在一张老旧的照片上发现了潘泽坤和佘蔓萝两人的合影。

那是 1911 年，清帝退位，举国上下，男性一律剪掉脑后的长辫。

照片前是少年时的潘泽坤，眉眼俊朗，辫子正被一刀剪断。不远处围观的人群里有个懵懂女孩，她左眼睑下有颗细微的泪痣，也在浅浅地笑着。

当年他对她一见倾心，她对他却无丝毫感情。

然而，宿命如此，再美好的少年，也只能马不停蹄地错过。

今夜风欲来

文 / 喂小饱

楔子

翟家入住莲蓬坊之前，这个地段全然没有现在的热闹鼎沸。

方圆十几里内都是一片低洼，但逢阴晦天气，便有湿气浮于地表，远看如仙境。传言当年翟家老爷看病途中路过此，夜寐土地仙人，相谈甚欢，遂决心大兴土木建了这绝世美宅。

整个宅基立于最低洼处，形如卧莲，由此得名莲蓬坊，也就是世人口中争相提及的翟府。

早春二月，下到第三场薄雪的时候，莲蓬坊与世无争的宁静就此打破了。

1

最早发现小桃核死掉的是下人中主事的于妈。

昨夜里刚落了场雪，不大，稀薄均匀地铺在地上，被早起的翟家下人来回一踩，便成了浑水。

于妈发现小桃核的女红搁在鸢绣房里，过了好半天也不见人影。于妈心内有气，昨日因琐事将小桃核骂了一通，万没想到这小蹄子竟不来了。

于妈崴着小脚，跑去小桃核的卧房准备看个究竟。

小桃核是在翟家长大的侍女，三岁时由去湘西经商的老爷带回，经于妈悉心调教，已然出落成好看的美人儿。

于妈是径直推开房门走进去的，她掀开宝蓝色的双层帷帐正欲张口大骂，突然又噤了口。她想大声喊叫，无奈嗓子发不出任何声响，于妈踉跄着往屋外挪步，正巧遇见一个从房门口经过的下人，于是马上像破啼的婴孩般哭喊起来。

那凄厉的声音破坏了莲蓬坊数年来的清幽。

2

翟家四小姐艺佳一早从外地同学家借宿回来，许久都不见老爷来用早膳，她便差了个小厮去催，不想被三姐艺美拦住，并悄声告之，昨晚上小桃核被人杀死在卧房内。

艺佳的眼皮不由得跳了一下，她脱去大红色的羚毛披肩，换了件牙白的羊绒大氅，向小桃核的卧房赶去。

出事的卧房内此时已经聚集了很多人，多是地方上有威望的老者。

翟老爷立于房间正中，未发一言。

侍女小桃核的尸体已经僵硬冰凉，两眼圆睁，似乎快要挣脱出来。更为奇怪的是，小桃核的嘴巴张得很大，肉色粉嫩的舌头一览无余。她两手染成绛紫色的指甲大片折断，散落在床上，想必死前有过奋力的挣扎。

翟老爷捋捋山羊胡，转身对在场的人宣布，小桃核断气是真，死于非命是假。

床上的尸体死状难看，脸色肿胀，眼筋暴露，生前定是受到了凶手非人的折磨。

艺佳走到老爷身边，轻轻拉了他的黑绸袖口，“爹，小桃核明明……”

翟老爷把手一挥，转身走了出去。

艺佳有些失望地看着床上小桃核的尸体，心里不免难过。青儿在一旁握着她的手，眼睛也早已哭得红肿。

也许爹是怕招惹是非吧，正逢乱世人人都想保全，更何况三姐就要出嫁了。爹爹刚才的说法，无非是想大事化小，小事化了罢了。

艺佳听到老爷在走廊尽头的声音，“速速给小桃核入殓，并请梁家少爷在客厅稍候，我换件衣服去去晦气就来。”

梁家少爷？艺佳的心跳陡然加快，她靠着回廊的朱漆柱子，衣摆轻飘地熨帖在身上。真的是他？翟家四小姐轻轻拢了拢鬓间的碎发，快步向自己的厢房走去。

3

梁少龙此时正站在翟府的客厅内。

他最引人注目的是那两弯浓黑的剑眉，有些细长的双眼分外明亮，衬托着挺拔的鼻梁。

客厅分内外两间，外间待客，内间商量重大事宜，中间由一道月亮门隔开，月亮门在南方是开在粉墙上的，这里只大概雕出繁复的外形，活学活用罢了。

梁少龙正兀自观赏着，翟老爷进来了，开口便是："侄儿快说说南方的战事吧。"

梁少龙应声长叹一口气，"南方现在军阀混战，民不聊生，不比我们北方光景好啊！"

冯管家走进来，"老爷，四小姐说有事要见您。"

翟老爷嘀咕一声，"这孩子，不是刚见了么……"却看到艺佳已经走了进来。

翟老爷看着女儿一身高贵的精致打扮，立马笑着对梁少龙说道："哈哈，醉翁之意不在酒啊。"

梁少龙一时不知该怎样回答，愣在那里，又转身看到艺佳楚楚可人地站在身旁，竟有些不知所措了。

艺佳屈身上前问好。

梁少龙的眼中立时像被星星之火燎亮的夜空，闪烁着显而易见的柔情。

翟老爷笑呵呵地说："艺佳啊，少龙这次来是要护送你三姐安全过江的。"

艺佳急忙说道："爹，真的要把三姐嫁去远方？"

翟老爷喝了口下人递上的碧螺春，点了点头。

"可是，三姐并未见过未来的夫婿，更何况南方现在战乱……"艺佳不禁说出了自己的忧虑。

"不要说了，我主意已定，任谁都改变不得。"翟老爷闭上双目，去嗅手中的鼻烟壶。

艺佳还想说什么，却被梁少龙从后面拉住了，艺佳一时羞愤，气哼哼地跑了出去。

那一整日，艺佳都把自己锁在房间里，任青儿怎样劝都不肯去和老爷进餐。

傍晚时候，门外传来一阵轻微的敲门声。

“谁？”艺佳多么希望是梁少龙来看自己，她竭力克制着内心的一丝企盼。

“三小姐，是我。”

艺佳听出来了，是于妈的儿子董小武，她感到很失望。在艺佳眼里，董小武还是个不经事的少年，而且憨得可爱。但有一点她忽略了，董小武亦是好看的男子，像梁少龙一般英挺，只是没有梁少龙华丽的衣饰。

“什么事？”艺佳在屋内问道。

“我听青儿说，您一整天滴水未进，这样下去对身体不好的。”董小武的话有些结巴，情绪亦是显而易见的紧张。

“我晓得了，你走吧。”艺佳陡感心烦，语气生硬地对门外说。

过了好久，门外都不再有动静。

艺佳忍不住去开了门，却发现门口什么都没有。

她撅着嘴说道：“这个呆子，还真走了啊！”

旋即，艺佳吓得叫出声来！

4

三姐艺美站在房门一侧，脸色惨白地看着艺佳。

艺佳发现自己牢牢抓着雕花门框，便有些不好意思地松开手，把三姐让进屋来。

艺美自小体弱多病，常言能通灵看见冥界事物。她习惯于深夜独自到园子里赏月，边看边落泪，那种嘤嘤的哭啼让人感到彻骨的凄凉。有一天晚上，根本没有月亮，三姐依旧站在园子里哭泣，艺佳就问她：“三姐，你掉泪所为何事？”艺美竟然回头说：“我想家了。”

打那之后，艺佳也渐渐认为三姐的脑子生了魔怔，遂与她的关系也疏远了。

艺美在桌前坐下，抿嘴低头不语。她穿着青色软缎旗袍，上面精绣着针脚细密的粉色梅花，衬出她那姣好的身形。

许是要嫁至远方，心里伤感吧。艺佳牵起艺美细弱白皙的手。

“艺佳，”艺美开口说话了，声似幽冥，“我们姐妹俩长得像么？”

艺佳怔住了，她走至镜前，前后仔细照了照，手中的玉镯和金质手链发出叮当的脆响，美好的身段灼灼风华，似一株于风中静敛徐徐的连翘。

“我们长得很像。”艺佳环着艺美的肩，很肯定地说。

“那么，我们跟大姐、二姐长得像么？”艺美继续问道。

艺佳的心咯噔了一下，莫名地沉了下去。

“三姐，你不要想得太多了，爹反正是为你好就对了。”艺佳急忙转换话题，她能感觉到自己的脸色很难看。

艺美突然笑了，她很少笑的，更何况是像现在这般歇斯底里地笑。

这笑声如一把剜心的利刃，让艺佳深切地感到不安。

艺美从手上褪下一只金镯，有五个小的金环套在上面，个个如戒指般大小。

艺佳知道，这是翟家的祖传规矩，凡是即将婚嫁的女儿，在出嫁前第一百日就要戴上这个金镯，镯子上套了一百只小的金环，每过一夜摘掉一只，最后戴着光滑圆润的金镯嫁出门。

“还有五只，还有五日。”艺美低头说着，声音开始哽咽。

“是啊，还有五日。”艺佳的心里掠过一丝莫名的恐惧。她移步上前，推开窗子看着外面的夜色，寒风袭面而来。

5

翟家后花园内几年不见动静的君子兰，一夜间全部盛开了。淡橙色的花瓣，引来众多的看客，大都是纨绔子弟和善于溜须拍马讨人欢心的主儿。

众宾客纷纷向翟老爷贺喜，说这君子兰几年难得开花一次，现在竟是满园春色，翟府必有洪福将至。翟老爷喜形于色，当下命四小姐艺佳奏一曲《阳关三叠》以助雅兴。

艺佳也不婉拒，唤青儿取了筝来，手上套了拨片，清滑下去，妙音顿起。

待到一曲奏完，亭下众人皆赞叹不已，说这翟家四小姐才貌双全，古今难得。

艺佳暗笑，一群饭桶，我刚刚杂糅进数首古曲，竟没人能辨得出猫腻。

青儿递来一张字条，上书：四小姐几首曲子并起弹奏，别有一番雅致。署名是少龙。

艺佳不禁脸红心跳，他什么时候来的呢？于是环顾四周，瞧见梁少龙立在一棵老松树下，带了浅浅的笑意望向她。艺佳起身冲他点头，抚了抚垂地的长裙下摆，便又唱起一首元曲：

鹤立花边玉，
莺啼树杪弦，
诗句欲成时，
满地云撩乱。

“啊——”

一声女子的尖叫从亭子后的密林传来！

艺佳当即有种不好的预感——又有人死了。

梁少龙率先向密林跑去，经过艺佳身边时叮嘱道：“不要惊慌，有我在。”

这句话让艺佳一下陷入对往事的回忆中。

那年初夏艺佳十五岁，从未私自出过莲蓬坊的大门。有一次爹爹去外地经商，艺佳偷偷跑去十里开外的集市上游逛，她走的时候随身叫上了于妈的儿子董小武和贴身侍女青儿。

如此娇俏可人的富家小姐，而且周身华衣美服，腕间环佩叮当作响，自是招来不少人的目光。艺佳行至暗处时被歹人蒙上了黑布，随后却传来歹人的一声惨叫，同时一个声音柔柔地传来：“不要惊慌，有我在。”那个带领家丁将艺佳解救下来的小少爷就是如今的梁少龙。而董小武的胳膊不知何故被血染的一片殷红。

艺佳眼看众人都围在密林的枯井边，神色惊恐。

艺佳刚想靠近，被梁少龙拉到一边小声道：“死状很惨，还是不要看了吧。”

艺佳对他笑了笑,她在一家教会学校上学时,法国教师曾经给她上过几节人体解剖书面课程,她发现自己对尸体并不怎么惧怕。

艺佳悄悄走上前去,在井边站定。

死的又是一名侍女!

艺佳记得她叫玉镯,相貌十分周正,举止做事颇有些大家女儿的风范。

玉镯的身体已经冰凉,腰椎以上部分卡在井沿上,由于长时间放置,肉体僵硬后仍维持了死时的姿态。

艺佳看了看玉镯的面部表情,心下一惊,她的死状竟与小桃核极为相似!最最奇怪的是,虽然两人死时都面色瘀紫肿胀,脖颈处却白嫩如初,没有丝毫勒痕,而身上亦没有明显的外伤。

艺佳看到玉镯的指甲里嵌有血迹,并粘了丝状的一段细丝绒,她凑过身去,趁人不备取下来攥进手中。

青儿刚刚为众客取茶水,贪近路走了密林,结果发现了玉镯的尸体,那一声尖叫就是她发出的。

艺佳把由于惊吓神智还有些恍惚的青儿从地上扶起,轻轻为她拍去身上的草屑,然后兀自说道:"起风了。"

梁少龙从一旁走过来,也顾不得礼数,握紧了她纤细玉白的手。

但是,翟家四小姐艺佳深知,还会有人不断死去,这是个逃不脱的劫数。

她迎风走出了密林,眼皮开始莫名地跳动,用手按亦是毫无用处。

6

天迅速阴下来。

不过午后一盏茶的光景,卧房里已经要靠点蜡来维持最基本的照明。

青儿守在门外,她的脸色因了早晨的事情看上去有些难看,却也难掩一丝愉悦。

因为四小姐的卧房内有青儿的心上人。

艺佳此刻穿着居家的缎子面对襟上衣和油亮的青色绸裤,脚上蹬一对天蓝圆头布鞋。由于刚刚犯了头疾,一番按摩后只简单梳了个发髻。

"我们自小一起长大,现在我有事央你帮忙,不知你肯不肯?"艺佳说完这话的时候，角落钻进的歪风突然吹熄了桌上的红蜡。

“四小姐，有事尽管吩咐。”

蜡烛再次燃起，照亮了整个厢房，也照亮了艺佳对面的男子。

是董小武。

艺佳忽然把身子贴上来，伸出手轻扯董小武的上衣，并围着他转了数圈。

董小武心内费解，呼吸都乱了分寸，“四小姐这是做什么？”

艺佳也不说话，又围着董小武的上衣结结实实转了几圈。

然后她拍了下董小武的肩膀，笑了。

董小武也笑了，他记起四小姐经常笑的，却唯有这一次是因为他。

艺佳从枕下取出玉镯指甲里发现的那段细丝绒，小心递到董小武手中，并把事情详细地说了一遍。

“那么，四小姐也可能有危险啊，我、我要保护你。”董小武顾不得尊卑，一口说出了心里话。

艺佳觉得眼前男子委实憨得可爱，便笑道：“你只要保护好青儿就可以了。”

董小武的脸色变得有些尴尬，也没多辩解，只说：“我把青儿当妹妹的。”

送走了董小武，艺佳有些疲累地靠在床上。很奇怪，这种时候，自己最相信的人，竟会是一年到头也讲不上几句话的董小武。

她又想起董小武临走前跟她讲的几句话。

董小武说：“四小姐，我觉得莲蓬坊很怪。”

艺佳心生诧异，自己生于此长于此，却从未深刻地想过这个问题。

艺佳问他：“哪里怪呢？”

“每个人都很奇怪，透着一股鬼气。比如，大小姐和二小姐嫁出去后，就再没了音讯……”

此刻，艺佳一人待在屋子里，董小武的话开始让她感到深切的不安，比起昨晚三姐的话更让艺佳恐惧。

她忽然想起一个困扰自己多年的梦来：一片火海中，有个微弱的声音叫着“萍儿，岚儿”！那个声音如此惨烈，伸出的手上流着猩红色的血液，一股一股流下来，掉落在地上沾湿了枯草屑。

这个场景曾无数次出现在艺佳的梦里，从小到大困扰着她，随着年岁渐增，它一度远离艺佳的记忆，可是最近，这个梦境又开始频繁出现，每次艺佳从噩梦中惊醒，眼角都流着泪。

她突然意识到，自己并不害怕这个梦，她只是感到悲伤而已。

悲伤？艺佳想到这里的时候自己都吓了一跳，为什么会感到悲伤？那只是个不真实的梦境而已。

外面的乌云渐渐散尽，天色又在黄昏前回归了光明。

艺佳起身来到梳妆台前，望着镜中姣好的容颜，心中却生出一丝悲苦来。她仔细地将眉毛画好，把口红擦掉，重又涂上，这才稍稍感到满意。

艺佳又想起了昨晚三姐的话来——“我们跟大姐、二姐长得像么？”

口红一下偏出唇线，画到翘翘的鼻尖上，这让艺佳的样子看上去颇为怪异。

她在镜子前不由得抖了一下。

7

三日后的清晨。

青儿把四小姐艺佳换下的睡衣拿出去，又端来一盆清水为她梳洗。

艺佳闭着眼，不说话，只有长长的睫毛不易察觉地抖动了一下。

有人敲门。

青儿咕哝着，“谁会这么早来敲门呢？”

“小武哥！”青儿几乎是雀跃着叫出了董小武的名字，随即又因为自己的失态脸红起来。

青儿知趣地端着水盆出去了。

艺佳还没开口，董小武抢先说话了。

“四小姐，您托我办的事情有眉目了。”

“哦？”艺佳的眼里闪过一丝光亮，“你接着说。”

“这几日我一直在暗中观察，”董小武的眼里燃烧着兴奋，“我发现在厨房做事的孙多利上衣有‘吐丝’现象，而且他煮饭时一捋袖子，手臂上有一道结痂的划痕！”

艺佳暗自叹道：“果然是家中下人作奸犯科。”

当下艺佳就去了翟老爷的书房，他有早读的习惯，此时正在桌前研习书法。巧的是，梁少龙也在，两人正意兴阑珊地谈论着什么，见艺佳进来，梁少龙又恢复了平日的拘谨。

听完艺佳的话，翟老爷马上唤来冯管家，一番商议后，管家带领众家丁向孙多利做事的厨房走去。

艺佳本来想陪爹爹等在书房的，但她急于知道孙多利的杀人手段，便跟着冯管家和梁少龙一起去了。

艺佳万万想不到的是，她看见的却是孙多利的尸体。

8

莲蓬坊里硬要推举一个品行不端的人的话，那非孙多利莫属。此人天生一副贼眉鼠目，而立之年仍未成家，整日混迹于十里铺的烟花柳巷，还常做些顺手牵羊的勾当。

孙多利的尸体还没有完全僵硬，躺在卧房的床上，可见他被杀的时间并不长，死状与之前的两人相仿。

青儿突然发出一声闷响，整个人摔倒在了地上。

艺佳走过去，发现屋里有块地方结了冰，青儿就是因此滑倒的。为什么屋内其他地方没有结冰现象呢？

艺佳突然想起来，当日在小桃核的卧房内，她发现她的被褥十分潮湿。莫非，杀人手法和水有着什么关联？

有人获知了自己要在莲蓬坊查找凶手的事情，抢先杀人灭口，切断线索？

有家丁走进来跟冯管家耳语了一番。

冯管家走过来对艺佳说道："四小姐，小厮们在孙多利门前的泥地上发现了一些脚印。"

艺佳思忖一下道："在场的所有人都不得离开，挨个察看脚上的鞋子，包括每个人的卧房！"

冯管家便小声说道："四小姐，我看不必了，那些鞋印的凹槽正中都浅浅地印了一个'武'字。"

艺佳的心开始怦怦跳动，感觉有一股凉意袭上后脊。

她回头看着董小武，眼里满是纠结。

9

莲蓬坊三面靠山，到了晚间，冷风便从正面劲吹，狠命地拍打着榆木门窗，发出“啪啪”的声响。

饭毕。

翟老爷漱了口茶，问道：“那董小武可都招了？”

冯管家回话说：“还没有，但是证据确凿，整个莲蓬坊唯有董小武的鞋底上绣了‘武’字，是于妈亲手绣上去的。”

翟老爷满意地点点头，随即说道：“后天三小姐出嫁，明日就将董小武家法处置，免得外头风言风语。”

众人心领神会。

艺佳起身回房，梁少龙追了出来。

梁少龙穿一身笔挺的束身草绿军装，头发梳理得整整齐齐，在回廊大红灯笼的映照下，有种动人心魄的吸引力。

“艺佳，我想跟你爹提亲。”梁少龙说话时有些紧张。

“提亲找我爹去，跟我说做什么？”艺佳停下步子，回身看着梁少龙，眼里却是抑不住的欢喜。

梁少龙忍不住上前扶住艺佳莹润的胳膊，居然傻笑起来。

艺佳盯着梁少龙粗壮的大手，忽地怔了一下。

“三姐，你在这里做什么？”艺佳吃了一惊。

三小姐艺美披散着头发，形容憔悴地看着妹妹艺佳。

艺美突然哭出声来，指着回廊尽头的一间卧房说道：“青儿死了！”

10

黑暗的厢房内，艺佳泪流满面。

青儿的死状与之前的三人无异，一双眼睛至死不瞑，绝望而愤恨地瞪着上方。

艺佳整晚都在追忆与青儿在一起的时光。青儿自小被买进莲蓬坊,做了艺佳的贴身侍女。这些年青儿对自己悉心照顾,两人感情甚笃,印象里唯有一次艺佳对她发了火。有一次年关时,青儿突然问艺佳:"小姐,怎么从来没听说过夫人的事情呢?"

那是艺佳唯一一次对青儿发火,她愤怒地吼道:"死了!"

时隔多年,这句话仍是让她心生惴惴,惶惑不安。

这一夜,艺佳又做了那个梦:

一个凄厉的声音喊着"萍儿,岚儿"!那双带血的手拼命地摇动,说:"公公,求求你放我一双女儿一条活路!"

公公?艺佳再次从噩梦中惊醒,香汗淋漓,公公不是对宫廷里宦官的称呼么?大清朝都灭亡数载了,自己何以会做这种怪异的梦呢?

山风在夜半时分无情地刮着,吹得人欲哭却无泪。

11

翌日,莲蓬坊发生了三件事情。

其一,三小姐艺美被害死在自己的厢房内,留下的唯一线索是脸上残留着的纸屑。

其二,昨夜,翟家家丁董小武逃跑了,翟老爷那把心爱的毛瑟手枪也随之丢失。

其三,四小姐艺佳的手上多了一枚金镯,上面只有一个金圈。

艺佳要嫁的不是梁少龙,而是三姐未见过面的夫婿。她知道如今多说无用,老爷的话绝不会更改,便静静地回到厢房,悉心为自己梳妆打扮。

于妈在老爷面前哭诉,说自己在莲蓬坊这些年,无功劳亦有苦劳,请求侍候四小姐出嫁前最后一日。

翟老爷到底是心软了,便允了她。

于妈欢天喜地地来至四小姐的厢房内,未语先跪倒在地。

艺佳皱了皱眉,道:"于妈,你不必如此。我知道小武是个好人,才连夜帮他逃脱。"

于妈浊泪涟涟地站起身来,从对襟棉褂内掏出一封信来,递给艺佳说道："这是二小姐从关中写给你的信，内容不详，只知道是费了大周折才托人让我交到您手中的。"

艺佳拆开信来，果然是二姐艺群的字迹！

两年了，二姐音讯全无，如今却突然来信了，怎不叫她感慨。

艺佳看着信的内容，一股寒意霎时袭上心头，她的手在颤抖，白色羊毛大氅无声地滑落在地上。

艺佳轻轻把金镯上最后一个金圈取下，兀自说道："明日就该上路了。"

乌云聚拢，大风四起，吹残园中曾经葳蕤的君子兰。

12

出嫁日。

黄昏，大风天。

莲蓬坊有个不成文的规矩，女儿出嫁前要喝下一盅本地酿造的白酒，以飨众客。

翟老爷从书房出来，看不出丝毫的悲伤。

艺佳上前敬酒，翟老爷笑呵呵地喝下，随即众人都将酒喝下。

半个时辰后就要去往南方，一番舟车劳顿自不在话下。

艺佳静静地走到翟老爷面前，不加尊称，厉声说道："翟公公，你害得我们一家人好惨呐！"

翟老爷微微一怔，旋即阴鸷地笑了，"昨晚有几个家丁被人杀死，看来我教你的武艺派上了用场啊。"

"那几人死有余辜，害了众人的性命！"艺佳说道。

"只是，你在他们身上留了张字条，上书：今夜风欲来，是什么意思呢？"翟老爷不慌不忙地品了一口茶。

"莲蓬坊三面靠山，吹的当然是山风，'山'与'风'二字合在一起便是'岚'，你该不会忘记自己当年抢劫南方一家富户，那夫妇就有一双女儿，名唤'小萍'和'小岚'吧，而我和三姐正是那夫妇的一双女儿！"

"哈哈！看来你都知道了！"翟老爷竟然翘起了兰花指，艳媚之态令人作呕。

艺佳从袖中掏出一张桑皮纸，掷到翟老爷面前，“你指使下人用浸湿的桑皮纸捂住小桃核、三姐等人的口鼻，使他们窒息而亡。孙多利房内结下的冰和三姐脸上未去除干净的纸屑让我悟出了你的杀人手段。”

翟老爷从鼻腔里娇哼了一下，“这种溺刑，在我们大清朝那会儿只有皇室中人跟达官贵人才能享有，给那些人用算是抬举他们了！我好不容易把你们这些女子养得如花似玉，等出落好了就献给各地大军阀，无奈那些女子都太贞烈，我只好杀了她们！还有你那个大姐，一直都在你身边呢，三年前我把她杀掉就埋在了那丛君子兰下，今年还开了花的。”

原来大姐早在几年前就惨死了，艺佳不禁悲从中来。

就在这时，众人纷纷倒地，昏死过去，翟老爷还没弄清楚状况，脚下发软神志迷糊，也跟着倒下。

于妈弄来的迷药起了效力。

艺佳准备马上脱身。

一支枪管顶在肋下，艺佳回头一看，果然是他！

“说吧，你从何时开始怀疑我的？”梁少龙仿佛换了个人，语气冰冷无情。

“那日你送我到厢房前，握我的手，我猛然窥见你手上有红色抓痕，便猜想杀人时你也在场。我如今想知道，你是怎么知道我找了董小武帮忙，随即又对他加以陷害的？”

“哈哈，我可以勾引你，就可以勾引你身边的青儿。”

梁少龙原来是这般卑鄙的人。

“好了，我现在就送你去死吧！”

枪响后，倒下的却是梁少龙。

艺佳兴奋地跑过去，一把握住眼前蒙面男子的手。

两人快速向莲蓬坊外逃去。

行至门口，男子停下脚步，一把火点燃了莲蓬坊！艺佳也将二姐的信丢在了熊熊火中。

那封信上写着：

艺佳：

我不得不告之你一件事情，我们并非亲生姐妹，而是从各地大户人家被抢来的女儿，而我们现在的爹爹是个魔鬼，他系前清太监，本来守着慈禧墓,后来大军阀孙殿英撬了墓陵,他也趁火打劫捞了许多财宝,就建了莲蓬坊,专门物色绝色女子,从小时起便精心调教,等长成人后献给有势力的军阀,以换取更多的钱财和人脉。

时间紧迫,恕不赘述,逃命为先,切记!

二姐亲笔

艺佳紧紧牵着蒙面男子的手,心里感到很踏实。

十岁那年,他初进莲蓬坊,见到了艺佳,竟学着宝玉说道:"这个妹妹,好像在哪里见过。"

十五岁时,听青儿说,并不是梁少龙在集市上救了艺佳,而是董小武,他为此弄得血满衣襟。

十九岁这年,他鼓足勇气对艺佳说:"我要保护你。"

而如今,她决意跟他一辈子,天涯为家。

身后的莲蓬坊已是一片火海……

凶宅日记

文 / 尾巴卷卷

1. 私奔

丁帅和秦小庄私奔了。

为此，丁帅放弃了一间茅草房和一只看门狗。

临走，秦小庄留下了父亲给她的金卡。

爱情，有时候是明智的，不过大多数时候都是愚蠢的。

秦小庄爱丁帅就像爱自己一样，丁帅爱秦小庄也像爱自己一样。他们的钱很少，只够租下明月小区的 303 室。

那是传说中的凶宅，空置了很久，周围的人时常听见里面有人走动的声音，就像是光脚踩在地板上发出的"啪嗒啪嗒"声。但有时候，穷比鬼更要命。"有了爱情，鬼也要退避三舍的。"丁帅对秦小庄说。秦小庄乖巧地点点头，他们都相信真爱无敌，于是百无禁忌。

一室一厅，宽敞明亮，只是灰尘很厚，站在阳台可以眺望城市中心的繁华。卧室很大，是秦小庄喜欢的样子，浅灰色的地板，深棕色的壁柜，和自己的家很像。墙上有个壁柜，大概宽 1.5 米，上下贯穿整面墙，壁柜分为上、中、下三个部分，上面和下面都是小柜子，中间最大，是一个对开的衣柜。

挂上白底兰花的窗帘，床单是深海蓝色，衬着点点星光。得到了自己想要的爱情，那个夜晚，秦小庄睡得很熟。

第二天早上，秦小庄和丁帅手挽手踩着阳光来到超市，他们买了很多日常用品。包括香皂，肥皂，牙签，洗洁精，新鲜的玫瑰，还有一包"名典"十二包装的卫生纸……

一切安排妥当，只有一大包卫生纸没有地方可以放，丁帅看了看壁柜，指着壁柜下面的柜子,“要不放这里吧!”秦小庄表示同意。丁帅来到壁柜前,上面没有把手,打开的方法可能是上翻,下翻,左平开或右平开。但是,无论丁帅多么努力,都不能打开这个柜子。后来,丁帅拿过秦小庄递来的螺丝刀,狠狠地在每个边上都撬了一遍,但是壁柜的门仍纹丝未动。

秦小庄拒绝了丁帅把卫生纸都放在洗手间的建议,她认为洗手间比较潮,容易滋生细菌。最后,卫生纸只能放在衣柜里面。

壁柜下面的柜子成了一个死角。明明租下了整个房子,却还是有一块地方不属于自己,秦小庄心里有些不舒服。

2. 梦

丁帅找了一份网管的工作,8 小时倒班,一个月 800 元。秦小庄每天到网吧里写悬疑小说,挣微薄的稿费。

日子虽然平淡,但是还算过得去。没有了绫罗绸缎,秦小庄穿路边卖的 25 块钱一件的白 T 恤;没有了珍馐佳肴,秦小庄爱上了一块钱一包的康师傅,加上一根双汇王中王,一顿饭两块钱也能吃得很满足。

烦恼,来源于不可企及的欲望。无欲无求自然可以逍遥自在。

丁帅每天下班回家都会有一个扎着马尾辫,穿着碎花围裙,手里拿着铲子的女孩给自己开门,她会笑着说:“亲爱的,我闻到你的味道了!”丁帅很满足,从小没有父母的疼爱,秦小庄的温柔让他觉得自己幸福得快要冒泡。

不过,幸福是过去完成时,没有人敢说它是将来时。

在房子里住到一个月的时候,正好赶上丁帅上晚班。秦小庄先睡下了,那天晚上她梦到了秦小诺。

秦小诺穿着白底碎花的棉布睡衣,皮肤白净,左眼角有一颗红色的痣,黑色的头发在灯光下闪着幽幽的光泽。她盘腿坐在床上,握着胖嘟嘟的脚趾头笨拙地修剪着指甲。而秦小庄自己则趴在床上,在那个粉红色的笔记本上认真地记着日记。

过了一会儿,秦小诺急急地穿好衣服要出门,她对秦小庄说:“我很快就回来!”秦小庄点点头。果然没过多久,敲门声响了起来,很暴躁的样子,秦小庄下床去开门,可是门外,一个人也没有。又过了一会儿,还是有人拼命地砸门，秦小庄开门，仍然是一个人也没有。秦小庄心里发毛，她反锁了门跑到床上，怀里紧紧地抱着日记，惊恐地盯着门口。

忽然，一切都静下来了，只有墙上的钟"滴答滴答"地响。

过了很久，秦小庄的神经放松下来。她把日记本放下，轻手轻脚地来到门口。忽然，窗户被"哗"的一声推开，阴冷的风灌进来，床上的日记被翻得"哗啦哗啦"响。秦小庄抚开眼前被吹乱的头发，跪在床上，把窗户关严。

忽然，脚腕传来一阵刺骨的冰冷，秦小庄回过头，惊愕得发不出声音——一只黑色的干枯的手，从日记本里伸出来，死死地抓住秦小庄。一会儿，一张熟悉的脸从日记本里挣脱出来，表情阴冷，左眼角的痣看起来很诡异："我说过会早点回来的……"

秦小庄惊叫一声醒过来，丁帅把她抱在怀里，"别怕别怕，宝贝，我在呢！"

"我……梦到秦小诺了！"秦小庄明显地感觉到丁帅的身体颤了一下。

3. 秦小诺

丁帅没有见过秦小诺，那是因为在他认识秦小庄的时候，秦小诺就已经死了。

秦小庄三岁的时候被诊断为先天性心脏病，医生说，她活不过 20 岁。秦小庄是不幸的，但她又是幸运的，她有个有钱的老爸。

秦邵阳，A 市最著名的地产公司的老板。再婚之后，他在孤儿院领养了一个孩子为养女，这次他很低调，没有向任何媒体透露消息。新的秦夫人是个很出色的女子，叫锦荷。虽然并不年轻，但知书达理，出得厅堂，下得厨房。在得知秦小庄病了的消息之后，她委婉地劝秦邵阳去领养一个孩子，秦邵阳熄灭了烟头，用沙哑的嗓子说："我自有分寸！"

秦邵阳和锦荷终究还是领回了秦小诺，第二天，秦邵阳就亲自带孩子去医院做了全身检查。锦荷很奇怪，秦邵阳解释说，既然领养了就要当亲生的一样看待，孩子这么多年没有人疼爱，万一有什么病也不知道，还是尽早检查一下比较好。这一番话说得锦荷热泪盈眶，锦荷很心疼小诺，对她的爱甚至超越了小庄。

秦小庄也很喜欢小诺，因为她再也不用一个人和洋娃娃说话了。小诺很好看，笑起来眼睛会发光，但是她很少笑，也不爱说话，总是一个人沉着脸坐在花园里发呆或者叹息。

秦小诺沉稳得像个大人，复杂得像个大人，走路像大人，吃饭像大人，连睡觉的模样都像大人，也许做的梦都是大人的。

一个大人的灵魂嵌在孩子的身体里。

“她是一个阴郁的心里铺满哀怨的孩子。”回想起以前的事情，秦小庄就是这样向丁帅形容秦小诺的，“她喜欢藏在我房间的柜子里，在我睡着了之后悄悄走到我身边，然后看着我，什么也不做。每次我都被她吓得哇哇大哭，所以睡觉之前，我会拿起一本厚厚的书或者台灯走到柜子前，然后猛地打开柜子，如果她在里面，我就会把手里的东西扔进去。不是为了打她，只是为了吓唬她，打伤了她，恐怕以后连这样恐怖的游戏都没有人陪我玩了。想来，那时候是她陪我度过了一个奢华而空洞的童年！”

可惜没过几年，小诺就失踪了，锦荷甚至几天都不吃东西，就坐在小诺的房间里一边笑一边流眼泪。每当秦小庄看到锦荷这样伤心，就会跑过去说：“锦姨，小诺没有丢，小诺在这里！”接着用胖乎乎的小手指指自己的心。然后，锦荷就会紧紧地抱住小庄，号啕大哭。

是的，小诺在小庄的心里。

4. 壁柜

事情过去很多年了，秦小庄总能想起第一次见到小诺的时候，她那双怯怯的眼睛，明亮而真诚。晚上睡觉的时候，秦小庄总能听到自己的心在怯怯私语，它说：“我会回来的。”似乎在自己胸腔里怦怦跳动的不是心脏，而是披着长发的秦小诺的头，那双明亮的眼睛透过自己的皮肤和血管看着自己。

秦小庄总是被自己这样奇怪的想法吓得冷汗直冒。只有在丁帅的怀里，她才能安然入睡。

生活是琐碎的，要添置的东西太多。很快，家里所有的柜子都被装得满满的，只剩下那个壁柜下面的柜子。

晚上睡觉的时候，秦小庄对丁帅说：“明天把壁柜的门砸开吧，家里很多东西都没有地方放了。”

“你准备放东西进去？”丁帅说。

“是啊！”

“你怎么知道里面是空的？”

“那里面……能有些什么啊？”秦小庄的声音颤颤的。

“也许是很多书，也许是几件旧衣服，也许是一具尸体……”丁帅阴阴地笑了一下。

“……你别吓我好不好！”秦小庄不满地看了丁帅一眼，然后转过去背对他。

很快，丁帅睡着了，轻轻地打着鼾。秦小庄在黑暗里眨着眼睛，她一想起丁帅的话就觉得头皮发麻。

夜深人静时，秦小庄终于觉得困了。朦胧中，丁帅一把拉过她，在她耳边说了一句话：“你猜柜子里的，是你，还是我？”秦小庄把头蒙在被子里不停地颤抖。丁帅把被子掀开，阳光照进来，原来天已大亮。

天亮多好，不用害怕有东西在黑暗中流着口水偷偷地观察自己、研究自己。

丁帅上班去了，临走前秦小庄嘱咐他回来的时候借点工具，晚上把壁柜打开。

家里没有电视和音响，白天不写稿子的时候，就只能听听窗外暴躁的汽车喇叭，或者隔壁小夫妻吵架。现在，房间里很静。静得让人觉得很冷。

人无聊的时候就会胡思乱想，胡思乱想的内容往往是自己最不愿意想起的。比如那个打不开的壁柜里面到底有什么呢？

秦小庄不大敢猜测里面的东西。好奇害死猫。

还是逛街去吧，秦小庄喜欢热闹的地方。有人气，不害怕。秦小庄拿过电话，给丁帅发了条短信，告诉他自己要去逛街。然后，她拿过化妆包，打好粉底，开始仔细地画着眼线。秦小庄的眼睛很大，她喜欢把自己打扮得像洋娃娃一样可爱。

眼线画得有点粗，画到眼尾的时候，忽然，她的手抖了一下。她听到了“咔咔”的声音。秦小庄惊恐地转向壁柜，画了眼线的那只眼睛看起来很大，眼尾有一处别扭的拐弯，就像命运，十分诡异。

“吱呀”一声，无数细碎的尘土笼罩在壁柜周围。壁柜开了，一个小女孩穿着白底碎花的棉布睡衣，皮肤白净，左眼角有一颗红色的痣，黑色的头发在灯光下闪着幽幽的光泽。她对着秦小庄笑，诡异地笑。

秦小庄顺手拿起电话狠狠地扔过去，这是她小时候养成的习惯。

“咣当”一声，电话砸在壁柜里，没有碎。

秦小庄抱住头闭上眼睛，心跳得很剧烈，她听到自己的心在窃窃私语。它说：“我会回来的！”

秦小庄艰难地说服自己睁开眼睛，壁柜关得好好的。它又变成了一个诱惑，隐藏在房间里，让人情不自禁地想去探究。秦小庄没有多想，她走到壁柜旁边，伸手一抬，壁柜的门缓缓打开了。

表面是木材的壁柜里面却是金属的，就像一个简易的保险柜一样。里面有一个硬皮日记本，封面已经发黄，不知道是什么人留下的。日记并不多，但写得很工整，每一页里都夹着细碎的黑色粉末。秦小庄看了很久，也不知道那是什么。

5. 日记

1982年2月7日，星期天，雪

天真冷呀，还好有他在，把小手放在他的大手里暖暖的，有点潮。雪踩在脚下“咯吱咯吱”响，火车站就在前面不远的地方。

我都想不到自己居然和他私奔了，爸妈还是不同意我们在一起，老爸说他太穷了，养不起我，我跟着他会受苦。

我不怕，要是人生里没有轰轰烈烈的爱情，那人活着又有什么意义？我爱他，愿意接受他给我的生活，就这么简单。

买票的时候，人很多。他把我圈在他的手臂里，怕旁边的人挤到我。快上车的时候他问我想吃什么，我说茶叶蛋。他给我买了回来。我摘掉手套拿在手里，一边吃一边喝着打来的自来水。正吃得高兴的时候，他忽然哭了，开始是小声地呜咽，我以为他感冒了，还问他要不要吃药。后来他就抱住我号啕大哭，害得我把手里还没吃完的茶叶蛋都掉在地上了，真浪费。

他说：“对不起，对不起……”

这是我最感动的一天。

1982年5月6日，星期四，晴

我们租下了明月小区的303室，很简陋的房子，但是便宜。

他做业务，很累很辛苦，但是他都咬牙坚持下来了，每天下班我问他累吗，他总说不累。今天我给他擦鞋，发现鞋底都快磨穿了，原来他是为了省下坐公交车的钱，不论多远他都步行。

我蹲在那儿，眼泪稀里哗啦地往下掉。他怎么这么傻啊！

我是对的，放弃了原本安逸的生活，即使现在过得比较清苦，我觉得也是值得的，有爱在身边不就足够了吗？

我们把房子简单装修了一下，铺上了浅灰的地板，又做了一个咖啡色的壁柜，整个房间看起来很温馨。

爸妈的态度已经不像以前那么强硬了，他们说，过一阵子让我们回家。

幸福来得太快，让我措手不及。

1982年10月7日，星期四，晴

今天我到街上买了很多菜，庆祝他升为经理。工资高了很多，又不用那么辛苦，我真的很开心很开心。

阳光很灿烂，照在身上很温暖，我知道那是幸福的温度。

做了他最爱吃的红烧肉和糖醋鱼，还买了几个猪蹄。这些东西以前我都不敢买，今天是个特别的日子，应该好好犒劳他一下。

可是过了很久他都没有回来。我有点失望，但我想他一定是为了工作。我简单吃了点，把菜放在厨房的窗户旁边，打开窗子，家里没有冰箱，我怕把菜放坏了。

我等到半夜一点后就迷迷糊糊地睡着了。他回来的时候似乎很累，没有洗漱就睡了。我想他真的是累坏了吧。

1982年10月8日，星期五，晴

早上帮他拿西装的时候，我闻到了一种很好闻的味道，应该是有钱又性感的女人才会用的香水。

我装做没有闻到，他背对着我，我把西装套在他身上，他转身拿了公文包就走了,没有吻我。

这是唯一的一次。

香水里有危险的味道。

1982年10月9日,星期六,晴

原来婚姻真的是爱情的坟墓,我们吵架了。心情糟糕到无以复加!

日记的后面缺了好多页,但是撕口整齐,应该是有意撕掉的。也许那段时间真的发生了很多让她很不愉快或者感到很特殊的事情,日记再往后写的就是三年以后的事情了。

1985年8月2日,星期五,阴

他没有回家,我不知道他在哪里,但是我知道他一定不是一个人。应该有一只温柔的手臂挂在他的身上,鼻腔里是散发出暧昧香甜的味道。

站在窗口,外面的天压得我喘不上气。我轻轻摸着胸口上的朱砂痣,他说那是他的吻,上帝帮他刻在我身上的,他要用这个吻占有我一辈子。

一辈子是多久,是不是到我死?

今天宝宝很乖,没有踢我,我一个人很寂寞,只能跟宝宝说说话。身体越来越不方便,腿也肿得厉害。今天去医院的时候医生问我:"你老公怎么不陪你?"我说:"他出国了,公司的事他得亲历亲为,但是他每天都会贴心地打电话给我,还给我找了个保姆,不过我没要,我不喜欢陌生人出现在家里……"

医生羡慕地看着我说:"你真是命好。"

我努力命令自己微笑,再微笑,作出幸福的样子。命令自己冷静再冷静,千万不能让眼泪掉下来。

从医院出来的时候,已经开始下雨了,淅淅沥沥。空气很潮湿,我的心都是阴阴的。

我在医院门口看见他的车开过去,没有伞,但我还是追了出去,我笨拙地向前跑,心里被某种东西填得满满的,梗在心上,生疼生疼的,眼泪和雨水混在一起,顺着脸颊往下淌,拖鞋掉了,白袜子踩在水里,头发贴在脸上。我看见了副驾驶的位置上有一个女人。

意料之中,虽早有准备,可我还是忍不住号啕大哭。

1985年8月10日,星期天,晴

今天他回来了,还亲自下厨做了我最爱吃的糖醋排骨。他对我笑的时候,像以前一样温柔。

排骨很好吃,因为有我的爱情,有我喜欢的味道,只是我还是没有吃出来里面是有安眠药的。

平躺着的时候,我以为自己死了,我惊恐不已,挣扎着要起来。头顶的灯很亮,很刺眼。很多医生在忙碌着。感觉不到疼痛,头晕晕的。

“血压正常,心跳正常……”护士汇报着我的身体状况。

我听见医生说:“快去问家属保大人还是保孩子。”

护士一愣:“嗯?”

“快去。”医生抬头看着护士。

护士慌张地点点头,出去了。

我拼命地张嘴,却发不出声音。我不知道为什么医生要那样说,我快死了吗?我想说,如果有危险无论如何都要保住孩子,那是他留给我唯一的东西,即使没有了爱情,至少还有一个爱过的记号,要是连记号都没有了,那我就真的失去他了。

护士回来低低地说:“保孩子。”

孩子离开我身体的时候,我能感觉到他是幸福的。我想睁开眼,看看孩子,眼皮却怎么也睁不开,身体轻飘飘的。我慢慢升起来,看见护士走出去把孩子交到他手里。他很开心,还把医生拽到一边,神秘地说着什么,那医生摘下纯白的口罩,露出一口参差不齐的黄牙,很阴险地笑了。他似乎很满意,说话的声音都大了些,“明天到我那儿领支票,我的人一会儿来处理尸体。”

尸体?我还有呼吸吧!但是没有什么事情是钱做不到的。在火葬场的火化炉里,活着和死了又有什么区别?出来的时候都是几根破碎的骨头和一把骨灰……

秦小庄合上日记拼命地大口呼吸,她觉察出不对的地方了,按照日记主人的写法,到这里她就已经死了!那……日记是谁写的?除了她本人还有谁知道得这么清楚?

6. 往事

过去的事情都装在一个落满灰尘的木头盒子里，上着锁，散发着腐朽而颓靡的味道。它在等待一个最合适的时机，然后被打开。

在皮肤上干涸的血液颜色有多深，6岁的记忆就有多深刻。手术是在一家私人诊所进行的，医生是美国请来的。这件事只有秦邵阳知道。所有的事情都是他亲自包办。

秦小庄和秦小诺一起被推进手术室，出来的时候一个被推进特护病房，一个则被推进太平间。

秦小庄是被自己的心脏叫醒的，她说："我会回来的！"张开眼睛看见的是爸爸，小庄说："我知道，她会回来的！"秦邵阳惊诧地看着秦小庄，抚摸着她的脸颊："谁回来都没有关系，只要你能好好的！"

抬头对上锦姨的眼睛，很平淡，但平淡背后的翻江倒海让秦小庄不寒而栗。锦姨端庄地走过来，脸上露着微笑，她用手指轻轻地梳理小庄的头发。她的手指洁白而修长，冷得没有温度，指甲划过皮肤，传递着危险的信息。她俯下身，胸前的朱砂痣像一张樱桃小嘴。她说："好好养病，一切，都会好的！"

从此，秦小庄的心脏就开始隐隐的疼。

临走的时候，锦荷说今天阳光很好，要在附近的小店里逛逛，让秦邵阳先回家。她没有逛街，而是去了太平间。空气里有一种让人干呕的味道，也许这就是死人的味道。给了看守一些钱，空旷的房间里就只剩下了锦荷和躺着的死人。

锦荷来到小诺的身边，她的脸上盖着白布。锦荷的眼泪落在白布上，湿了一大片。她的手不由自主地颤抖着，揭开白布的时候，眼泪让她的视线变得很模糊，她仿佛看见小诺的眼睛竟然怨恨地睁着。锦荷退后了一步，赶紧擦掉眼泪，原来小诺神态安详，如果皮肤不是那种死人特有的青白色，她还以为她睡着了。

"我明白了，小诺，你不甘心是吗？"锦荷淡淡地说。

7. 母女

女人抬头看了看阳光,还是很不适应。她光着脚在街上走,招来很多人的侧目,但她不知道自己要去哪儿。

肥大的衣服挂在身上,粗糙的布料跟皮肤摩擦发出“沙沙”的声音,她在街边坐下来休息,警惕地看着周围。

街上的人不是很多,街对面跪着一个小女孩,穿着不合身的蓝色男士工作服,头发已经粘成一团,脸脏兮兮的。她的面前放了一个橘红色的塑料碗,里面有几张毛票和硬币。每经过一个人,她都会抬起明亮的眼睛盯着人家看,一般人都抵受不住这样纯洁无助的目光,就无奈地掏出零钱扔在小女孩的碗里。

一直到了傍晚,女人有些饿了,但是衣服里一毛钱都没有。小女孩缩在墙角,背对着行人,认真地数着钱。转过来的时候小女孩笑了,把整理好的钱揣在兜里,抬头看见穿白衣的女人盯着自己,她警惕地用手按住口袋,然后收拾好垫子和碗准备走。

夕阳照在路面上,一片金黄。小女孩的影子拉得很长,女人就这样看着她,小女孩每走几步就会回头看看,已经走出很远的时候,她又转了回来。

站在女人面前,她说:“你为什么看我?”

女人说:“我也有个孩子,像你这么大……”

女孩说:“那你为什么不回家给他做饭去!”

女人说:“自从他出生我就再没见过他。”

女孩说:“你不要他了吗?”

女人的眼泪马上就掉了下来,“我怎么会不要他……”

女孩眨了眨眼睛,“你没有家吗?为什么还不回去!”

女人说:“我没有家。也没有亲人。我甚至不知道自己是谁!”

女孩说:“我没有亲人,但是我有个家!”

女人抬头看了看女孩,女孩说:“你跟我回家吧,你给我当妈妈,我从小就没有妈妈!”

女人说:“孩子,你叫什么?”

女孩说："我叫小诺。"

于是，女儿有了妈妈，妈妈有了女儿，一切都应该完美了。但是，"应该"只是一个假设。假设的东西是要被验证的，验证的结果或好或坏。

女人有病，精神分裂，只要在街上看到孕妇就会回家打小诺，用最大的力气，用最结实的东西，带着最怨恨的表情。小诺就藏在柜子里，带着满身的伤，一边小声地哭一边叫着"妈妈"。

从此，小诺就喜欢藏在柜子里，吃在柜子里，睡在柜子里，因为她不知道妈妈什么时候会打自己。

女人清醒的时候会一边掉眼泪一边给小诺擦药，给小诺做白底的红色碎花裙子，包香香的小辫饺子，还会带小诺上街买零食。

谁都以为她们是真的母女。直到有一天一个邻居看见女人正用做饭的铲子使劲地打小诺，才救下孩子并将她送到了孤儿院，还把女人送到了医院。原来，女人就是从医院里跑出来的。

8. 锦荷

无论哪个年代，带着淡淡忧郁的女子总是很受欢迎的。男人们以为女人之所以有这样淡淡忧郁的表情，是因为她们的内心像天边的云彩一样，缠缠绕绕，柔柔软软。

锦荷就是这种表情的标准版本，那种忧郁从眼睛里面飘出来，粘到你身上，甩都甩不掉。

秦邵阳并不知道锦荷有这种表情是因为精神分裂刚刚治好，看吧，男人有的时候就是这样愚蠢。但锦荷看起来是真的想好好跟秦邵阳过日子，女人是喜欢安定的生活的。

日子过得很平淡，但充满甜蜜。偶尔，锦荷会亲手给秦邵阳包小辫饺子，一排精致的花纹爬在饺子的脊背上，从热气腾腾的锅里拿出来，用心摆在盘子里，然后被送进秦邵阳的书房。吃饺子的时候，锦荷就坐在秦邵阳对面看着他，秦邵阳会一边握着她的手一边吃，脸上和嘴巴里都是幸福。

去孤儿院的时候，锦荷是陪秦邵阳一起去的。她有点担心，孩子是秦邵阳指定的。当锦荷看见小诺的时候，心里一阵绞痛。孩子抬头看了看锦荷,目光明亮,没有怨恨。难道她不恨我吗？锦荷想。

事实证明是这样的，小诺小小的年纪居然理解了大人的无奈与苦痛。那天锦荷进了小诺的房间,用手抚摸着小诺的头,说:“对不起！”小诺摇摇头,“我知道,打我的那个,不是真的你!你是个好妈妈!”锦荷的眼泪夺眶而出,她紧紧地把小诺搂在怀里,“我发誓,我一定会好好地照顾你,小诺！我不会再让你吃苦了！”

9. 目的

丁帅回家的时候手里果然拿着工具，秦小庄在丁帅的脸上亲了一下,指着壁柜说:“看,我已经打开了！”

丁帅的眉头皱了一下。

秦小庄拉着他的手,走到壁柜旁边,“你看,里面居然是金属的呢!像不像保险柜？”

秦小庄回头的时候看见丁帅手里正举着钳子，秦小庄的脸色惨白,“帅,你怎么了,不舒服吗……帅,你怎么不说话？是不是病了,你举着它干什么啊！来,给我！”

丁帅的泪水在眼睛里转,“小庄,对不起！”

秦小庄的额头火辣辣的疼,血流到眼睛里,像眼泪一样滴下来。

锦荷是个聪明的女人,她知道如何达到目的,为此她等待了很多年。

秦小庄把秦邵阳给的金卡摔在桌子上,留下话说:“我是一定要和他在一起的,你们谁也阻止不了。除非我死了。”

一切都在意料之中。看来丁帅做得不错。

几个月后的一个晚上,丁帅打来电话,说一切都搞定了。锦荷马上动身到了明月小区。不知道为什么,这里的一切都是那么熟悉。

丁帅给她打开门,“都弄好了。”他指着壁柜说,“金属的柜子,她是打不开的。保证万无一失！”

“很好！”锦荷拍了拍丁帅的肩膀,“辛苦了！”

丁帅腼腆一笑,“要是没有你的帮助,我妈她早就……为你做点事情是应该的！”

“好，动手吧！”锦荷命令道。

“可是，如果如你所说，你是给小诺报仇，那应该找秦邵阳吧！小庄……她不是凶手。”

“我，只是想拿回小诺的东西……你，动手吧！”锦荷盯着丁帅的眼睛，盛气凌人。

丁帅怯怯地打了个电话，叫来两个人，“把货搬走吧，到了公海把人扔下去就行！”

10. 相册

警察找到丁帅和锦荷的时候，两人不能相信秦小庄被救了！

就连秦小庄都不能相信，她醒过来的时候发现自己居然被关在一个四周冰冷的铁箱子里，她猛然想起这就是自己打开的壁柜。

一种刺骨的冰冷遍布全身，一双眼睛明亮而真诚地看着她，不说话。秦小庄吓得浑身颤抖，闭上了眼睛。她感觉到自己没有在家里，因为她已经听到了海浪的声音。她忽然想起了什么，用手在柜子里摸索，摸到一个长方形的、硬硬的东西。

秦小庄拨通了秦邵阳的电话……

书房里，秦小庄坐在秦邵阳的对面。

“小庄，你知道我当初为什么要阻止你和丁帅在一起吗？”秦邵阳问。

“难道……你不是嫌他家穷吗？”

秦邵阳摇摇头：“难道爸爸在你心里是这样不开明的人吗？”秦邵阳递给小庄一本相册。

秦小庄翻了几页，“这不是大伯的相片吗？”

“继续往后看！”

“啊？居然……”秦小庄惊呼出声。

“很奇怪吧！我找到这本相册时和你的反应一样。可你大伯的妻子在生孩子那天就死了，我们都以为是意外，想不到是你大伯一手策划的，他太花心，却不能承担责任，但是他又想要那个孩子！孩子一周岁生日，也就是他妻子一周年忌日的时候，你大伯出车祸死了，车子冲出护栏掉在山崖下面，连尸体都没有找到！”

“可她……”秦小庄用手指着站在大伯身边的女人，“和锦姨简直一模一样。”秦邵阳点点头，点了根烟，“可是我是真的爱她，不管她过去经历过什么。”

“爸……你没有想过……她和我大伯的女人可能是同一个人！”

秦邵阳的身体重重地颤抖了一下，气氛变得紧张起来。两个人都感觉到诡异的气流在空气中飘荡。像某种微风，或者有人走过……

“那么这与丁帅有什么关系？难道他是我大伯的孩子？”秦邵阳点点头，“当时我还没有拿到证据，我知道即使我告诉你，你也不会相信。你一定以为我是在故意编造故事。他死了以后，他的孩子就不知去向了。我和你大伯多年未曾联系上，没想到一得到消息就是这样……”

11. 尾声

秦邵阳去看望锦荷的时候，她已经不在了。她不是死了，没有人看见她死，没有人看见她的尸体。她的拘留室里也没有血迹，只有一些黑色的粉末。秦邵阳的脸色很难看，他对负责看押的警员说：“不给我一个满意的答案，我跟你们没完！”说完转身走了。

山崖，那个曾经有人殒命的地方。一个女人用纱巾把头和脸都蒙了起来，和秦邵阳一起站在阳光里。“我不知道你到底是谁，但是我不想让你死！甚至不忍心让你坐牢。”秦邵阳说。

“谢谢你，过去的，现在的，你不欠我了。”

“虽然我不知道你在说什么，但是，我想说……你，在我身边的时候，我真的，很幸福。”秦邵阳仰望着远方的群山，眼睛渐渐模糊。

“你一定要走吗？”秦邵阳不敢看她。

她没有回答。等秦邵阳擦掉眼泪转过头的时候，身边已经空无一人……

纸片人

文 / 花布

1

墨森回家时,已是半夜。

他的车坏了,他深一脚浅一脚地踩着路灯的影子回家。马路上一个人都没有,甚至连一辆汽车都很少见。他转过一个十字路口时,突然听到一阵鬼祟的脚步声,那种声音像是两个人在说悄悄话,不能张扬,却又故意让第三个人听见,音量大小恰到好处。

墨森感到后背发麻,加快了脚步。可他走得快,身后的脚步声也急促;他走得慢,身后的脚步声也迟缓。惴惴不安地走了几百米后,他确定一定是被什么东西跟上了。他决定壮胆看一看。

墨森猛地扭头,眉毛不解地就皱了起来。那是一张纸,那张纸平静地躺在地上,偶尔有风吹过来,它就掀起一个角,颤巍巍地动一动,如同在挥手致意。纸就是纸,它无法变成刀子刺人心窝,无法变成猛兽咬人的脖子。

可墨森是个好奇的人,他没有继续前进,反而回头向那张报纸走去。他决定幼稚一把,把那张纸撕成碎片,解解心头之恨。他拿起纸后,才发现上面画着东西,还有一行字。画的东西是一个歪七扭八的老女人。写的字是:还给我。

墨森觉得,这一定是哪个小孩的无聊之作。他把那张纸撕碎了,让它随风而去。

解决了心病,墨森又开始前进。可走了不一会儿,他又听到了那隐隐约约、不怀好意的声音。这次,他没有停下,忽然就扭过头去。他的脑袋一下就大了,那张纸居然飘飘忽忽地又出现了。它似乎是故意的,在风的作用下，一点一点飘到墨森的脚旁，纸上那个女人睁着一双大眼睛，死死地盯着墨森。

墨森觉得事情严重了，他咽了口唾沫，一路狂奔。等气喘吁吁地停下后，身体如冰一般冻住了——那张报纸还在，它粘在他的鞋底上，居然牢固地跟了他一路！这时，路尽头驶来一辆出租车，他像疯了一般拦住那辆车，甩掉鞋底的纸，钻进了车内。

在车开动的一刻，车后形成的旋风卷起了那张纸，它很高明地飘在了车窗上，颤颤抖抖地对着墨森的脸，纸上那个女人在纸张微卷下，仿佛狰狞地笑了，继而，一下消失在窗口。

墨森低声骂道："见鬼了！"

司机的耳朵贼灵，笑道："看您这样子，一定是见到那个老太太了！"

墨森好奇地问："什么老太太？"

"您是外地来的吧？"司机有些得意，"您不知道，我们这条街是市里有名的鬼街。据说到了深更半夜，常有人看见一个老太太在大街上游荡，吓了不少人呢！"司机便对他讲起了关于粉黑街的故事。

住在粉黑街的人都知道，夜半时不要出门，不然很可能碰见一个疯老太太。

没人知道疯老太太的家在哪儿，也没人知道她叫什么，只是经年累月的，人们已经习惯这个夜半出现的老太太。据说，起初，每到深夜，这个老太太就会飘飘忽忽地出现，在大街上漫无目的地走，手里拿着一叠白纸，纸上是她自己画的画、自己写的字。她像发传单一样，把这些纸撒得满街都是。

偶尔有夜半回家的人见到她，她就摇晃着手里的纸，嘴里嘀嘀咕咕地追那些人。好多人都被她吓得不轻。后来，人们开始一个传一个地说起这档子事。

有人说："一定是精神病院里跑出来的疯子。"

有人说："那一定是个孤魂野鬼，深更半夜出来索命的！"

还有人添油加醋地说："我听说那老太太见到人后，会朝人要东西！要什么？要命！"

一人一张嘴，百人百张口。到后来，这事越传越邪乎了，粉黑街就成了市里的鬼街。

墨森听到这里，忍不住说："那老太太究竟是人是鬼？"

司机说了句废话："活着的时候是人，死了就是鬼。"

墨森硬着头皮说："我不相信这世界上有鬼。"

"真的吗？"司机突然阴森森地笑了，"我们开出租的遇到的怪事太多了，有些东西是不得不信的！"他说着，摸了一下车顶的菩萨吊坠，"我经常跑这条粉黑街，遇到的怪事很多，这尊菩萨是我老婆给我请的，挺灵验的！"

墨森说："你见过那个老太太吗？"

司机说："有一次，我跑夜车，送一个喝醉酒的乘客回粉黑街。他醉得挺厉害的，到他家后，我想送他上楼，他说不用，我就转身向车里走去。刚走了几步，我就听见他嘀嘀咕咕在和别人说话。我扭过头去，看见他站在楼道门口，楼道里站着个老太太，看不清脸，但我确定那是个老太太。我以为是他妈，就没多想，可刚上车，就看见那位乘客倒在了地上。后来，警察来了，说是酒精中毒。依我看不是。"

"你怎么看？"

"他是被老太太索走了魂！"

墨森总算到家了，下车的时候，那个司机又叫住了他："您要小心，据说，谁捡了老太太撒的传单，她就跟定谁了！"他说着，在车里翻出一张脏兮兮的名片，"这是我老婆给我求菩萨吊坠的地方，您要用得着就拿去。"

墨森愣了一下，犹豫着接过了那张名片。名片上写着林大师三个字和联系电话。他被这个一点也不神秘的名字逗乐了，抬起头，出租车已经远去，他突然打了个冷颤。那张纸竟然粘在车屁股上！它跟了他一路！

2

墨森今年三十整，未婚。早年，他一直随父亲在国外居住。他的父亲经营着上亿的产业，产业主要集中在国内。一年前，父亲不幸因病去世，他便回到国内，一是接手这庞大的产业，二是照顾母亲。他母亲并不是他父亲的合法妻子，是几十年前墨父在国内结识的女人。两人同居后生下了他。

墨森儿时就被父亲接走了，墨母却没办法跟随，墨父的合法妻子是个有名的醋坛子。母子二人一别就是二十四年，二十四年后，墨森的大妈和父亲相继去世，而他接手了父亲的产业。他回国的时候，报纸杂志把他宣传成了钻石王老五,他一下成了名人。

名人有名人的恐慌，墨森开始惶惶不安了。他害怕别人打他的主意，害怕一不小心因为财富名声送了小命。他甚至有雇保镖的打算,可又觉得太夸张。于是,这种愈加强烈的担心形成了背后有人的“第六感”。

墨森到家时已是深夜三点了。他住在市里的大森林公寓,小区里只有三幢楼,每一幢都有五十层高,他住其中一幢的顶层。

墨森一个人住,没有雇佣人。

此时,天色暗红一片,压得人喘不过气来。墨森望着黑压压的房子,头一次感到了孤独和恐惧。他打开电话录音听留言。

第一个是母亲的留言:“小森,星期天别忘了回家,我给你煮你爱喝的糖水。

第二个是公司秘书的:“墨总,您的车后天下午修好。”

最后一个留言竟然是空的。

墨森皱了皱眉,打算关掉电话录音,他的手刚伸向开关,录音机突然响了起来:“别动!”他吓了一跳,本能地缩回手去。录音机里传来一阵隐隐约约的笑声,似乎那个戏弄了他的人正洋洋得意着。他有点愤怒,伸手又去按开关,录音机突然又说话了。

它说:“我说过,别动我!”

墨森浑身开始发毛了。他意识到,这个电话不是留言,而是刚刚打进来的。可为什么这个电话好像长了眼一般,他做什么,它都能看见?或者说,是那个打电话的人长了千里眼!

墨森鼓足勇气拿起了电话,颤巍巍地说:“你找谁?”

电话说:“找你。”

墨森说:“你是谁?”

电话说:“纸!”

墨森的身子抖了一下,想起了那张跟了他一晚上的纸!想起了纸上那个歪七扭八的老太太!他颤颤地说:“你在哪儿?”

电话里那人笑了,突然说:“我在你身后!”

墨森下意识地扭过头去,落地窗户外一片阴森,突然,他看到了一张纸!那张纸粘得很高明,正在窗户上角,若不仔细看,真的看不见。那张纸上画着一个歪七扭八的老太太,那张纸上写着一句话:还给我!

墨森浑身都颤抖起来，他像盯着一只随时要扑过来的猛兽般死死地盯着那张纸，怯怯地说："你要干什么？"

一瞬间，电话里的声音变了，变成了一个沙哑沧桑的女人的声音，她一字一顿地说："把我的命还给我……"

3

翌日，墨森惴惴不安地来到公司，刚走进办公室，秘书小王就走了进来。小王是土生土长的本地人，她家就住在粉黑街附近。

小王是来送咖啡的，她把咖啡放在墨森的桌上，叫了好几声"墨总"，墨森也没抬头，他心里还没放下昨晚那件诡怪的事，他想，是不是有人想绑架他？是不是有人和他有仇？可很快，他就否定了自己的想法，绑架他可以直接下手，何必吓他？仇人更不可能了，除非是儿时抢过人家玻璃球的玩伴。

"墨总，您的咖啡！"小王忍不住提高音量。

墨森抬起头来，突然说："小王，你家住在粉黑街，你有没有听说过一个疯老太太的故事？"

小王愣了一下，说："有。"

墨森觉得这事邪乎了，一个人说有他不信，两个人说有，他不得不信了。他想了想，说："小王，你相信这个世界上有那种东西吗？"

女人都是心思缜密的动物，小王一下就明白墨森所说的是什么东西了。她关上办公室的门，说："墨总，您是不是遇到什么怪事了？我实话跟您说了吧，那个老太太的事都是骗人的，那只不过是个疯老太太，大半夜喜欢疯癫癫地跑出来吓人。前一阵她刚死了。听说是夜里被车撞死的。"

"你怎么知道的？"

"那算是一场重大交通事故，报纸上都登了。不过，您知道不是每个人都看报纸的，所以这事也不是每个人都知道。"

"后来那个老太太出现过吗？"

"墨总，老太太已经死了啊！"

"我知道，我是说……"

"您到底遇见什么事了？"

墨森咬了咬嘴唇，终于把昨晚的事说了出来，尤其是那张纸，还有那个有感应的电话机。小王的脸色也变了，眉头紧皱。对于这种突如其来的诡异之事，似乎没人能轻易解释透彻，它很骇人！

小王无奈地说："墨总，我觉得一定是有什么人在打你的主意，您要小心！"

墨森定了定神，说："给我安排一下，我要见一见那个撞死老太太的司机。"

4

翌日，墨森赶到关押那名司机的监狱时，已经是下午了。他是市里的大投资家，他想见一个人很容易。小王联系了市公安局，提前得到了一些那个司机的资料。司机叫王六，42 岁，土生土长的本地人，出事之前，一直在当司机。让他意想不到的是，王六居然是母亲的私人司机。

在幽暗封闭的探视室里，墨森一眨不眨地盯着王六。他怎么看怎么觉得王六是冤枉的，这个不惑之年的男子，实在不像一个坏蛋，矮矮瘦瘦、唯唯诺诺，眼神里透着一种生活的困苦和艰难。

墨森开门见山地问："你是王六？你就是给我母亲开车的司机？"

王六点点头，说："以前是，现在不是。"

墨森说："你是不是撞死过一个老太太？"

"不是我撞死的她，是她自己找死！"

王六说，那天墨母说去一个朋友家聚会，让他晚上来接。天刚黑，他便驱车前往那个朋友家接了墨母，准备回家。夜里，太阳换成了月亮，温度却不受控制，热得粘人。大街上一个人都没有。路过粉黑街的时候，他的车已经开得飞快了。在路过一个十字路口的时候，车窗上突然飘来了一张纸，不偏不倚正挡在挡风玻璃上，紧接着，他听到一声巨响，像打了个闷雷。他和墨母都慌了，两个人跑下车，只看见远处躺着一个人。

那是一场重大事故，在限速的粉黑街，王六的车已经严重超速，他应当负全责。他进了监狱。

墨森听完后问："你还记得那个老太太的长相吗？"

王六说："她满脸都是血，看不清。"

墨森说："谢谢你，就这样吧。"

王六突然说:“代我谢谢您母亲,谢谢她一直照顾我妻子还有女儿。”

墨森愣了一下,显然,王六进了监狱之后,母亲一直在经济上照顾着他的家庭。他点了点头,转身离开。

王六突然趴在玻璃上说:“转告您母亲,让她小心!”

墨森又扭回头,不解地问:“什么意思?”

王六说:“杀人偿命,那个老太太做鬼也不会放过我还有你们墨家的!做了亏心事,早晚要遭报应的。我这几天总是睡不好,梦见那老太太来找我了,她从一张白花花的纸片上走出来,伸着手向我要东西!”

“她要什么?”

“命!”

从探视室出来,墨森脑袋里来来回回全是王六那句话。他觉得冷,从未有过的冰凉刺骨!他觉得王六说得太对了,现在,那个老太太已经隐隐约约地出现了,在他这个墨家唯一的子嗣身边徘徊,伺机行动。

5

翌日,墨森的车已经修好了。刚拿到钥匙,墨森就想到了母亲,他要去看看母亲,不然,他的心总是悬着。

墨母住在市郊,大概要半个小时的车程。夏季多雨,墨森离开公司的时候,天就阴了,像盖了个口大锅。

墨森车开得挺快,经过高架桥的时候,雷雨忽而倾盆而下,他被堵在一堆汽车中间,前面的路被堵死了。他打开收音机,想听听新闻或者歌曲。音乐电台里正在播放轻音乐,他微微闭上眼,渐渐放松下来。就在他半梦半醒的时候,音乐突然中断了,取而代之的是一个干瘪的笑声。

“嘿嘿嘿……”

墨森一下清醒过来,惊慌失措地在车里来回张望着。录音机里依旧播放着悠扬的音乐,车厢里除了他别无他人!远处,道路慢慢被疏通了。他擦了擦冷汗,逃命般驶向远方。

墨母望着儿子,笑得像一朵花。

墨森说:“妈,您最近身体还好吧?”

“好!”墨母突然拉下脸来,“我看你脸色倒不好啊,出什么事了吗?”

墨森早就忍不住要问问那个老太太的事了,“妈,您以前是不是有个司机叫王六,你们是不是撞死过一个老太太?”

墨母的脸色大变,叹了口气,儿子既然问起来,也不好再隐瞒了。她说:“那天,我们的确撞死了那个老太太,后来这事还上了报纸,为了不影响墨家的名声,我花了一大笔钱才压下了这件事。再说,这件事也不能全怪我们,深更半夜,那个老太太突然闯出来,是意想不到的事情。”

“那个老太太家还有什么人吗?”

“好像还有个孩子,只是老太太出事后,我一直没找到人!我想给他一笔钱,我不想亏欠谁的。”

“我们还不起,她要的是一条命!”

“儿子,你最近是不是遇到什么事了?说实话,最近我不知怎么了,老是梦见一堆纸片追着我,追得我满世界跑!”

“妈,您要小心!”

“你说,我们墨家是不是中邪了,该不该找个先生给看看?”

墨森恍然想起了那张名片。

当天,墨森就和那个林大师约好了时间。吃过晚饭,他匆匆离开了家,去了林大师家。他没把这件事告诉母亲,他不想让母亲再为他担心了。林大师家住得不远,一刻钟后他就到了。

6

墨森一进林大师家,就感到一阵压抑。屋内,灯灭着,只点着几根昏黄的蜡烛,墙上挂满了佛像,一个个张牙舞爪,不像神,倒像吃人心肝的恶鬼。林大师坐在昏暗的角落里,看上去比那些画像还可怕。

见墨森进来了,林大师说:“您就是墨先生?”墨森点了点头。他突然抓起一把盐,撒在墨森身上,一边撒一边凶狠地喊道:“出去!这里不是你该来的地方!”

墨森愣住了,看林大师的眼神,似乎不是在说他。

林大师请墨森坐下，皱着眉头说："我不是说您，我是说您身后那个东西。"

墨森打了个冷颤。

林大师却不继续刚才的话题了，他开始给墨森讲课，从周易到黄大仙，从黄大仙到现代十大灵异事件，口若悬河，声色俱厉。墨森越听就越觉得这个林大师真的不是普通人。

讲完课，林大师突然把脸凑到墨森脸前，一字一顿地说："有东西跟着你！"

墨森吸了口凉气，像抓救命稻草一般恳求道："您救救我，有人要索我的命！"

林大师挥手打断了墨森，掐着指头算了半天，说："这个东西，和你们林家有宿世怨仇！这仇太厉害了，我也帮不了你。"

墨森开着车回家，又要路过粉黑街了，他在林大师那里听了一晚上高深的道学课。天早就悄无声息地变了脸，黑沉沉的像个大网。他心里发紧，粉黑街上空无一人一车，鬼鬼魅魅的，四处黑压压白茫茫的，竟然起了雾气，偶尔从街边小巷传来几声狗叫。

墨森打开录音机，开到最大声，想以此驱赶心头的恐惧。突然，录音机里发出一个苍老的声音，那个声音像是猛然从车里钻出来的，一下就掐住了墨森的脖子。

那个声音说："我就在你身后！"

墨森的手疯狂地抖起来，方向盘不听使唤了，他一脚踩下了刹车，疯了一般跳下车。他跑出老远才停下，气喘吁吁地回过头去，汽车已经被白茫茫的雾气笼罩。他手忙脚乱地翻出电话，打给秘书小王求救，他现在最想见的就是一个活生生的人。电话刚刚拨过去，他一下就呆住了。远处，浓厚的雾气中出现了一个人。那个人趴在地上，看不见脸，似乎被汽车撞成了烂泥。

那个人缓缓向墨森逼近，在空气中扯着嗓子喊道："把我的命还给我！"

墨森尖叫一声，倒在了地上。

7

小王到家时已经很晚了。她把药妥善地放好后，便打算睡觉了。那些药是她从熟人那里搞到的，苯巴比妥，精神类药物，长期服用会导致精神紊乱，甚至出现幻觉。这药她已经连续让墨森吃了半个多月了，每次送咖啡的时候，她都会加上一点。

有时候，小王自己都搞不明白自己在干什么，背后那个从未露过面的大老板，不让她直接干掉墨森，反而用这种不清不楚的手段。不过，自己账户上的钱，每一次都打得很及时，她也就不在乎了。

小王洗完澡后又开始捉摸那个老板是谁，是墨森商业场上的敌人？是他远在外国的亲戚？还是那个墨森嘴中的鬼老太太？她越想越离谱了，不由得笑了起来，如果说墨森身后真的跟着一个看不见摸不到的鬼的话，那她无疑是最合适的人选。

自从听了墨森受惊吓后的那番言论后，她觉得一定是她的药物起了作用，添油加醋的时候到了，于是，她专门跑了趟修理厂，买通了那个修车的汽车电工，很轻松地就把那辆普通轿车改装成了会说话的鬼车。

小王越想越激动，只要墨森完蛋，她的银行账户上还会多几个零。她兴奋地躺在床上，打算美美地睡一觉，这时，电话突然响了，是墨森打来的。她按下接听键，放到耳朵。

电话里没人说话，只传来一阵惨叫，接着，是一个苍老阴森地笑声："嘿嘿嘿，欢迎你来粉黑街……"

小王顿感后脊梁生出一股凉意，她猛地想起了墨森嘴中的那个老太太，她原以为那是她的药物使墨森产生的幻觉，只是存在于墨森身后的一个"鬼"，而现在，她突然感觉这个鬼翻了个筋斗云，十万八千里地瞬间站在了她身后。

小王心急火燎地赶到了粉黑街。雾气越来越浓了，像化不开的棉花。她摸索着走了一段路，总算看见了墨森的车，车还静静地停在那里，她来来回回地转了好几圈也没找到墨森，墨森似乎穿过这片诡异的白雾，去了另一个世界！

小王又回到了车前，拿着墨森丢掉的那个手机，老鼠一般钻进车里驾车而逃！刚钻进车里，她就给老板打了电话。电话很快接通了，变声装置里的声音男不男女不女的。

“墨森出事了！”

“我不是说不让你杀他吗？”

“不是我！他失踪了，活不见人，死不见尸！”

“除了我们，还有人盯着他？”

“应该没有。不过，近来他总是说有个老太太跟着他，他说那不是个人！”

“你先把车处理掉吧！”

小王驶出了市区，在环路外的悬崖边，她跳下车，看着那辆崭新的大奔冲出护栏跌下了山崖。冲天的火光一瞬照亮了苍穹，火焰中，那辆汽车吱吱呀呀地叫，像一个老太太在尖叫，她鬼一般逃开了。

墨森的事第二天就上了头版头条，报纸上说墨森不幸遇难，座驾冲出高速路，车毁人亡！小王的眉头拧成一个疙瘩，她知道警察们很快会发现那辆车里没人。她几次想要辞职离开公司，可现在这样做太不合适了。

8

这天，小王不知所措地给老板打去了电话：“老板，我们现在该怎么办？”

“谁叫你给我打电话的？”

“我……害怕！”

“这样吧，你去墨母家探探口风，如果没什么事你立刻离开，钱我会打到你的账户里。”

翌日一下班，小王就来到了墨母家。一进大门便看见密密麻麻的花圈，五颜六色、阴森骇人。小王说明身份来意，和墨母攀谈起来。

仆人上了杯冷冰冰的饮料，小王捧着杯子说：“阿姨，您要节哀。墨总是个好人，他生前做了那么多好事，赞助慈善机构、帮助失学儿童，我相信好人有好报，警察一定会给您一个说法的。”

墨母流着泪说：“是啊！这几天来，警察已经找了我好几回了，问我小森之前有什么仇人？我又不在公司，我哪知道啊！”

“您再仔细想想，墨总出事前有没有什么异样？”

“他说有个老太太一直跟着他！他说有个纸片一直不放过他！”

小王抖了一下，灌了一大口饮料。她心里发慌，又想起了那个雾气弥漫的夜晚。她觉得自己都糊涂了，一个人死了，真的可以让活着的人恐慌不已？

入夜之后，小王离开了墨家，她给老板打了电话，说暂时没有什么异样，警察应该还没有查到她，老板让她抓住机会赶紧离开。

回到家小王就开始收拾行李，收拾完毕后，她已经累得几近虚脱，不是身体，是心。她的眼皮不听话地合在一起，小王迷迷糊糊地倒在沙发上，沉沉地睡去了。

小王醒来的时候，脑袋上就开始冒冷汗，她发现自己被打包了，竟然被放进了自己的行李箱里，她动不了，叫不了，她的手和脚都被绑住了，嘴巴也被堵住了。她挣扎着，没有一点用，过了很久，她感到自己被拖拽着前进。

行李箱不动了，拉链开启了一角，她看到外面沉沉的夜空，沉沉的大海，海天连接在一起，像一张噬人的大嘴。她绝望了！

小王被扔进大海的前一秒，终于听见了那个声音，那是个沧桑压抑的声音：“嘿嘿嘿……嘿嘿嘿……”她在这阴森的笑声中渐渐沉了下去。

9

墨森已经出事一个星期了，可是仍然没有消息。公司里乱成了一锅粥，墨母只好暂时去了公司主持大局。她每天都要打探墨森的消息，不是害怕墨森不回来，而是害怕墨森回来。

在海边，将小王沉到海里后，墨母就开始惴惴不安了。她的脑袋里装满了问题，墨森究竟去了哪里？是死是活？小王的尸体会不会被警察发现？警察会不会怀疑到她头上？还有，那个老太太真的存在吗？

墨母感到恐慌无措，半年前她就体会过这种心情。

半年前，墨母蓄意杀害了那个老太太。她用金钱收买了司机王六，在那个黑沉沉的夜，她答应王六照顾好他的家人，并给他们殷实的生活。她告诉王六，把车开到最快，一定要撞死那个老太太。在金钱的诱惑下王六照做了。

墨森回国后，墨母又开始进行第二个计划，她要把墨父留下的公司据为己有。

墨母成了小王背后的老板。她深知，像墨森这样的大商人，市里一定很重视。她不能让墨森死，否则警察一定会查个水落石出，最好的办法就是让墨森变疯变傻，她既可以保持一个慈母的身份，又能拥有公司。她开始秘密地指派小王下手。

人算不如天算，墨森居然失踪了。她慌了，她操控着小王，小王操控着墨森，她原本以为她是这个计划的指挥者，可墨森的活不见人死不见尸，让她一下明白，她身后其实还有一双眼睛。

墨母知道，小王是个炸弹，如果警察找到小王，早晚会查到她的。于是，她在小王的那杯饮料里下了药，然后，她像鬼一样跟着小王回了家。在小王不省人事的时候，用那个大行李箱将小王沉到海里。

恐惧在时间流逝中慢慢变淡，渐渐地，墨母感觉生活又平静了。墨森一直没有消息，她觉得她成功了。她给墨森办了一场庄严隆重的葬礼，把墨森生前最喜欢的一套西装埋在了墓地里。

做完这一切后，墨母彻底安下心来享受她的胜利果实。可恐惧往往脾气怪异，它像个喜欢戏弄猎物的猛兽，在把玩一番后才一口吞掉它。

这天，墨母接到了一个电话，是从监狱打来的，说王六企图自杀，现在被送到了医院，并说要见她。她愣了一下，觉得还是应该去看一下王六。她赶到医院的时候，王六已经脱离危险了，躺在床上，两眼呆痴地望着天花板。

墨母坐在王六面前，说："王六，你这是干什么？在监狱里好好表现，早晚会出来的，你的家人我会照顾好的……"

"老夫人！"王六突然打断了墨母的话，"你相信那种东西吗？"

"什么东西？"

"鬼！"

墨母打了个冷颤，骂道："别胡说！"

"我没胡说，她夜夜找我，变成一张纸片，从监狱的铁栏杆溜进来，她对着我笑，一点一点啃我的骨头！"

"王六,别忘了你答应过我什么,你一家人还都在我手里!"

王六突然挣扎起来,眼睛还一眨不眨地盯着天花板,喊道:"你看她来了!她说杀——人——偿——命!我们都逃不了!哈哈!"

墨母浑身颤抖地逃离了病房。离开时,医生告诉她,病人的情绪一直很不稳定,像是受了什么刺激,是精神性障碍疾病。她吁了口气,她不怕疯子,疯子的话没人信,只是她现在有点后悔当初没有让王六像小王一般彻底消失。

10

回家的路上,墨母一闭眼,就能想起王六那张狰狞的脸,还有那一字一顿的鬼话:"杀——人——偿——命!"她冷冷地笑着,她吃的盐比王六吃的米都多,她宁可相信人害人,也不相信鬼索命!

夜里,墨母感到很累,她冲完澡打算睡了。渐渐地,她静了下来,就像一具没有感情的死尸,空气也静了下来,充斥着一种若即若离的诡异。突然,这份安静被打破了,一阵急促的流水声,颤巍巍地在空气里散开。

墨母被吵醒了,她睡觉一向很轻。她蹙眉听着这个声音,是从浴室传来的声音。她来到浴室,发现水龙头开了,正哗啦啦地流着水。她没在意,心想也许是自己忘记关了,关掉水龙头后又回去继续睡了。

可刚躺到床上不一会儿,流水声又响了起来。这次,它换了地方,改成了卫生间。墨母的脑袋有些大了,她蹑手蹑脚地来到卫生间,发现这里的水龙头又开了,她拧紧水龙头,又回到了床上。这次,她不敢睡了,谨慎地望着四面八方。还好,流水声没有再出现,墨母渐渐支撑不住,睡了过去。

她做了一个梦。

梦中,她还在卧室,继续睡觉,她也是被一阵流水声吵醒的,那声音很大,像一个女人撕心裂肺的尖叫。她醒过来,才发现屋里的所有水龙头都被打开了!她挣扎着坐起来,脑袋一下就大了,她看到了那个行李箱!

那个装小王的行李箱!

她呆住了,一动也不敢动,这时,那个行李箱突然自己打开了,拉链开启的一瞬间,一只湿漉漉的手伸了出来,接着是脑袋、脖子、腿和脚,等到整个人都爬出来后，她才看清楚，那是一个湿漉漉的小王！

墨母惊醒时已是凌晨，窗外天空的颜色让人望而生畏。她揉揉脑袋走下床，混沌不清的意识一下就清醒了，她听到了流水声！卧室的水龙头都在流水，地板上已经洇湿了一片。

这时，卫生间的门突然打开了，一个湿漉漉的女人从里面爬了出来，她张着大嘴，一点一点地向墨母爬来！墨母吓傻了，浑身的汗毛都竖了起来，一动也动不了，只能眼睁睁地看着那个被她沉入海底的女人一点一点逼近。

小王终于抓住了墨母的衣服，一点一点地抓住墨母的肩膀，脸对脸地说："把我的命还给我！"

墨母连叫都没来得及叫就倒在了地上。

几天后，小王去警察局自首了。墨森也回到了公司，将真相告诉了警察。

11

墨母不是墨森的母亲，她和墨父相遇时便知道墨父没有后代，一直想要一个可以继承家产的孩子。在墨父离开后，她声称自己怀孕了，并想尽办法得到了一个男婴。他就是墨森。

墨森的生母就是粉黑街那个疯老太太，墨母将她的儿子抢走后，她一直以泪洗面，每天都出去寻找儿子，最后终于疯了。半夜的时候，就拿着自己画的寻人启事在粉黑街上游荡。

多年后，墨森接手了墨家的遗产回国后，墨母既激动又害怕。激动的是，她的计划成功了一半；害怕的是，墨森的生母再来找墨森。于是，她买通王六，撞死了墨森的生母。

只是，墨森的弟弟成了墨母的心头大患，她拼命寻找这个知道内情的男人，想要铲除祸根。可自从得知母亲被墨家司机撞死后，墨森的弟弟就猜到了这一定是个阴谋，他躲了起来。

墨森回国后，他的弟弟一直在暗中观察墨森，他有一种复杂的心情，他既想上前拥抱自己的亲人，又恨透了这个哥哥。如果不是因为他，母亲也不会死。他没事就跟在哥哥身后，伺机报复。他把这种情绪用恐吓发泄了出来，他躲在哥哥居住的楼顶上，每天都用高倍望远镜观察哥哥，恐吓他。

那个有感应的电话,不过是他一边装腔作势一边观察哥哥打去的。

其实,他就是那个出租车司机。那晚,他得知哥哥的车坏掉后,故意在粉黑街撒了传单,又故意遇到哥哥,说了一大堆鬼话,临走又送给哥哥一张名片,那个林大师不过是他早就买通的一个骗子。而经过观察,他发现哥哥是个好人,他赞助学校和医院,心地善良,他也渐渐平息了怒火。

那个夜晚,他将哥哥吓晕后,带到了自己的小屋,把一切都说了出来。

墨森也愤怒了,他没想到,养育自己成人的母亲居然是个蛇蝎妇人。两人决定报复,暗地里跟着墨母,没想到意外地发现了墨母杀害小王的全过程。墨母走后,两人救出了小王,一切都真相大白了。于是,小王也参与到它们的计划中来。他们成功了,当墨母看到自己亲手杀死的小王出现后,终于吓疯了。

而王六的自杀,只能说是人性的悔悟,他是个老实本分的人,一念之差,被金钱冲昏了头脑,于是终日沉浸在自己幻想出来的恐惧之中,把自己折磨得疯疯癫癫的。

墨森和弟弟终于团聚了,粉黑街则又出了一个疯老太太,她每天都捧着一叠纸片,找她的钱,找她的魂!

生病的童话

文/辛欣

一、金字塔

1

他把钥匙放在我手上:“以后,我不会再到你这里来了。”

“为什么?”

他没有回答我,只是穿上他那件白色的夹克,往门口走去。

“朝阳!”我抓住他的胳膊,“你总得告诉我为什么吧!”

“我要走了,青苗。”

他伸手握住门把手。眼看他就要走了,我抓住旁边桌上的一件东西,朝他头上敲了下去。

一切都很像是慢动作播放,他扑倒在门上,然后缓缓地滑下去,趴在地上,连吭都没吭一声。我看着血从他的后脑勺渗出来,这时,我才愣愣地看了一眼我拿在手上的东西——一个粘着血的烟灰缸。

“朝阳……”我大声叫他,他没有反应,我不敢碰他,于是又多叫了几声,但他仍然纹丝不动。

我不知道该怎么办,于是把烟灰缸放回桌上,坐到一旁盯着他看。

我以为过一会儿他会自己醒过来,可是他没有。

又等了一段时间,我才说服自己,他已经死了。

不能让他就这么躺在这里,这是又过了一段时间后我得出的结论,我必须把他处理掉,但是我站在那里盯着他看了一会儿,还是没勇气动他,于是我决定先把烟灰缸拿去洗干净。

最后,当我不得不把他抬到车里时,我始终不敢直视他的脸,那双死鱼般的眼睛让我觉得很可怕,好像他等一下就会活过来一样。

外面在下大雨,现在已经很晚了,街上没有什么人,我一路开到堤坝边,当我停车时,一辆卡车从旁边呼啸而过,把我吓了一跳。

等到确定四下无人后,我便赶紧把朝阳拖出车外,用尽力气将他扔到海里。海面看起来很黑,我不确定他是真的掉到海里还是挂在防波堤上,不过我也不敢确认,我很快又坐进车内,然后开回家。

2

早上,我发现我的眼睛肿了,才想起经过昨晚的事后,我趴在床上哭了一整晚。我揉了揉眼睛,翻过身来,然后看到半空中有一个奇怪的东西存在。

那是一个土黄色的三角体,看起来就像是一座倒过来的金字塔。我闭上眼睛,又张开,却看到它还在那里,我伸手去抓它,但没够着,我坐起身去碰,却发现不管我坐着还是站起来,它都一样停在我刚好碰不到的高度。最后我只好放弃,起身去做别的事。

当我走动时,我发现那个小金字塔仍然跟着我,它浮在我的头上,就像网络游戏里人物头上的箭头一样。我不知道它到底是什么东西,只是,它的尖端就对着我,令我感到有点不自在。

眼睛的浮肿仍然没办法在短期内消除,于是我戴上黑框眼镜,这样看起来不会那么明显,然后我出门上班。

奇怪的是,我发现一路上所有的行人头上都有那个倒过来的金字塔,而且大小不一,有的很大,有的只是小小的一个,这让我觉得有点不安,但他们好像都没注意到头上有那个怪东西,偶尔当我的眼神与那些人的视线接触时,他们还会用一种怪异的眼光看着我,因此,我忍住了想冲过去问他们关于那个怪异漂浮物的冲动,并尽可能不去注意它们停留在那些人头上的样子。

当我到达罗帅的水族馆时,一路上看到所有人头上都有那个怪东西,所以看到罗帅也有时,我就不觉得有什么奇怪的了。

罗帅是一家水族馆的店长,我在他的店里工作。

其实我跟他已经认识很久了，高中时我们是同学，那时候我是丑小鸭，没人愿意靠近，只有他不嫌弃我。毕业后我们一直都有联络，直到现在。跟他一起工作是件很愉快的事，所以我跟他之间也没有什么以前是同学如今是老板跟员工的芥蒂。

但现在让我觉得很怪的就是，不知道为什么，他头上的那个金字塔特别大。

"青苗，你来了！"还是一样直率的招呼声，我也迎着他的目光笑着跟他打了声招呼。我常常觉得他的眼睛跟声音似乎都透着某种讯息，只是我一直不打算去深究。

"朵朵呢？"我问。

"在后面。"他整理着鱼缸，看起来有点漫不经心。

我走到门帘后便看见朵朵一如往常地坐在轮椅上，像个漂亮的洋娃娃一样，一动也不动。

"早啊，朵朵！"我对她说道，然后把包包挂在架子上，罗帅的外套也挂在上面。

朵朵跟平常没什么不同，她没有回答我，她的脸上也没有任何表情。

朵朵是罗帅的女朋友，她这样子没有意识已经有两年多了，但是罗帅没有丢下她不管，仍然悉心地照顾她，相信她有一天会醒过来。不管是谁来看，都会认为罗帅非常非常爱她。

我本来也是这样以为的。

罗帅对朵朵的照料尽管无微不至，但后来我却渐渐觉得，他的心其实早已不在朵朵身上了，别人也许看不出来，但因为我和他每天一起工作，所以我察觉得到那种变化，不过他没提，我也就没问。

"朵朵。"罗帅走了进来，在朵朵面前蹲下，抚着她的小手，照例跟她说说话，好像是因为这样对她会有帮助吧。

我盯着他看，然后脱口说了一句话："罗帅，你真的很爱她吗？"

他低头笑了笑："是啊。"

这时，我看见他头上的那个金字塔似乎膨胀了一点。

我一度怀疑我是不是看错了，于是更专注地盯着它看，而罗帅此时也注意到我的异状，问："你怎么了，青苗？"

我指了指他的头顶："难道你没看到吗？你头上那个？"

“什么？”他抬头看了一下，“我头上有什么吗？”

他看不到那个东西。

“青苗，你怎么了？”他又问了我一次。

“没……没有，没事，我好像看错了。”我摘下眼镜作势揉了揉眼睛。

“你是不是累了？”他走过来，把手放在我的肩上。

“没有……真的没事。”

“你吃过饭没有？”

“还没有……我不饿。”

“你的眼睛有点浮肿，是不是昨晚没睡好？”

“嗯，有一点吧……对了，”我推开他，“你有没有今天的报纸？”

“有啊，放在外面。”

“哦，谢了！”我冲出去，拿起柜台上的报纸读起来。

没有任何关于溺水浮尸的新闻。

“有什么特别在意的新闻吗？”罗帅走出来，斜倚在墙边。

“没有……”我有些不自然地放下报纸，“只是想看看……天气预报。”

他笑了一声，“今天好像会下雨，天空看起来阴阴的。”

“糟了，我没带伞！”

“如果下雨，就一道走吧。”他轻描淡写地笑道，然后转身去做事了。

下午的时候下了点小雨，但到了晚上雨就停了，于是下班后我独自走回家。

3

经过地铁出口时，我看到一对男女正在争吵，由于来往的车辆很嘈杂，所以我听不清他们在说什么。

唯一吸引住我目光的，就是女子头上的金字塔非常大，而且还在不断膨胀中。

我出神地站在出口处看了一会儿，直到我听到女子几乎是在尖叫地喊了一声：“我当然是喜欢你的啊！你为什么不相信我？”

这时，那个巨大的金字塔就落了下来，砸在那女子的头上，而就在我还来不及作出任何反应前，就看到她摔向一旁的马路，紧接着，一辆货车驶了过去——

那个女子当场死亡。

当时，我只是怔怔然地站在原地，脑中一片空白。

也不知道我后来是怎么回家的，总之当我察觉到时，我已经倒在自家的床上了。

我脑子里很乱，那个像金字塔的东西到底是什么？为什么它会出现，而且还会变大，并砸死人？想起稍早的画面，我心底就不由得一阵战栗。

我抬头看了一眼那个小金字塔，它以后也会像那样越变越大，然后把我砸死吗？为什么就只有我能看得见这东西？为什么就只有我……

突然，我想起了朝阳。

是因为我杀死了朝阳，所以才要这样惩罚我吗？难道这东西就是朝阳让我看见的吗？是因为我杀了他，所以他要对我报仇吗？他凭什么这么做？是他负我在先，明明一切的错都是他造成的，凭什么在他那样对我之后我还得受到这种折磨……

我无法入睡，于是我起身打电话给罗帅。

我一点都不记得我在电话里说了什么，只知道我哭了，而且哭得很惨，后来他好像说他要来我这儿一趟。我实在不该哭的，根本没那么严重，我只是睡不着而已。

现在时间已经很晚了，但他还是来了。

坦白地说，我有一点感动，虽然我知道我眼睛红红的，但我还是跟他说我没事，叫他早点回去照顾朵朵。

"朵朵已经睡了，你哭成这个样子，我不放心你。"然后他又问我，"朝阳人呢？他没有来吗？"

这句话让我有点慌了，"没……没有，他有别的事……所以不能来。"

而当我说出这句话时，我无意间抬头看了一眼我头顶上的那个金字塔，发现它似乎膨胀了一点点。

我赶紧低下头不敢再看，但在这个时候，一种想法突然在我的脑海中成形。

"罗帅……请你告诉我，你到现在还爱着朵朵吗？"

"……怎么突然问起这个？"

“告诉我……我想知道。”

“如果我对她没感情的话,我怎么会照顾她呢?”

他头顶的金字塔在膨胀着。

“你是不是在说谎,罗帅?”

“我为什么要对你说谎?有这个必要吗?”

他头顶的金字塔越发膨胀了。

“青苗,你是怎么了?你今天一直都是怪怪的。”

“你在说谎……你早就对朵朵没有感情了……你为什么要装成一副还很爱她的样子呢?”

“你凭什么说我对她没有感情了?你再这样闹下去我真的要翻脸了,青苗!”

“……只是凭我的感觉。”

他没有再搭腔。

“罗帅,你为什么特地来我这里?”

“因为你在电话里哭。”他拿了张面巾纸给我,“现在也是。”

“你用不着骗我,我知道,你其实不用在我面前装样子。”

“我还是得照顾她,你知道,她已经没有亲人了。”

那天晚上,罗帅在我家过夜。

第二天一早他就先走了,我穿上衣服,然后出了门。

我来到水族馆时,已经过了开店的时间,但罗帅还没有开门营业,这让我有点纳闷,于是我掏出钥匙直接开门走了进去。

店里很暗,只有水族箱的冷光灯还亮着,我看到门帘后有人,显然罗帅在里面,于是我走过去,想问他为什么这么晚还没开门。

但我一掀开门帘,我就愣住了。

轮椅斜倒在一边,地上满是血迹,朵朵的长发浸泡在血泊里,而她的颈上有一道长长的切口,此时已经泛白。

我怔怔地看向站在一旁的罗帅,他的脸上身上都是朵朵的血,而他的手上则拿着一把沾满血的刀。

他面无表情地转过头看着我,说了一句话:“青苗,你说得对,我已经不再爱她了。”

这一次,他头顶的金字塔没有再膨胀。

4

我看到那女人喉咙上被割了一刀，像个坏掉的洋娃娃一样倒卧在血泊里，那个杀死他的男人握着刀朝我走来，我感到一阵晕眩，倒了下去，而在失去意识前我感到我被抱在一个宽厚的臂弯里，是那个朝我走来的家伙。

我昏倒在罗帅的怀里，在我以为原本应该被鲜血染红的围裙上，我没有感到任何粘湿的触感。

没有血的味道，没有尸体，没有那个叫朵朵的女人，没有人被杀。

一切都像是一场梦。

当我醒来时，我闻到一种熟悉的气味，我不需确认就知道这是罗帅的房间，因为我很清楚他被单的气味以及留在他枕头上头发的味道。

我坐起来，觉得头有点晕，我在床头摸到我的黑框眼镜，我戴上它，走出房门。

我走下楼梯，楼下没有轮椅，没有尸体，也没有血迹，那真的只是梦吗？我不敢肯定。我走到门帘后，掀开帘子，看见罗帅在店里，手中拿着小捞网。

“罗帅！”我出声轻唤。

他回过头，“青苗，你醒了？”他立刻走到我面前，“你突然就昏倒了，怎么回事？又发作了吗？”

我这才想起来，我其实一直有精神方面的毛病，虽然不严重，但需要药物控制，而我已经好久没碰过那些药丸了。

“抱歉……我没有按时吃药。”我说。

他摸了摸我的头发，“幸好我这儿还有一些你的药，你要现在吃吗？”

“嗯。”我点点头。

当他回来时，手上多了一包药跟一杯水。

我就着水把药丸吞了下去，他看着我喝下那杯水，然后接过杯子，吻住我湿润的嘴唇。我站在那里，感觉身上一点力气都没有。

“店里不能放着不管。”我说。

“现在是午休时间。”

午休时间……我昏迷了一上午?

然后我们便躺倒在门帘后的沙发上。

5

我这病已经很久了,但罗帅没有丢下我不管,而是悉心地照顾我,让我待在他身边。

他对我太好了,好到让我感到有些愧疚,我没有什么东西能给他——除了那方面,我宁可希望他要的不是我,而是另外一个女孩,例如朵朵。后来朵朵真的和他在一起了,我便开始害怕寂寞,我害怕独自一人,所以就有了朝阳。

但我还是想要他,所以朵朵跟朝阳都得死。

很多时候我分不清什么是真实,什么是我所想象出来的,真实的人和事物总是与虚幻的那些混在一起,我知道我的病越来越严重,但我仍然尽可能不去服药,因为活在这种半梦半醒的世界里会让我比较安心。

我怕有一天我醒过来,会发现罗帅其实也是我所虚构出的人物。

小时候我常常会虚构出我的幻想朋友,想象我们一起玩得很快乐,起初我只是自欺欺人,但是时间久了,我就发现我真的能看见他们。

跟幻想朋友在一起的时光很快乐,当我在现实世界里受到了委屈,那么在幻想世界里他们便会安慰我,逗我开心,只有他们不会让我伤心,只有他们会接纳我。

至少那时我是这么相信的。

但我知道,如果他们有自己的意识,他们说不定也会讨厌我,从小到大我都知道我是个不讨人喜欢的讨厌鬼,长相平庸,学习也不算好,他们一定会丢下我。

所以朝阳走了。

朝阳是跟着我最久的幻想朋友,但也离开我了,我不能接受,所以我在想象的世界里把他杀了,然后丢进了海里。

我想,我应该是讨厌我自己的。

“你不能老是自我厌恶,你要知道在这世上会有人喜欢你的,你有很多讨人喜欢的地方，所以我在这里——因为我喜欢你，你明白吗？”

“是啊，可是你不能向我证明你是真的存在啊，罗帅。”

自从我的幻想世界变得一片血腥后，我就开始乖乖地吃药，不过我也没打算太乖，因为我还是不能从那个世界中抽离，那个地方就像一个脏臭到极点却仍散发出亲切感的温床，随时等着张开双臂拥抱我，而我并不是那么抗拒。

药物也带来一些好处，自从我按时服药后，那些奇怪的幻觉就出现得比较少了，如今没有会飘的金字塔，没有会让我伤心的幻想朋友，只有罗帅在我身边——如果他也是我的幻想朋友的话，那么他应该不是会惹我哭的那种，至少目前不会。

我这样想着……

二、疯狂理发师

——改写《理发师陶德》

1

她有着一双与她父亲极像的眼神。

当他打开门时，看见她真的在收拾行李。很明显，她打算与那个年轻人私奔，他受到的打击远超出他所能承受的范围，她怎么能这样对待他？他如此爱她，这些年来他无微不至地照料着她，呵护备至地拉扯她长大，如今她的心竟然就这样交给了一个不知打哪儿来的小伙子，并对他的养育之恩毫无感激之意。

他气得浑身发抖，不敢相信她竟然这样对待他。

“这些年来，我从未打过你。”他说，并提起鞭子，他知道这是该教训这个小女娃的时机了。

但她只是定定地看着他，尽管他看得出她的眼神里带着些许恐惧，但不愿屈服的坚定神情却在那一瞬间令他暗吃了一惊。

她果然是那家伙的女儿。

他不会忘记，那个叫本杰明·巴克的家伙最后的眼神，就跟此刻她看着他的神情一模一样。

他掉头离去，吩咐下人将乔安娜小姐看管好，他绝不会让他的金丝雀就这么逃出他为之精心设计的黄金牢笼，她是他的，谁也别想夺走。

多年前，他失手过一次，这次他不能再失去她。

2

“托宾到底什么时候才会来？”小楼的理发厅里，一个神色焦躁的男人正站在窗边望着街上往来的行人。

“你别那么急，总有一天他会上门来的，”一个虽有些年纪但仍然颇富姿色的妇人走近他，手上还端着食物与茶水，“现在我们只能等待，冲动反而会坏事的，来，我给你准备了点吃的……”

“我哪有心情吃啊！”他怒吼道，并将妇人手上的食物打翻在地，“你老是叫我等等等，到底要等到什么时候？我再也等不下去了！我现在就要他死！”

“等不下去也得等！”她回答道，“难道你要拿着你那把剃刀到街上大声嚷嚷，说你要杀死特平法官，然后等着警察把你抓起来吗？别傻了！上次他没认出你就已经是万幸了，要是你打草惊蛇，让他知道斯温尼·陶德就是当年的本杰明·巴克，别说是报仇了，你连他的一根汗毛都碰不着！”

名为陶德的男人愤愤地瞪了她一眼，随后望向窗外，并懊恼地确定他日盼夜想的那个人并没有出现在街道上。

“好吧，我知道了，洛微特太太，我会等下去，等他自己踏进我的理发厅，在此之前，我不会冲动行事的。”

“你明白就好，陶德，我知道你心急，可是这种事是急不得的，唯有等待才能让复仇的果实更加甜美。相信我，目前的等待是值得的。”

陶德仍然望着窗外，无视洛微特太太的苦口婆心。这些话他听都听腻了，他真搞不懂为什么洛微特太太那么啰唆，他现在只希望洛微特太太能赶快把地上那堆东西收拾干净，然后立刻下楼，别再来烦他。

“对了，陶德……”

又来了，真是个啰唆的女人，露西从来不会像她这样……

“最近肉饼铺的生意很不错，我们也开始有了些积蓄……”

他实在不喜欢她总是用“我们”这个词。

“我想……如果可以的话，你愿不愿意……就我们两个，当然还有托比，一起搬去哪儿生活？对了，就搬到海边吧，我好喜欢海，我们可以去那里，住在一间可爱的小屋里……当然，我是说，如果我们肉饼铺的生意可以攒到足够多的钱的话，到时候……”

他转过头来，面无表情地望着她，“你的意思是，要我忘掉对特平那个狗杂种的仇恨？你是这个意思吧？”

“噢！当然不是，我没那么说……”

“但在我听来，你就是这个意思。”

洛微特太太望了他一眼，随后叹了口气：“陶德，你不能永远想着过去，当然，我不会阻止你复仇，但是这档子事结束后，你总得还有别的打算吧？”

“那就等结束后再说吧，我现在没那个心情。”

洛微特太太无奈地将洒落一地的食物收拾干净，她知道对陶德说什么他都听不进去，他满脑子只有那个叫特平的法官——那个在十多年前诬陷他入狱，并夺走他妻女的家伙，她不得不承认，有些时候她甚至要嫉妒起那个法官，她多么希望自己也能够像他那样占据他全部的心神，哪怕只是片刻……

她走到门外，望了一眼窗边的陶德，他仍然专注地望着街上，只要等到那个法官上门，只要他的复仇愿望能够达成，那么他多少也会将思绪转移到她身上吧？只要等到这一切结束……她相信他终有一天会明白自己的心意——她现在也只能如此期望着。

她关上门，看见楼下有个打扮得很体面的绅士走了进来，她从未在这一带见过这个男人，看来他是外地来的，她朝他笑了笑，而他也礼貌地回应了她。

“陶德，客人上门了！”

3

他踩下踏板，让尸体滑下通道，任其重重地摔落在地下的烘烤室，他知道等一下洛微特太太就会过来善后，将那些仍然温热的尸体肢解，去骨，然后丢进那台巨大的绞肉机里，并做成一个个美味的肉饼。

美味吗？他可不知道，他自己倒是对那些肉饼从来没什么兴趣，毕竟那些“原料”不是满身肥油，就是一身排骨，有的身上还有异味。说起来，伦敦市民的味觉还真是迟钝，连这种东西也抢着来买，不过算了，洛微特太太不是说过，有人还用猫肉做肉饼来卖吗？

他擦干净心爱的剃刀后，将沾血的围布也扔进了箱子里，今天他的工作已经结束，他坐在那张杀人无数的椅子上，仰头望向窗外的夜空。

他想念露西，也想念他那十多年未见的女儿乔安娜，不知她现在是什么模样？她一定与露西很像，有着一头漂亮的金发与美丽的双眸，他好想见她，好想与她相认，告诉她自己就是她的父亲本杰明·巴克。

但她此刻却像一只被禁锢的小鸟，困在特平为她打造的金笼子里，那个年轻的水手告诉过他，她很快就要被迫嫁给特平了，一想到这里，他就更不能容忍自己再等待下去，他决不能让那家伙动他女儿一根汗毛，万一特平没在婚礼前夕想到该上理发厅整整仪容，或甚至根本没有选择他的理发厅，那么……

不过，他现在只能等，没错，正如洛微特太太所说的，除了等，他没有别的法子。

有信心点，蠢材！你可是城里最好的理发师啊！他不来找你又会找谁呢？

没错，他一定会来这家理发厅，因为他要迎娶的是这城里最美的姑娘。人人都知道，斯温尼·陶德是这座城市里手艺最精湛的理发师！

他的唇边闪过一丝笑意，他很清楚，特平在迎娶乔安娜之前，必定就会先死于他的刀下，因为，他不可能对本杰明?巴克的女儿等闲视之。

4

数日之后……

“我们对女人有相同的喜好，法官大人。”

“抱歉，你说什么？”

“没什么，法官大人。”陶德笑了笑，手上的剃刀在皮带上划过。

终于，就是此刻了，他朝思暮想的仇人就坐在他眼前，坐在那张死亡之椅上，这回他不会再像上次一样让对方逃掉，不论谁来，他都决不会让特平这家伙走出理发厅的门。

“你说什么？等等……你说乔安娜就要来了？”特平惊诧地问道。

“噢，当然，那小伙子很相信我，他等会儿就会带着那位小姐到这里来了，您不用操心。”他说这段话的语调极其谄媚，甚至可以说是软腻，他简直就要等不及了，特平就在这儿，在他的手心里，他马上就能达成他复仇的愿望，但他尽可能压抑住内心里涌动的兴奋的快感，还不用这么快……没错，再将他把玩一会儿……

等他完全放松下来……

冰凉的刀锋抵住他的咽喉，随后轻柔地向上抹去一层稠密的白沫，法官舒服地闭上了双眼。

理发师的呼吸轻触着他的皮肤，他微微地睁开了眼，看见那双专注却又带有几许狂气的眼眸，他总觉得他似乎在哪里见过那双眼睛。

“我觉得……你有些面熟？”

理发师轻轻地笑了，“法官大人，你记不记得？15年前，你为了一个金发的漂亮女人，害得那女人的丈夫蒙冤入狱，正巧，那男人也是个理发师不是吗？”

“你在说……”

理发师的一只手指抵住了法官的嘴唇，“你一定也记得，在审判前夜，你是怎么对那个男人说的。你说，你会保证他无罪开释，但你最终欺骗了他，你之所以这么做是为了夺走他的妻子，你令他完完全全地相信你，天知道你是怎么办到的！法官大人，你到底是何德何能，能让一个人如此地信任你？”

“这不可能……你明明……明明已经……”特平几乎是在尖叫。

理发师一手抹去他嘴边的白沫，狠狠地朝着对方的脸咬了下去，连嘴角都因迸裂而出血。

“对！我是个明明早该死的人！你一定很惊讶，对不对？因为你一定记得你是用什么罪名让我锒铛入狱的！还有你是如何在审判前夜偷偷与我见面，用多么卑鄙下流的手段套出对我不利的说词！更该死的是，你一定知道那夜之后，我是多彻底地信任你！”

他瞪大了双眼，不敢相信眼前这人竟是一个来自过去的鬼魅，“天哪……不！这不会是真的！本杰明·巴克！”

法官终于说出了他最忌讳的名字。

“没错！本杰明·巴克！”

理发师的剃刀深深地刺入了法官的咽喉。

一道血柱喷出，染红了理发厅的窗户，又一刀划下，鲜血顿时如喷泉般涌出，喷洒在理发师的脸上与身上。最终，法官垂下头去，埋首在自己的血液里，理发师朝踏板一踩，尸首便随着机关椅的启动而滑落，掉进那个通往地狱的通道。

5

黑夜又归于平静，他将沾满鲜血的剃刀拭净，放回工具盒中，它的使命已经完成。

他原本可以与露西一起过着幸福快乐的日子，原本可以看着他心爱的女儿乔安娜长大成人，但这一切却都被夺走了，被这个刚刚才被他杀死的男人尽皆夺去——他不会忘记，多年前的那个夜晚，特平欺骗了他，诱他走上背离自己妻女的道路，诱他跳入了精心设计的圈套，而他却傻傻地相信了这个卑鄙的男人！

如果特平没有出现，那么这一切都不会发生。

是啊，那个时候，他的名字还叫本杰明·巴克，是个年轻气盛的理发师，他正为了“伦敦第一理发师”的称号而努力着。这个时候，特平出现了，告诉本杰明·巴克，只要他代替肯姆勒——特平的堂弟进牢房住两个晚上，那么他出狱后将成为伦敦首席大法官的私人理发师，这对于一心想成为“伦敦第一理发师”的他来说，无疑充满了诱惑力。

于是他答应了。

他觉得自己当时真傻，居然相信了那个他此生最不该相信的人——那个只为了他的妻子而来，甚至还想娶他女儿的败类。

他曾经将自己的梦想托付给那个从一开始就不怀好意的人。

有一天，他们会在地狱相会，而那一天或许不会太远。

地狱里不会有露西，而乔安娜就算未来有一天死去，她也不会下地狱，因为她们两人都是心地善良的女子，地狱不会收容她们这么纯洁的人，她们只会去天堂，去那个离他、离特平很远很远的地方。

只有他们两人会在地狱相会。当然，洛微特太太那个狠毒的女人也是注定要下地狱的，那么好吧，就让她永远在特平的耳边唠叨下去吧，即便是死了也不得安宁！

理发师轻轻地笑了。

“晚安，法官大人，我们三个在地狱见。”

三、交换

1

“他说，这可以做得到，但必须给他一样重要的东西作为交换。”

“什么东西？”我问，并倾身将烟灰弹进烟灰缸里，我注意到他的烟搁在烟灰缸里，已经熄了好一会儿了。

“我也是那样问他的，”他耸了耸肩，像是想故作轻松状，却反而让他看起来更紧张，“但他只说‘到时候你就会知道了’，还对我笑了一下。你知道，那实在让人有点不舒服，当然我现在是没办法跟你解释，但如果你当时在场的话，你就会懂我的感觉。”

“我大概可以想象得到，”我说，“你刚才说那个人长什么样子？白发，穿着名牌西装，年龄呢？既然头发都白了，应该是个老头吧？”

“不，他的年纪……跟你现在差不了多少，顶多二十多岁，最多不会超过三十，只是不知道为什么，他的头发全白了，像他那样的人，你一眼就可以从人群中认出他来，因为那……真是太显眼了，不只是他的白发，还有一种……天晓得该怎么说，除了他的长相，还有他的声音，你只要听过一次就永远不会忘记，他的身上有某种……特质吧，对，就是这个词，特质，就是那种特质，让他不管走到哪里，你都会注意到他，你会知道他与众不同。”

我在那张稍显寒酸的椅子里换了个比较舒服的姿势，其实坐在那张椅子上面很不舒服，但为了不使他感到难堪，我只能尽量不那么频繁地更换我的坐姿。

“你说他与众不同？那就是你跑去找他的原因？”我问，心里有点不以为然。

那时脑海中只是一片空白，你知道，男人不会像那样摸另一个男人的手，那看起来很恶心，但他也没有再多做什么，我猜他只是想吓吓我，他把嘴巴附到我耳边，朝我说了一句话，你知道他说的是什么吗？"

我皱起眉头，"说什么？"

"他说：'你想写出一首绝世名曲。'他就是这样说的，我不知道他为什么会知道，但他就是说了，刚好同一时间酒保换了衣服走出来，要我记得锁门，那个叫罗亚的家伙就将手收了回去，坐得好好的，好像他从一开始就是那个姿势没有动过。酒保什么都没看到，但我整个人早就呆住了，不只是他的行为，还有他所说的话，我的确一直有那样的念头，但我不记得曾经告诉过任何人，那晚我和他是第一次见面，他怎么会知道呢？没道理啊！"

"居然有这样的事？后来呢？"我急忙追问下文。

"我本来想叫住酒保，我不希望那晚只有我和那个人独处，但我也想不出有什么理由能叫他留下来，就只好那样呆呆地看着他走出去，然后那个叫罗亚的男人就歪着头看我，好像我是个珍奇异兽似的。"

我愣愣地看着他，欲言又止。

"'抱歉，我吓到你了？'他问我。我这才反应过来，连忙从位子上站起来，愤怒地对他吼叫，说我没必要受到这种侮辱，叫他想找乐子的话到别的地方去找。有那么一刻，他看起来好像很惊讶，但那只持续了一两秒左右，他很快又笑了起来，而且是大笑，好像觉得我的反应很有趣。我气愤地抓起外套便要往外走，但他却拉住我的胳臂说他只问我最后一次，'你想不想实现你的愿望？'只要我否定地回答，他马上就走，不会再对我开任何玩笑。"

"我猜你马上就走人了？"我说。

他突然垂下双肩，痛苦地说道："不，我没有！现在想想，我是该立刻走人才对，但我当时真不知道是怎么了，我朝他回了一句'我当然想，但那是我的事，你管不着。'然后我看见他的眼睛忽然亮了起来，就像是一个小孩看到新奇的玩具那样。他很快放开我的手，说'这可以做得到，但必须给我一样重要的东西作为交换。'我问他想要什么，结果他又笑了起来，说'到时候你就会知道了。'"

"真是个奇怪的人！"我嘟哝了一句。

"我本来应该立刻走出去，但他的话让我觉得心里发毛，所以我又对他吼道：'我没有什么东西可以给你，你现在就给我滚出去！'虽然我这么说，但其实我当时有些害怕，我对这个男人一无所知，他却好像什么都知道，他虽然被我吼，他却一点也不生气，只是慢慢地从位子上站起来，将一张百元大钞放在吧台上，对我说：'很高兴今晚能和你聊天，你弹的曲子也很动听，希望以后还有机会听到你的演奏。'"

"他说这话是什么意思？"我好奇地问道。

他摇着头说："我不知道他这句话是不是有别的意思，但我当时满心只希望他走，我也不在乎是不是会得罪他，他实在是……太邪门儿了，你只要待在他旁边，就会觉得自己好像会一直被他牵着鼻子走，如果他那时想对我不利，他绝对办得到，而且我连气都不敢吭一声。我就那样看着他走出去，直到听见脚步声走远，我才敢走出那间酒馆，但现在想想，我的人生就是从那一夜开始改变的。如果可以的话，我愿意不计任何代价回到那天晚上，如果同样的情景再发生一次，我会立刻掉头走人，我最大的错误就是在那一夜认识了那个男人。"

说完，他站起身走到那台破旧的小风琴前，我看着他在风琴前坐下来，弹奏起一首我在这些年来不知听过多少遍的曲子，那乐音哀伤而悲凄，只有像李维这样的人才能弹奏出那样的音色。

这就是他在那一夜写出的曲子，那首曾经红极一时的名曲。

2

窗外下着绵绵的细雨，像这种阴郁的日子，似乎更能衬托出这曲子的哀凄。我静静地听着，直到整首曲子弹奏完毕。

"看来这些年来，你一点也没有退步。"当他结束弹奏后，我对他这么说道。

他转过头来，淡淡地笑了，"但我宁可从来没有写过这首曲子，它……太好听了，好听到我无法再写出这样的曲子来。"

"你可以的，李维，"我说，但明知这是违心之言，"你还有很多时间，可以慢慢来。"

"你不需要安慰我，白石。咱们都是搞音乐的人，应该知道，我已经江郎才尽了，这么多年来，我什么曲子也写不出来，我的创作生涯已经到了尽头！"

"但你还是可以去找份营生啊，你会弹奏，也还可以……"

“可以如何？你应该很清楚，自从那件丑闻之后，早就没有人敢雇用我了……算了，别再说了，你今天来找我不是来听我说这些的。”

他走过来，给自己斟了杯酒，然后一饮而尽。

“别喝得那么凶，李维。”我劝道。

“有区别吗？反正你又不喝。”他说，并将空酒杯重重地放在桌上，又再次伸手去拿酒瓶，我一把夺过酒瓶。

“不要这样。”我说。

有那么一刻，我以为他会发怒，但他却没有，只是用他那双浮肿的眼睛看着我，然后慢慢地将手收了回去。

“抱歉，白石，我忘了，你从以前就很讨厌我喝酒的。”

我有点担心他会把酒瓶又夺回去，于是便将酒瓶放在我的椅子旁边。

“你喝醉的时候是有点糟。”我淡淡地说。

“我觉得……我不知道你怎么想，但我真的觉得，我今天沦落到这种地步都是因为那个男人——那个叫罗亚的人害的，我猜……某种程度上，他的确达成了我的愿望，但他也夺走了我很多东西，就像他说的——这可以做得到，但必须给他一样重要的东西作为交换。没错……我的确一直想写出一首绝世名曲，像这首曲子一样好的曲子，可是——如果我知道这会让我付出那么大的代价……那么我从一开始就不会有半点这种奢望。”

我没回应他的话，只是静静地看着他，我以为他会当场哭出来，但他却没有。

“这样也好。”我想。

“那你后来再次遇到过他吗？”我问，“那个叫罗亚的男人。”

他摇了摇头，“没有，那天是我第一次见到他，也是最后一次。”

“李维，你不能这样将一切都推到一个陌生的人身上，也许正如你所说，他或许是有点奇怪，但是……”

“你不明白！”他突然大叫道，“白石，你根本没有见过那个人，你不了解的，在我遇见他的那天晚上，我立刻就写出了这首曲子，而且只花了一个晚上的时间！这在过去是从来没有发生过的事！你知道我写一首曲子的速度，最少也得花上一个礼拜，要不是他在我身上施了什么法术，我根本不可能在一个晚上就完成一首曲子！而且还是那么棒的曲子！”

我知道他已经有点醉了，在这种时候，跟他争论一点意义也没有，我决定放弃。

“也许吧，或许你是对的。”我说，并站起身来，“时候不早了，我得走了，今晚我还得赶一场演奏会，下次有机会，我会再来看你的。”

他缓缓地抬起头，眼睛里透着苍老，“说的也是……你现在是有名的大提琴手了，应该很忙吧？”

“是有一点忙，但我从来都没有忘记我们以前一起演奏的那段日子，”我考虑了一会儿，最后还是决定朝他伸出手，“我对我当年的所作所为真心诚意地向你道歉……如果有什么我能帮忙的，跟我说一声，我会尽我的全力来帮你。”

他苦笑了一下，并轻轻地和我握了下手，“以前的事就不要再提了，我知道那不能完全怪你，你当时还很年轻……再说，你也受到了惩罚。”

我的心像是被什么东西猛地蜇了一下，但我还是勉强挤出一丝笑容，“那么，有机会再见了。”

“嗯，谢谢你今天来看我。”

我走出那间狭窄的屋子，当门在我身后关上时，我几乎可以肯定，我听见了酒瓶与酒杯再次碰撞的声音。

有心里十分清楚，某些人永远也不会改变。

我竖起衣领，将脸埋进围巾里，在这种地方被认出来的话，那可不是什么好玩的事，天知道我为什么要在这种鬼天气时出门，而且大老远跑来找一个早就已经被世人遗忘的钢琴手。直到现在，我还是想不通我到底为何要这么做。

我走过阴雨绵绵的窄巷，弯进一条萧瑟的街道，这条路虽然离车站较远，但因为没有什么行人，所以我来时也是走这条路。我一面快步走着，一面暗自咒骂自己为何会忘了在出门时带把伞，要是因此而感冒，今晚的演奏会可就完了。

这时，对面走过来一个撑着黑伞的男人，手里还牵着个小女孩，当他们走过我身旁时，我不自觉地多看了他们一眼，那男人的伞压得很低，几乎遮住了他的脸，但有那么一刻，我还是看见了他的模样。

他看上去年纪和我差不了多少，却有着一头银白色的头发。

我停下脚步。

白发男人和小女孩并没有注意到我的视线，只是径自走了过去，我回头望向他们的背影，那两个人都穿的是一身纯黑的衣服，男人穿着黑色的西装，小女孩则穿着有黑色荷叶滚边的洋装，活像是刚参加完葬礼回来似的。

像他那样的人，你一眼就可以从人群中认出他来……

我摇了摇头。

可能是是我想多了吧？

我转过身去，离开了那条街道。

3

一直到第二天早上，我才得知李维坠楼自杀的消息。

星期天晚上，我在演奏会结束后就直接回饭店休息了，根本没有注意当天的新闻或晚报，直到周一早上，我才从报纸上看到李维自杀的消息。

那甚至不在头条版面上，而是在两三页后的社会新闻里占据着一隅小小的角落，倘若我没有不小心打翻咖啡杯的话，我或许根本不会看到那则新闻。

他是从自家楼上跳下来的，当场死亡。

在得知此事后，我并没有为此而感到难过，我只是很惊讶，惊讶于那个我昨天才见过的人，竟然今天就已经不在这个世上了，也惊讶为什么像他那样潦倒了大半辈子的人，会时至今日才突然想要一死了之。

那该不会是我害的吧？

有那么一刻，这个念头曾闪过我的脑海，令我一惊。但我回想那一天与他见面时的情景，我很确定我并没有说出任何会刺激他的话，也没有作出任何会令他想一死了之的举动——至少，我认为我没有。

他总不可能因为我夺过他的酒瓶就想去死吧？

对了，酒瓶，我在离开的时候，不是听见他又喝起酒来了吗？依照他那个人的个性，肯定是喝了酒后就醉得一塌糊涂，说不定就是因此而失足坠楼的。这么一想，我当时还真是应该直接把酒拿出去倒掉才是。

算了，反正倒掉了一瓶，他还是会再去找酒喝，依我对他的了解，他就是那样的人。

我仔细研读了那一栏小小的报道，确定没有人知道那天我曾去过李维的家，虽然他的死根本与我无关，但以我现在的知名度，跟这种事扯上关系总不会是什么好事。

我换掉那件被咖啡弄脏的睡袍，然后走进淋浴间，伸手转开热水，任由温热的水柱从莲蓬头中灌注下来。

我望着自己握着水龙头的那只手，上面有一道清晰可见的疤痕，从腕部一直延伸到肘部。

那是被酒瓶碎片割出来的伤痕。

李维醉酒之后不甚打碎了酒瓶，结果割伤了我。

直到此时我仍然记得十分清楚，那条伤口割得很深，医生说，要是割得再深一些的话，我这辈子恐怕大概就没办法再拉大提琴了，虽然李维一直在向我道歉，哭着恳求我原谅他，但我终究没办法再忍受下去。

"抱歉，白石，我忘了，你从以前就很讨厌我喝酒的……"

"你每一次都会忘，不是吗？不管我再怎么劝你，再怎么求你，你还是一点也不会改变，不是吗？"

渐渐的，我看到被雾气笼罩的镜子里，我的脸上露出一个模糊而又诡异的笑容。

我想起我独自去医院包扎手的那一天，李维一大早就不知去向，那天是个星期天，天上下着绵绵细雨，我独自一人站在医院的大门口，思考着这次是不是该下定决心，就此离开李维。

我很清楚，我有才能，我可以靠自己的大提琴演奏独当一面，但李维不让我走，他总是说我还太年轻，他看过太多像我一样浑身充满了斗志，却又愚蠢至极的年轻人从此在乐坛上销声匿迹，因为他们孤掌难鸣，纵有再大的才能也无用武之地。

你不能老想着要靠自己独闯，你必须找个搭档，一个人或许没什么力量，但两个人就一定没问题，我答应你，我绝对不会扔下你不管。

傻到会相信李维这个人，或许是我自己的问题。

我曾经很感激他，因为他可以算是我的老师，他教会了我很多事情，当然，也包括我不想知道甚至憎恶的那一些，比如：关于如何与经纪人同流合污，骗取同行的钱财；又比如如何令那些对音乐有着极大热情的少女听从你的摆布……等等。

然后我遇见了那个撑着黑伞的男人。

正如李维所说，那个男人身上有着一种与众不同的特质，不只是他那头白发，那身像参加葬礼般的穿着，还有他那种神秘难解的微笑——当你看见那笑容时，你会觉得他好像已经认识了你一生一世。

“你好，我叫罗亚，是个专门替人实现愿望的人。”他开门见山地说道。

“他的声音，你只要听过一次就永远不会忘记……”

没错，李维形容得一点不差，那个人的声音就是给人这样一种感觉。

“只是，你必须给我一样重要的东西作为交换。”

“你不觉得很可笑吗？他以为他是什么？观音菩萨？还是圣诞老人……”

不……这一点都不可笑，亲爱的李维。可笑的人从一开始就只有你一个人而已。

连愿望都不会许的人，当然很可笑。

我关掉了水龙头，走出淋浴间，拿了条干毛巾擦干身体，然后我抬起眼来，望向镜中的自己。

镜中人的双腿之间有一道丑陋的伤疤，外显的生殖器官有一半以上早已经荡然无存。那是当年我与他的妻子翻云覆雨时，被他捉奸在床后，他在我身上造成的永久性创伤。拜他所赐，我这辈子都不能像正常男人一样结婚生子。每当我看到镜中的自己时，就会想起李维的所作所为，虽然我对不起他，可他竟这样对待我……

那段往事成了我永远也无法摆脱的阴影，而他，也因为这件丑闻从此一蹶不振——这是老天对我们两人的惩罚！

“某种程度上，他的确达成了我的愿望，但他也夺走了我很多东西……”

但这一切都值得吗？

“我今天沦落到这种地步都是因为那个男人——那个叫罗亚的人害的……”

不！

你才是罪魁祸首，李维！

你认为这值得吗？

……当然，他的确有一段时间过得还不错，但他一直没能写出更好的曲子……后来又被某件极为不堪的丑闻缠身……如今，人们也许还记得那首曲子，却不会记得它的作曲人是谁……他从自家楼上跳下来，当场死亡……

“我只可惜不能亲手宰了他！”我面对镜子中的自己，恶狠狠地说道。

“那你知道我的愿望是什么吗？”那个下着雨的星期天，我站在医院门口，问那个黑衣男子。记忆当中，他好像没有作出任何回答，只是静静地笑了。

“你认为这值得吗？”

“当然值得。”

我穿上浴袍，走了出去……

噬梦魔

文 / 辛欣

1

你遇到过噬梦魔吗？老爸说，每个大人都曾遇到过噬梦魔，只是就算看到，也不一定认得出来。

去年底，住在后街的女生弄丢了她的猫咪——我不认识那个女生，也不真的认识那只猫咪，只是偶尔放学时会看到它在路边晒太阳而已，这种时候，如果附近没人的话，我会去摸摸它，它跟其他猫咪不一样，它会让我摸，其他猫咪不让我摸通常是因为它们不认识我，不过，我也不知道那只会让我摸的猫咪是不是真的认识我，因为有一次我的同学去摸它，它也让他摸了，而他跟它是第一次见面，我想，那只猫咪大概是不管谁来都会让人摸的吧——扯远了。

总之，那只猫咪现在已经不见了，可能是被别人抱走了。老爸说那么乖的猫咪放在外面本来就很容易被人抱走，也可能是绳子没绑好，它自己跟朋友跑掉了，如果你在街上看到一只白色的、身上有灰色花纹的猫咪，那可能就是它，也可能不是，只是刚好长得很像的猫咪而已。噬梦魔就像这样子，你说不定早就遇见过它了，可是你不会知道它是不是噬梦魔，你也不会特地去问它，因为它跟你的语言不通，就像你跟猫咪一样，而且更多的时候，你可能遇到了却装作不知道。

老爸曾说："有些大人——少数的大人，其实很早就知道自己遇到过噬梦魔了，只是他们不想承认而已。"我问他："为什么？""那是因为他们还想继续做梦，但当你知道那是梦的时候，你就没有办法再继续梦下去了，因为那表示你已经醒了。"他这样说。

"可是有时候，如果你赶快睡回去，其实还是可以梦到刚刚的梦的。"我这样跟他讲,但他只是笑了笑,说:“那种几率很少,可遇不可求。大多数时候,你只会梦到完全不一样的东西而已,而且就算你这次可以梦到最后一一梦境也通常不会像一开始那么美好。”

说了半天,还没提到我老爸是做什么的,我知道你可能没什么兴趣,但因为这跟我刚刚讲的话题有关,所以我还是得告诉你才行,我老爸是个飞行员,不过他的工作内容可能跟你想象中的飞行员有一点点不一样,他不用在国庆节表演,也不用飞到别的国家去丢炸弹。该怎么说呢,虽然我觉得直接说出来有一点不好意思,但还是让我直说吧:他的工作就是负责抓噬梦魔。

我知道你一定会说我在开玩笑,或是我被我爸骗了,不过,我也不指望你相信,所以没关系,你听听就算了,但我可以告诉你,我爸是全天下最不会说谎的家伙。

事先声明,我不是在推销我老爸,不要误会,只是关于他的事还必须多说一些,这样我才能好好地把接下来的事——尤其是关于噬梦魔的那些事讲给你听。

2

我小时候——忘了是几岁时的事了,总之应该是五岁以前吧,有一阵子我每天跟我老爸吵,说我想要一个弟弟——这话现在想起来真让人脸红,不过毕竟我那时还不太了解制造小孩是怎么一回事——现在知道得也不多,只是大概知道一点,我还是很纯洁的,请相信,我那时一直深信只要想办法说服我老爸找个女人结婚,我就可以有个弟弟跟我一起玩,虽然当时我身边所有有兄弟姐妹的人都告诉我,那不是个好主意,后来他大概是被我烦得受不了了,有一天他出门后,一直到太阳完全下山了才回来,而且还抱了个小婴儿。

后来我发现照顾小婴儿是全天下最糟糕的差事,就没有再跟他吵了,不过当那个小鬼稍微长大后,我发现照顾小孩有时候还是很有趣的,我们会玩乐高积木、变形金刚或是遥控赛车之类的——除了我的遥控车或飞机老是被弄坏,还有“我弟”并没有小鸡鸡之外——说真的,我到现在还是很确定,这一定是当初我跟我爸在沟通上出了什么问题。

说到这里,你应该会觉得我跟我妹——虽然直到现在我还是宁可叫她

“老弟”——大概都是我爸收养来的吧?不,我在这里要很严肃地告诉你,我跟我妹妹都百分之百是他的骨肉,只是我们没有妈妈,不是我们的妈妈跟人跑了或是死掉了,而是一开始就没有这个人。

请别误会,我这样说不是对她有什么仇恨或者其他什么,而是真的从一开始就没有。老实说,这方面的细节我不太想去追究,不过我大概知道是怎么一回事——虽然老爸他从来没真的对我们说过这方面的事。

当然,小时候,我也曾经怀疑过自己不是老爸亲生的,也怀疑过我妹是偷抱来的——照我上面的说法看来,的确是很像,尤其是我妹,她的肤色跟头发的颜色都很淡,而且还有些自然卷,这有点像混血儿,可是我跟老爸的头发都是直的——我的发色比起我爸略微淡一点,我爸的头发就完全是黑的,不过最近多了些白头发,他对这件事简直在意得不得了,但我一直觉得全白明明就很帅,搞不懂他为什么想尽办法遮遮掩掩——我又扯远了。

我曾经问过我老爸,为什么只有老妹有卷发,他告诉我,那是“鸡音”的关系,因为他有自然卷的“鸡音”,所以我老妹才会有卷毛。

当时我盯着他看了几秒,然后告诉他“可是你没有卷发”这个显而易见的事实,他很认真地回答我,他有卷头发的“鸡音”,只是没有显露出来而已,我问他“那以后你会有卷头发吗?”他说不会,永远也不会,我回问他“那你怎么知道你有卷头发的‘鸡音’?”他说,因为妹妹是卷头发。我很困惑地想了想,因为这问题又回到了原点,最后他摸摸我的头——他很爱摸我的头,我曾问过他为什么老爱这样,他说因为他自己的头不好摸,然后告诉我一个千篇一律的结论——“等你长大后就知道了”。

当时我一直不了解为什么鸡的声音会让老妹的头发变卷,后来我才知道,那个应该是“基因”,跟鸡一点关系也没有,但就算是到了现在,我也依然不甚了解基因到底是怎么一回事,老爸当初告诉我这个词,是因为他指望当时才七岁的我能理解那么复杂的东西吗?我真不知道他到底是对我期望过高还是单纯的缺乏常识。

虽然,现在我已经完全确定,我不可能不是我老爸亲生的,但我也很清楚,我跟我老妹并没有妈妈——我猜老妹应该或多或少知道这回事,因为她很爱看书,她看过的书比我看过的还多,她一定知道我们是怎样来的,只是她跟我一样,不会无聊到拿这种事去问老爸,那太尴尬了,大家自己心里明白就好。

3

另外一件很重要的事——我知道你会说这根本只是对我重要而已，跟你一点关系也没有，但我才不在乎你怎么想呢——我想说的是，我从小就想跟老爸一样，当个飞行员，我猜“以后想跟老爸一样”这个想法，应该是每个男生小时候都或多或少会有的——不过，这好像也不仅限于男生就是了，我有个表妹，五六年前我见到她时，她说她以后想跟她爸一样当个卡车司机，算起来，她应该已经十一岁了，不晓得她现在还想不想开卡车。

老爸当然也知道我有这个梦想，毕竟他很清楚是谁从小就老爱跟他到工作地点，又老是趁他不在时跑到飞机上搞破坏——我发誓我只是不小心按了下按钮而已，谁知道它会真的动起来！后来等我稍大一点的时候，他开始教我一些简单的飞行知识，我猜他是高兴这么做的，只是他总是爱装成因为他刚好有空才顺便教我似的。

后来，他才终于让我实地体验飞行——用那台他不知从哪儿买的二手旧机种，还花了不少工夫改装，才让它真的能飞。虽然那跟正式飞行员开的还是有很大的差距，不过能飞已经让我兴奋得要死——尽管飞行中老爸还是经常在我耳边唠叨，让我值得纪念的第一次飞行变得有点窝火，而且我还差点跟老爸吵起来，不过实际飞行在天空中还是很棒的一件事，我才飞完一次就忍不住期待下一次了。

我忘不了那晴朗的天空以及广袤的绿地、繁华的城市，还有山川、河流，那是很自由、很舒服的感觉，虽然要我现在形容，我也吐不出什么像样的词汇——这种时候我就有点羡慕我老妹，她读的书超多，文笔也比我好一百倍，不过，那感觉真的很棒，你会觉得自己在这世上何等渺小，可是又何等幸运，能生在这世上，看到那么美的景色，如果可以的话，我还真想一辈子飞下去，永远不要降落。

老爸说，刚开始飞总是会很兴奋，要一直学到觉得这是件很稀松平常、很习惯的事为止，这样才能真正成为一个靠驾驶飞机吃饭的人，不然每次上去时都跟小鬼一样兴奋地鬼叫，飞的时候又随心所欲乱飞一通，谁会雇用这种人啊？

不过，我才不相信他在飞行的时候一点都不兴奋。

他说，要等到我成年，念完书后才能去考飞行执照，不过我问过他的同事，我老爸早在比我小的时候就开始在飞了——不过那也是当时法令不太严格的关系，我真恨自己没有早一点出生，虽然以我老爸的年纪来说，我大概已经算是太早被生出来了。

“噬梦魔到底是什么东西？”有一个晚上，老妹早早就窝到房里写她准备拿去投稿给校刊的大作，我跟老爸龟缩在客厅的沙发上一边看一点也不恐怖的恐怖片，一边下西洋象棋时，我这样问他。

他没有马上回答，只是继续盯着棋盘，正当我怀疑他没听清楚，准备再重复第二遍的时候，他这样说：“就是吃梦的怪物啊。”

这回答跟没回答是一样的，于是我问：“为什么会有那种东西存在啊？”

“没有那种东西的话，你爹我不就要喝西北风去了吗？”

“谁跟你讲这个啊……我是说，那种东西是怎么来的？怎么形成的啊？”

“我怎么知道？”他这样说的时候，稍微把他的王后移到我的主教吃不到的地方去了。

“难道你工作的时候，从来不会去想它的原理吗？”

“没想过。”他仍然一副理所当然的神情。

有时候我觉得，这大概就是我跟他之间的代沟吧，我习惯刨根问底，但他却一个口令，一个动作，从不去问多余的事。

“那，噬梦魔长什么样子？”

“这个说不好。”他过了很久才回答。

我皱起眉头，“说不好是什么意思？”

“就是说不好啊。”

“你这样讲很笼统，我不明白！”我有点恼了。

“我怎么知道？它们每只都长得不一样啊，有红的，有绿的，形状也千奇百怪，我要怎么跟你形容呢？”

他的口气比我还凶，我只好闭上嘴。

不过我还是很好奇它们到底长什么样子，毕竟，如果没有意外的话，我以后应该也会跟老爸一样当个飞行员，专抓噬梦魔，所以我当然会很好奇我未来将要面对的敌人长什么样子——虽然说成“敌人”有点严重，因为它们并不像杀人犯或强奸犯那么危险，它们不会真的杀掉你或伤害你，但是他们会吃掉你的梦，所以它们还是得被抓起来，而且它们也跟杀人犯和强奸犯一样，永远也抓不完，永远都会有新的噬梦魔出现，唯一能做的就是尽量把出现的噬梦魔抓起来，尽量把它们的数量压低，除此之外，我们没什么能防范的方法。

“当它们出现在附近的时候，你会知道的。”

老爸这么说时，抬头看了我一下，他眼睛的颜色很淡，几乎要退变成淡金色，我记得他的同事们也有这种眼睛，那是长期面对噬梦魔才会有的后遗症，不过那并不会使他的视力受损，只是会让你眼睛的颜色变淡而已。

老爸说：“当你抓到噬梦魔时，那也等于是偷看了别人的梦，所以那些梦为了不让你继续偷窥它们，就会想办法把你眼睛的颜色偷走，让你的眼睛在晚上变得跟猫咪的一样亮，那样它们就可以在被抓之前先发现到你，它们的同伴就可以趁机逃走。”

所以，老爸总是戴着有色的护目镜。

不过老爸说他偶尔也会故意把护目镜拿掉，因为有些噬梦魔的模样实在很特别，隔着护目镜看太可惜了。

“如果你当时带着照相机的话，就可以把它拍下来啊。”我说。

“神经病！谁开飞机时还有那种闲工夫？”他一边这么说着，一边吐掉老妹那天发明的新菜品——蜂蜜蛋卷。我觉得那东西太甜了，而且还有一股焦味，但老爸好像没什么感觉，只是说他不喜欢吃鸡蛋的味道，所以才吐掉。

“那你下次带我去嘛，”我说，“我可以帮你拍，我的技术很好的。”

“你不用上课吗？”他白了我一眼。

“等放假的时候啊。”

“再说吧。”

我知道他这么说等于拒绝我的提议，我猜他大概是嫌麻烦。

4

有一次，我在学校图书馆借到一本骨灰级的老书，这本书现在已经绝版了，你在外面根本买不到，它是一位已经退休的飞行员写的，内容介绍了不少他生平所见过的噬梦魔——可惜他跟我老爸一样没有拍照的习惯，书中只有一些根据他的描述所画的模拟图，不过画得很丑，我老妹画的比他画的好看多了。

老实说，看到这本书里画的噬梦魔，我真的非常失望，难道我以后会在天空上每天遇见这种丑八怪？我真搞不懂为什么老爸会为了看这种东西特地拿掉护目镜——如果它们真的都长得那么丑的话。

我把那本书拿给老爸看，虽然他一回家就坐在电视机前，看起来无事可做的样子，但你要找到他会理你的时机真的有点困难，我老是得担心自己是不是又烦到他了。他大概只花了0.1秒瞟了一眼那本书上的插画，然后就继续看他的电视，导致我必须再问他一次："噬梦魔是不是真的长这么丑？"

他这才懒洋洋地回答我，"可能有这种的吧，不过我没看过。"

我拉了张椅子坐到他旁边："所以你看过的比这上面画的好看？"

他想了一下——我不确定他只是盯着电视发呆还是真的在思考——然后说："对。"

无论如何，至少他的回答给了我一点希望。

后来我没看完那本书就还回去了，大概是因为那是老伯伯写的东西吧，内容真的很闷，最主要的是，我觉得那本书会让我对这个工作产生不好的情绪，在实际见到噬梦魔前，我不想让任何事物影响到我对它的第一印象。

我猜这也就是为什么现在市面上几乎没有关于噬梦魔的书的原因。

有一次，老爸在例行飞行练习前，很认真地教我各种装备的用途，还有制服上为什么要缝口袋，他说飞行员必须至少有一两个牢固的口袋，这样遇到噬梦魔的时候，就可以把它装到口袋里去。我问他："那是不是一件很困难的事？"他说："不，很简单，因为噬梦魔最喜欢温暖、窄小的地方，你打开口袋，它们就会自动钻进去，然后你只要把拉链拉上就好了。"

"其实比你想象的还要简单。"他补充说。

我盯着他身上的口袋，然后说："听起来噬梦魔长得很小嘛。"

"才怪，"他说，"噬梦魔小的是很小，但大的可以很大，有的比一栋房子还要大。"

"遇到那种大个儿的怎么办？"

"一样啊，"他回答得简单，"打开口袋就行了。"

"可是你不是说比房子还要大吗？口袋哪能装得下啊！"

他笑了笑，一副“你在问蠢话”的表情，“梦这种东西，没有实际体积的，只要你相信你的口袋装得下，那就一定装得下，不管它看起来有多大。”

此外，他一再强调的是，无论如何，抓噬梦魔的时候一定要戴着手套——当然如果只是“看”的话，护目镜可以拿下来无所谓，但绝对不可以直接让它碰到你的皮肤，打开口袋的时候，它可能会碰到你的手，所以一定要戴手套，穿长袖衣服，把自己包得紧紧的，除了可以御寒外，也是为了避免跟噬梦魔直接接触。

“碰到的话会怎样？”我问。

他扬起那张有点年轻过头的脸，抬眼看了看我。我想，再过几年，他就得抬头看我了，然后面色有些阴晴不定地对我说：“那是一个秘密。”

真是的，老爸总是这样耍我！当时我气得捶了他一拳。直到后来，我终于知道皮肤接触过噬梦魔后有什么样的后果时，我非常感激他——他其实也是个很可怜的人，不过这都是后话。

5

那一天，我第一次遇到了噬梦魔。

老爸说过，像我跟老妹这种年纪的小鬼，通常还不太可能会碰得到噬梦魔这种东西，不过现在的小孩都很早熟，他大概没料到这点。

原本，老爸的飞机就在我后面，无线电里还听得见他叫我照例行路线飞的唠叨，可是突然就在某一刻，所有的声音都不见了，不但无线电好像突然罢工了一样，连耳边呼呼吹着的风声都似乎安静了下来，空气像是凝固了一样，本来还很舒服地吹过来的，可是在那个时候，却变得既沉又黏。

我拉下坐标仪，看见原本整齐排列，一格一格的坐标线完全乱了，变得像一团白色的线球，乱七八糟地在屏幕上扭来扭去。

现在想起来，我那时候应该会很慌才对，可是当时我却变得很冷静——这不是我事后才这样跟你讲，而是那个时候我根本忘了惊慌，只是觉得很疑惑而已。

当时我回头看老爸还有没有跟在后面，却发现他居然不见了，这简直是破天荒的一次，但我当时却很单纯地怀疑他只是在跟我开玩笑——虽然他一向没什么幽默感，天知道我那时为什么会那么想，大概等一下他就会出现了，所以我没有掉头回去，也没有尝试找地方降落，我还是继续飞。虽然空气里的味道变得很奇怪，但那反正闻起来不像是引擎烧起来或漏油的味道，我也就没有多想。

然后，那东西出现了。

当它出现时，天空顿时变得像晚上一样黑，好像所有的光都被吸走一样——而且那是一瞬间就发生的事，你根本来不及作出反应，天空就整个黑掉了。我吓了一跳，难道我已经飞了那么久吗？为什么太阳那么快就下山了？但我很快就找到了答案，因为我马上就看到在前方不远处有一团白白的东西在飞——一开始我还以为那大概是一只鸟，但随着它越飞越近，我才发现那根本不是鸟，而是另一种东西，而且我很确定那东西是我今生第一次见到。

那东西看起来很大，几乎比我那架小飞机还大，而且全身闪着淡淡的白光，很漂亮，就像月亮的光辉一样，柔柔的，不会很刺眼，我当时没戴护目镜，所以看得很清楚，它一开始什么也不是，就是一团白色的东西，虽然它没有眼睛或任何像眼睛的特征，可是我觉得它好像知道我在这里，就那样慢慢地朝我飞了过来，很……怎么说呢？优雅吧，它飞的样子真的很优雅，然后，它飞到我的飞机正下方，这时我可以看得见它的全貌。

接着，它慢慢地从身体两侧伸展了开来，伸出像翅膀一样的东西，这让它看起来更加庞大。我小心翼翼地跟着它，让它能够一直飞在我底下，这样我才能把它看得更清楚。它一直在变化、变形，可是不管它变成什么样子都很美，我简直看呆了！

最后，它变成了一只像蝴蝶一样的生物，大大的翅膀缓缓地拍动着，上面有着半透明精巧的花纹，透过那对白得几近透明的翅膀，我甚至可以看见底下的云，而它的中心——也就是身体的那部分，始终散发着淡淡的白光，只是那样看着就觉得好像全身都要被它吸进去一样。

我知道在白光底下有某个人的梦境。

那个时候，我其实不太确定是不是该把它抓起来——虽然能够亲手抓到噬梦魔一直是我的梦想，但那次只不过是一次飞行练习而已，我该做的应该是立刻回头去把老爸找来才对。可是我又想多看它一会儿，因为它实在是太漂亮了，跟那本烂书上的插图一点都不像，光只是看着就让人觉得很舒服，很想永远就这样跟它一起飞下去。

可是，我当然不能像个白痴一样在这里啥都不做，虽然它真的很美，但这种东西是一定要抓起来的，问题在于我要不要动手而已。

我想，如果我掉头去找我老爸，等到回来时它可能早就飞走了。

我就这么边飞边考虑了一会儿，幸好那东西飞得不快，否则在我犹豫的时候它可能早就跑了，最后我决定凡事都应该自己先试着做一做再说——反正我那时穿的是长袖衣服，也戴着手套，身上也刚好有口袋，我想不出有什么理由不动手抓它，所以我抓着口袋，将开口朝着它，看会发生什么事。

而几乎在我打开口袋的那一瞬间，那道白光就一下子朝我冲了过来，我当时吓了一大跳，差点想把口袋关上，但幸好我没这么做，那东西像棉花糖的糖丝一样卷了过来，飞进我的口袋里，原本巨大的形体一下子就不见了，全都被吸了进来，一点也不剩，我立刻将拉链拉上，感觉口袋里鼓鼓的，可是稍微一捏又软绵绵地像是灌了空气，如果不是口袋摸起来暖暖的，看起来又微微透着白光，我还真以为里面什么都没有呢。

然后，天空又恢复成了蓝色，微风也吹了起来，无线电里又传来了沙沙的杂音。

6

"儿子，你刚才在做啥？我唤了你半天，怎么都不回答？"老爸的声音又传了过来，听到他这样问，我忍不住想对他卖个关子。

"我刚刚看到好东西了，等降落后再给你看。"

"你遇到噬梦魔了吗？"

我有些失望，老爸为什么会猜到啊？于是我问："你是怎么知道的？"

"你有没有摸它？"

"没有，怎么了？"我立刻警觉地问道。

"没什么，没有就好……你把它抓起来了吗？"

"嗯。"

"不要说'嗯'，我是那样教你的吗？"

“是，我抓起来啦。”

“好，那等降落以后拿给我，这东西得交上去才行。”

“知道啦——”我重重地回答道。

直到降落时，那东西都一直窝在我的口袋里，暖暖的，给人一种很奇妙的感觉，我开始能够理解，为什么会有人喜欢上老爸这种职业了——如果那么美的梦，可以变成自己的就好了。我想，只要是看过噬梦魔的人，一定都或多或少这样想过。

可是，别人的梦再怎么样也是别人的，不可能会变成自己的东西，而且，那些梦都是已经被“吃掉”的，既然被吃掉了，那就表示原本做那个梦的人已经醒了——虽然那个做梦的人可能还是会很想把梦找回来，可是已经被吃掉的东西，是不可能再回到一开始时那样的，就像老爸说的：“大多数时候，你只会梦到完全不一样的东西而已，而且就算你这次可以梦到最后——那也通常不会像一开始那么美好。”

这就是我第一次遇到噬梦魔时的体验。

之后，老爸把那当成自己的业绩呈报上去了，他说那是因为没有飞行执照的人抓噬梦魔是违法的，不过我觉得他这么做只是想充分让我了解，很多时候你的功劳总是会被别人抢去——尤其是你又比他们年轻很多的话。

不过，我是这么想的：至少第一个教会我这道理的人是自家老爸，不是不相干的其他人，虽然我不确定哪一边比较令人火大。

7

好吧，下面我将揭晓谜底——关于皮肤碰到噬梦魔后会有什么后果。

其实，从我老爸的身上我已猜到会是什么后果，但是我始终不敢确定，直到许多年后——我接替了老爸的工作，成为了一名真正的飞行员，并无意间触碰了一只紫色的噬梦魔——我才真正确定，原来我的猜测竟是真的！虽然我已经有了一些心理准备，但当得知真相后，我还是大吃一惊。

后来有一次，我拿着喷漆枪在补飞机掉漆的地方，老爸站在我后方不远处——我不确定他是在看我，还是在看天上的星星——那天晚上的天气很好，星星非常多，老爸说过他以前住的地方污染很严重，晚上根本看不见星星，所以现在只要晚上天气还不错，他就不会待在屋子里。

他这个习惯也没什么不好的，只是我常常会希望他别光着膀子就跑出来。

所幸，这天他套了件 T 恤，这使他显得很老，我也就懒得跟他计较了，不过我本来打算顺便在飞机上喷些艺术性的文字，可是因为他就在附近，所以我就没办法弄了——万一他问起我在写什么的话，解释起来实在很麻烦。

过了一会儿，我注意到他点了根香烟抽了起来。我完全没发现他有带烟出来，我跟他说别在年轻人面前抽，他只是耸了耸肩，然后回了句“反正你戴着口罩”。这实在很不公平，因为在老妹面前他就从来不会抽烟。

又过了一会，他问我：“你那天碰到的噬梦魔是什么样子的？”

“紫色的，”我说，并想了一下，“有点像热气球。”

“喔。”他淡淡地应道，然后又不讲话了，只是盯着我微微隆起的小肚子。良久，他才说：“你打算把他（她）生下来？”

我用力地点了点头。

读到这里，聪明的读者已经知道谜底了——触碰噬梦魔的后果便是怀孕！

作为一个男人，这真是一件令人感到不可思议同时又难以启齿的事，然而这都是真的。这也就解释了为什么我和我老妹是老爸亲生的，但我们却没有母亲。

那天，我突然问他：“老爸，老妹的噬梦魔是什么样子的？”

我抬眼看了他一下，他的表情没什么显著变化，仍然在抽他的烟，我看他没打算要回答我的意思，只好回头去喷我的漆。

“是天蓝色的，长得有点像棉花糖。”

我转头看着他，而他又吐了一口烟，“那时候我抓到了两个，一个是天蓝色的，另一个则是粉红色的，”他停顿了一会，说：“后来我选了那个蓝色的。”

“你是不是以为蓝色的会是男的？”

他的眉头皱了一下，用烟雾遮住了自己的表情，“对。”

“那我的呢？”我尽量想让我的口气听起来让人觉得我对他的回答一点也不在乎，但好像不太成功。

“金色的，有点像太阳，但没那么烫。”

“那时候你几岁？”

他想了一下，“十六岁。”

我本来想问他为什么要去摸那种东西，但我觉得再问下去只会更令人尴尬，就把话吞了回去。

有些细节你不必问也能猜得到，只要你够细心的话。毕竟，我怎么可能会忘记我老妹出生的那一天他出门时的模样呢？更别说在那之前，他都已经那个样子好几个月了。

“唉，我真的很担心啊。”

他突然这么说，把我吓了一跳，我忙问：“担心啥？”

“你啊，”他看了我一眼，金色的眼睛像猫咪一样亮，“你现在就快成为爸爸了，可是你只能独自抚养自己的孩子，你今后该怎么办呢？”

我忍不住想挖苦他一下，但还是忍住了，“我很开心啊！别忘了，你不也是独自抚养我和老妹两个孩子吗？”

“那怎么会一样？现在时代不同了，养孩子是很费钱的一件事……而且你从小学习成绩就不好，这很让人担心。”

“怎么会呢？书读得好不好跟这有什么关系啊？”

“怎么会没关系？书读得好不好跟很多事情都有关系。”他一本正经地说道，那表情跟他上身穿着T恤、下身穿着四角大短裤的样子非常不搭调。

“你不要老是打击我，我可是你的儿子啊！我的肚子里怀着你的孙子啊！”

“就因为你是我儿子，我才担心啊。”

唔，真是难以反驳——毕竟他们老是说，我跟我老爸很像，可是，总是会有不一样的地方吧，至少我自己觉得，我跟我老爸的个性是完全相反的。

他把烟举到唇边，“你现在有没有喜欢的女孩子？”

我愣了一下，“……干吗突然问这个？”

“没什么，只是问问，”他的表情没什么变化，“我只是想先告诉你一声，如果你一旦生下了孩子，那你以后大概就再也没机会碰女孩子了。”

我尴尬地问：“为什么？”

“没有为什么，”他皱了皱眉头，“你见过哪个女孩子愿意嫁给一个带着孩子的男人？更何况这个孩子还是通过正常的途径得到的。”

他说这话的语气并不是“随便问问”，我只好摸了摸鼻子，回了声：“喔。”

“算了，反正你将来怎么样那也是你自己的事。”他又开始吞云吐雾起来。

看到老爸很泄气的样子，我有些心酸的感觉。不过，那句长时间以来始终压在我心头的话在我考虑再三后还是从嘴巴里冒了出来。

“老爸。”

“嗯？”他的声音听起来像是“哼”。

“你会后悔吗？”我问。

“后悔什么？”

“后悔……碰了噬梦魔这件事？”

他盯着我看了好一会儿，然后笑了起来，仿佛我刚刚问了个全天下最蠢的问题，“怎么可能啊？你这个笨儿子。”

我也不后悔！我在心里默默地说着。

8

他们说，所有的小孩都是带着梦出生的。

小孩都喜欢抱抱，喜欢温暖、窄小的地方，所以一有人碰到那些梦，它们就会跑到人们的怀里，然后就窝着不走了。

我就是这样被生下来的。

我的儿子也是这样被生下来的。

我想，这大概就是为什么我始终很在意噬梦魔这种东西的缘故。

每个小孩出生时，都伴随着一个美好的梦，但等到他们慢慢长大，变成大人以后，噬梦魔就会慢慢把他们的梦吃掉——当然，有的人就算是在变成大人后，也还是能保有着自己的梦，没有让噬梦魔偷走。只是，那毕竟是很少数的一部分。

偶尔，被噬梦魔吃掉的梦还是会被某人拾获，然后再次出生在这个世上——就像我，还有我妹。

我们都曾经是某个人遗失的梦。

然后老爸把我们捡了回来。

再然后，我把我儿子捡了回来。

无路可逃

文 / 花布

1

林木木恋爱了，对方叫成森，是一个帅气的男人。俩人的相识很浪漫。那天林木木去选购春装，挎包被抢，成森打跑了小偷，帮她夺回了包。于是，爱情的种子萌芽了。

成森是个孤儿，生活简单，靠写恐怖故事为生。林木木则有一个幸福的家庭，自己在本市上大学，父母在老家经商。

有一次，林木木的母亲出差路过本市，林木木带着成森一起去见了母亲。这是成森第一次见到林木木的母亲，那个女人保养得很好，看上去很年轻。席间，成森一直注意着她，神情复杂。

事后，成森说："木木，你妈不喜欢我。"林木木说："我妈对你很好啊！"成森冷冷地说："她只对你好。"林木木没有发觉成森情绪的变化，挽住他的胳膊甜蜜地说："总之，她以后也是你妈啦！"

成森的嘴角牵了牵，脸上阴晴不定。

很快放暑假了，因为成森，林木木没有回家，而是快乐地陪在成森左右。

这天，林木木在成森的电脑里发现了一组图片。图片拍摄自一个小山村，色调灰暗，给人一股死气沉沉的感觉。她好奇地问成森照片上的地方是哪儿，成森告诉她，那个地方叫鬼山村，是他大学旅游时偶尔发现的。他开始写小说后，便经常去那里寻找灵感。

成森说："鬼山村四面环山，山势陡峭，只有南边这座较矮。据说，以前村里人死后，都埋在南面这座山上，渐渐的就成了乱坟岗。后来，这山成了禁地，进山的人不是失踪就是疯了。所以，那里才叫鬼山村。"

林木木不屑地说:“你也相信这种鬼话？”

成森认真地说:“有些东西你可以不信,但绝不要去招惹。”

成森描述的鬼山村,激起了林木木的极大兴趣,她死缠着成森带她去探险,成森无奈地答应了。

两天后,俩人出发了。从火车转汽车、从汽车转牛车,又走了几十里的山路,四天之后,他们终于来到鬼山村脚下。此时,天已擦黑,俩人走在羊肠小道上,远处的鬼山郁郁葱葱,在夜色中显得有点诡异。

林木木笑着说:“那鬼山还真是鬼得挺美的。”

成森说:“你不信也就算了,不要乱说话。这里很落后,村民们可不像你有大学文化。”

此时,远处隐隐约约亮着几点灯火,看上去离鬼山村还很远。再走近些,看到鬼山上闪出了微弱的鬼火,林木木停住了。

成森笑着说:“你不会不知道鬼火是怎么形成的吧？我说过,那山上埋了很多死人。”

林木木自然清楚鬼火是尸骨里的磷在作怪,可她还从未见过。她想起成森给她讲过的一个故事:有一对双胞胎姐妹,姐姐有一天病死了,妹妹继续她的生活,穿自己喜欢的衣服,做自己喜欢的事情。可某一天,女孩突然变了,她穿上了姐姐的衣服,看起了姐姐爱看的书——她想给母亲带来一丝安慰。可当母亲看到她时,猛地分不清现实和虚幻了。于是,这个真实的女孩把母亲吓疯了。

此时,林木木望着那些鬼火,头皮有些发麻,虽然它们可以用科学解释,但毕竟是由尸体的一部分演变而来的。就像那对双胞胎,姐姐死了,妹妹活着,妹妹站在姐姐旁边,姐姐躲在妹妹身后,一样的笑容和穿着,你却分不清哪一个死了,哪一个活着……

天彻底黑下来时,俩人终于进村了。鬼山村的入口像一个葫芦口似的。入口处,有一家杂货店,颇有点“一夫当关,万夫莫开”的意思。成森拉着林木木进了店,想要买些吃的。

一进店,店主就兴高采烈地说:“森子,你又来了？”

成森冲他笑了笑,开始挑选食物。

林木木谨慎地望着那个店主,她发现那个店主也在看她,眼睛像扫描仪般在她身上移动,像是在看商品。买好东西离开时,林木木听见内堂传出女人的号叫，店主没好气地冲屋内喊：“疯婆娘，闭嘴！”

一出店，林木木就问成森：“你认识那个店主啊？”

成森点点头，“他叫三子，是这个村里最有钱的人。我以前经常来，就熟了。”他又指了指前面，说：“我们就住那里，李婆婆家。”

林木木抬眼望去，看见一座漆黑的房子。来到屋前，她四下看了看，屋子坐北朝南，正对着的就是黑压压的鬼山，荧荧的鬼火跳跃飞翔。

成森敲了下门，一个老妇人探出了头，手里拿着一盏油火灯，脸色蜡黄。看见成森，她从皱纹里绽出笑来，“森子，你来了。”

成森点点头，拉着林木木走进屋去。林木木发现，这个李婆婆和三子的眼神一样，总在她身上来回瞄。她不悦地将目光转移到这间房子。房子不大，中间是厅堂，两边各有一间卧室。三人闲聊了几句，便各自睡去了。李婆婆睡一间，她和成森睡一间。

屋内没有任何家具，林木木沮丧地说：“这里真闷！”

成森淡淡地说：“是啊！这地方没有手机和电视信号，与外界几乎隔绝。”

俩人无语，很快上床睡觉。习惯了城市夜生活的林木木睡不着，有一搭没一搭地和成森说着话：“你跟那个婆婆关系挺好啊？”

成森说：“她无儿无女，把我当亲人一般看待。”

又是无话。林木木望着成森，心中柔情横溢。成森不像她以前的男友，总对她动手动脚的。他和她总是保持着最后一道底线，这个男人真的是爱自己的。林木木搂住成森，柔声说：“森哥，我爱你。”

成森沉默了一下，说：“嗯，睡吧。”说着扭过身去，不识趣地留给林木木一个后背。

林木木有点恼，又没话找话地说：“森哥，我想去鬼山看看。”

林木木的话刚出口，成森猛地转过身来，一字一顿地说：“最——好——不——要！”说完，他叹了口气，爬起来抽了根烟，给林木木讲了一个故事。

2

那是成森第一次发现鬼山村的时候。陪他一起来的，是一个女同学，也是他的女朋友，叫郝佳。

青春年少的俩人，很快被这里迷住了，尤其是那座郁郁葱葱的鬼山。李婆婆给他们讲鬼山的传说，劝他们千万不要进山。郝佳不相信这些话，反而激起更大的兴趣。

翌日，俩人上了另外一座山。刚爬了一会儿，山势变得陡峭起来，几乎和地面形成九十度直角，无路可走了，俩人只好下山。回村时，玩兴未尽的郝佳突然想爬鬼山。成森不想去，两个人吵了起来。

成森赌气地说："要去你去！"说完，他头也不回地回村了。他以为郝佳会跟上来，可她没有。成森慌了，再回到原地时，郝佳不见了。他不知所措地望着鬼山，终于硬着头皮走了进去。

鬼山很大，错综复杂的树林，给人一种深邃无边的感觉，成森刚进去，就后悔了，又退了出来。他想，郝佳总会出来的。可他等了很旧，也不见郝佳。天已擦黑，他等不下去了，跑回村去叫人。可村里人听说要进鬼山，谁也不敢去。最后，杂货店老板三子咬了咬牙，跟他进山了。

进山时天已黑了，鬼山上面好像扣着一个黑沉沉的大鼎，他们不敢呼喊，生怕招来什么看不见、摸不到的东西，只能机械地迈着步子。

不知找了多久，三子突然说："回去吧，前面就是乱坟岗了。"

成森说："万一郝佳在乱坟岗里迷路了呢？"

三子摇头说："进了乱坟岗的人，就不是人了！"

成森打了个冷颤，这时，突然起风了，树顶的叶子沙沙作响，乌鸦也叫了起来，而且，风中飘来了飘渺的哭声，如怨如诉。

俩人的头皮一下炸了开来。成森忽然看到，不远处的一棵树后闪出了半个脑袋，稍纵即逝。三子拼命向山脚跑去，成森也紧跟着跑了。中途，三子摔了一跤，手电筒掉在了地上，他乱摸了一把，继续跑。俩人一直跑到村里才停下来。

三子骂道："吓死我了！你自己去吧！"说完，就向家中走去。

成森呆呆地望着三子的背影，突然问："你手里拿的是什么？"

三子没好气地说："除了手电筒，还能是……"他后面的话没说出来，因为他发现手里拿的是一只鞋——郝佳的鞋！

成森的故事讲完了，林木木张大了嘴，问："是不是郝佳故意吓你们的？"成森摇了摇头。林木木又问："后来呢？"

成森说："后来，我再也没见过郝佳。回校后，我找过警察、贴过寻人启事，可一直没有她的消息。她就这样活不见人，死不见尸了。"

此时，已是深夜，山村的凉气侵入了林木木的皮肤里，让她寒到了心里——几年前，成森和郝佳来到了鬼山村，后来郝佳活不见人、死不见尸地消失了。几年后，她和成森来到鬼山村，她的命运会是怎样的呢？

成森继续说："我手机里还留着郝佳的照片，希望有一天，我还能再看见她。"说着，成森掏出手机，找出那张照片给林木木看。

这是一张黑白照，里面的女孩死气沉沉地，那张脸笑不露齿地牵着嘴角，似乎要说些什么。她看得有些别扭，推开成森的手，说："我困了，睡吧。"

成森不出声了，半晌，他轻轻地说："放心，我不会让你和郝佳一样的。"

这句话就像一只冰凉的手，轻轻地在林木木的脖子上抹了一下。这晚，她辗转难眠，直到天蒙蒙亮才勉强睡去。

3

第二天中午，林木木醒来时发现成森正在院里和三子说话，脸色很不好看。她赶紧走了出去。见到她，成森忙推了三子一把，意思是让他走，三子不悦地走了。

开饭了。简单的农家饭菜清香异常，林木木大快朵颐，几乎把一只土鸡吃了个精光。成森则一直盯着盘里剩下的鸡头，那鸡头微微张着眼睛和嘴巴，很像郝佳那张欲说无语的照片。

饭后，林木木又有了精神，开始琢磨着去哪里探险，似乎把昨晚的事忘得一干二净了。

下午，两个人去了村西，中途，路过几户村民家时，他们碰上了几个村妇，她们坐在家门口，一边肆无忌惮地奶着孩子一边呆滞地望着林木木，木头人一般。

林木木在村子里逛得很尽兴，却不知道很多双眼睛一直躲在木板门后窥视着他们。周围山连着山，除了相对平缓的鬼山，三面都是高耸入云的绝壁悬崖，高墙般圈住了鬼山村。

俩人返回时下起了雷雨。中途，林木木突然想起了早晨的事，便问成森："三子找你干什么啊？"

成森说："帮忙。"

林木木问："什么忙？"

成森突然死死地盯着不远处的鬼山，说："他想让我进鬼山！"

这时，天上突然炸开一声响雷，林木木哆嗦了一下，惊恐地望向鬼山，山上的树在风中摇曳着，像一双双招魂的大手向她抚摸过来。她咽了口唾沫，问："他让你上鬼山干什么？"

成森叹了口气，说："昨天他家的牛受了惊，跑进了鬼山，他那疯媳妇也跟着进山了，到现在还没出来，村里人都不敢帮他。"

林木木不解地问："那他还来找你？"

成森无奈地笑了笑，说："因为，当初他帮过我，他觉得，现在我该还他！"

林木木紧张地问："那你帮不帮他？"

成森摇头说："不知道。我怕再捡回一只鞋来……"

林木木感到头皮发麻，她最怕的不是成森再捡回一只鞋来，而是几天之后，她哆哆嗦嗦地走进鬼山，也捡回一只鞋来——成森的鞋！

说话间已经到了李婆婆家。一进门，林木木的心就跳了起来，三子又来了，正坐在厅堂中抽烟，眉头拧成一个疙瘩。

成森看了三子一眼，对李婆婆说："奶奶，你先和木木去那屋坐会儿。"说完，他和三子进了另一间屋里。

林木木感觉有些不安，她想去那屋看看，可刚到门口，便被李婆婆抓住了。李婆婆翻着白眼说："男人的事女人少管。"

林木木紧张地说："那个三子要带成森上鬼山！"

李婆婆面无表情地望着林木木，好像这个世界上已经没有能让她一惊一乍的东西。

这时，成森和三子出来了。林木木挣脱李婆婆的手，跑了过去。厅堂内，三子正回头望着成森，问："真的不行吗？"成森点了点头。三子的眼睛里闪过一丝凶光，恶狠狠地说："你小子，忘恩负义！"说完，他恨恨地走了。

三子走后，林木木一把抱住成森，说："我以为你会答应他，那我真不知道该怎么办了。"

成森搂着她说："我们一起来，也要一起走。"

这时，李婆婆也走了过来，冷冷地说："你忘了那年三子是怎么帮你的？"

成森沉默了，抬头望向门外。外面雨下如注，风声在树梢呜咽，鬼山黑压压地躺在远处，像一具巨大的死尸。他没再说什么，拉着林木木进了屋。

俩人刚进屋，林木木就说："森哥，我们早点睡，明天就走，省得三子找你麻烦。"

成森木然点了点头，俩人很快上床睡觉了。

4

翌日中午，林木木醒来后发现成森不见了！她突然有一种预感——成森上鬼山了！她立刻向三子的杂货店跑去。杂货店里没人，她又跑到后院。后院里，牛棚空空的。她的心一下也空了，飞快地向正房跑去。

正房内，三子蜷缩在炕上，身体微微发抖，像一只受惊的猫。看见有人进来，他一下就从炕上跳了下来，惊恐地说："你……你咋来了？"

林木木望着炕上被三子踩出的泥脚印，傻了。她知道，昨晚成森一定是陪三子进山了。现在，三子回来了，成森却没有回来。她厉声问："成森是不是进鬼山了？"

三子颤声说："没有。"

林木木喊道："没有？你那疯媳妇，还有你家的牛呢？"三子怔怔地望着她无语。林木木愤怒地说："你把森哥丢在鬼山了！"

三子喃喃地说："没有！没有……"边说边浑身发抖地往墙角缩。

林木木知道，成森和三子一定在鬼山遇见了什么，她脑中不可抑制地出现一幅画面：成森没头没脑地走在鬼山里，摔了一跤，鞋掉了，于是，低头找鞋，可鞋却不见了，这时，四周树木的背后，猛地伸出一只只手来。

一棵树，一只手，一只手里一只鞋！

林木木不敢再想下去了,她冲出了杂货店——她要进鬼山！她要把成森找回来！

林木木一头扎进了鬼山,但刚进去她就后悔了。鬼山虽不高,但树林茂密,树冠连成了一张大网,只有零星的阳光射进来。她蹑手蹑脚地向前走,不久,天阴了,阳光没了,夏季多雨,看样子又要下雨了。

鬼山里的景物也变得模模糊糊了,密不透风的树冠,将鬼山和外面的世界分隔开来,形成了一个独立的空间。这时,随着一道闪电,炸开了一声沉闷的雷,雨点砸下来的同时,林木木也呆住了。前面不远处,出现了一排排黑影——那是一堆乱坟碑!地上散落着很多不同款式的鞋,而在空气中,又隐隐约约地飘来了女人的呜咽声。林木木尖叫一身,扭头就跑。

没跑多久,林木木迷路了！四周都是树,前面的每一条小道都像一个个深邃的大洞,似乎有什么东西随时要蹦出来似的。林木木快疯了,转了一圈,竟又回到了那堆乱坟碑前。她感觉身体都空了,脑中全是进入鬼山的人的身影:成森、郝佳、三子的疯媳妇,他们是否也跟她现在一样,呆呆地站在乱坟碑前等死！她突然有一种可怕的感觉——鬼山正张开大口,向她吞噬过来！她又开始跑,一直跑到没有力气了才停下来,蜷缩在一棵树下,手足无措地发抖。这时,附近传来一个怪异的声音——咚咚咚咚。

林木木屏气凝神,循声走去,看见了一个女人。那个女人正跪在地上,双手一高一低地在砸什么东西。听到响动,那个女人停了下来,闷声闷气地说:“这山上有很多好看的花鞋,你也是来找鞋子穿吗？”说着,又继续砸着身下的东西。林木木吁了口气,这女人说话颠三倒四的,看来是三子家的疯媳妇了。那么自己刚才听到的哭声,应该也是她的。

林木木问:“你在干什么呢？”

女人蓦地笑了,边砸边恶狠狠地说:“你不带我走！我就带你走！”

林木木不解地问:“去哪啊？”

女人从牙缝中挤出两个字:“地狱！”

这时，林木木终于看清了那个女人的脸，这张脸显得陌生却又熟悉——正是郝佳！林木木的心猛地失重了。而郝佳砸的那个东西,更让她一阵昏眩！那是一具尸体,脑袋已被砸得血肉模糊,但在雨水的冲刷之下,依旧可以看清容貌——成森！

林木木的头发都竖了起来,一下子明白了郝佳话里的意思——她在报复！几年前，成森带她来到了鬼山村，把她丢在了鬼山里，她出不去了，渐渐地由人变成了“鬼”。几年后，成森进山了，她遇见了他，她也要把他变成“鬼”！

林木木尖叫一声，昏了过去。

5

一切都是巧合，都是人心在作祟。

多年前，林木木的母亲曾被人拐骗到鬼山村。来到这里后她才知道，这里的女人，十有八九都是被拐卖到这里卖给人当老婆的。她开始逃跑，可鬼山村三面绝壁，只有一个村口，一次次都失败了。她也想从那座平缓点的鬼山逃跑，可进去后就迷路了。几天后，快饿昏了的她幸运地走了出来，但面前仍然是鬼山村。

几年后，林木木的母亲有了孩子，她绝望了。终于，有一天，她喝了农药。村里人慌忙将她送到了城里的医院，她找到了机会，不顾一切地跑了。一年后，她再婚了，她想把鬼山村的一切都忘记掉。可有一个人却无法忘记，那就是她的儿子——成森。

鬼山没有鬼，它的迷幻源头，是蕴藏在地下的大量的放射性矿石。这些矿石会刺激人的大脑，让人迷失在树林里，所以，走进去的人大部分都会害怕、迷路，好像进入了另一个世界。几十年来，有多少被拐卖的女人，企图从这座鬼山跑出去，她们在山上跑丢了多少双鞋，最后还是转回了鬼山村，成了一个脸色木然、奶着孩子传宗接代的工具！

时光飞逝，成森长大了，他的父亲死了，只剩下奶奶和他相依为命。他的奶奶，就是那个李婆婆。后来，成森考上了大学，奶奶无力供养他，这时候，单身汉三子用所有的积蓄帮了他。这是一个长期的投资，作为报答，成森骗来了一个女同学，给三子当了媳妇。

这个女同学就是郝佳。郝佳一次次地逃跑，在鬼山里都转疯了，唯一的记忆，就是那个毁了她一生的成森。村里人看得眼红，纷纷求成森给找老婆。钱让成森动心了，于是，一个接一个的女人被他骗来了鬼山村。

林木木也是成森的猎物，他轻松地用“英雄救美”的方法，赢得了林木木的好感。可当他和林木木的母亲见面时，他傻了。他没想到会再见到自己的母亲，多年过去了，他变样了，可母亲却还是他仇恨记忆里那张脸。

成森犹豫了，林木木是他的妹妹啊！他想了一夜，满脑袋都是小时候母亲冷漠的脸，还有现在生活得无忧无虑的林木木。终于，愤怒和怨毒让他把林木木带到了鬼山村。可第一天晚上，当林木木搂着他，真情流露地说她爱他时，成森的心理防线崩溃了——林木木毕竟是他的亲妹妹啊！他又改变了注意。郝佳的故事，是他随口编造的。

谁知，三子看上了林木木，不要那个疯婆娘郝佳了。他找到成森，成森却一口回绝了他。三子很生气，第二次找成森时，他们在屋里谈了很久，他骂成森没良心、白眼狼！可成森仍没答应他。

当晚，思前想后的成森来到三子家，告诉三子林木木是自己的亲妹妹。可三子认为成森是在骗他。俩人扭打起来，三子失手将成森打死了。鬼山村再落后，也知道杀人偿命的道理。三子害怕了，想了一个主意，把成森的尸体放到牛背上，让疯媳妇赶着牛进了鬼山。

就这样，疯婆娘郝佳赶着牛驮着尸体进山了，她把成森的尸体放在地上，敲打着他的脑袋，又哭又笑地问他当年为什么要这么做……

故事到这里结束了。鬼山依然存在，它不在中国的地图上，而在我们心里。我们怀揣着亲情、友情、爱情走在其中，可当仇恨和无知恐吓我们时，我们是否也会无路可逃？

但愿——不会。

洗人

文 / 花布

1

老板娘叼着薄荷烟，坐在椅子上，上上下下地把我打量了个够。

我有些局促，她的眼神似乎能看透我的皮肤、骨骼，就像一台冷冰冰的X光透视仪。

楼下的洗衣店里，隐隐约约能听见说话声，还有洗衣机的轰鸣。这是一幢小楼，一楼是洗衣店，二楼是老板娘吃饭、睡觉的地方。

老板娘索性站了起来，贴着我的身体一边吞云吐雾一边继续打量，然后，她开口了，很突兀地问："你干净吗？"我愣了一下，没明白她的意思。她笑道："我是说，你爱干净吗？"

"噢……爱。"我点了点头。

老板娘也满意地点了点头，说："我也很爱干净。我告诉你，我有洁癖。所以，我最讨厌的就是那些头发油油，指甲里还镶着黑泥的脏人了。在我这儿工作，你可以笨，可以懒，但就是不能脏，明白吗？"

"明白了。"我又一次点了点头。

其实，我也有洁癖。

我喜欢把自己洗得干干净净，把每一个毛细孔里的污垢都清除得一丝不剩。为此，我要一天洗八次手、三次澡，家中的地板要拖无数次，衣服、床单也要洗了又洗。偶尔，夜里醒来的时候，我会神经病似的穿上厚厚的冬衣，捂上口罩、帽子，缩在墙角，瑟瑟发抖。

我害怕空气中的灰尘。

有一次，我甚至出现了幻觉。

我看到无数的灰尘在黑暗的空气里逐渐变大，变成了一只只张牙舞爪的外星生物，它们在我周边肆无忌惮地叫喊，它们说，要进入我的身体，把我变成了一个脏人！

那一夜，我一直蜷缩在床头，一动不动。

清晨柔和的阳光照过窗子时，我才疲惫地走下床，然后，我大叫。我看到镜子中的自己，那个大夏天捂着厚冬衣，一夜之间起了无数热疹的女人，简直像个女鬼。

那一刻，我蓦然间感到了恐惧，原来，爱干净会将人折磨得不人不鬼。

这其实只是一个例子。

像每一个人，每一件事情一样，任何东西做到了极致，都会变得恐怖而深邃。比如，患有厌食症的人在吃了又吐，吐了又吃之后，会变得骨瘦如柴；患有忧郁症的人，会把自己锁在房间里，封闭所有与外界的联系。

从某一个角度来说，他们已经不是“人”了。

他们活在自我世界中，活在别人不知也不懂的恐惧中。这就像你看到了一颗没有嘴巴的大脸，它远比血盆大口恐怖得多。血盆大口只是赤裸裸的外在刺激，而没有嘴、没有眼睛的光秃秃的脑瓜会让你感到毛骨悚然。

我很害怕，怕自己会变成他人眼中那颗“光秃秃的脑瓜”。

曾经，我在电视里看到过有关洁癖症的介绍。那是一部纪录片，真实且骇人。

电视中的那个女孩长得很漂亮，她的皮肤光洁干净，可是，她每天还是无法控制地要去洗。她洗一切东西，洗手、洗脸、洗衣服。她把衣服洗到退色了还不罢休，她把自己的手和脸用毛巾搓得出了血，却仍旧不停地洗。

痛，在她的世界里，似乎不在是什么重要的事。

她只要干净。

那一次，我吓坏了。我蜷缩在沙发上，看着电视中的女孩，仿佛觉得，有一天，她会把自己的心和肺也从肚子里掏出来，认认真真地洗洗干净。于是，我吐了，把晚上吃进肚里的肉和菜一点不剩地吐在了沙发和地板上。

林木就是在那个时候出现的。

他开门的声音响起时，我像被雷劈了一下一样，我不能让他看到这么狼狈不堪、肮脏不堪的我。我站起来，望着地上那一摊绿绿的东西，不知如何是好。最后，我决定以最快的速度，把这些呕吐物清理干净。

我干脆用双手捧起了呕吐物，疯狂地向厕所跑去。

林木的脚步声已经清晰地响了起来，他现在应该已经走进大门，穿过走廊，正向客厅走来。我慌了，脚下一滑，就摔到了地上。浑身上下沾满了绿绿的液体。

林木站在客厅门口，不可思议地望着我："罗可，你这是在干什么？"

我委屈得不知所措："我……我……"

林木摇了摇头，说："我看我还是明天再来吧，你先收拾干净再说。"他说完，捂着鼻子大踏步地向门口走去。我追上去，想挽留他，他却有预感似的，忽然回过头来，用毋庸置疑的语气喊道："别过来！你太脏了！"

林木走了，我愣在原地。

我不知道，究竟是他太爱干净了，还是我太脏了。

我跑进浴室，打开水龙头，冰凉刺骨地冷水浇在了我身上。我疯狂地洗，用毛巾一次又一次地擦拭身上的呕吐物，直到皮肤发红、疼痛麻木，仍旧疯狂地洗，疯狂地洗……

任何病症，都是有诱因的。

那一晚，我得了洁癖，林木就是我的诱因。

2

我已经打了不下十次电话了，依旧没有人接听。

那件皮草已经挂在储存室内一个星期了，它的主人还没有来认领它。它最初本来是脏的，染上了淡淡的红酒，后来在干洗机里转了一圈，它就干净如新了。可如今，它放置在储存室里已经很久了，灰尘马上就会将它覆盖。

我必须在它重新变脏前，把它交到主人手里。

这是一种愿望，我迫切地想要实现。

小红在旁边望着焦急的我，摇头叹气地说："罗可，别打了，你没来的时候，我已经打过很多次了，依旧没人接。"

我终于气馁地放下了话筒，然后尖叫："小红！你在干什么？"

小红瞪了我一眼，把手指头放在嘴巴前，做了个噤声的动作，很气愤地埋怨道："你喊什么喊，想让老板娘听到是不是？"她说完，继续没事似的吃着瓜子。她把瓜子壳嗑开，用粘粘的舌头一舔，果实便进了喉咙，瓜子皮则被她塞进了柜台下的缝隙里。

我慢慢靠过去，说："小红，你不是很爱干净的吗？怎么……"

小红叹了口气，像教育小孩子一般对我说："大姐，我是爱干净。如果我不爱干净，老板娘怎么会雇用我？不过，她的要求已经有点病态了，我不是十全十美的人，难道吃个瓜子就值得你这样大惊小怪的？"

她说完，继续吃，白静的指尖上粘了一层透明的唾液。

我受不了了，我说："小红，别再吃了，让老板娘看见了，你一定会被炒的。"

小红得意地笑了，压低声音，像是在说见不得人的悄悄话，她说："怕什么，我们把脏东西藏起来，只把干净地留在表面，老板娘不会发现的。"

小红说着，用脚使劲捅了捅柜台缝隙里露出脑袋的瓜子皮，继续吃她的瓜子。

我却突然打了个冷颤，好像小红的舌头不是在吃瓜子，而是在吃我，粘粘的，热热的，脏而恶心的唾液流了我一身似的。

我回过头来，这个时候，手机突然响了。我拿起来，一阵兴奋，是林木的短信，他已经很长时间没有主动联系我了。短信里只有简短的一句话——"罗可，我们现在能谈谈吗？我在老地方等你。"

我把手机关掉，兴高采烈地对小红说："小红，我有点急事，出去一下啊！"我背起包包，向外面跑去。

小红在后面喊："要是老板娘问起来，我怎么说啊？"

"就说我去送衣服了！"我随口答道，想了想，去储存室取来了那件皮草，高高兴兴地跑了出去。

"老地方"是一间干净的咖啡馆，那里的杯子很干净，服务很干净，连地板都被工作人员擦拭得一尘不染。这是我和林木第一次约会的地方。他也是个爱干净的男人，第一次见他时，他穿着洁白短衫，头发随风飘扬，白净的脸上挂着醉人的笑容。

不得不承认，林木是个迷人的异性。

而我，是个天生对美没有抵抗力的女人。

3

我在咖啡厅外面就看见林木了。

隔着玻璃,他被阳光照得透明,像个玻璃人。干净剔透!

这是我一贯用来比喻林木的词语。

林木一直是一块干净的玻璃。即使,在和我分手的时候,他的声音仍旧那么干净简短。

我记得,那夜他打来电话时,正好是我刚刚得了洁癖的时候。

他在电话里很利落地对我说:“罗可,我们分手吧。”

我打了个冷颤,说:“为什么?”

他说:“不为什么,缘分到了。我可能……可能要结婚了。”

我不依不饶地说:“结婚?你别骗我了,你是不是因为昨晚我吐了沙发、地板上许多呕吐物,你是不是觉得我脏?林木,那只是一个巧合,你别离开我!我以后会很干净的,好不好?”

他半天没说话,最后,他压低声音说:“你别胡思乱想了。”

电话挂断后,我又跑去洗澡了,我把身体每一寸肌肤都泡得发白,像一块死肉;又去刷牙,刷到牙膏泡沫变成了淡淡的血红色,我仍旧不停地刷。我知道,林木是嫌弃我,嫌弃我脏!我要变得很干净!

所以,今天在看到林木后,我特意偷偷去洗手间梳妆打扮了一番。

我光亮整洁地坐在林木对面,说:“对不起,等急了吧?”

林木笑了笑,说:“没关系,我只是想和你好好谈谈。”

“好啊,想谈什么?”

“罗可,你……能不能离开那个洗衣店?我实话告诉你吧,那个店里的老板娘,是我的未婚妻,我马上就要娶她了。我不想前女友在我眼皮底下生活,你明白我的苦衷吗?这实在有点尴尬。”

我心里猛烈地颤了一下。

我不动声色地说:“为什么?难道是因为我脏吗?我说过那只是一个巧合……”我说着说着就激动起来,抓住林木的手。

林木很厌烦地甩开我的手,像甩开一件垃圾。他说:“够了!罗可,我说过，这根本不是什么脏与不脏的问题，你明不明白，我们只适合做朋友，我跟你在一起，得不到我想要的，而那个女人可以给我一切，一切你给不了我的。”

林木说完就走了，头也不回。

我坐在椅子上，捧起咖啡，喝了一口，好苦！然后，我自己都不知道为什么笑了，笑得那么痛快，那么高深莫测，好像看透了一切似的，一字一顿地说：“我知道！我知道你一定是嫌我脏！”

这个时候，旁边的袋子突然倒在了地上。

那件皮草露出了脑袋，傻乎乎地对着我笑，好像在对我说：你看吧，我们都一样脏。我们只不过是为人类遮风挡土的一件衣服！

有一句话说得真好，女人不过是男人的衣服。

我拎起那件皮草，走出了咖啡厅，按照店里提供的顾客地址，很快来到了皮草主人家的门口。很大很大的一幢房子，我按了半天门铃，也没人开门，于是，我就站在楼下喊。

隔壁的邻居被我吵醒了，一个女人探出脑袋来，不悦地骂：“神经病啊！大中午的喊什么喊？”

我抱歉地说：“我是来送衣服的，请问您……”

女人不等我说完，就说：“那个女人，早不知道去哪儿了，很久没回来了。你赶紧走吧！”

“她去哪了，您知道吗？”

“鬼知道！”女人“砰”的一声关上了窗户。

4

老板娘命令我换上她买来的一次性拖鞋，才准许我走进她的卧室。

她依旧叼着那淡淡的清凉的薄荷烟，很不屑地望着我。她说：“罗可，你今天上午去干什么了？”

“送衣服。”我低下头。

“送衣服？”老板娘笑了，露出黑黄的牙齿，原来再干净的人，也有隐藏起来的肮脏之处。我不想看，感到一阵反胃。她继续说，“是去见人了吧？而且，还是个很帅的男人，名叫林木对吗？”我打了个哆嗦，没有说话。她又笑了,“我想,有些事情是该告诉你了,没错,林木以前是我这儿的员工,而且,我想林木也告诉你了,他要结婚了,要娶我。”

我咬着牙,终于憋出一句话,我说:“我爱他!”

老板娘冷哼了一声,说:“可他要娶我。”

我无语了,这是一句我无法反驳的话。我只剩下不停打哆嗦的份儿。

她突然伸手摸了摸我的脸,笑道:“你很干净,很漂亮。可你明白吗,我不想放弃林木,我也爱他。而你,我不会解雇你的,我要让你看看,我是怎么干净透明、一丝不苟地去爱林木的。你还是放手吧,我不想你变成一个肮脏的人。”

我愤怒了,说:“我不脏!我更不明白你的意思!”

她鄙视着我,幽雅地吐出烟圈,阳光从她身后照射过来,以至于我出现了短暂的错觉。我觉得她是透明的,也变成了一个玻璃人,不!或者说,已经不是人了,反而有一种深邃阴森的感觉,让空气冻结住。

她说:“你还不明白吗?这个世界有太多肮脏的人了,比如抛弃自己亲生子女的人,在大庭广众之下恶口连连的人,还有小偷小摸的人等等,最脏的就是你这种剥夺他人幸福的人。”

我咬牙切齿地说:“那你也是一个脏人!”

“对!”老板娘坐在椅子上,“你说得没错,这个世界上,永远不可能有真正干净的人,所以,我才开了这家洗衣店。你知道我为什么要开这家洗衣店吗?我要把所有的脏东西通通洗干净!”

她说这话时完全像个疯子。

我冷笑着说:“好吧,随你便!”

来到楼下,小红还在嗑瓜子。柜台缝隙里,已经塞满了黑黑的瓜子壳,她嘴上的口红也完全被吃进了肚子里。她问我老板娘对我说了些什么,我告诉她我们在讨论脏与干净的问题时,她满脸的无奈。

她说:“什么才算脏,什么才算干净?路边的乞丐倒是真的很脏,可是他们与任何人都没有关系,无法威胁任何人,你说,他们是脏的还是干净呢?”

这是个深邃的问题,答案很简单,却可能掀开每一个人干净光鲜的外皮,将骨头、血肉赤裸裸地展现。

在我没来得及深入思考这个问题时,小红突然惊喜地叫了一声,“大帅哥,又来找我们老板娘啊?啊!不对,应该叫你老板了!”

林木意外地出现在店里，他望着小红笑了笑，又意味深长地望了望我。走进了二楼。

他装做不认识我，这我早有预料，随他的便吧。反正，我们最初本来就是不认识的。

林木，其实不过是表面干净的玻璃人。

其实，和他在一起后，我已经知道，他有很多女朋友，他对每一个女朋友说，她是他的最爱。可是，他只能娶其中一个。我来这家洗衣店只是想再见见他，可能的话，我希望他能回心转意。

可我错了。

5

小红已经很长时间没来上班了。没人知道她去哪儿了，彻底失踪了。

为了照顾店里的生意，老板娘让我住在了店里。

其实，店里的生意根本不好，储藏室里倒是堆积了一大堆衣服，可那些衣服就像那件皮草一样，几乎很少有人来认领。那些来洗衣服的人，好像都消失了。我只好一次又一次地把那些衣服拿出来，塞进洗衣机器里。

店里因此而变得很冷清。小红消失了，每一天，我只能听见那些哗啦哗啦的流水声，还有嗡嗡作响的机器轰鸣声。

渐渐的，我接纳并喜欢上了这种声音。

我发现水，还有店里任何一个牌子的干洗剂，真的是人类最好的朋友。无论你塞进去什么，它们都会把那东西洗得干干净净，就像新的一般。

就像我一样。

每一天早晨，我要做的第一件事情就是洗澡。店里比家里的卫浴高级，有陶瓷做成的浴缸，水温可以自动调控为人体最适合的温度。泡在水里，你会感觉自己好像脱胎换骨了似的，泡泡的香气，好像可以把所有烦恼都挤掉似的。每一次，我从水里走出来的时候，都觉得自己洗掉了很多东西。

不仅仅是污垢，还有每一天的烦恼和忧愁。

在水中，我变成了一个全新的人，干干净净、透透明明的。

我开始疯狂地迷恋这种干净的感觉，晚上睡觉的时候，我干脆就躺在浴缸里睡。早晨醒来时，我的身体会被泡得发白肿胀，像一块白面包，每一个毛细孔都在水里拼命地张着大嘴，像一具具死尸。

甚至，不需要任何洗涤用品，只是简简单单的水而已。

我开始嘲笑那些自杀者、跳楼者，或者是割手腕、喝毒药的。他们真傻！为什么不选择跳河呢？哪怕你在死亡的最后一刻，仍然能够保持洁净，在人们发现你的尸体时，你起码不是血肉模糊的，而是干干净净的。

像一块美味的白面包似的。

可是，后来我发现了一件怪事，我发现屋里经常会充斥着一种怪味，有些微微臭，却夹杂着一种洗涤液的清香，很矛盾的味道。

刚开始，我以为是屋里太脏了，脏了才会臭嘛，也许是冰箱里的食物变质了。于是，我开始疯狂地清洗，把屋里所有的东西都擦拭一遍，冰箱里的食物也全都清理干净，可这种味道还是无法消散，并且每晚准时出现，而且越来越浓郁。

我受不了了，这股又香又臭的怪味道让我噩梦连连。我开始怀疑是不是自己变得很脏很臭了，像老板娘说的一样。因为，随着林木和老板娘的婚期越来越近，我也越来越烦躁不安。

我单独去找过林木很多次，他开始劝我。后来，他干脆躲着我。他害怕我和他的关系被戳穿，他不知道，实际上，老板娘早就知道了我们之间的关系。

我觉得我彻底失败了。

在一个辗转难眠的深夜，我躺在浴缸里，好不容易让自己睡着，那股味道却突然飘了出来。我怒气冲冲地跑出浴缸，打算寻到罪魁祸首。我像狗一样嗅着那味道，跑出了房间。

二楼的走廊很黑，没有灯。

我走了几步，撞在了一个软绵绵的东西上。

是老板娘，她好像就躲在黑暗里等着我，她说："你怎么还没睡？"

我说："有味道，很脏很臭的味道，你没闻见吗？"

她突然冷冷地笑了，说："没什么，是小红的味道。"

我诧异地说："什么意思？是她房间里的味道吗？"

她半天没说话，直勾勾地盯着我，突然说："你猜？"

我莫名地感到一阵冰冷。

6

林木是在早上突然来的。

洗衣店刚开门,他从一辆豪华轿车的副驾驶座位上昂首挺胸地走了下来。我看见车窗玻璃摇了下来,一个贵妇坐在里面,不屑地瞟了我一眼。

他像没看见我一样,径直跑到了二楼。我听见他和老板娘争吵的声音,细细碎碎地,却听不清楚他们在讲些什么。只不过一会儿功夫,林木又跑了出来,满脸得意之色。老板娘随后追了下来。

她的脸在阳光下很苍白,却面无表情。她问我:“你是不是很得意?”

我哼起了歌,我确实很得意,没有什么比看见林木和她吵架更让我高兴的了。我说:“现在你知道了吧,早晚有一天,林木会像甩掉我一样,也甩掉你。不要以为你能一辈子圈住他,他只是还没找到比你更好的人,不!应该说,是还没找到比你更干净的人!”

老板娘微微挺起那张白花花的脸,微笑道:“放心,林木永远是我的!”

我更得意了,她那句话明显是在自我安慰。

老板娘走后,我捡起了门外的报纸。

是今天最新的早报,上面刊登着许多寻人启事。所有的名字和照片我都不认识,但一件穿在照片上那个人身上的皮草我认识,是储藏室里一直没有人来认领的那件皮草。我拿着报纸去了储藏室,果真和那件皮草一模一样。

那件皮草又脏了许多,厚厚的毛上面粘了一层灰尘。

我摸了一下,然后使劲地甩了甩手,脏!真脏!这种感觉好像浑身起鸡皮疙瘩一般难受,就像摸在一具凉丝丝的死尸身上似的。

我要洗手,迫不及待地冲到了楼上。水浇在我手上时,我长长地吁了口气。这个时候,我听见了老板娘兴高采烈的歌声。我怀疑她的脑子一定坏了,刚刚和林木吵了一架,现在居然还这么高兴!

我循着声音来到了老板娘的卧室外。

门开着,她正坐在窗前,捧着一堆请柬,不知道在写什么。

她的后脑勺好像长了眼睛一般,她突然头也不回地说:“是罗可吧,你进来啊!”

我硬着头皮走了进去,老板娘笑吟吟地走到我身边,递给我一张请柬,是她和林木的结婚请柬。上面写着他们的名字,还有日期、地点。只是,日期好像刚刚被改过,改成了明晚,而且,地点很不同寻常,竟然是在洗衣店。

我再次怀疑,老板娘的脑子真的进水了,我故意说:"刚才林木找你来干什么?"

老板娘回答得很痛快:"噢!他说要和我分手。"

我大笑起来,说:"那么这场婚礼,难道新娘一个人参加吗?"

她的语气突然变得很阴森,她说:"当然不,所以,婚礼日期要提前了。就在明晚,到时候你一定要来捧场啊!我介绍你认识我的一些老朋友,都是洗衣店以前的熟客,对了,还有小红,我也请她来了。他们好久没出现了,该让他们和你见见面了。"

我冷笑道:"好啊!我一定准时参加!"

她轻描淡写地说:"谢谢你。"

我转身消失在门口,回到走廊,我笑得格外得意,我小声说:"疯子!"

突然之间,我打了个冷颤,我想起老板娘刚才的话——他们好久没出现了,该让他们见见面了!这句话很是意味深长,好像老板娘是主宰者,而他们是一件商品,或者是其他的什么东西。

7

我醒来的时候,又闻到了那股怪味道,脏臭且夹杂着一股洗涤剂的清香味道。

于是,我睁开眼,发现自己赤裸裸地躺在地板上,脚踝被人狠狠地抓着,像拖死狗一样拖着向前走。我用力挣扎了一下,可浑身无力,软绵绵的。我用劲力气,向前方看,是老板娘,她呼呼地喘着粗气,正用力地把我往地下室拉。

可能是听到了我的呻吟,老板娘扭过头望了我一下,惨惨地笑道:"你醒了,别费力气了,我在你的洗澡水里下了药,几个小时内,你是动不了的。"

我虚弱地说:"你……你要带我去干什么?"

"参加我和林木的婚礼啊!"她回答道,"林木和所有宾客都到了,就差你了。"

我再没有一丝力气了,任凭她拖着我前进。

当地下室的门打开的时候,那股怪味道更浓郁了。

我愣住了,浑身抖动不已。

地下室里有一台巨大的滚桶式洗衣机嗡嗡作响,还亮着很明很热的烤灯,从西头到东头,抻着一根钢丝绳,绳上晾着东西,不是衣服,而是一个又一个人！那些人被巨大的烤灯烤成了片状,像咸鱼干一样,轻飘飘地挂在钢丝绳上。

我感到一阵恶心。

老板娘叹了口气,望着我说:“你看看你,参加人家的婚礼,这是什么样子吗？”她说着开始给我一一介绍钢丝绳上的宾客,“这几位都是洗衣店的熟客啦,这位是抛弃妻子的张先生,这位是做假古董买卖的李先生,还有这位,喜欢骂人的张女士。”

我闭上眼,不敢再看了。

她笑道:“别怕,我知道你和我一样有洁癖,他们虽然以前很脏,但现在很干净的！”

她说着,继续向我作介绍:“这两位你一定认识,小红和唐女士。但他们和林木的关系,你一定不清楚,这位唐女士就是林木以前的女朋友。”她抚摸着那张最扁最干的人皮,“他们是在我的洗衣店里认识的,她比我有钱,她来这里干洗过许多件皮草,不过,最后那件她没来得及取走,因为,我觉得她脏,只好把她洗了！”

“还有小红。”她又转向了一张很新的人皮,“罗可,你做梦也没想到,其实,根本不是我让林木抛弃你的,而是小红,她比你和我都要年轻漂亮,她是林木的新欢。而我和你一样,只不过是林木众多女友中的一个！”

我终于弱弱地说了话,我说:“你……你真是疯了！”

这是一句废话,所以,她根本没理我,继续说:“没错,我是疯了,你也一样,从你得了洁癖那一刻起,你和我都是疯子,你和我都受不了脏东西！”

这个时候,那台巨大的洗衣机突然“叮当”响了一声,完成了洗涤任务。

老板娘眉飞色舞地回过头去,一边说一边打开了洗衣机的门:“宾客都介绍完了,现在我的新郎该出场了。”

我看见了林木,他赤裸裸地被老板娘从滚筒里拽了出来。身上的皮被洗得白花花的,很干净,甚至有些微微透明。老板娘费了很大的力气才把林木挂了起来,挂在那台大烤灯的旁边。

我终于忍不住惨叫了一声。

老板娘又望向我,继续惨惨地笑:"你怕什么?你应该高兴啊!他现在很干净了,脱胎换骨了啊!他永远不会变成以前那个花心的男人了。从现在起,他娶了我,他会永永远远地爱着我!他所有的脏都被我洗掉了!"

我开始打颤,因为老板娘阴森森地望了望我,又望了望那台洗衣机。

我感到浑身发毛。

她却突然恢复了正常的语气,她说:"罗可,你知道吗?这个世界对于我们这些喜爱干净的人来说,总是肮脏不堪的。你知道我为什么这样做吗?我不是在害他们,而是在帮助他们,死亡便是一个人最干净的时候。"

她竟然哭了,抽了抽鼻子,擦了擦眼泪,向洗衣机走去。

洗衣机是全自动的,她设置好时间,很从容地钻了进去,她说:"现在,该新娘子登场了!"

滚筒的玻璃门内,她扭曲着身体,最后对我笑了笑。水逐渐漫过她的身体,轰鸣声响起,她在洗衣机里翻滚、翻滚……

8

我坐在柜台前,继续经营洗衣店的生意。很多时候,我会想起老板娘,虽然,她已经被我晾在地下室里。我知道,其实这个世界对于我们来说,本就是病态的,我们疯狂地索取的,只不过是一份纯洁干净的感情而已。

奇怪的是;在老板娘把自己洗干净之后,我的洁癖仍旧没有好,反而因为受了很大的刺激而越来越严重了。

我想哭,这个时候,突然有人走了进来,把一件衣服丢在我面前。

我惊叫:"好脏啊!"

那个人冷冷地说了一句很有哲理的话:"不脏来你们洗衣店干什么?"他说完,丢下衣服走了,路边一个小男孩向他乞讨食物,他一脚把男孩踹到了路边,男孩哇哇大哭。他还是头也不回地走了。

我看了看他留下来的地址和电话,幽幽地说:"是啊!的确很脏,该洗洗了。"

交叉点

文／花布

1

我躲在门后，趴在猫眼上。外面那个男人，已经按了一分钟门铃了，然后，他停下来，站在门口。就这么站着，不走也不动，不说话也不再按门铃。

这个陌生的男人每个星期天都要来我家门口，定时定点，比房东太太都准时。

起初，我刚搬来这里的时候，男人并没有出现，我还挺满意这个地方的。一个月 600 块就能住上两室一厅、家具一应俱全的房子，到哪里去找这样的好事？

我一下交了一年的房租，房东太太乐得合不拢嘴："我就喜欢和你们年轻人打交道，痛快！不像那些老头老太太，多要一毛钱都跟要了他们命似的！"

房东太太说，她这房子之前就租给了一个老头，那老头是个麻烦人，磨了足足两天，她给他便宜了 50 块钱，他这才租了下来，而且，一个月交一次房租。不过，这老头倒挺自觉，每一次都是自己跑去房东那里交钱。

不用催促，不用绞尽脑汁地追着赶着，就像农民给官员交租子。生怕延误了时间，得罪了惹不起的人。

听了她的话，我立刻有点后悔。我是不是太傻了？不过，看房东太太那铁公鸡的模样，进了她口袋里的钱，你还想抠出来？

后来，那个男人就出现了。

他出现那个下雪天，当时我正在上网看新闻：本市西大街，因为雪大路滑，夜深人静时，造成了一起严重的追尾事件，好多车因为速度过快，都翻了。这新闻不清楚是哪年的了，跟帖者无数。

有的说:活该,下雪天还开得跟飞似的,不死才怪。

有的说:都是有车族,都是有钱人!

有一个说得最合我的心意:这是一次史无前例的生死交叉!

门铃响的时候,我就纳闷。我刚搬来这里,除了我爹我妈,鬼都不知道我的住址,会是谁呢? 于是,我第一次从猫眼里见到了那个男人。

他很邋遢,穿着一件脏兮兮的皮衣,戴着一顶帽子,帽檐压得很低,看不见脸。左手还举着,机械地按着门铃。

我当时的第一感觉就是这人找错门了。

“你找谁? ”我打开门,不客气地问,

男人没抬头,说道:“我找人。”

我愣了一下,说:“我知道,你找谁? 我不认识你,你找错门了吧? ”

男人晃晃脑袋,说:“没。我找人,我老婆住这里。”

我倒吸了口气,有点自己被占便宜的愤怒,说道:“这儿没你老婆,这是我家! 你走吧! ”

他没动,我就动手推他。他的身体轻得像一张纸,我一推,就把他推出了老远,可他仍站在那里,依旧没有要走的意思。

我的心抖了一下,我觉得我是碰上疯子了。

我打算关上门不理他了。跟疯子有什么道理可讲?若是把他们惹怒了,指不定干出什么事呢!

关门的时候,我看见他向前跨了一步,小声嘟哝道:“这是我家。”

我把门上能用的锁都锁住了,然后眯着猫眼看那个男人。

他还没走,就那么站着,不说话也不按门铃。由此,我断定他是个疯子,有些紧张,有些恐惧,我被一个普通男人盯上还好说,可以和他讲道理,可以打电话报警。

可我竟然被一个疯子盯上了。

还好,事情没有那么严重,等我惶惶不安地在屋里转了数圈之后,猫眼外已经空无一人了,他走了。

那个男人第一次出现的时间是星期日,晚上 12 点 30 分。

我想,我和他的交叉点,仅此一次而已。但愿如此。

2

可后来,这个男人开始频繁地出现,定时定点。每个星期日晚上 12 点 30 分,他都会准时出现。我打过他,骂过他,他不还手也不还口。

他只是唯唯诺诺地说:“我找人。”

有时候,我能把他骂得委屈得想掉眼泪,连说话的声音都颤抖起来。可是我不忍心。他仍就是不走。后来,弄得我都有点糊涂了,是不是我真的霸占了他家,是不是房东太太抢了她哪个傻亲戚的房子,是不是……

有时候,疯子真的能把正常人同化掉。

我想,我该去找房东太太当面对质一下,这死婆子究竟对我隐瞒了些什么。现在想想,每月花 600 元租这样的房子,真是天下掉下的一个大陷阱。

在男人出现的第三个星期后,我下班后直奔房东太太的家而去。她家住得挺远,在市郊,中途我能路过自己家。

路过小区大门时,我意外地看见了那个男人。他正以蜗牛的速度向小区进军。他身旁有很多人,打牌的老太太们,抱着孩子闲侃的妇女,还有抽烟的老大爷们,可没人看他一眼。

我们这个小区,虽然在市区里,却是个实实在在的三无地区,无物业、无保安、无居委会,可以算是城市死角。平时,什么人都能随意进进出出。

我用脚后跟想都知道这男人要去哪儿,他一定又是去按我家的门铃。

我停下自行车,打算把他赶走再去房东太太家。

我推着车子追进小区,拦在他前面,说:“你怎么又来了?”

“我找人。”还是那句话。

“我说过,这儿没你老婆!”

我说着,拽着他向外走去。他不反抗,就像孩子跟着妈妈,乖乖地跟我走出了大门。

我把他领到一棵大树下,对他说:“走吧,赶紧回家去吧。”

他不动,这时刮了一阵风。他的帽子被吹掉了,我第一次看见他藏在帽檐下的脸。挺好看的一张脸,不!真的挺帅,能轻易骗取小女孩好感的那种脸。

我们对面貌都有一种观念,说出来你可能会恍然大悟。比如,我们认为明星就应该有明星脸,普通人就是普通脸,疯子就该是两眼深陷、眼窝灰黑、狰狞变态的疯子脸。

所以,我惊讶了,当一个疯子长了张明星脸,我就不得不惊讶了。

我目瞪口呆的时候,他追帽子去了,我就神经兮兮地追他去了。

顽劣的风卷着他的帽子在空中转了几圈,觉得没意思,就丢到地上了。他慌忙拾起来,赶紧戴在脑袋上。

我笑着问他:“你这帽子挺贵的吧?”问完了,我就觉得自己是色迷心窍了,居然问一个疯子这种不合逻辑的问题。

他摇摇头,又把脸藏在了帽子里,说道:“没。我是怕我丢了帽子,我老婆不认识我了。”

我突然有点感动,说道:“你老婆在哪儿啊？她是不是……病了,或者死了？”

“他在这儿！”他伸出一根手指,直愣愣地指着我。

我的脑袋“嗡”地一下就大了,他这是什么意思,我是他老婆?我是一个疯子的老婆？上天作证啊,我根本不认识他！后来,我猛地一下回过味儿来了,他指的似乎不是我,而是……

我身后!

我一惊一乍地扭过头去,身后除了马路就是匆匆忙忙的行人,连个鬼影都没有。

我不放心,在身后看了又看,找了又找。突然,我发现一个女人热辣辣的目光！那女人捂得很厚实,戴着帽子和墨镜,半张脸都被围巾裹着。

在我们目光相对的一刻,她转过身,匆忙钻进了小巷子里。

是他老婆吗?

我扭回头时,男人已经不见了,他又以蜗牛的速度向小区进军了。

3

我觉得这男人真的挺轻的,像一团空气。他坐在我的后车座上,很老实。偶尔路过马路牙子,他就抱我一下,整得他像我男朋友似的。

我决定把他带去见房东，这纯属我灵机一动的想法。我想，带着他这个大物证，房东太太就不会再说什么了吧？如果她之前真的租过房子给男人，或者男人的老婆，她应该有印象吧！再不然，如果那房子里真死过人，我就干脆退房走人。

我说这男人骚扰我，现在，我把骚扰者带来和她直接对质，她不能视而不见吧。

又过了一个马路牙子，男人搂了我一下，手不经意地触到了我腰后露出的一小块肉上，真凉！彻骨的凉！

我下意识地想到了“房子如果死过人”这句话，还有刚才那个神秘女人，身体就不争气地抖起来。

房东太太泡了杯热茶给我喝，还盯着我身边的男人看，特意压低脑袋，看男人长什么模样，然后她笑道：“小孙啊，大老远跑来有什么事吗？”

我指了指男人：“那个……”

房东太太笑得更离谱了，说：“放心！我不是保守的人，你找谁回来住，是你的自由。况且，咱们那个小区，警察八百年不来一回，不会查什么结婚证、暂住证的啦。”

她滔滔不绝，我打断她的话，说道：“不是的。这人老是按我家的门铃，说要找他的老婆，你看你认识他吗，他之前是不是租过你的房子？”

房东太太又看了看那个男人，说：“没有，我不认识他。”

我说：“你再仔细看看。还有，那房子里没出过什么事吧？”

“你这是什么意思？”她陡然变了脸，“我告诉你啊，你要是想退房就直说，你爱去哪儿去哪儿，不过房钱我一分都不退给你！”

我到底还是斗不过这位租房经验丰富的房东，嘟哝道：“我不是那个意思，就是想问问。”

她又变了脸色，说：“小孙啊，咱们那小区虽然乱了点，可我那房子不错吧？知足吧。现在在市里600块钱能租得到两室一厅吗？你晚上锁好门窗，鬼都进不来！”

“那……好吧。”

被房东太太“好言好语”地赶出来后，我又犯愁了，这个男人怎么办？我是丢下他不管，还是把他送回小区门口？这似乎都不是办法。

我问他：“你去哪儿，我送你？”

他说了句废话:“我回家。”

我说:“你家在哪儿?”

他说了一个准确的地址,就是我家的地址。

我翻着白眼,差一点儿就要骂街了,最后压住心头的怒火,说:“好吧,你家有什么人啊?有手机号码吗?他们都住在哪儿啊?”

他摇了摇头,说:“我家就我和我老婆。”

我没办法了,跳上车,准备离开。他倒好,趁我没主意,一下跳到了后车座上。

我觉得我真的是个至纯至善的大好人,是天底下独一无二的菩萨心肠,因为,我竟然把这个男人带回家了。

我做了饭给他吃。做饭的时候,他竟然说话了,他说他要吃面条。我也喜欢吃面条,所以,三下五除二就煮了两碗面条。

我一边吃一边看他。他吃得很急,应该是很久没吃过正经饭了。

我说:“你平常都吃什么?”

他头也不抬:“垃圾桶有什么吃什么。”

我心酸起来,把自己碗里的面条又拨了些给他。他出其不意地说了声“谢谢”,我一下就蒙了。

我狐疑地说:“你到底是不是疯子?”

他猛地抬起头来,含着面条,眼神发直地说道:“我要找我老婆。”

白问了。

吃了饭,我决定好人做到底,让他暂时住在这里,我帮他找他老婆。我问他老婆长什么样、多大了,可他什么也说不上来,只是一个劲地说他老婆很漂亮。

张曼玉也漂亮,难道我把张曼玉给你找回来?

暂时放弃了,我开始伺候这位大爷睡觉。他太脏了,我想着让他洗个澡。可他说什么也不脱衣服,好像我要强暴他似的。

我循循善诱地说:“乖,不脱衣服怎么睡觉啊?”

他捂着身体说:“我脱了衣服,怕我老婆不认识我了。”

最后,我强行把他的衣服扒光了,我发誓我不是好色之徒,只是无法忍受和一个猪一样邋遢的人待在一起。

他洗了澡后变得容光焕发。我家里没有男人的衣服,就找了件大号女装,让他凑合着穿上了。

是的,我不止没有男人衣服,连个男朋友都没有。

为这事,我妈头发都愁白了,她总是积极地为我寻找合适的对象,巴不得我早点结婚生孩子,一天到晚劝我回家相亲。可我不喜欢回家,我和我爸合不来,那老头倔得很,我们经常说不上三句话就吵架。

所以,我搬出来自己过,这样很舒心。

4

夜里,我的肚子又开始疼了,看来明天是个阴天。

我肚子上有个很长的疤,我妈说是我小时候得盲肠炎做手术后留下的。从此,我就受这疤的迫害,天气一转阴,它就玩命地疼。

我睡不着,在黑黢黢的房子里来回转悠,老房子隔音不好,我听见隔壁有动静,那个男人好像没睡,嘀嘀咕咕地说什么。

我好奇地走出了房间,想看看他在干什么。

他果然没睡,他在客厅里站着,迎着月光,还在念叨什么。

我看见他背后好像有什么东西,是两只手!正抱着他的肩膀!我吓得叫出了声,他也吓了一跳,扭过头来,迷惘地望着我。我这才发现,原来他是自己抱自己,把胳膊交叉背到了后面。

我没好气地说:“大晚上你不睡觉,跑出来干什么?”

他倒挺高兴,“我见到我老婆啦!她叫我,我就跑出来了!”

我打开灯,咽了口唾沫,说:“别胡说!你老婆在哪儿?”

他伸出左手,指着我。我知道他一定不是说我,于是,我扭回头,看到了一面大镜子。

镜子有一人多高,客厅里的东西都照在里面,像另一个客厅。除了这些东西,还有一个伸着手的男人,和一个歪着脑袋的女人,那自然是我和他。

“你看!她笑了!”他举着手,兴奋地说道。

我浑身开始发凉。

他不顾我的感受,继续疯言疯语。他跑到镜子前,温柔地说:“老婆,你出来吧,你出来啊,别躲在里面,会闷坏的。”

我听不下去了,硬把他推回了房里。

肚子上的疤痕果然预告得非常准确,第二天下大雪了,天成了灰青色。

我在地摊上给男人买了一套衣服,总不能让他老穿我的衣服吧。

我刚走到楼下就看见那个男人了,他不知怎么跑出来了。他站在楼道门口,一边发抖一边直直地望着远处。

他穿得单薄,我跑过去,骂道:“你想冻死啊?跑出来干什么?”

我拉他回家,他第一次反抗我。

“我老婆不见了!”他甩开我的手,固执地望着远方,“她去哪儿了?我得把她找回来!”

这时,手机突然响了,是我老妈打来的。

我挺烦地,说:“妈,干什么?”

我妈说:“我给你约了个人,你出来见见吧。”

“我还要上班的!”

“星期天,你上什么班?”

“我加班。”

“你是不是有男朋友了?”

“没。”

“别骗我,肯定是!”

我用闪电的速度挂了电话,扭回头,男人深一脚浅一脚地走出了大门。

我追上去,说:“走,跟我回家。”

男人说:“我想起来了,今天我老婆确实没在家,她得去医院,不然她就疼死了!”

雪突然就停了,我不想再和他说什么,拉他回家了。走到楼道口,我下意识地望了一眼大门外,我又看见那个女人了,还是看不清她的脸。

女人隐藏在人群中,她再一次逃得无影无踪。

我开始怀疑,那个女人确实就是男人的老婆,她一定是嫌弃这个男人是个疯子,所以把他扔了出来,或者,是没钱给男人治病,又舍不得男人,再或者……太复杂了。

男人回家就哭了,突如其来地大哭,他哭得我有点无法招架。

他从文疯子突然就变成了武疯子,不过他不折磨我,只是对自己实施一次又一次的“迫害”。

他拿剪刀戳自己的手，还打开窗户试图跳楼，还好，窗户上有铁栏杆，而且我家是一楼，最后，他竟然撞墙。撞得墙“咚咚”响。

我好不容易才制止了他。

我说：“你怎么了？”

“我想起来了，我老婆流血了，流了好多血！”他又开始哭，哭个不停，“她死了！”

5

我离开家之前，把男人哄睡了，我把他房里一切可以用来自杀的东西都拿走了，然后绑了他的手脚，把他房间的门反锁，这才安心离开。

老妈笑得像一朵花，给我介绍道：“这位是你张阿姨家的大小子，你还记得吗？你俩小时候经常在一块玩。”

我尴尬地笑了笑，只能说没印象。若不是老妈威胁我，说如果我不去，她就找上门来，若不是怕她看见那个疯子，我是打死也不会去的。

老妈继续和那个男人侃大山，说我和他儿时的故事，我没心思听，心还留在家里，担心着家里那个疯子。

老妈跟他说了一会儿就走了，留下我和这个我已不记得的儿时玩伴。

他说：“你真的不认识我了？”

我说：“不认识。”

他说：“是啊！好久没见了，自从你离开家，我们就再没见过。”

我完全没心思听他讲话，我脑袋里全是我家里的那个疯子。我觉得我也疯了，面对这个各方面条件都不错的异性，我居然不讨好献媚，一心想着家里那个疯子。

我越想心里越发慌。最后，我去了趟卫生间，从卫生间出来后就直接打车走了。

6

那个男人可怜巴巴地蜷缩在地上，像一条大虫子，他嘴上都是血，手上的绳子也都是血，他见我气喘吁吁地冲回来，一边啃绳子一边哭了，委屈得像个孩子。

“你怎么不要我了？你怎么不要我了？”他拿绳子去擦眼泪，一脸血红。

我的心里像打翻了醋坛子，别提有多难受了。

我搂住他，说：“我这不回来了吗？我不会不要你的。”

我给他解开绳子，他一把就搂住了我，搂得很紧。

他说：“老婆，我就知道你不会不要我的。咱俩说好一辈子在一块的！”

他把我当成他老婆了。我拍了拍他，也哭了。

我给他做了面条，他狼吞虎咽地边吃边对我笑，一声一声地叫我“老婆”。他吃完后还要帮着我洗碗、打扫厨房、给我放洗澡水，几乎成了一个正常人。

有一刻，我觉得他好了，真的好了，因为我答应做他的老婆，他一下就成了正常人。

晚上，他非要和我一起睡，还好他只是搂着我，并不打算做别的。

他对着我的脸吐着气说：“老婆，你回来了真好。”

我平生第一次和一个陌生男人在一起睡觉，奇怪的是，我并未觉得不妥，反而很惬意。

我想，没准我俩上辈子是夫妻呢！

我摸摸他干净的脸庞，打算关灯睡觉，然后我看见窗外的大街上，远远地站着一个女人，她一动不动地望着我们，墨镜反射着月光，成了两个光点。

我打了个寒颤，我想起今天男人说过的话。

他说，他老婆死了！

晚上，我辗转了半夜，好不容易睡着后，做了一个梦。

梦里，我成了一只木偶，我和男人成了夫妻。我俩过得挺好。可每次我经过客厅那面大镜子的时候，都能看见一个女人，一个躲在我背后的女人。

有一次，我老公不在家，我就好奇地站在镜子前，想看看那女人是谁。

可我动脑袋，她也动脑袋，我动手，她也动手，像影子一般躲在我身后。

后来,我发现,我和她是连接在一起的,就像悬丝木偶。

我的脚不是站在地上,而是站在她的脚面上,我的手也粘着她的手,我的身体也贴着她的身体。

所以,我有点糊涂,是我操控着她,还是她操控着我?

我试图挣脱她,可是没用,她成了我的一部分,硬是割开,就会感到一阵阵的疼痛。

早晨醒来的时候,我还在捉摸那个梦。

他不见了,厨房里飘出了香味,他竟然在给我做早饭。

我吃饭的时候,他叮嘱我:"早去早回!别加班加得忘了时间,还有,吃了饭别乱跑,不然要得盲肠炎的!"

我僵硬地对他笑,有一股温暖挤进心里,有一股寒冷抚摸皮肤。

7

中午快下班的时候,房东太太意外地打来了电话。

她说:"小孙啊!你带来的那个陌生男人还来找你吗?"

"……来。"我没好意思说我收留了他,还做了他的临时老婆。

房东太太说:"那个男人确实租过我的房子,他老婆确实死了,死于一场车祸。那是个疯子,你小心点啊!"

"你不是不认识他吗?"

"你带他来找我以后,我觉得可能真的出过什么事。你也知道,那房子租了人,收了钱,基本上我就不去了。所以,有时候发生点意外,我自己都不知道。不过,你放心,他老婆没死在房子里,只是死在外面了,是出了车祸!"

"你到底是怎么知道的?"

"我打电话给以前租房的那老头了,他告诉我的。他说,那男人的老婆就是他闺女。"

"那个男人还有其他亲人吗?"

"这我不清楚,反正那老头好像不愿意提这事,当初她闺女和那男人结婚,他好像不同意,后来俩人日子过得挺苦的,他才帮了他们一把,租了我的房子。"

8

晚上看电视，天气预报说近来将有一股强冷空气袭击本市，可能造成一次大雪天，请司机和行人注意安全。

真是倒霉的鬼天气，都快入春了还要下雪！

我心里很烦，脑袋疼得厉害，决定睡觉。男人一听我说要睡觉，他就跑过来，跟屁虫一般钻进我的被窝里，紧紧地搂着我。

我突然发现，我真的和他有点暧昧了，或者说，有点感情了。

养个小猫小狗，三五年了就会舍不得，何况是个人，还是个挺帅的男人。

我也搂住他，随便吧，他那个已经死去的老婆如果真想害我，我也认了。

又过了好几天，天气果然如电视上说的，越来越冷，偶尔会下点小雪。

早晨上班的时候，路面变得很湿滑，每次我都要小心翼翼地挪步。男人依旧很正常，对我一大堆叮嘱，这恐怕就是疯子和疯子的幸福。

9

我爸坐在客厅里，抽得满屋子都是烟雾。

“你把他弄到哪儿去了？”我气愤地说，边说边满屋子寻找那个男人。

“别找了！我把他赶走了。”

“你凭什么？”

“凭我是你爸！你怎么能跟一个疯子在一起！要不是你妈告诉我，你真的打算跟一个疯子住一辈子？”

“妈你怎么知道的？”

“我当然知道。”我妈说着，把围巾和墨镜戴上了，“你看我是谁？”

是那个女人，就是那个我一直以为是那个男人的老婆的女人！我真没想到，我妈居然会跟踪窥视我的生活！

好几天了，我都没找到那个男人。他消失了，耍了我一回就不出来了。我不知道我爸把他赶到哪里去了，上下班的时候，我就满世界地找他，就好像是个疯子，就好像当初他找他老婆一样。

我印了寻人启事，大街小巷贴了个遍。

这时候，我才发现，原来人和人真的是两条平行线，就如我和他，无意中形成交叉点，然后分开，继续各自的平行生活。

我妈没事还是会打电话来让我去相亲，我爸倔强地让我回家住，不然就不认我这个女儿。

我把他们的话当耳旁风，我要找到那个男人。

每个星期日晚上，12点30分，我都坐在门口等着，等着一个要找他老婆的男人来按门铃。他穿着脏兮兮的皮衣，戴着压得很低的帽子，他这身装扮我很熟悉，只要他不改变，我一眼就能认出来。

我也相信，他不会改变的。

我再见到男人的那天，是个大雪天，我下班正往干净的电线杆上贴寻人启事。

我看见男人站在大街中央，在迷惘的大雪中，以蜗牛的速度向我家的方向进军。他果然还是那身装扮，脏兮兮的皮衣，压得很低的帽子。

街上有汽车呼啸而过，路这么滑，雪这么大，他们开得跟飞似的。

我冲过去，抓住那个男人，一把把他的脸掰过来，真的是他。

"你跑哪儿去了？"我喜极而泣。

"我找人。我找我老婆。"他又疯了，和当初一样，"我老婆长得特漂亮，我老婆喜欢吃面条，我老婆住在××街××小区×单元×栋×××室，我老婆还给我买过新衣服……"

我搂紧他，哭成了泪人。

风突然就刮得厉害起来。我拉着他准备离开，雪大得看不清楚路，远处刺眼的车灯照过来，然后，我俩就飞了起来，我拉着他的手，他拉着我的手，飞上去，又掉下来。

我动不了了，很晕，我看见他躺在我身旁，手抖抖索索地伸过来。

他嘴里翻出血沫子，说："老婆，我总算找到你了。"

我完全失去了知觉，只有耳朵能听见动静。

10

医院里。

我妈我爹哭得震天响，我想问问他们他怎么样了，可说不了话，只能听他们哭。

我妈说：“都怪你，你当初答应他们，不就没有这事了！”

我爹说：“别说了。”

我妈说：“我偏说！是你把闺女害成这样的，三年前他们在谈恋爱时，你就不同意，愣把闺女赶出了家门。星期天，大半夜的，还下着大雪，闺女吃坏了肚子，得了盲肠炎，女婿打电话求你帮忙，你还不管！后来，女婿抱着闺女上医院，出了车祸！他们两个都撞得失忆了！你的心怎么那么狠？”

我爹说：“你别说了行不行……”

“我偏说！”我妈哭得泣不成声，还是不肯停止絮叨，“你说你怎么就不肯低个头，偷偷摸摸给闺女租了房子，还不让女婿告诉闺女，你又何苦啊！你怎么就不能低个头啊！”

我爹急了，骂我妈：“你闭嘴！”

我听着他俩边哭边吵，想哭，眼睛就是不听话，一点泪都没有。我觉得困，就睡觉了。

我梦见好多画面。

我和男人在那间两室一厅的房子里过日子。

他给我煮面条，他给我梳头发，他抱着我去医院。

他给我爹跪下，倔强地说他爱我。我爹却欺骗他，说我被车撞死了。

他疯了，他傻了，他满世界地找我，他不相信我死了。

好久，他晃晃悠悠地又回到了我们的小屋，那个时候，我已经康复了，不知道为什么，偏偏看上了那个三无小区，看上了那套每月 600 元租金的便宜房子。

于是，我俩一个傻子一个疯子又见了面。

……

11

他说:“你是我的朱丽叶。”

我说:“你是我的罗密欧。”

我们是两条平行线,在某一天形成交叉点。

可我是朱丽叶,他是罗密欧,我们一旦停顿在交叉点不肯继续前进、不肯分开,结果,就是死。

原来有时候,两条平行线真的不适合交叉在一起。两个人真的不适合成为平行线。

我闭上了眼,看见他在白茫茫的大雪里召唤我。

他说:“老婆,我总算找到你了!”

孤掌难鸣

文/尾巴卷卷

1

林觉醒过来的时候，周围是软绵绵的黑暗。腐败的味道充斥着鼻腔。

他的头很疼，他依稀记得似乎自己坐上了出租车要去找小敏，但是自己怎么会在这里呢？

这是个废弃的地下室，而自己的手和脚都被绑了起来，绑得不紧但是却无法挣脱。

过了不久，黑暗的深处“咔哒咔哒”地响，然后一扇铁门被打开。

有个人拿着火把走了进来。他黑色的长袍下面包裹着瘦削的身体，把脸隐藏在帽子里，火把被他举得很高，看不清脸。

“你醒了就好。”声音似乎用变声器处理过，有点过于低沉。

“我在哪儿？”林觉的声音有些沙哑，“你要做什么？”

“没什么，呵呵，喜欢看电影吗？”

“你快点放我走，听到没有？”林觉在地上不停地扭动着，一种不祥的预感死死地缠住了他，似乎只有歇斯底里地挣扎能提醒自己还是活着的。

“爱看恐怖电影吗？”那个人不气也不恼，语气平和地继续说着，脸隐藏在帽子里，看起来像个深幽幽的洞。

“不，不爱看，我从不看什么狗屁电影！你快放我出去……”林觉像一头暴怒的野兽般拼命地吼叫着。

“那真可惜，你应该看看《电锯惊魂》的……”

他声音不大，但是林觉马上停止了吼叫，旋即放声大哭：“不要，我不要做什么游戏，我不要死……”

《电锯惊魂》正好是林觉最爱看的恐怖电影，最新的一部在上个礼拜刚刚看完。

那个人笑了笑，一步一步走过来，“好了好了，你看你像什么样子，平时的你可不是这样的，其实，事情并没有那么糟糕……”

2

秦帅最大的爱好就是看书，特别是网络小说。最近他在一个非常知名的文学社区里发现一部非常好的推理小说。作者似乎是个新人，叫孤掌难鸣，但是他的小说已经有了接近一亿的点击率，秦帅觉得作者要不是很懒就是故意吊大家的胃口，他每个星期只更新一次小说，而且更新得很少。这让秦帅很郁闷，他是个急性子，有好几次他都想不看了，等作者写完了再一起看，只是每次到作者固定的更新时间，他都会不由自主地打开社区网站去看小说。

每个作者都有自己的风格，而孤掌难鸣是个比较特别的写手，他的文字很平实，连形容词都用得很少，而能用白开水一样的文字吸引那么多人，这种功力并不多见。他的文字特点只有两个字可以形容。

真实。

超乎寻常的真实。

秦帅刚刚看完最新更新的部分，意犹未尽，他正在猜测下一步作者如何让身处险境并且遭受了非人折磨的主人公逃出升天。这时候电话响了，X 区公安分局在郊外发现了一具尸体，让他马上过去。

没错，秦帅是一名警察兼法医，薪水很高，只是朋友很少。

眼前的死者是个女人，手筋脚筋都被挑断，身上没有其他伤痕，估计死亡时间是 12 个小时之前。看着她的尸体，秦帅喃喃地说：“真巧啊。”

女人的身体全部是毫无生气的惨白，身上布满紫红色的尸斑，当秦帅注意到她的脸时，他愣住了。

女人的额头中央被印上了一个一块钱硬币大小的梅花，也是尸斑一样的紫红色。

3

死者叫郭小敏，29岁。是个很普通的超市售货员。

解剖完毕，秦帅把报告交到王劲手上，王劲是负责这个案子的组长。

王劲拿过报告，"窒息而死？"

"是的，一般来说，如果是用绳子勒住脖颈或者用枕头捂在被害人的脸上诸如此类的方法都会有蛛丝马迹留下，可是这个人就像是被放在真空的环境中窒息而死一样。现场提取到了大量的指纹，取证科的同事正在做比对。"

王劲的眉头皱了起来。

"不过，我还有条线索。"

王劲马上盯住秦帅，仿佛线索在他脸上一样。

秦帅在报告书的背面写了一个网址。写完后，秦帅就走了。

王劲上网打开那个网址，看上去这是网络长篇的其中一节，这里面能有线索？但是看秦帅的表情不像是撒谎，王劲只好硬着头皮往下看。

里面有一段文字是这样的：

安眠药发作了，我把她平放在床上，她变得很安静。手和脚上的伤口已经不再流血了，她的眼角仍然湿润，不得不说，在我挑断她的手筋和脚筋的时候，她的表情很美，连眼泪掉下的姿势似乎都经过刻意的安排。

我拿过一把陶瓷的调羹，里面放上1/3的清水，然后把调羹放在她人中的位置。

完美的女人应该有完美的结束方式。

我抚摩她额头上的梅花标记，我知道她的生命正迈着愉悦的步伐渐渐远去。我努力倾听那不着痕迹的生命消失的声音，那声音美妙极了。

十分钟后，她停止了呼吸……

稿子的发表日期是一个星期之前。

4

王劲连夜把秦帅叫了过来。

“你是说他的杀人方式是遵从这篇小说？”

“我觉得是这样的，死者的死亡原因、伤痕、额头的梅花标记和这篇小说中描述的如出一辙。而且小说里杀人的情节虽然很少见，但是那确实是真的。”

“用一个调羹杀人？”

“没错。”秦帅走到窗边，“服下安眠药的人睡眠时其实和正常睡眠时是有差别的，人在药物的控制下身体机能处于被束缚的状态，缺少自主性，而且只用鼻子呼吸，在调羹里放上水再置于人中处，水分蒸发时阻隔了大部分空气，所以被害人是缺氧而死。”

“也许凶手就是这篇小说的疯狂追捧者，他很欣赏里面杀人的情节，所以模仿小说的情节作案。”

“应该是这样，但是，这篇是最热门的网络小说点击率超过1亿，根据跟帖的情况估计固定读者至少在10万左右。还有，下个星期作者还会更新小说，按照情节安排推断，下一节又会有经典的杀人方法出现。”

“你是怕凶手会继续行凶？”

“恐怕会这样，这样疯狂的模仿是很容易上瘾的！”

“那我们只能去找作者，让他先不要更新。”

秦帅摇了摇头，“我们不能只凭猜测就阻止人家更新自己的小说啊。不过照现在的情况来看，也只能先找到作者，也许他能提供些线索。”

“可是怎么找他呢？”

“两个方法：第一，通过那个文学社区；第二，根据他的IP地址。”

王劲站了起来，“好，那就双管齐下。”

5

这是一个很简陋的小区，没有绿化，没有健身设施，就连楼道里的玻璃窗户都没有一扇是完整的。

整座楼像一具没有温度的尸体。

303 号室的大门已经斑驳，显得很破败。

“想不到那么有才华的人就住在这样的地方！”王劲感慨着。

秦帅抬起手，不轻不重地敲门。

“谁啊？”声音有点尖，又有点沙哑。

门“吱呀呀”地呻吟着，一个十六七岁的男孩把头伸到门外。

“你们找谁？”

“您好，我是警察。”王劲目光穿过门缝落在房间里，“你家大人在吗？”

“我家就我一个，孩子用袖子擦了一下鼻涕。”并且把右手藏在了身后。

“那你父母呢？”

“死了。”那孩子的表情很平淡，似乎说的不是自己的事。

“那你家还有什么人？”

“不是说了嘛，就我一个人！”孩子斜着眼睛扫了扫王劲和秦帅。

“那你上网吗？”

“上啊，怎么了，现在上网犯法啊？”

“不是……”秦帅看着王劲窘迫的样子觉得很好笑，以前王劲面对的都是杀人魔头，现在对着这么有个性的小鬼头，他还真的没辙了。

“那你写网络小说吗？”秦帅直截了当地问。

孩子看了看秦帅，露出惊讶的表情。

“写啊！”

“那你的笔名叫……”

“孤掌难鸣。”孩子吸了一下鼻子，很低调的语气，“有事吗？进来说吧！”孩子侧了下身子，打开了门。

6

从孤掌难鸣家里出来的时候已经是傍晚了。

“真难以置信,张晓那孩子居然那么有才华。”

“呵呵,他不是有才华,他是个天才,不然谁能在那么小就自学完国家医学院的课程啊。对了,今天是他更新小说的日子,我得去看看了。”秦帅说。

“好吧,唉……果然像你所说的,咱们没有充分的理由阻止人家更新小说。”

这时候秦帅的电话响了,是个陌生号码。

对方说话的声音很稳重,“您好,警察同志吗?我是孤掌难鸣,我看到你们在社区给我留言了,不知道有什么可以帮忙的?”

秦帅看了看王劲,“看来事情远比我们想象的复杂。”

秦帅和王劲把这个自称孤掌难鸣的人约到了警察局。

这个自称是孤掌难鸣的中年人戴着一副眼镜,气质沉稳。

王劲看了看秦帅,“请问,您是做什么工作的?”

“医生。外科医生。”

秦帅点点头,这可以很好地解释他为何能在小说中细致地描述杀人的方法。秦帅打开电脑登陆了社区,打开了很早之前的一节小说。

“王明先生,您今天更新小说了吧?我可一直盼着呢,那个主人公——就是在穿蓝色休闲西装扮成侍者的叫什么来着,他到最后怎么样了能不能先透露点?”

“他叫苏玄,已经死了,在后面第23节里提到过,而且他穿的是藏蓝色休闲西装,不是蓝色,是扮成领班混进去的,不是侍者。”王明抬起右手推了推鼻子上的眼镜,并且把左手放在了身体后面。

秦帅看了看王劲,又转头看了看王明,“呵呵,不好意思。最近工作忙没怎么看,原来都更新这么多了。”

“我们找您来是想让您协助我们……”王劲介绍了一下案情,“我们怀疑凶手是您的忠实读者。”

“那我有什么可以帮您的吗?”

“如果近期再有人模仿您在小说中描述的手法去杀人，我们希望您能先停止更新小说，这样可以吗？”

王明无奈地点了点头。

“还有，您能不能提供几个对您的小说比较狂热的粉丝名单。”

“可以，但是我希望您别给我的粉丝们带来什么麻烦。”

“我们会注意的，您放心。”

王明走后，王劲对秦帅说：“但愿凶手就在名单里。”

秦帅一边目不转睛地看着最新更新的小说，一边摇头，“我想没那么简单。”

“怎么？”

“说实在的，小说里的杀人手法都是很容易实现的，不需要什么特殊的工具，还有，因为方法太简单以致让人怀疑这样的方法在现实生活中是否真的可以杀人，所以……”

“所以，恐怕真的会有人想试验一下？”

秦帅点点头，“而且我预感凶手要是看到了更新的小说，一定会再杀人的。”

“但是谁是真的孤掌难鸣？”

秦帅摇了摇头，“暂时我还无法判断。”

7

秦帅的预感应验了，的确又有人死了。死者是一个50岁的老妇人，她死在自己家里，死因是心脏血栓导致心脏缺血死亡。用通俗的话讲就是死于冠心病。对于一个50岁的老人来说，这属于“正常死亡”的范畴。

如果秦帅没有看过这部小说，秦帅真的就会这样写报告。

这位老人叫罗桂，是郭小敏前任男友林党的母亲。秦帅现在几乎可以断定，罗桂和林党的死在某种意义上说一定是有关联的，而且是很大的关联。

因为他知道罗桂并不是死于冠心病。

最新更新的小说章节里介绍了另一种杀人方法就是：在静脉注射可口可乐，当人体注射可口可乐60秒后，可乐里的二氧化碳就会进入心脏，形成血栓，导致被注射的人因冠心病而死亡。

按照小说里描述的位置，秦帅在罗桂的尸体上找到了一个针孔。取证科的同事在现场找到了一枚完整的指纹。

秦帅打电话给王明让他马上停止更新小说。

但是，小说停止更新后，又有人死了。

死者叫林东成，54岁，退休工人，也是死在自己的家里。他坐在沙发上闭着眼睛。茶几上的水仙花盆被打翻了，水已经蒸发干净了，地上几乎没有留下痕迹，在水仙花盆上也发现了指纹。

死因是中毒死亡，秦帅发现死者死亡前曾经大量饮酒，但是林东成就是罗桂的老公，也就是林觉的父亲，林觉两年前失踪就剩下老俩口相依为命，罗桂的死对林东成造成了很大的打击，可关键是家里就剩下林东成一个人，谁会下毒呢？

8

"林觉会不会得罪了什么人？为什么他的家人连他的前女友都死了？"

秦帅摇摇头，"不过我预感案情很快就会明了了。"

取证科的同事送来了报告，三个现场的指纹都是一个人的，那个人就是林觉。

"可他有什么理由要杀了自己的家人和女朋友呢，不可能啊。"

"因为林觉与死者关系密切，在死者的物品上找到他的指纹并不奇怪。"

"可是郭小敏死亡现场的指纹怎么解释？那指纹可不是过去留下的！"

秦帅的电话响了，是王明打来的。

"那个……警察同志，我的小说……被更新了……"

秦帅马上登陆社区，果然，小说被更新了。

而且秦帅找到了林东城的死因。还是和小说里如出一辙，死者酒后喝了大量的水仙花根系的水，在体内生成了剧毒。

"看来凶手比我更适合做我的工作。"秦帅疲惫地说。

王劲走过来，"你说，会不会是那个孩子？"

秦帅说："你是说张晓？你别忘了，张晓拒绝停止更新小说，现在小说被更新了反而说明他的行为没有异常。”

王劲说：“对啊！张晓至少有 50%的可能性是孤掌难鸣。那么现在小说被更新了，是不是就能说明张晓是真的孤掌难鸣呢？”

秦帅说：“不一定。我问过王明。他的小说是有储备的，也就是说，他每到更新的日期就把写好的稿子贴到社区上，如果有人用黑客技术盗去王明的小说再发布出来，别说是张晓，任何人都可以说自己是孤掌难鸣。”

王劲说：“我们来做个假设。第一种假设是王明是真的孤掌难鸣，他听从我们的安排没有更新小说，然而他的小说被张晓盗取，被张晓发布到网络上，这一切都和我们了解的相吻合。张晓是个孩子，而且是个极其聪明的孩子，他冒充网络作家有可能是因为觉得这样比较刺激。第二种假设是张晓是真的孤掌难鸣，那么现在发生的一切也都说得过去，他拒绝停止更新小说，所以小说被更新了也并不奇怪，但是，王明为什么冒充张晓呢？一个思想行为正常的外科医生有稳定的收入和比较好的名声，他有什么理由要这样做？所以我觉得第一种假设比较接近真相。”

秦帅摇摇头头，“我更觉得第二种假设更接近真相。”

“为什么？”王劲很不理解。

“按照你的第一种推理，认定王明是个网络作家，张晓是个顽皮的冒充作家的孩子。那么他们俩能和这个案子扯上什么关系呢？总不能因为他们的小说有人模仿杀人就抓人家吧？别忘了，开始我们找他们的时候也只是希望人家提供些有用的线索。但是第二种推理出现了一个矛盾的情况，你有没有想过，也许就是这个矛盾让他们俩和这个案子有极大的关联，当然我们没有直接的证据，这只是我的直觉，因为最大的嫌疑人林觉已经失踪两年了这条线索恐怕很难有进展。我总觉得，要想破这个案子，就必须搞清楚这两个孤掌难鸣的底细。”

“那还等什么，我去查王明，你去查张晓。”

于是，两人决定分头行事。很快，他们就有了收获，而且是大收获。

两个人在一起把查到的线索一条条列在纸上：

“1. 张晓曾经出过车祸，右手筋断了，而且不知道什么原因没有接好，所以他只有左手可以用。

“2. 王明和他相反，他是左手手筋断了，但是原因不明。”

然而，这两点当时他们谁也没看出来。

由这两条秦帅推断，张晓和王明都是小说真正的作者孤掌难鸣，因为只有他们两个人在一起才有一双手。也就是因为这个，两个人合用孤掌难鸣的笔名。

“3. 张晓是个孤儿，张晓的爸爸张梁和王小芬全部死于车祸，却没有得到任何赔偿。

“4. 张晓的父母生前有一家出租音像的小店，这是张晓唯一的生活来源。

“5. 张晓的店在王明家楼下。

“6. 王明是一个电影迷。”

这可以解释两个人是如何认识的。

“7. 王明一直单身，今年将近 40 岁的他一直都单身。周围的邻居一直都在猜测他是不是生理上有什么问题。”

这是个人隐私问题。在对调查造成影响之前，可以先挂起来。

“8. 似乎两个人都故意给调查人员造成一种感觉就是作者只有一个人。”

这似乎是全局的关键所在，他们这样的做法反而会让人觉得有问题。但是他们的问题到底是什么呢?

9

林觉 25 岁，两年前失踪，至今下落不明，他的履历极其简单，职业是环保局的水质检验员，白天他和女朋友郭小敏约好一起在公园见面，但是林觉从家里出来后并没有去约会地点，而是人间蒸发了。

但是林觉一向循规蹈矩，没有和任何人结怨，应该没有仇家。他的朋友关系都很正常，女朋友现在也死了，排除了情杀的可能，至于为财，林觉的家庭和其自身能力都很一般，经济条件只能说勉强过得去。

“要是能找到林觉就好了。”王劲说。

“呵呵，除非他从天上掉下来。”秦帅说。

“这回希望落空了！”秦帅来到王劲的办公室。给自己倒了杯水。

“知道吗？刚才郊区的工地挖出了半具男尸。经过 DNA 比对，正是你要找的林觉的。”

“怎么是半具？”

“因为现场我们只找到尸体的腰部以下的部分，其他部分还不知道在哪儿！”

“想不到他也被杀了！”

“他和这案子有关系，但是不是一拨的，林觉的尸体是两年前的，也就是说他失踪之后就已经惨遭毒手了。”

“可不是说在郭小敏的现场有他的指纹吗？”

“对啊，我们好像掉进一个陷阱里了。”秦帅缩进靠椅里，闭着眼睛无奈地说，“我们到现在也查不出来孤掌难鸣的问题在那儿，而现在我们眼里最有可能的凶手连尸体都只剩下半截，唉……”

线索似有实无，调查工作碰到了瓶颈。

这回王劲模仿秦帅的口气说：“除非有证据能从天上掉下来。”

过了没几天，案情又有了转机。

而且这个转机是任何人也没有想到的。

秦帅来找王劲的时候发现办公室门口站着个孩子，这孩子正是张晓。

“那个……警察叔叔。”孩子吸了一下鼻子，“我是来自首的……”

秦帅吃惊不小，“你要自首，什么原因？”

“我杀人了。”

10

“你说林觉一家包括郭小敏都是你杀的？”王劲的眼睛里写满了不可思议。

“嗯。”张晓低着头。

“孩子，这可是杀人大罪啊！”

“我知道，我问过了，我不满18周岁，又是自首，判不了死刑。”

“不过，我们想问问你，你认识王明吗？”

张晓的眼睛闪了一下，“认识。”

“那你和他是什么关系？”

“我，我们……只是合作一起写小说。不过杀人的事他不知道，都是我干的，不关他的事。”

“你们是怎么认识的？”

“他经常去我的店里租恐怖电影看，我们就认识了！”

“那小说是你们两个人一起写的吗？”

“主要是我写，但是大部分经典的情节都是王明想的，他是外科医生，他很厉害的。”说起王明，张晓的眼睛里闪耀着光彩。

“你杀人完全是按照那部网络小说里描述的方式进行的？”

“是的，那些方法都很经典，不用可惜了，”

“……你不会就因为杀人方法比较好就拿来用吧！杀人总要有个理由。”

“林觉……他该遭报应！他经常到我的店里租电影光碟，是老天把他送来的。”张晓低着头，语气平淡，似乎他不是犯了杀人罪，而仅仅是闯了红灯。

“说得具体点。”

“三年前，我和我爸妈出了车祸，我的父母都死了，司机跑了。林觉是目击证人，但是他收了司机家人的钱，推翻了原来的证词，结果法庭判我们负大部分责任，几乎一分钱补偿都没拿到，当时我家就很穷，结果我连接手筋的钱都没有……当时我就想，如果我有机会一定会杀了他全家！”抬起头，张晓的嘴角拉成一条直线，眼睛里露出野兽般的光芒，“所以我自学国家医学课程我觉得医生的杀人手法都比较高明，一般查不出来，我选修的是内科，结果发现没什么用……”

“后来你认识了王明，他在小说里提供了很多杀人方法，所以你就觉得机会来了，是吗？”

“是的。”

“好，那你说一下你杀人的细节。”

……

11

“张晓不是凶手！”秦帅又看了一遍笔录说。

“可是他亲口说的，杀人细节也没有问题，况且审问的时候你也在场啊？”

“从他的话里我发现了几个问题。”秦帅开始一条条地分析起来，“一、他说他不满 18 岁，又是自首，不会被判死刑——这像不像一个教唆犯告诉他的？二、他说杀人的事王明不知道，都是他干的，不关王明的事——我们从没说过我们怀疑王明。三、他说他杀了林觉一家和郭小敏。犯罪细节的描述都没有问题，最大的漏洞就在这里，因为林觉没有死……"

"可是你不是找到林觉两年前的尸体……"

"没错，可是那只有半具！"

"你别跟我说人没有下半截身体也能活，那简直是无稽之谈。"

秦帅笑了笑，"开始我也不信，可你记不记得前不久电视上有个著名的栏目播出过一期节目，一个男人从腰部往下被大型车辆碾碎，当时由于大部分血管都被碾压而处于闭合状态，所以送到医院的时候，人还没有因为失血过多而出现生命危险，因为最重要的器官都还算完好。经过医生的抢救在病人的后背取了一大块皮包裹住身体断面，后来这个人就被救活了……别忘了，王明是个外科大夫。刚才我接到电话，林觉被找到了。"

"反正不让我亲眼看见，我不会相信。"王劲不住地摇头说。

"那好吧，现在他就在第二人民医院，我们现在就去看看。"

尽管有心理准备，但是当林觉出现在两人面前的时候，秦帅和王劲都被深深地震撼了：

林觉的身体只剩下半截，腰部以下什么都没有，双手被截断，眼睛几乎失明。他刚录完笔录，现在正在休息。

民警把笔录拿给两人看，林觉两年前就被囚禁在一个郊区的废弃地下室，每天有人给他送一点点食物和水，有个穿黑色长袍的人用外科手术截断了他的身体，又从背后取皮包住他身体的断面，保住了他的命。那个凶手在前不久又截断了他的双手，说要用他的手做成人皮手套……但是问起凶手的行凶动机，林觉本人也说不清楚。

林觉的出现更具有戏剧性，他说他睡觉醒来就已经不在地下室了。他就拼命用胳膊在地上爬，后来被民警救下。

12

从医院出来的时候，王劲点了根烟，狠狠地吸，眼睛望着远处，"我实在不敢相信会有这样丧心病狂的人。"

“呵呵，有句话说得很对，人才是最可怕的动物。”

“现在林觉是受害人，看来嫌疑人就剩下了王明。”王劲把吸了一半的烟狠狠地扔在地上，用脚踩灭。

“那我们就去会会这个魔鬼。”

审讯室里。

“你很厉害嘛，能说服张晓替你顶罪。”

王明抬头看了王劲一眼，没有说话。

秦帅把所有的证据和已经掌握的情况详细地说了一遍，“你现在自首还来得及。”

“说说吧，杀人动机是什么？”

“郭小敏以前是我的女朋友，她后来才跟了林觉，这个不知廉耻的女人，她早该死！”

“就因为她背叛了你？”

“她……她不但背叛了我，她还……她还把我的事到处说。”

“什么事？”

很久，王明张了张嘴，“我的性取向……和别人不一样，我找郭小敏只是想掩盖我的性取向，谁知道……”

“那你和张晓……对不起，这个问题你不用回答，那你杀林觉的父母是因为什么？”

“林觉他抢了我的女人，他该死，他的父母没有教好他……”王明的情绪变得很激动，眼睛血红，“都该死，他们都该死……”

“那你也不应该做出那样残忍的事情！”

“残忍？什么叫残忍？他们那么对待我，伤害我，让我抬不起头做人，难道就不残忍吗？”

“可你对林觉做出那么泯灭人性的事情，天理难容！”王劲也变得激动起来。

秦帅按住了王劲，“你为什么要大费周章地截断林觉的身体？恨他也不用这样啊！”

“我要他活着，只有他活着才能体会到痛苦！”王明的眼睛里闪耀着光彩，“还有，我想让你们这些自以为是的警察觉得他已经死了，然后我又截断他的手，做成一副人皮手套，故意在现场留下指纹……哈哈，你们被我骗到了吧……哈哈。你们说我想的杀人方法是不是很巧妙？连我这样只有一只手的人都能做到……哈哈！”

秦帅与王劲对视了一下，结束了审讯。

民警把王明带走的时候，王明看了看秦帅和王劲，一字一顿地说：“你——们——输——了！”然后嚣张地哈哈大笑。

真相终于水落石出了。

张晓特意来到警局看望秦帅和王劲。“谢谢啊，警察叔叔……嘿嘿，谢谢！”这孩子仍然喜欢吸鼻涕。

“没事，以后别再被别人骗了，好好读书，知道吗？”王劲说。

“知道，知道！我是来跟你们告别的，我姑姑在日本，她给我办好了手续，找好了学校，我明天就走了。”

“出国了？有出息！以后成了正式医生还要记得回来啊！”

“那……没问题，呵呵！”

张晓转身走了，王劲看着他的背影对秦帅说：“我从来没有像现在这样觉得做警察有成就感！”

13

第二天，秦帅和王劲买了些水果和鲜花去看望林觉。林觉的情绪很低落，似乎回到现实生活中后，别人的目光给他造成了很大的心理压力。

“那……我能看看他吗？”林觉说话的声音很小，“我只想知道那是什么样的一个人。”

“你是说你要看看凶手？”

林觉点点头，“我从来都没有见过他。”

王劲看了看秦帅，秦帅点了点头。

见面的时间很短，只有五分钟。而且自始至终隔着一道玻璃墙的两个人都没有说一句话。林觉表现得很平静，只是眼睛一直朝着玻璃墙上的一片小孔发呆，那是由大概十几个排列成圆形的小孔组成的，是为了让声音更好地传到对面。

见面时间结束后，秦帅和王劲把林觉放在车上送回了医院。

在车上，林觉一直看着窗外的风景，他说："他就是你们抓到的凶手吗？"

"是啊，证据确凿。他已经认罪了！"王劲一边开车一边回答。

"可他不是凶手！"

王劲猛地踩了一脚刹车，车子不情愿地摆了摆，终于停了下来。

"你说什么？"

"他不是凶手！"

"你怎么知道，你不是说你从来没有见过凶手的样子吗？"

"没错，我没见过他，但是别忘了我以前是做水质检测的，我的鼻子比常人灵敏得多，我熟悉凶手身上的味道，他不是凶手。"

秦帅和王劲全都愣了。

"还有，凶手似乎有鼻炎，我老能听见他吸鼻涕的声音……"

14

还是那个审讯室，还是秦帅和王劲，还有王明。

"想不到你们挺聪明的，上次我说你们输了，看来你们还输得不是很彻底。哈哈！"

"为什么替他顶罪？"

"因为我爱他！"

"果然你和张晓……"

"没错，可是现在他已经出国了，哈哈！你们抓不到他！"

"你这样做值得吗？"

"我不在乎，为了他我什么都不在乎，你们知道为什么我的手筋会断吗?那是他和我在一起的条件，他说'我只有一只手，而你有两只，除非我们一样！'"

"所以……所以你就挑断自己的手筋？"

"没错，你们永远不会明白的！他是我见过的最聪明的孩子，他故意来自首就是为了排除你们对他的嫌疑，能和这样聪明的人在一起我很荣幸……他自首的供词只有杀林觉那一段是真的……"

"可是他如果不和你一起把杀人方法写在小说里，我们可能还找不到你们,恐怕你们也是聪明反被聪明误吧?"

"那怎么一样?我们是故意的,游戏要既有猫又有老鼠才有趣,哈哈!"

"那他为什么放了林觉?"

"因为他要走了,我会待在监狱里,没人照顾他了,张晓不想他死,他说他的报应还没完。"

"你错了。"秦帅说,"他放了林觉是为了让自己的供词里出现明显的漏洞,这样就可以洗脱自己的嫌疑,其实从一开始他就在利用你!"

"不可能,这不可能……"

王明身边的警察努力地按住他的肩膀。

这时,桌上的电话响了。

王劲拿起了电话。

"嘿嘿,警察叔叔,是我,里面传来吸鼻涕的声音。"

"原来你才是凶手……"

"呵呵,其实你们也不笨。麻烦你帮我转告王明,他让我觉得恶心。我是个正常人,我只是利用他罢了……"

窗外,落叶萧瑟,审讯室里传出一声悲伤的吼叫……

其实我们都得不到我们想要的……

夜钓

文 / 尾巴卷卷

1

你真的知道你每天吃下去的是什么吗?

要知道,很多时候眼睛是靠不住的。

自从白暮走后,我再也不能相信我的眼睛我的嘴巴。

以前我很爱吃肉,几乎每个男人都有这个爱好,但是现在这已经成为了我的噩梦。

晚上回家的时候,我的手又忍不住伸进冰箱里,拿出一块肉,冰凉的,红白两色。嘴里的唾液腺马上开始积极地工作,大脑里出现的是一盘色香味俱全的红烧肉,肥而不腻,入口即化……然后每个毛孔都开始雀跃呼喊,滋味在嘴里旋转,让我不忍咽下。

下一秒,我吐了。我一只手拿着一块冻猪肉,一只手扶着冰箱,吐到只能吐出酸水来。

我把猪肉又放了回去,把地板打扫干净后坐在沙发上看电视,一个女人坐在电视机里,鲜红的嘴唇一动一动,“最近猪肉价格呈上升趋势……”

即使我不想,我还是把目光落在冰箱上,木木地看着那个白色的长方体,像是在看一个敌人。

我拼命地控制着自己不要去想,但我还是伸手打开了它,它散发出妖异的白色冷气,我浑身一颤,因为我爱吃肉,白暮在冰箱里准备了很多肉,猪肉,羊肉,牛肉,还有狗肉。现在他们红红白白地堆在一起,假扮成一个尸体。

它们本来就是尸体,动物的尸体。

人,也属于动物。

我把他们都拿到厨房，然后高高地举起剁排骨的大刀，刀在灯光下闪着冰冷的光，我在玻璃的倒影中看见自己的样子，像个十足的屠夫。

我本来就是屠夫。

每次刀落下，都会让肉末飞溅得到处都是。我拼命地剁着，似乎是在发泄。

我在每种肉上都切了一些，分别做了红烧猪肉、牛肉萝卜、爆炒羊肉、朝鲜狗肉汤。

我请了楼下的老张上来，我们两人一人一瓶啤酒，老张和我一样是单身，两个光棍一起喝酒也算能排解郁闷。每样他都尝了几口，并且频频点头，一边用手指着一边评价，“味道都不错，猪肉肥而不腻，牛肉松软清香，羊肉滑嫩味浓，狗肉汤香辣可口，很对味儿……”

对味儿！他说对味儿！

他刚说完，我又吐了。绿色的水。

他问我是不是不舒服，我什么也没说，只是感觉胃扭成了麻花形状，我的肚子里似乎有一只手，把我的胃当成湿毛巾一样拧……

我低着头努力地吐着，吐到天荒地老，吐到海枯石烂。

最后他扶我躺在床上，并且收拾了我弄脏的地板，直到他走，我都没有告诉他，我是用狗肉做的红烧肉，用牛肉做的爆炒羊肉，用羊肉做的狗肉汤，用狗肉做的牛肉萝卜……

眼睛，果然靠不住。

2

我在一家屠宰场工作，每天眼睛里都是红红白白的肉，鼻子里都是新鲜的腥甜，耳朵里都是各种大猪小猪濒死前的呻吟。每个在流水线上的人都是麻木的，我们很少说话，只是面对各种动物的尸体努力地工作。

我负责检验，看着一排一排的尸体挂在钩子上，没了手，没了脚，没了头，身体不再流血，泛着新鲜的红和白，发出淡淡的腥味儿，他们都很安静。没有人想过他们半个小时前还是会跑会叫的生物。

我喜欢用手抚摸他们油腻腻的身体，那是冰冷的、柔软的触感，就像白暮的身体。

但是昨天，我看见了一个女人，站在布满动物尸体的厂房门口，穿着蓝色的连衣裙，大腿雪白。安静的厂房里马上出现了很多声音，我听不清，但是我知道，他们在议论，议论这个漂亮的女人，议论她的脸蛋和身材，这种议论带着男人们特有的酸臭的汗味和对拥有过这个女人的男人的诅咒。

我不怕被他们诅咒。

我没有看见她的脸，她一个优雅的转身后就消失了，我拼命地跑过去，看见她还站在门口，尖尖的下巴，柔顺的头发垂在肩上。她低着头，我看不见她的眼睛。

我用力地抱住她，“白暮，白暮，你知道我多想你吗？”

她没有挣扎，顺从地靠在我的肩膀上，眼泪掉了下来，打湿了我的衣服。

大家围上来，在惊讶的目光中，我依旧闭着眼睛，抱着白暮，吻她的脸颊，贪婪地闻着她身上的味道。如痴如醉，浑然忘我。

红棉赶来的时候，白暮已经走了，我木然地站在原地。

红棉是我的朋友，再确切地说，她是我的情人，在白暮还没离开我的时候，我疯狂地迷恋着她，她是一位优秀的医生，漂亮，大方，却看上了我这个在屠宰场工作的工人。

她爱我，关心我，不管白暮在不在我身边，这一度让我很抓狂，但是在白暮离开后，她已经成为了我唯一的精神支柱和救命稻草。

白暮走了，带走了我的魂儿，我的生活一片混乱。

3

我知道，白暮不会回来了，这种想法让我更加绝望，拥有白暮的时候永远觉得红棉好，失去了才发现白暮才是真正在我心里发芽生长的女人。

白暮走后，我疏远了红棉，我已经没心没肺，身体只是个口袋，里面塞满了棉花或者柳絮，天气潮湿的时候，我甚至能听到它们在我的身体里悄悄发芽，然后偷偷地长出绿叶……

我只是企盼它们伸出枝桠时不要戳穿我的身体，因为我希望白暮出现的时候还能认识我，而不是把我当成一棵树，虽然以前她经常夸我玉树临风。

我是一个玉树临风的屠夫。

我总怀疑白暮根本就没走，她一直默默地潜伏在我身边照顾我，不然她也不会出现在屠宰场里偷偷地来看我，我不知道她来做什么，我只是拼命地想她，睡觉时想吃饭时也想，把吃的东西吐出来的时候也想。

我不相信我的眼睛，吃下去的任何东西，经过我的嘴巴品尝、舌头抚摸、喉咙检验，但是我仍然不敢确定我吃下去的是什么，所以我不可遏止地想吐，我要把吃的东西都吐了出来，然后蹲在地上用筷子翻来覆去地检验。因为这件事，我被限制进入工厂的食堂，我不在乎，我蹲在食堂门口吃，吃完了背对大家吐在墙角，然后撸起袖子如痴如醉地检验。

但是很少有结果，我用筷子来回地划拉，依旧不敢肯定吃下去的是白菜还是圆白菜，猪肉还是牛肉还是……

我知道我的做法有欠妥当，至少我的胃是这样想的，我的做法让我想起国外的一些模特，为了保持身材，就把吃下去的东西吐出来，虽然我不想减肥。

就在看见白暮的第二天，我被工厂开除了。

4

认识红棉，是在一次夜钓中。

出门的时候，白暮手里拿着恐怖小说，狠狠地交待我不要和陌生的女人说话，尤其是穿红衣服的。然后她认真地把书名翻给我看，猩红的封面上写了两个黑色的大字:《夜钓》。

我嘿嘿一笑，“遇到女鬼我就跑……”

到了水库，我打开手电筒卸下钓鱼的装备，装好鱼竿，和好鱼食，无意中一抬头我真的看见了一个女人，她一步一步向我走来，腿很直，裙子很红。我的手电筒放在地上，所以我看不见她的脸。

我是个唯物主义者，但是我热切地盼望能遇到个女鬼来丰富自己的生活，钓鱼，已经不能满足一个在平淡婚姻里蠢蠢欲动的男人了。

我想看她的脸，但是我知道用手电筒直接照人家的脸是很不礼貌的。

于是我继续和鱼食，右手里藏了一张 100 的钞票，并在转身的时候“无意"中掉在了手电筒的光晕范围之内。

不出所料,她弯腰,低头,我睁大眼睛,但是没有看见她的脸,她低头的时候长发甩到前面,挡住了整张脸,是的,整张脸。

她站地来脸又藏在了黑暗中,他对我伸出手,"你的钱掉了。"

我故意惊愕地抬头,"谢谢。"

"不用。"她的声音里带着淡淡的忧郁。是能让男人抓狂的那种低低的温柔的忧郁,那声音,从耳朵进去绕到你心里伸出小手轻轻地挠,挠得你心境荡漾。

月亮并不明亮,周围空无一人。我和一个看不见脸的女人开始攀谈起来,从屠宰场的猪肉说到上海世博,从飞机失事说到网络游戏,从水库说到她家床上。

最后她抱着我的脖子说她爱上了我,这个温柔漂亮的女医生爱上了一个玉树临风的屠宰场工人。

我受宠若惊,男人就是这样的一种动物,总觉得女人能成为砝码称出自己几斤几两,被这样优秀的女人爱上,就连早上照镜子的时候我都觉得今天比昨天更玉树临风了。

5

第二天晚上,我又忍不住要去"夜钓"。

临走的时候白暮挡住的门,她用眼睛盯着我,鼻子蠢蠢欲动,"我觉得,你被女鬼缠住了。"

我的心里颤了一下,眼神瞟了一眼白暮的搓衣板,经过心里暗暗的比较,觉得被一个丰满的女鬼缠住也是幸福的,于是我把白暮推到一边,"别闹,什么鬼不鬼的,你还信这个?"

"你要是敢背叛我,我会杀了你。"一向温婉的白暮眼睛里充满了杀气,双手紧紧地把摊开的《夜钓》抱在怀里。

白暮变得越来越神经兮兮,她每天翻来覆去地看那本恐怖小说,睡觉的时候嘴里嘟嘟囔囔,就像是中了邪,于是我更加喜欢红棉。

男人都喜欢"野花",不一定家花没有野花香,关键在于"野花"的"野"

字，虽然方方正正但是里面蕴藏了勃发而狂暴的意境，想一想就让人欲罢不能。

但是我是有家庭的人，把野花变成家花就失去了寻找野花的意义，所以在红棉提出要我离婚的时候，我狡猾地说这是早晚的问题。是啊，早或者晚，但是晚是多晚呢？

我是一个聪明又玉树临风的屠宰场工人。

我以为我永远不会离婚，直到红棉给了我一份资料。

那是一张影印的报纸，头版上用大大的黑体字写着：《白氏灭门惨案，真凶竟是亲生女儿?！》日期是12年前。

“我报考了心理学课程，教材里面有个例子说一个12岁的女孩遗传了母亲的精神分裂，在发作的时候杀掉了自己的父母和奶奶，我去图书馆找到这篇报道，我想……你应该看看。”红棉低低地说着。

我的手开始颤抖起来。

我真的害怕了，害怕白暮，原来我和一个变态杀手在一张床上大大咧咧地睡了两年！她会不会在我睡着之后用刀子在我脸上比划下手的位置？她会不会在我的饭菜里下毒？她会不会在跟我吵架的时候一怒之下用菜刀把我分尸？

不可想象的危险原来就在我身边。

6

我承认，我认识白暮的时候为她身上散发出的惹人怜爱的孤独所倾倒，林黛玉一样的女子，总是让人忍不住要捧在手心里疼，当我知道她在孤儿院长大的时候，我马上向她求婚。

原来浪漫爱情的背后未必都是幸福。至少我要能保证自己可以活着才能享受爱情。

在生命和爱情之间，我选择生命，因为在选择生命的同时还有另外一份爱情在等着我。

我离开了我所在的城市，想静一静好好想想我的婚姻，还有红棉。我没有去游山玩水，只是找了个便宜的小旅店住了下来，每天看着天花板。15

天后，我回来了，并且决定离婚。

回到家，打开卧室的门，我发现她靠着床头坐在床上，身上盖着被子。

现在想一想当时房间里一定飘荡着不可思议的甜腥味儿，但是因为这个味道和工厂里的味道一样，所以我鼻子分辨不出来。

“别开灯，我喜欢这样。”她的声音不可思议地沙哑。我把按在开关上的手缩了回去。

她对我招了招手，我坐在床边，白暮伸出手搂住我的脖子，吻住我的嘴。她的舌头灵巧地跳跃，在我回过神的时候已经把一个东西送到我的嘴里。

那东西有点酸，有点铁锈味儿。我嚼了嚼，很筋道。

“这是什么？”我问。

忽然，白暮的手臂从我的肩膀上划了下去。我打开灯，白暮的脸白得吓人，嘴唇却红得刺目。我离开的这15天她瘦得变了样。脸上只剩下一层皮，倒在床上一动不动。

我掀开了被子，然后愣住了，最后嘴里发出野兽般的哀嚎。

被子里，白暮的右侧大腿只剩下了一根骨头。身体下面的血在床单上结成了厚厚的痂。我的大脑像一台死机的电脑，完全不能运转。直到警察来找我录口供，我才想起来要把胃里的东西吐出来。

那是一块肉。

白暮死了。医生说她的心理有很大的问题。

她的四肢都有被捆绑过的痕迹，口腔里有很多枕巾的纤维，胃和喉咙都被胃酸灼伤。她之前的很久都没有吃过食物，只喝过很少的水。

她不可能是自杀。

7

现在她身边的那本《夜钓》我一直收藏着，我不敢看，一翻开就能想起白暮，一想起白暮我就忍不住要吐出自己肚子里的东西看看那是什么。

《夜钓》的作者叫后半夜，很符合悬疑恐怖小说作家的风格。我很好奇，白暮生前那么喜欢这本书，说明这个作者肯定文笔不凡。书皮上写着这本书在天涯网络的“莲蓬鬼话“上连载创下千万点击率。于是我上网找到了这个作者。

作者的简介很简单，基本上除了生日以外全部都是保密的，在我的不懈努力下，我在一个文学网站上看见了她的照片。她站在黑夜里，腿很直，裙子很红。照片下面有一行小字：你喜欢夜钓吗？

每个字都是一只贪婪的充满欲望的手指，涂着黑色的指甲油，缓缓地从屏幕里伸出来，要抓住我，把我带进它的世界。

我不顾一切地翻开了那本《夜钓》，里面写了一个恐怖故事。

一个已婚男人在夜钓的时候认识了一个红衣女子，红衣女子用情至深，于是想逼他离婚，在他摇摆不定的时候，他决定出去散心，当他回来的时候发现自己的妻子已经死在家中，并且死相恐怖……

当看到这里的时候，我难以抑制地颤抖起来，甚至忘记了呕吐。

《夜钓》的出版日期是 2007 年 5 月，原来我一直是在按照别人写好的剧本来表演自己的生活。

难道这一切都是巧合吗？

晚上的时候我梦到了白暮。

她坐在卧室的床上，手脚都被绑住，眼睛被蒙起来，连鼻子里都被塞进了东西。

“别喊，喊就杀了你老公。”一个穿黑衣服的人说。

她不停地发抖，似乎搞不清楚发生了什么事，一个人坐在床边，用果盘里的水果刀在白暮的腿上一下一下地切着，看不见她的脸，但是她的动作很小心，就像一个专业的厨师。

血汩汩地流下来，但是白暮似乎感觉不到任何疼痛，只是无助地坐在床上。像屠宰场里的猪肉。

一会儿，白暮的腿上出现了很多很深的横着的伤痕。

她从腿上挑下一块肉，放在白暮的嘴边。白暮似乎很饿，于是张口就吞了下去。她现在没有嗅觉和视觉，就算给她吃大蒜她也尝不出味道。现在的白暮只剩下了食欲。

直到露出了森森白骨，那人才走，临走前她说：“低头就能吃到食物。”

我从梦中惊醒，想起那个一心一意照顾我的白暮，那个温柔的、坚韧的、孤独的白暮，忽然忍不住号啕大哭，像一个死了男人的小寡妇。

8

现在红棉对于我已经不再是个女人，而是一个倾诉对象。开始的时候她经常来找我，我每次都抓住她说个不停，内容全是关于白暮的——白暮的贤惠，白暮的温柔……我昨天刚被开除，现在无业，有的是时间。

红棉是个执著的人，她依旧来看我，我没有功夫来研究红棉对我的好是因为我是她的爱人还是病人，这不重要，重要的是连楼下的老张都不敢上来吃饭了，小区门口卖报纸的、买菜的，楼下复印社的，甚至小区里的猫猫狗狗都开始躲着我走了，他们都听过我惊天动地的爱情故事，听到想吐。

所以红棉的不离不弃让她成为了我最佳的听众。她贡献耳朵，就能得到一个绝佳的研究对象。

后来，红棉对我说："你得了强迫症。"

"你每天强迫自己回忆白暮，强迫自己吐出吃下去的食物，你需要接受治疗。"

"红棉，你知道《夜钓》吗？"我的眼睛贪婪地看着红棉的嘴，希望能得到我想要的答案。

红棉的表情很冷静，他摇了摇头，"不知道。"

"那你知道'后半夜'吗？一个恐怖小说的写手。"

"你知道你为什么被开除吗？"

我愣愣地看着她，算是正常地摇了摇头。

"因为前天，你在厂房门口跟一头刚宰好的还在流血的猪深情拥吻，嘴里还说着情话……"

"胡说，你胡说！那是白暮！我不允许你侮辱他。"我怒发冲冠，我觉得我这辈子都没有这样生气过。

红棉叹了一口气，转身走了。

看着她的背影，我更加确定她就是那个写恐怖小说的后半夜，她按照她的想法一步一步地破坏了我的生活、我的婚姻，甚至我怀疑是她杀了我最爱的白暮。

9

事情像一团乱麻一般纠结，真相大白是因为我在床下寻找丢失的拖鞋的时候找到了个日记本，黑色的封面，很破旧，原来这是白暮写的日记。

2008年5月23日，星期四，阴

今天我看见红棉了，是的，虽然隔得很远，但是我确定那就是她，她穿着红色的裙子，在人群中一闪而过，我都没有来得及叫她。一晃有将近10年了吧，她是不是还像以前一样孤独？她是不是还是那么恨我？也许当初我就不该选W做我的男朋友，当时我真的不知道红棉是喜欢他的，如果我知道，我一定不会选择W。她的父母死后，她整个人都变了，变得很冷漠，悲喜都不形于色，我们是最好的朋友，但是我从来不知道她在想什么。

直到有一天，我把我和W恋爱的事情告诉她的时候，我以为她会祝福我，可是她的眼睛里满满的仇恨深深地震撼了我，她一巴掌甩在我的脸上，“为什么？为什么你要和我抢！”我惊呆了。她转身跑出了寝室。再也没有回来……有一段时间我甚至觉得她可能已经死了，我找了所有她可能去的地方，但都一无所获，最后我坐车去了她的老家，一个承载着她不堪回首的记忆的地方，果然，她呆呆地坐在布满灰尘的房子里，一个人窃窃私语。

我试图靠近她，“红棉？红棉？是我。对不起，我真的不知道……”

她抬头看了我一眼，“白暮，你知道我的父母是怎么死的吗？”

“你不是跟我说……是车祸？”

她忽然笑了，嘴角上翘弯成一个好看的弧度，“我骗你的，他们不是车祸死的。”

一阵冷风吹过，我的身体抖了一下，半开的窗子发出“吱呀”的声响。

“那是怎么死的。”

红棉忽然发出一声尖厉的笑，我下意识地退后一步。“他们，他们都是我杀的。我没想杀他们，他们总是要求我学习学习，将来赚钱赚很多钱，他们和我一样都已经厌倦了贫苦的生活，他们把希望都寄托在我的身上，而我背负了太多的压力，需要宣泄的出口，那天我看见他们站在那个出口跟我招手,我就冲了过去,手里拿着刀子……"

我尖叫一声,转身拼命地跑……

即使是现在我翻出这段回忆用文字记录下来,手依旧会发抖。那是我经历过的最恐怖的事情。

2008年5月26日,星期日,晴

顾峰每天穿着黑色的大围裙,在屠宰场做繁重的工作,他可能从来没有发现他白嫩的双手是不曾吃过这样的苦的。有很多时候我都想告诉他真相,让他辞掉这份工作,可是我不能。如果现在的生活能让他没有那么多痛苦、没有那么多烦恼,那么他就是幸福的。我讨厌真相,因为真相都带着倒刺。我总是偷偷地回忆过去的他,坐在电脑前敲敲打打,写字是他最大的爱好。直到有一天我下班回家,他一把抱住我说:"白暮,我的小说要出版了!"我们兴奋得一夜没睡,我和他一起探讨需要改动的情节。小说也最后定名为《夜钓》。

我每天都会把那本书放在身边,我也会偷偷地想会不会有一天他看见这本书会清醒过来?

我很矛盾,我知道过去的事情会让他很痛苦。

《夜钓》正式出版的那一月,他每天都做噩梦,说会梦到一个孩子,穿着嫩黄色的上衣,站在门口,让他过去。他对我说这似乎不是一个好兆头,我没有在意,因为我从来不相信科学以外的东西。

直到顾峰出了车祸,他撞上了一个孩子,鲜血染红了他嫩黄色的上衣……孩子没能救活,顾峰就此失忆。我把顾峰送到外地疗养,并且给了家属很多钱解决了这件事。

没人知道将来会发生什么事情,只要他现在是快乐的就好。

2008年6月10日,星期四,阴

今天我又看见红棉了,她穿着白色的裙子,脸阴阴的,手里拿了一本书,顾峰的《夜钓》。

我的身体颤抖了一下,一种不好的预感在我心里袅袅升起。

她走过来对我说:"白暮,还记得我吗?我是红棉。"

我木然的点头,"好久不见。"不知道为什么我看见她心里就很虚。

"我回来了,来看我的孩子。"

"原来你已经有孩子了?真幸福!男孩还是女孩?"我找到了一个很好的话题。

但是红棉的表情却没有做了母亲的女人应有的温柔,反而显得阴冷刺骨,"他死了,车祸。"说完她转身走了。

我浑身无力地瘫坐在地上,我知道我的预感就要应验了……

2008年6月11日,星期五,晴

晚上的时候顾峰去钓鱼了,我一个人在家里有点害怕,我知道红棉不会轻易放过我们。阴冷的空气从我的毛孔鱼贯而入,我禁不住颤抖起来。

原来的红棉是个温婉的女孩子,与现在的她判若两人。

那时候我们都是不懂事的孩子,初中新学期的开始我们是同桌,她穿着白地碎花的小裙子,扎着马尾,笑眯眯地看着我,向我伸出手,"你好,我叫红棉,白红棉……"

这个画面变成了相片,永远储存在我的记忆中……

2008年6月15日,星期二,晴

顾峰失踪了,手机关机已经两天了,警察也找不到他。我昨晚做梦梦到了红棉,她手里的刀一下一下插进顾峰的身体里……

我被惊醒之后,听见有人敲门。

我知道早晚会有这一天。红棉站在我家门口的时候,我就知道其实有很多事情是逃避不了的,我请她坐下,给她倒了杯茶。

"红棉,你最近好吗?"我的声音在颤抖。

"你老公在我手上……"她说完这句话就把我拽到床上,拿出绳子把我的手脚都绑起来,给我打了一针,然后蒙上了我的眼睛,又堵住了我的嘴。我已经完全感觉不到我的腿的存在,但是我知道我是非死不可的,她恨我也恨顾峰,如果我按照她说的方法去死,她就可能放过顾峰了,所以我放弃了挣扎。我也明白放弃挣扎就等于放弃了生命,可我觉得这样做是值得的!

最后她说:"低头就能吃到食物。"我知道她让我吃的是自己的肉。

我要坚持,坚持到顾峰平安归来,我用嘴巴咬断了手上的绳子,冰箱里已经没有了任何食物。我想求救,可是我不敢,我怕红棉会杀掉顾峰。

我知道我的时间不多，于是拿出日记写出最后的话：

我爱你顾峰，你要好好活下去。

……

我不知道现在是第几天，我的头脑一片混沌，我想起红棉临走的时候说的话，她说："低头就能吃到食物。"

我知道现在我已经是个怪物，只剩下了食欲。我不知道我能不能坚持到他回来，或许不能了吧，我知道我的生命即将走到尽头，因为我的眼泪居然也流不出来了……

合上日记本的时候，我的眼泪不争气地掉了下来，白暮死后，我忘记了我哭了多少次，毫无男子汉的尊严，我这个玉树临风的屠宰场工人，抱着日记蹲在床边，哭得惊天动地。

真相原来近在咫尺，这场悲剧竟然源于自己。

10

后来我再也没有见过红棉，我也从来没有想过去找她，我想不起来，我能想起来的只有白暮。

我知道她还没走，她藏在我心里最柔软的位置，等待我归来……

蛊蛇

文/尾巴卷卷

1

张老太太一边翻阅着家政公司的员工体检资料和工作履历，一边把目光落在念荷身上，念荷的身体不由自主地抖了一下。阴冷的气息像一条别有用心的蛇，吐着信子，在她身上扫来扫去，念荷像做错了事情的孩子，一直低着头。

张老太太的身体看起来很硬朗，步伐轻健。她在念荷身前站定，脸上的皱纹堆积起一个微笑。

她拉起念荷的手，看了看。然后转头对家政公司的经理说："我看啊，就这个姑娘吧，干干净净的，一看就是个勤快人……"

念荷并不喜欢这个连笑起来都阴森森的老太太，只是她现在太需要钱了。大学毕业后的她不能就这样饿死在这座繁华的城市里，她还有很多事情没有做。

就这样，念荷像一棵菜市场里的白菜，被看中自己的主人挑回了家。

只要她不把自己当成白菜做成菜熬成汤就行，念荷偷偷地想。

2

老人的家似乎很远，一直到傍晚，她们才到达目的地。

念荷被带到郊区，繁盛的荒草把城市尽头的山铺得满满的，山脚下有一座孤零零的房子，房子看起来很陈旧，没有什么特别，但是房子里有一条走廊，走廊里有很多门，而且每扇门看起来都一样，所以张老太太早早就规定了念荷的活动范围，“你别乱跑，要是找不到回去的路……”老太太的眼睛里闪烁着诡异的光芒，显得很兴奋。

张老太太把念荷带到自己的房间。房间很大，很朴素也很整洁。房间里有两张单人床，一张靠窗，一张被摆在离窗子最远的角落里，角落里的床旁边有张桌子，油漆已斑驳，桌子上放了一个箱子模样的东西，只是外面罩了一块黑色的布，看不见里面装的是什么。

念荷很好奇，一直盯着箱子看。似乎那箱子有一种魔力，她一步步走过去，茫然的伸出了手……这时候老太太走过来在她耳边说：“我啊，老了，一个人住老胡思乱想，你就和我住在一个房间里，也好有个伴。”

老太太的声音伴着的腐败气味窜进念荷的鼻腔，念荷收回了手，下意识地后退了一步，老太太呵呵地笑，“怎么了？我身上有味道吧。唉！人老了就是这样，什么东西啊，都是从里面烂得最快……”

念荷被安排住在靠窗的单人床上，夜里月光从窗户透进来，照在念荷身上，周围很静，虽然是夏天，却听不到周围任何昆虫的叫声。

不久，刚刚睡着的念荷就被一种“咯咯”的声音吵醒了，那声音……她惊恐地睁开眼睛，望着张老太太的方向，那是月光照不到的阴暗的角落，然后她听见有人坐了起来，布料摩擦发出沙沙的声音。

可能是因为自己的位置比较明亮，所以更看不清黑暗里到底有什么东西，念荷不由得颤抖起来，她没有勇气走过去看，但是，这使她更加恐惧。也许，张老太太正坐在床上大张着嘴巴无声地笑；也许，她嘴巴里布满了尖锐而细长的牙齿；也许，她蓄势待发随时准备扑过来；也许，现在躺在床上的根本不是张老太太……

静，冰冷刺骨的静，床上的人没有发出任何声音，似乎连呼吸都没有。

“念荷，念荷啊，你过来……”是张老太太的声音，虽然看不清她的表情，但是念荷知道她一定是笑着在喊自己的名字。

念荷张了张嘴努力地发出声音，“我……在呢，有什么事吗？”

“念荷啊，过来……”

“念荷啊，过来……”似乎她能看见黑暗里的张老太太正从枕头下面拿出一把并不锐利但却沾满乌黑血迹的刀……

“念荷啊，你过来……”

“不要……不要……我不过去……”念荷从梦中惊醒,她看着窗外,月光很明亮。

“你怎么了?嘿嘿。”念荷看见穿着黑衣黑裤的张老太太正坐在床边,她从她半张的嘴里看到那尖锐而细长的牙齿……

“做噩梦了吧?”

念荷紧张地看着她点了点头。

“呵呵,没事。开始来这里做噩梦也正常……”说完,她走回自己的床,拖鞋在地上摩擦的声音在夜里听起来格外清晰。

3

念荷的工作内容并不复杂,像普通的保姆一样,主要是打扫卫生、做饭这样的事情。

第二天,张老太太吩咐念荷做好了早饭端到她的房间来。

很快,念荷一手端着粥,一手推开了张老太太的房门……

张老太太手里拿着一只只剩半截的老鼠,老鼠正一边“吱吱”地哀号,一边痉挛地颤抖着。

念荷被眼前的情景吓得目瞪口呆,手里的碗“咣当”一声落地,发出一声清脆的呻吟,碎了,和黄澄澄的粥混在一起,有一种尸横遍野般的惨烈。

念荷定定地站在那儿,一动也不能动。

这时候张老太太走过来,“呵呵,别怕!”念荷看见他手里的老鼠的血在地上一滴一滴连成一条线,延伸到她的脚下。

“这老鼠是用来喂我的金丝线的。”

这时候,念荷看见笼子上的黑布被掀开了,里面是一条浑身金黄的蛇……蛇似乎听到了主人的呼唤,骄傲地昂起头,扭动身体,吐着信子发出沙沙的声音……嘴边的血迹顺着金黄色的身体流下来。

“金丝线……”念荷默默地念着,“这分明是条蛇……怎么叫……”

张老太太笑了起来,“在我的家乡,它就叫金丝线。”然后张老太太用眼睛斜了一眼念荷,“别随便碰它啊,它要是咬你一口……嘿嘿。”

这时候,那条金丝线示威似的张大嘴巴,里面的牙齿尖锐而细长……

“对了。七天之后就是八月十五了吧？从明天开始，每天都加点水果吧！”说着她从桌子底下拿出一个布满灰尘的白布袋子，“我自己种的，拿去洗洗放在果盘里。”

念荷到厨房把袋子打开，里面竟是娇艳欲滴的樱桃，每个都是深紫色的，都有一角硬币那么大，很饱满，但是这樱桃散发出来的却不是鲜果的香味，而是一种酸酸的腥味。

4

晚上的时候，张老太太让念荷坐到自己身边来，昏暗的黄色灯泡像被吊起来的死人的眼。

灯光打在老人的脸上，使她所有的皱纹看起来像刀刻的一样，她张着嘴和嘴里的牙齿一起对着念荷“嘿嘿”地笑，黑色衣服下面的身体隐匿在阴暗的角落里，似有似无。

念荷迟疑地走过来，望了望罩着黑布的笼子，下意识地把脚挪了挪。

老太太一把拉过念荷让她坐到自己身边，并且从果盘里拿了一个樱桃，“来吧，吃一个，我自己种的，没有打农药。”然后尽量调整自己的目光和表情，尽量让它们的组合看起来是慈祥的。

念荷接过来，看了看樱桃，又看了看张老太太。

“吃啊，很好吃的！”张老太太说着，自己拿起一个放进嘴里，随着身体被撕裂的声音，破碎的樱桃里流出鲜红的汁液，香味四溢。

念荷看着张老太太把樱桃吃完，也把樱桃放到嘴边，那挥之不去的腥味实在让念荷没有食欲，但是张老太太的目光像两把刀子插到自己手上，念荷闭上眼睛咬了一口，那是一种清新而且散发着妖冶香甜的味道，自己的味蕾被这种感觉紧紧地吸引，很快，一个樱桃吃完了。念荷仍然盯着果盘，张老太太兴奋地把果盘推到她面前，“来吧！喜欢就多吃点。”

就在念荷津津有味地吃着第二个樱桃的时候，张老太太说：“念荷啊，你有秘密吗？”

念荷愣了一下，茫然地看着老太太，摇了摇头。

“怎么会有人没有秘密呢？呵呵，年龄越大秘密越多！”

“您的意思是您有很多秘密？”

张老太太停顿了一下说：“我啊，有七个秘密，每天给你讲一个……好不好？就当帮帮我这个老太太了。已经好久没有人听我说话了，那些秘密像条蛇在我肚子里藏着，让我不得安生。”

念荷点了点头。

“但是，你一定要守住这个秘密，谁也不能说，否则……”张老太太皮笑肉不笑地看着念荷。

念荷手一颤，樱桃掉在地上，红色的汁液喷溅出来……

她惊恐地看着老太太，“好，好，我不说，我谁也不说……”

张老太太伸出手，轻轻抚摩念荷的头发，“真听话，我就喜欢听话的孩子，那我就先给你讲我的第一个秘密吧。”

“唉！当年啊，我和我妹妹桂香也是靠当保姆才把自己留在这个城市里的。后来我遇到了我生命中的第一个男人，他叫秦帅，人如其名，他长得很帅气的，身材高大，又很温柔体贴，他的左眼下面有颗小小的痣，我妹妹跟我说，这样的男人会克死自己的老婆的，我不相信，执意要嫁给他。虽然婚后很幸福，可是，我一直都没有怀孕，但是他还是对我那样好，我很爱他，真的爱他，因为孩子的事情我一直觉得愧对他，这样相敬如宾的日子一直过了两年，直到有一天，我的妹妹带了一个小孩子到我家里，她说孩子是秦帅的，而且现在她又怀孕了——这是秦帅的第二个孩子……

“我什么也没说，开了门就往外走，就像丢了魂一样，不知道走了多久，也不知道走了多远，我在地上看见有条一尺不到的小蛇，金黄色，在我的家乡都叫它金蚕蛊。我知道它有剧毒，于是走过去，对它伸出手，只要一下，就什么痛苦都没有了，它抬起头游走过来，缠到我的手臂上却没有伤害我。我很奇怪，但是当时我感到前所未有的清醒，我不能就这样算了，于是，我把它带回了家。秦帅当时就睡在床上，很安稳，我的离开似乎没有给他带来一丝的担忧，以前对他所有的感激和爱在那一瞬间变成了难以抑制的恨，从我的身体爆发出来，我把金蚕蛊放到他身上，一下，只有一下，秦帅甚至都来不及呼叫就昏迷过去了，没一会儿，他的身体就开始慢慢变冷……”

张老太太讲到这里，眼里有了得意的神色，她看着念荷颤抖不已的身体，说：“马上就要说到重点了，一定要认真听啊。”

“然后我把他的尸体放在房后的地窖里……”说着，她一把揭开黑布，子是可以吃的。我很想尝尝啊！"说着，她的嘴角勾起，就这么看着念荷。

念荷说："我已经吃完了，要是你喜欢，我可以再捉些来。"

"嗯，你有这个心就行。"张老太太对念荷的回答似乎很满意。她的满意中透露着对打开别人秘密之门的兴奋。

6

这是件不可思议的事情，张桂莲是个不可思议的老太太，而念荷已经掉进了张老太太的秘密中不能自拔，人类的好奇心是一根缰绳，可以把你带向一个目的地，或者一个阴谋里……

念荷从来没有像今天这样盼望夜晚的到来，她渴望倾听张老太太的秘密，这个秘密似乎很诱人。

"你一定想知道，我1987年就被诊断为胃癌晚期，没有做手术却能活到2007年，而且复查的时候居然已经接近痊愈的原因吧？"

念荷点了点头。

老人指着金丝线说："全靠它了，你不知道吧?它虽然有剧毒，可是它的毒是完全可以抑制肿瘤生长的，最近有很多人用蛇毒来研究抗癌药物。"

然后张老太太摇了摇头，"他们都不知道我们家乡的金丝线的毒才是最好的抗癌药物。"

"那您的家乡在哪里呢？"

"是一个很小的村子，在广西。我们村前有一棵很大但是却不知名的树，那树上的叶子一年四季都是金黄色的，树干上盘满了金灿灿的金丝线，后来我们给那棵树起了个名字叫金丝树，我们村子已经有好几百年的历史，在这好几百年里，我们研究出一套古老的炼制方法，用金丝线的皮、胆、毒液等做各种药物。当然，这是用很多条人命换来的，我们那里的人大部分都不大相信科学，宁可吃药师炼的药也不会去医院看病。金丝线是我们家乡特有的，但是那年我却在这里遇到了它，真是天意啊！"张老太太摩挲着金丝线的笼子说。

"它可以治疗癌症？可金丝线是有剧毒的……"

这时候，张老太太一脸神秘地看着念荷，"问得好，这就是我第三个秘密的关键。”

“在我的家乡，我们的药师找到了一种方法可以解决这个问题，那就是用人血。”

念荷的身体重重地颤抖了一下，张老太太把满是皱纹的脸凑过来，露出细长的牙齿，说：“必须是活人的血。”

“那怎么用人血……”念荷非常想知道，也许，自己马上就要被用来做药了……

“很简单，把做药引子的人让我的金丝线咬一下，等他昏迷五分钟的时候在他脖子上的动脉划一刀，蛇毒经过人血的稀释后，再放入其他药材一起熬，这样就不会致命。你不知道，人的血喷出来的样子很漂亮的，就像以前秦帅带我去看的烟花一样……”

“那……你的身体里也一定有残存的蛇毒吧？”念荷问。

张老太太哈哈大笑，“没错，说着她解开了衣服，胸口上的皮肤布满了细腻的鳞片，呈现出一种金黄色……”

念荷惊讶地看着她，很久没有说话。

“我每七年要用一次药，已经用过三次了……”张老太太直直地看着念荷，忽然，她的目光变得呆滞，胸前的鳞片和金丝线在昏暗的灯光下都闪耀着莹莹的光泽，她张了张嘴僵硬的嘴说，“不过算算日子，又要到用药的时候了……”

这时候，笼子里的金丝线不安地发出丝丝的声音，碧绿的眼睛异常明亮，它兴奋地看着念荷。

7

晚上，念荷很久都睡不着，不祥的预感在空气里沉淀。她知道自己早晚会变成张老太太的药引子，唯一的方法就是逃走。她摸了摸贴身衣服里的 200 块钱，也够支撑一阵子，出去了再找个工作吧。打定主意后，念荷轻轻地坐起来，张老太太在黑暗的角落里发出沉闷的鼾声，现在不走可能就走不了了，念荷轻轻地穿好衣服，悄悄地下了床，她的眼睛一直盯着张老太太的方向，虽然看不清楚，但是这样能让念荷有一点安全感。那鼾声依旧

“你用你的妹妹做药引子？”

“没错！”

“那你为什么弄那么多门在房间里呢？”

张老太太“嘿嘿”地笑，“门，对于处境危险的人来说就是希望。”

“所以你故意用假门来折磨她，让她的希望一次次落空，一次次面临绝望，最后才让她死掉。”

张老太太点点头，然后冷冷地说：“人做错了事情是要受到惩罚的。”

“那她的尸体……”

“用她的血做成药之后她的身体就没有用了，但是我想到了一个好主意，我就在房子后面的空地上挖了个坑，我把家乡的樱桃种子放进她的嘴里，再把她放进坑里埋好。因为她的血液是有剧毒的，所以我的樱桃树从来不长虫子，而且果实也不容易腐坏……”说着，她又拿起一颗樱桃放进嘴里，然后满意地点点头，“不错不错，比家乡的还要好吃。”

念荷看着张老太太得意的表情，脑海里只有四个字——丧心病狂。

9

第六个晚上，念荷又来到张老太太身边，今天要听第五个秘密。

有时候，残忍到不可思议的事情会很吸引人，似乎人类对这样的事情永远有一种近乎变态的渴望。

张老太太看着念荷说：“我让你猜猜第五个秘密是什么。”

念荷想了想，“一定是关于秦帅和你妹妹的孩子的吧？”

“哈哈，没错，你真聪明！不过，有时候太聪明也不是什么好事。”她斜着眼睛看着念荷，“我把孩子们养大一点，然后让他们做了我的药引子，尸体都喂了我的金丝线。”

最后，张老太太附在念荷耳边说：“我发现小孩的血是甜的，哈哈。”

就在那个晚上，念荷做了一个梦。

那是一个单调的世界，天空大地包括自己的皮肤都是淡淡的灰色，周围是寂寞的荒原，地上荒草繁盛。

一条灰色的土路通向不知名的远方，念荷穿着拖鞋在地上发出沉闷的“啪嗒"声，每一步都会带起飞扬的尘土。不知道过了多久，前方出现了一片树林，树上结出白色的果实，并且长着红色的树叶。念荷跑过去，她看见了不计其数的树，树上有不计其数的枝丫，不计其数的枝丫上插着不计其数的卷曲着的婴儿的尸体，每个婴儿的表情都是扭曲的，带着诡异的笑，尸体是惨烈的青白色，鲜红色的血顺着树枝缓缓流下，血水汇成一条温和的小溪……

一个穿着一身黑色衣服的老太太手里拿着块白色的布，在血水里拼命地洗着，念荷看到那老太太半张的嘴里有着尖锐而细长的牙齿……

念荷被噩梦惊醒，这个梦太真实了，就如身临其境一般。

10

清晨，门外的晾衣绳上挂着一块白色的布，正不安地滴着水，那布看起来很眼熟。

念荷看了看，那是个白布袋，就是自己上山时带着的那个。

可张老太太是什么时候把布袋洗了呢？难道……念荷想起了那个梦，心里一沉。

看着这块轻轻摆动的白布，念荷忽然想起了什么。她来到厨房，插好门，把藏在橱柜里的饭盒拿出来，打开之后闻了闻，火候刚刚好，然后她把自己的宝贝吐出来，放在饭盒里，盖好盒盖后又藏在橱柜里。

门外，一双明亮的眼睛透过门缝兴奋地看着念荷。

下午的时候，张老太太把念荷叫到身边，"念荷啊，明天就是八月十五了，我今天要去市里买点东西，你就留在家里看家吧。"张老太太还是穿着一身黑色的衣裤，手里拿着那个白色的布袋子向门口走去。

念荷感到了隐隐的不安，但她还是乖巧地点了点头。

张老太太出门的时候回头看了念荷一眼，眼睛眯成一条线，但是却遮挡不住眼角流淌出来的诡异之色。

念荷听到锁门的声音，"放心，只要你听话，它不会伤害你的。"说完，张老太太就走了，念荷还在想老太太的话，背后突然传来清晰的沙沙声。

念荷回头的时候，发现自己的脚忽然变得很沉。一低头，她看见金丝线正把身体压在念荷的脚上，高高地昂起头，似笑非笑。

放在笼子里的金丝线已经很骇人了，这么近距离地接触，金丝线散发的冰冷直直地刺进身体，念荷不自觉地颤抖起来。

过了一会儿，金丝线似乎对念荷的恐惧失去了兴趣，冰冷的身体游过念荷的脚，然后从门缝处爬出了房间。

念荷脸色苍白地站在那里，一动不能动。

一连串清脆的破裂声从厨房里传过来，念荷努力地迈动麻木的双脚，跑到厨房。厨房里一片狼藉，橱柜的门都被打开了，很多碗盘都被碰到地上，白花花的瓷片撒了一地，金丝线正把后半截身体搭在打开的橱柜门上，把头伸进橱柜里面，阳光灌进来，照在它身上，使它整个身体都闪耀着明亮的金黄色。

金丝线似乎想用嘴打开什么东西，那东西和橱柜背板摩擦，发出“哗啦哗啦”的声音，念荷马上想到，金丝线想打开的东西是自己的饭盒，念荷刚想冲过去阻止，这时候的金丝线似乎丧失了耐性，狠狠地一甩头，把饭盒从橱柜里弹出来，撞到橱柜对面的墙上。饭盒落地，盒盖滚到一边，念荷马上弯腰想收起地上的东西，就在念荷蹲下的一瞬间，一道金光闪过。金丝线的牙齿就停留在念荷面前几厘米的地方，碧绿的眼睛里流动着爆裂的愤怒。念荷惊恐地坐在地上，收回了伸出的手，金丝线缩回身体，蓄势待发。它仍然看着她，流淌出的危险气息飘荡在念荷周围，下一秒，它的眼睛盯住在地上蠕动的通体透明散发着金光的肉虫，它的身体像箭一样弹射而出……

念荷甚至看不清是怎么回事，刚才还在地上的宝贝，就已经被张老太太的金丝线吞到肚子里，然后金丝线满足地吐信，大摇大摆地回了房间。

11

傍晚的时候，张老太太回来了，白色的布袋子里鼓鼓囊囊的，似乎装了很多东西。

金丝线慵懒地缠在桌子上，张老太太把布袋递给念荷，然后马上来到金丝线边，把它拿在手里很亲密地说着什么，最后张老太太满意地点点头，把金丝线放进笼子里，接着把念荷叫到身边。

“今天啊，该讲第六个秘密了！”

念荷点点头，目光中充满期待。

张老太太盘腿坐在床上斜着眼睛看了念荷一眼,“第六个秘密,就是……我知道你的秘密。”

念荷的目光很平静,面色也没有丝毫改变。

“好了!”张老太太挥了挥手说,“明天就是八月十五了,你也早点去睡,明天可是个大日子。”

念荷点点头,没有说话。她走到床边,躺上去,床板发出“吱吱呀呀”的声音,很刺耳。

念荷知道,该来的总会来的。

12

天还没亮,念荷就闻到了浓重的药味。厨房的灯光照在地上,有个瘦小的影子来回摆动,念荷穿上拖鞋轻轻走过去,看见张老太太正在煎药,旁边的桌子上放着两碗米饭和一盘炒鸡蛋。张老太太看见念荷来了,就把饭菜端到卧室的桌子上,打开那盏昏暗的灯,招呼念荷过来吃早饭,然后揭开金丝线笼子上的黑布,金丝线慵懒地抬起头,很没有精神的样子,张老太太嗔怪道:“看你懒的!”然后让念荷坐在床上和她一起吃饭。念荷看看窗外,天还是灰蒙蒙的,她有一种强烈的预感,今天一定会有事情发生。

“念荷啊,今天就是十五了!”张老太太看起来很兴奋。

念荷轻轻的“嗯”了一声,吃了一小口饭,张老太太马上夹了一大块金黄色的鸡蛋放到念荷的碗里,

“来,多吃点。”

念荷夹起来咬了一小口,味道还不错。

吃完了饭,念荷收拾好了桌子,到厨房洗碗。

厨房的药味很浓烈,那味道自己很熟悉。

可能是最近晚上睡得不太好,念荷忽然觉得很疲倦。张老太太走过来说:“累了吧?躺在床上睡一会好了。”

念荷醒过来的时候,发现身体动不了了。四肢很麻木,没有知觉。外面似乎在下雨,稀稀拉拉的雨点打在窗子上,“哗啦哗啦”地响。周围很黑,她似乎还是躺在自己的床上,她惊恐地转动眼睛想搞清楚现在的状况,一道

金光闪过，一双碧绿的眼睛在距离念荷几厘米的地方与念荷四目相对，腥腐的味道直冲鼻腔，金丝线的嘴里溢出大量的黏液，顺着念荷的脸颊流下来，但是金丝线的眼睛里竟然没有嚣张的威胁和挑衅，它的眼神竟然是温和的、可怜的、哀求的……

“嘿嘿！”熟悉的笑声从角落里飘过来，随之而来的还有一盏昏暗的烛光。张老太太的脸在烛光里摇曳，嘴巴微微张开，牙齿细长而尖锐。

“金丝线似乎对你很有感情啊，它都不忍心伤害你呢，嘿嘿。”

金丝线的气息很微弱，念荷看到金丝线正无力地蜷缩在枕头旁边。

张老太太走到金丝线旁边，用手抚摸他的身体，可她马上惊呼一声缩回了手，念荷看到张老太太布满皱纹的扭曲的脸，她的嘴巴张得很大，喉咙里发出“咯咯”的声音，那声音是生命死亡前的呻吟，充满了哀怨。

念荷的身体绷得紧紧的。

张老太太马上把金丝线抱在怀里，惊恐万状，“怎么会这样，怎么会这样？”

金丝线的气息变得越来越微弱，直到一动不动。张老太太愣了很久，坐在地上，手上身上都是金丝线嘴里吐出的黏液，看起来狼狈之极。很快，她神经质地站起来，走到念荷身边，“是你，是你，对不对？”

念荷的表情很平静，面带微笑，“不是我，是你！”

“不会的，一定是你趁我不在动了手脚。”

“没有，”念荷的口气温和，一如既往的平静。

“别以为你弄死我的蛇，我就没有办法拿你做药！”说完，张老太太走出房间，回来的时候手里多了一把钳子，她撬开蛇的嘴巴，用钳子把蛇的牙齿掰下来拿在手里，然后得意地走到念荷身边，说：“药引子，你是做定了。”她把牙齿狠狠地戳进念荷的手臂。

殷红的血液涌了出来。念荷皱了一下眉头，一种特别的感觉从手臂开始蔓延过来。

老太太得意地笑了，“这就是我要跟你说的第七个秘密，你是我找到的最合适的药引子，哈哈！”

“即使这样也是没有用的！”说着，念荷从床上从容地坐起来，“你的蛇毒是可以解我身上的药性的。”

老太太惊恐地瘫坐在地上，张着嘴却说不出话。

“如果你不是觊觎我的金蚕蛊，也不会命令你的蛇偷吃，如果它不偷吃也不会死。”

“可是明明我的蛇吃了你的金蚕蛊会改变体内的毒素性质，可以更好地治疗我的病才对啊。”

念荷轻轻地一笑，“可你不知道我的金蚕蛊是三重金蚕蛊。”

“三重金蚕蛊？”

“金蚕蛊是将多种毒虫，如毒蛇、蜈蚣、蜥蜴、蚯蚓、蛤蟆等等，一起放在一个瓮缸中密封起来，让它们自相残杀，一年后就只剩下一只，形态颜色都变了，形状像蚕，皮肤金黄，便是金蚕。然后将十只这样的金蚕蛊再放到瓮缸中密封起来，一年之后就只会剩下一只，是为二重金蚕蛊。然后再把二重金蚕蛊按照如上的方法炼制，便可得到三重金蚕蛊。你恐怕不知道，三重金蚕蛊几乎没有弱点，是不会死的。即使……”念荷不露痕迹地笑了一下，“即使，是被蛇吃到肚子里。”

念荷看着张老太太继续说：“在你第一次见到我时就知道我是养蛊的，这也就是第六个秘密吧。因为养蛊之人要想与蛊心意相通，就必须用自己的血喂养，你看到我的十根手指上都有一个小小的圆孔，并且指尖刺骨冰冷，你拉我的手也是为了确定这个吧？也许你只是想着你的药引子，但是当你发现我可以是个品质优良并且可以成为‘买一送一’的药引子的时候，你就迫不及待地把我带回来，结果害死了对你忠心耿耿的蛊蛇。”

老太太心疼地看着金丝线的尸体。微弱的烛光下，金丝线的身体已经微微发红，金黄色的鳞片落了一地。这时候，金丝线动了一下，张老太太以为是自己眼花，不一会儿，金丝线的眼睛睁开了，仍然碧绿但是浑浊不堪。很多透明的黏液从眼睛和嘴巴里流出来。张老太太惊喜地过去把它拿在手里，然后一声尖叫，她的手被烫出了水泡。黑暗中，金丝线渐渐昂起头，身体散发着微微蒸腾的热气。金丝线看了看自己的主人，然后轰然倒地。

念荷对着死去的金丝线说了些什么，然后它的身体膨胀起来，从肚皮生生撑开一道缝隙，一只浑身透明闪着金光的金蚕蛊从蛇的身体里爬出来，念荷把它拿在手里，用手指轻轻地抚摸着，然后把它放进了嘴里。

老太太被眼前的情景吓得目瞪口呆。

念荷缓缓走到她的身边。

“金蚕蛊不……不是要养在器皿里吗？你，你怎么……”张老太太像看怪物一样看着念荷。

器皿？人的身体不就是最好的器皿吗？”念荷的眼神有些飘忽。

“难道你是对我有所算计才同意跟我回家给我做保姆的吗？”

念荷摇了摇头，“我是真的需要钱。我必须在一个月之内凑够路费赶回家乡，我和其他的蛊师是不一样的，我不会用我的金蚕蛊害人赚钱。而且天蛊师是不能随便抛头露面的，也不可以在太阳下面待太久，所以保姆是最适合的工作。”

“为什么？”

“因为我是天蛊师！”说着，念荷脱掉自己的衣服，她的胸部以上的部分并没有少女那种白皙，而是一种消瘦而古老的黄色，上面布满了墨绿色的约一厘米宽的横纹，她的手臂异常消瘦，上面全是细小的圆孔，那是喂养金蚕蛊时留下的。

“天蛊师是天生的蛊师，绝对不可以出卖自己的蛊宠赚钱。她和蛊宠是血脉相连的，出卖蛊宠就相当于出卖自己，而出卖自己在我们的族规里是不会被容于世的。”

“难道你是……”

念荷点点头，“没错，我就是云南的元蛊族，你在看我的资料的时候就应该知道我叫念荷，但是我姓者，我叫者念荷。我是我们族里唯一的天蛊师，再过一个月我就要参加蛊族的祭祀仪式，仪式上有一项表演是与其他蛊族比试蛊技。但是，我的金蚕蛊还不够强大。”

念荷说着看了看张老太太，张老太太的脸马上就变了色。

“难道你要用我……”

念荷点了点头，蹲在张老太太面前，微微一笑，“以前我一直很犹豫，一直没有合适的人选……今天是八月十五，就像你说的，是个大日子。”念荷吐出金蚕蛊，放在她身上，张老太太的意识渐渐模糊起来。

13

老太太醒过来的时候，发现自己居然还活者，她的金丝线的尸体已经被带走了，右手的手背上有一个小小的圆孔。

她努力地想站起来，却发现自己动不了，一个熟悉的声音在耳边低低地响起，“亲爱的，来，我带你去看烟花！”说着，张老太太的右手传来刺骨的冰冷，她的身体在地上快速地移动，就像有人拉着她的手拖着她走一样。

老太太惊恐地奋力挣扎，她的身体居然可以动了。她努力地站起来，她茫然地看着周围。

“秦帅，是你吗。请你……请你不要伤害我！”

“可以啊，只不过，即使我可以放过你，她们也不会放过你！”

老太太觉得伤口像针扎一样疼，黏液缓缓流出，心里一沉，她知道这是中了蛊毒，所以才会产生幻觉，可是虽然明知道是幻觉，她还是觉得身不由已。

眼前一晃，一个人站在她身前。

“姐姐，樱桃好吃吗？”张桂香歪着头，一如年轻时的模样，清清爽爽的梳着两条麻花辫子，穿着白色的连衣裙站在她面前。张老太太愣在那里一动不动。

“你还记得小时候我们一起去爬樱桃树吗？”张桂香握住她的手，轻轻地讲着，一眨眼的工夫，张老太太发现她居然坐在一棵高大的樱桃树上，周围是低矮的茅草房，远处父亲正弯着腰在田里干活，旁边是桂香，穿着白色的小褂，梳着羊角辫子，依旧轻轻地拉着自己的手，樱桃清新的香味在空气中飘荡，“姐，你看，那个树枝上的樱桃多大！”桂香指着远处，撅起小嘴撒娇说。

“好的，姐姐摘给你。”张老太太茫然地微笑着，机械地动了动胳膊，慢慢爬向树枝的顶端，随着树枝断裂的声音，张老太太听到父亲撕心裂肺的叫声，她的身体重重地落在地上，耳朵“嗡嗡”作响，四肢疼痛不已。

她勉强睁开眼睛，看了看周围，自己居然躺在自后院，樱桃树在旁边长得枝繁叶茂。一只干枯的手臂从土里伸出来，狠狠地拽住自己。樱桃树晃了晃，又晃了晃，然后向右边歪成 45 度，一个女人从土里探出头来。无数的根系从她的脸上穿出来，整张脸看起来像一只诡异的刺猬，血一滴一滴地落在土里，

老太太面对这样惨烈的景象，拼命地摇头，“假的！假的！”可看到妹妹因为自己的自私和残忍落到这样的下场，她的泪水喷涌而出。

她机械地歪了歪头，努力地移动五官，微笑着说：“姐，你看到我的孩子了吗？”

老太太一声尖叫，醒了过来，衣襟上被泪水打湿了一片，她惊恐万状地看了看周围，还是自己的房间，手上的小孔里有一种诡异的冰蓝色黏液已经流到地板上。

老太太努力地爬到桌子前，打开抽屉，里面是一部家用电话，她拿起听筒慌乱地按着120，可是电话没有什么反应，她拽过电话线，发现已经被人齐齐地剪断了。

“咯咯，咯咯！”小孩子的笑声清晰地在耳边响起。张老太太回头，两个孩子长着和秦帅几乎一模一样的脸，手里拿着剪刀，站在她身后，一个孩子笑着问：“姨，你渴吗？”说着一手拽住另一个孩子的头发一手举起剪刀。

“不要，不要，孩子……”张老太太惊恐地叫着。

那个孩子微笑了一下，在另一个孩子白皙的脖子上狠狠地划下去，鲜红而血喷了张老太太一脸，她惊恐地“啊啊”叫着，一只手扶上她的肩膀，秦帅温柔地问：“亲爱的，这烟花好看吗？”

老太太推开他，像野兽一样用尽全身的力气发出一声哀嚎，周围的一切又恢复了正常，自己仍然在房间里，只有她一个人而已。她手上的伤口变成了黑色，黑色的黏液混合着鲜血从伤口缓缓流出……

壁虎

文 / 何许人

1. 肘子

那只肘子被送到院子里已经变得冰凉。

这是一间没有门的房子，窗户经过风雨的雕琢已经失去了原有的色彩,破落的漆皮挂着。杂乱的枝叶不知何时顺着木板攀上了长满杂草的屋顶。灰色的屋子,在大雨将至的傍晚,透着说不出的诡异。

丫鬟绣儿不敢东张西望,放下碗,头也不回地跑出了院子。

一双好奇的眼睛在围墙外面的树上窥视着,他已经保持这个姿势很久了。

不大不小的庭院里有一棵不高不矮的小树,就连房子本身,也没有任何特色可言。

可就是这几样东西,组合在一起却有种异样的不和谐,让人觉得哪里不对头,却又说不出。突然,他的手碰到了一个冰凉而柔软的东西。他瞥了一眼,手上正爬着一只灰色的小壁虎。他摇了摇手,把壁虎抖落,可再把目光集中到那个窗台的时候,那肘子已经不见了踪影。

他不禁叹了口气,跳下树,声音很轻,脚边正好是刚才坠下的那只小壁虎,小壁虎大概是摔得很不舒服,半天没有动弹。他有些不耐烦了,重重地一脚踩在壁虎身上。壁虎小声“唧唧”地叫着,虽然它已经用尽全身的力气呐喊,可除了它自己,那声音没人听得见。

挣扎的时候,壁虎的尾巴断了,直到他走远,那截断尾还在不停地扭动着,好像它并没有离开主人的身体。

他不会知道,刚才他窥视过的地方,同样有一双眼睛窥着他离去的背影。

良久,一阵小小的“唧唧”声从屋子里面传出,过了一会儿,又传来有力的牙齿咀嚼骨头和皮肉的声音。当然，虽然声音很响，但这次也不会有人听到。

2. 庄家老爷

庄老爷坐定，绣儿奉上一只精致的银水盂，他漱了口，把水吐在一个更大的银水盂里。绣儿把水倒掉后发现，水盂下部刚才和水接触过的地方，银色竟然变成了乌色。她照例用竹盐擦洗掉了那块乌色的痕迹，一个字都不多问。只是在她做这些的时候，眼睛一直注视着庄老爷卧房的房门，仿佛希望能够看透墙壁看见老爷在做些什么。

偌大的庄家，到了晚饭前竟然鸦雀无声。天将黑未黑之际，雨已经开始下了，佣人们照例回避着，庄老爷关严了门，取下卧室里那幅《虎聚青山》，只见那画的后面现出一个两尺见方的空格。

屋子里面不甚光亮，庄老爷点燃蜡烛，往那空格望去。里面摆着一个类似牌位的东西和一个白玉小盏。

说那是类似牌位的东西，是因为那牌上并无一字，但嵌有一只黑灰色形如壁虎的物事。在烛光下，可以望见那壁虎似乎非金非银非铜非铁，内里却隐隐泛着金色光华，两只小小眼睛竟似黑金般熠熠生辉。

那只白玉小盏上，一只小壁虎被密制香料诱捕，此时已经被卡在了机关里不能动弹。庄老爷打开机关，轻巧地一捏，那壁虎被他擒入手中。庄老爷用左手大拇指别开壁虎的头，再用右手小指上尖利的长指甲轻轻一划，那壁虎就身首异处。

壁虎头弃之不用，庄老爷稍一发力，把它的体液挤出，他抬头张嘴，将每一滴壁虎的体液都接入口中。看他那表情仿佛在饮用琼浆玉液一般，可在烛光的照射下，那体液已然浑浊到分不清颜色。

末了，庄老爷打开一个坛子把壁虎被榨干的尸体扔了进去，顿时，屋子里弥漫着一股诡异的酒香。

一个时辰之后，管家赵严来到老爷门外，先是在门上听了一会儿动静，然后敲了三下门，问道："老爷，今天点哪房太太的灯？"

"我乏了，不点灯。"连门都不曾开，庄老爷把管家给打发了。可奇怪的是，刚才赵严分明听到一些小小的“唧唧”声，他想不出来，房里除了老爷还会有谁在里面。

“好的，如果您没有其他吩咐的话，我先回去了。”赵严鞠了个躬后才小心翼翼地退下去了。

“今天又不点灯吗？”绣儿在廊外等着管家的消息。管家点点头，“四房姨太太一个比一个漂亮，可都是摆着看的。真是钱多到没有地方用了。”管家自言自语着。

“别乱嚼舌根！”绣儿说了管家一句。管家有点莫名其妙，这个新来才一个月的小丫头也敢跟他顶嘴，真是吃了熊心豹子胆了。

可绣儿完全不怕他，还回瞪了他两眼。突然，管家好像从绣儿脸上看出了什么来，他合拢了正要骂人的嘴，低着头走了。

他走得远了，绣儿才低声说了一句：“如果太太是娶来死的，那又何必点灯？”

夜深了，整个庄家大院除了门房外都是漆黑一片，在月光下看起来像一座巨大的坟场。坟场的中心正是那座没有门的房子。

3. 饭馆

这个世界上，有人开饭馆不奇怪，但饭馆开在周围都是死人的地方，那就有些奇怪了。如果这间饭馆不单是开在周围都是死人的地方，而且老板娘还是个瘦弱的女人的话，那最少能证明，这个女人肯定不简单。

安倩如就是这个饭馆的老板娘。虽然她叫安倩如，可说实话，她非但没有半点女人味，甚至她的脖子上还有个山核桃大小的喉结。只要你看到她撸起袖子干活，你就会发现那根和竹节没有什么差别的手臂上还生有许多浓密而黝黑的汗毛。不过，安倩如的确是个如假包换的女人。

这个年头不那么太平，来办丧事的人不算少，她的生意一直不错。许是因了她的长相，在这个关中最大的坟场开着独家饭馆，至今没有人来找她的麻烦。

女人就是女人。现在，安倩如干完了活后开始绣花，那是一块绛紫色的缎子，质地很好，她用金线绣着一个壁虎图案，刺绣上的壁虎栩栩如生，透着诡异。

一个的男人此时站在她的面前，高大的身影把所有光线都遮住，安倩如看不清针脚了，她厌恶地抬起了头，正准备张开那张不会口吐莲花的嘴说点什么。可一看到来人是他，马上闭上了嘴，起身去了厨房。

不多时，一顿简单但精致的饭菜就做好了。安倩如有些谄媚地将饭菜端上桌，用男人般的粗嗓子说："几个小菜都是你喜欢吃的。"虽然她已经尽量让自己的声音变得温柔些，但那喉咙里面传出来的还是像一把破锯锯烂木头的声音。

瞎子都能看出安倩如是喜欢他的，可他并不看她。只是他每天都必须要往这条路上走一遭，而这条路上方圆二十里没有其他饭馆，来这里是没有选择的选择。

4. 埋在土里的人

吃完了饭，他接着赶路。刚出了坟场不到一里，远远地就看见一个人的脑袋从土里冒出来。他走近了些，土里是个男人，不，是个少年。他的头发已经被剃光，看样子就是刚才剃的，不少头发还散落在他身边。

"嘿！"土里的人笑着向他打了个招呼，这是个看起来面目和善的人。

"你这是在干吗呢？"他也笑着回应了一句。

"有人要杀我，他现在去取水银去了。"少年笑着说话，完全不像有人要杀他。

"哈哈，我还以为你在采地气练功呢。"他笑得更开心了，"用水银杀人？这个我还没有听说过，他为什么要杀你？"

少年还是笑，好像他的脸上除了笑再没有第二种表情，"嘻嘻，我只是顺手拿了点他的东西。他说待会儿把我的头皮割开一个十字形的口子，再将水银倒进去，我就会痒得厉害。"

"痒有什么可怕的？那也不至于死。"他好奇地看着这少年，觉得他很有意思。

"痒得厉害了，我就会挣扎到连全身的皮都不要，光着血肉之躯从头皮上的洞钻出去，然后疼死。"少年好像在讲人家的事情，丝毫不减一分笑意。

“就像被剥了皮的青蛙一样吗？我倒很想看看呢。”他感到一丝没来由的寒意。

“如果你愿意把我从这个坑里弄出来的话，我会送你一样东西。”

“什么东西？”

“刚才埋下我的那个人不小心掉在坑里的，我敢保证你会喜欢。”

他稍微犹豫了一下，动手挖了起来。不多时，少年就从土里解脱了出来，少年掏出个黑口袋，“你要告诉我你的名字我才能把这个交给你。”

他笑了笑，“我叫慕容雷。”

少年把口袋放到慕容雷的手上，慕容雷还没有完全解开袋子，少年已经跑得只剩一线扬起的尘。慕容雷打开口袋一看，里面是一只黑灰色非金非铁非银非铜的壁虎，两只小小的眼睛熠熠生辉。

只是，这只壁虎少了一条尾巴。

慕容雷笑了，笑得很痛快。他取下口袋上的绳子，系住壁虎，戴在了脖子上。

现在，他胸前有两只壁虎，一只有尾巴，一只没尾巴。

5. 死人了

不到天光，庄家大院传来一个女人的尖叫，那声音凄厉无比，惊醒了所有人的晨梦。

管家火急火燎地来到庄老爷的卧房门口。他稍微整理了一下还没有穿戴整齐的衣帽，这才敲门，“老爷，四姨太出事了。又和上次一样，您是不是去看看？”

良久，庄老爷开了门，步出房间，和管家一起往四姨太的住处走去。

庄家四房姨太分别住在东南西北四处宅子，平日里大家不太往来，各人过各人的小日子。庄老爷早就说过，女人多嘴最易招惹祸端，她们分开些好。

不多时，庄老爷就来到了北宅。这里坐南朝北，房间的采光不太好，加上太阳还未完全升起，屋里弥漫着的阴气似乎更浓郁了些。庄老爷的鼻子翕动，这屋里除了阴气还有一股浓郁的血气。

伺候四姨太的夏儿哭哭啼啼地说着："老爷，昨天晚上太太睡觉前把门给反锁了，今早我来门也没有开，听到那声惨叫后就赶紧敲门，后来太太连声都没有出，我也开不了门，就把窗户给弄开了，这才进去……就发现……太太……已经……"夏儿哭得快背过气去。

庄老爷挥挥手，示意她先回去休息。他进到内堂察看，只见床上那素缎面的被子已经看不出原来的颜色，完全被鲜血染红。管家用手撑住墙，腿有些发软。

庄老爷把被子掀开来，一具血肉模糊的尸体正躺在中间，全身上下已经看不到一寸完好的皮肤，鲜红的肌肉和绿色的紫色的血管暴露着，如果不是她手腕上戴着的那只独一无二的翡翠镯子，世界上不会有人相信眼前这个令人瞳孔放大的死人会是如花似玉的四姨太。

虽然，人去除了皮相都不过只是一堆血肉而已，可人们往往害怕面对真实存在的血肉，忘了自己都有着同样的内在。

不到一天，庄家的人开始忙碌起来，到处挂上了白幡，请来了师傅，准备要做一场法事。管家赵严来这的六年时间里，这已经是第二次了，他不清楚，他来庄家之前还有没有这样的事情发生过。

淡紫的烟雾在庄家大院上空缭绕，直到深夜都能听见和尚念经超度亡魂的声音和法器奏起的乐声，冷清多时的庄家比过年时还要热闹。

6. 慕容雷

慕容雷蹲在那间没有窗户的房子后面，这个角度不会有人看见他。风，不冷不热地吹着。这样的天气，在馆子里面行令划拳倒是很适合，但如果蹲在这样的破地方几个时辰不能动的话，那真是令人感到郁闷的事。

可慕容雷很有耐心，他已经连续两个半时辰没有动过一下了，俊朗的脸上有了些细密的汗珠。功夫不负有心人，天色黑透之后，他果然看见绣儿提着篮子来送饭了。慕容雷看不见对面，但能听见碗底落到窗台上面的声音。

他咽了口唾沫，因为肘子好闻的气味已经随风飘了过来，距离在安倩如那里吃过饭已经过了不少时辰。他的目光锁定在窗户一块朽木上小小的缝隙里，慕容雷只觉得里面黑得出奇，根本看不清端倪。

一阵"唧唧唧唧"的小声音却传了过来。突然间，慕容雷只觉得屋子里有个东西来到他的面前，虽然隔着封死的木板看不见，一股浓郁的腐败臭气却直逼他的鼻子，他再也忍不住，打了个喷嚏。

就在这时，他头上响起一声花盆粉碎的声音，人就一声不哼地倒了下去。

当他再次睁开眼睛时，他已经躺在了一张柔软的床上。桌子上是些看上去还不错的酒菜。就算不开窗户，也能听见和尚们做法事的声音，慕容雷知道自己还在庄家。

他放下心来坐在桌前，壶里的酒浓香扑鼻，颜色碧绿，是上好的竹叶青。不过他没有马上就喝，而是从发簪中抽出一根银丝，在菜和酒里试了试。

等了一会儿，银丝依然光亮。慕容雷笑了一下，"哼，看来老庄还不敢对我下毒。"

他先饮了一杯酒，然后用铁木筷子夹起菜来。如果有人在他面前看他的吃相，一定不会有人以为他真是个穿粗布衣服的普通人，而应该是位风度翩翩的贵公子。人，只有在独处的时候表现出来的才是本质。

吃到七成饱，他起了身，想找点水喝。可刚站起，腿就像被人抽掉胫骨一般，软软的。他失控地向后倒了下去，视线最后一次扫过桌面，那双漂亮的铁木筷子有一条不容易被人发现的小槽，里面还嵌着一丁点颜色鲜艳的东西。

他有些不甘心地躺到了地上。不久，他就闭上了眼睛，那腿上绵软的感觉正逐渐蔓延到全身。

7. 矮子中的高个子

四姨太发丧前一天，一群侏儒来到了庄家。他们个个披麻戴孝，红着眼睛，他们是城里最有名的矮子孝子班的。若是寻常人家没有子嗣也不过请两三个孝子哭丧，庄家财大气粗，一请就是全班人马。可以预见，明天的丧事一定会很热闹。

整个孝子班中所有的矮子都是一副天生的哭相，即使不哭的时候，也会让人感觉到气氛凝重。唯独他们班主秦夜，一天到晚都是笑眯眯的，好像天生就从来都没有哭过似的。当然,他去结算工钱的时候会笑得更开心。

现在,他正在庄家老爷面前笑着,牙像骨头一样白。

秦夜身后是一群侏儒,他站一群矮子中间好歹也算是个高个子,不过他不是侏儒,而是个少年。能做一群大人的班主,即便是个少年,也定有过人之处。他伸手接过庄老爷递来的一张用白纸包着的银票,是定金。众矮子集体唱了个喏,算是道谢,庄老爷挥挥手,他们就退到了门外。

秦夜走在最后,出门的时候,他顺便把门给关上。庄老爷望见,两扇门中间的秦夜的脸,慢慢收起了笑容。大概没有人见过一个少年这样的表情,庄老爷这样见多识广的人都有些不寒而栗,他突然想起了什么,想再唤回秦夜来问问清楚。可一开门,已经不见了他的踪影。

庄老爷在房间里踱着步子,沉吟半晌,世上轻功至此的人恐怕就只有他了。他关上门,破例还没天黑就把《虎聚青山》取了下来,望着空空如也的白玉小盏,还有那只牌位上体内闪着异光的壁虎叹了口气,自言自语道:“唉,总归是来了。”说完,他动手掰下了壁虎的头,用一根绳子穿好,挂在了胸前。

窗外,绣儿的肩膀上被人拍了一下,她一回头,发现是管家赵严。管家把绣儿拉到一边,在她耳边讲了件天大的事情。绣儿想了想,还是决定把这个事情禀报给老爷。

她敲了敲门,“老爷,有件奇事要告诉您。”

庄老爷过了一会才开门,脸色有些不悦,“什么事?”

“管家说,今早有人看见四姨太在临城白家银号里取走了庄家账上的五万两银子。”绣儿年轻的脸上竟然看不出什么端倪,语气也是和她身份不般配的沉着冷静。

“知道了。”庄老爷微微皱着的眉头稍微舒展开了些,“不要声张,银子的事我自有分寸。”

8. 棺材

下午,管家陪着庄老爷去了临城。

绣儿比平时提前了不少时辰去小屋送饭。天色尚早,她站在院子外面等人。直到第三颗石子被她踢进树洞，那人才从树上跳下来。

“果然是天下第一的轻功，连我都没有听出你早就来了。”面前这个人身高比她还要低半个头，她俯视着问道：“东西带来了吗？”

秦夜亮了亮背后的一把手斧，两人进了院子。

天有些阴沉，似乎又要下雨，风里夹杂着些许不知何处飘来的腥气。秦夜把手斧拿出来，这可不是一般的斧头，虽然体积不大，但功能很多。秦夜用斧子上面的起子把窗户上封木板的钉子弄松，朽木轻易就被卸了下来。

小屋里进入自建筑封顶后的第一道光线。太阳已经不甚明亮了，只剩下模糊的一团，那屋子里面依然看不太清。秦夜卖力地干着，不多时便把所有木板都卸了下来。

他们还是进不去。木板的后面还有一层铁条铸成的栅栏。

“他娘的，真能折腾。”秦夜忍不住骂了一句。

绣儿也急，她递给秦夜一方丝巾。斧子上面有柄折叠小锯，秦夜直到两只手都麻了才卸下两块铁条。不过已经能让他们二人进去了。

绣儿能听见自己的心在扑通乱跳，她的手有些颤抖，在食盒最下面翻出一个火折子和蜡烛。

不知道为什么，绣儿心里有一种很不好的感觉，仿佛有东西在这间屋子里面盯着自己，而且是从四面八方盯着自己，说不清楚到底是什么东西，但如果不是人的话，莫非是……

那微弱的亮光蔓延开来，秦夜举着蜡烛朝周围张望了一下。模糊中只看见整间屋子什么家具都没有，除了正中间的一口棺材。两人的视线都落在了这口棺材上面。

这可是口上好的棺材，金丝楠木材质。据说，这样的木头一斤值30两银子，尸体放在里面千年不腐。可这口棺材里面躺着的那个人还和当初一样吗？秦夜舔了舔干涩的嘴唇。

绣儿的注意力都集中在这口棺材上，她挽起袖子，和秦夜一起推开了棺材板。

木头摩擦的声音很难听，但还有比这更难听的声音，那是一千只壁虎聚集在一起小声叫着的声音。

棺材里面没有尸体，只有一千只壁虎，而且可能更多。棺材盖一打开，壁虎们以最快的速度爬了出来，它们是不喜欢光线的动物。不少还经过了绣儿和秦夜的手臂。现在的绣儿只想尖叫,任何一个女人看见那么多只壁虎都会想尖叫。

绣儿的瞳孔在放大,已经能适应这里的光线和环境,可她宁可看不清楚,整间屋里、墙壁上、虎聚青山天花板上都是密密麻麻爬着的壁虎,看上去它们的数量不会比十斤芝麻少。

秦夜死死地按住了绣儿的嘴,才让她没有叫出声来。

“我纵有再好的轻功,也不能如壁虎般在天花板上吊着身子爬行。”他有些感触。

9. 迷宫

“你纵是我儿,还是没有你爹一半聪明。”绣儿面色冰冷地说着,看样子已经稍微缓和了点情绪。

“干娘,依你之见,那庄老太爷的尸身会在何处?”秦夜笑着问。

绣儿把脸上的人皮面具一抹,露出一张老脸,他已经被吓得大汗淋漓,“你干爹说过,他不出庄家大院,那个秘密,就一定还在庄家。”

绣儿开始打量这间屋子,犀利的眼光瞄来瞄去,可除了那个窗户,连个老鼠能进来的窟窿也没有。最后,她把视线定在棺材里。壁虎爬走后,棺材底部的木头颜色和旁边的有些不同。她用手指在那里敲了敲,听到两声回音。看来这间屋子的秘密就在这里了。绣儿和秦夜相视一笑。

还是那把实用的斧子,秦夜用它凿开了木头,棺材底部的木头很薄,只三五下就被轻松凿穿。一个暗道的入口好像怪兽张开的大嘴般展现眼前,深不见底。秦夜摩拳擦掌,迫不及待地持了蜡烛下去开路,绣儿谨慎地尾随其后。

行至一定深度,周围的墙壁却出现了一些变化,原本灰蒙蒙的土层里竟然冒出些许晶莹闪烁的东西,在烛光的映照下竟然散发着七彩霓光。绣儿皱着眉头,这些石头是什么?她伸手一摸,那晶体竟然变成了粉末。越往下走,这样的晶体石头越多。

两人来到一间小厅,小厅有四扇一样大小的门,分别通往四个方向。

秦夜皱起眉头,“早知这样就把指南针带过来了。”

绣儿说:“不怕,你随我来就是。”绣儿抢先走到了秦夜的前面,她每隔一段就用发簪做一个记号。两个人也不知道走了多久,反正每一条路的尽头又是同样一个小厅,又有同样四道小门。可走来走去,就像在迷宫里,总会拐回原来的地方。秦夜有些光火。

绣儿到底老练些,她先安慰秦夜少安毋躁,她蹲在地上画起了刚才所过之处的地图。一直到画好第四张地图,她终于悟出点什么来了。“其实这地道通往整个庄家大院,你看,不过是每条路刚好方向正好相反而已。只要我们找准一个方向,一定能走出去。”

秦夜收起脾气,再次随着绣儿走下去。这次他们找到了窍门,不到半个时辰,他们就来到一处出口。前面的出口那里隐约有些光亮,两人加快速度走了过去。

原来面前的出口竟然被一幅画挡着,光线不能进来太多。画的背面正是庄老爷房里的那幅《虎聚青山》,绣儿笑了,庄老爷现在不可能在房里。两人放心地从出口爬了出来。

刚到地,绣儿就惊呆了。旁边床上躺着的不正是庄老爷吗?

10. 庄老爷

他为什么现在会躺在床上?万一被他发现了那可不是闹着玩的。

绣儿赶紧戴上人皮面具,首先不能让庄老爷看出她的样子。秦夜在后面把弄歪了的画恢复好,轻手轻脚地跟在绣儿身后。

“老爷,老爷您回来了。”绣儿轻声说着,依然掩饰不住心里的慌张。

躺在床上的庄老爷眼睛睁得大大的,可就是一动不动。

“老爷,老爷您怎么了?是不是不舒服?”绣儿一边说着一边把窗户打开,示意秦夜赶紧出去。

庄老爷的嘴好像要张开,可努力了半天却没有半点动静,只是依然用眼睛瞪着绣儿,好像有什么话要说却说不出口。

绣儿有些拿不定主意。到底要不要有所行动呢?看他的样子似被人点了穴或是下了迷药,可万一他是假装的,以自己和秦夜现在的体力可是斗不过他的。

权衡之后，绣儿决定还是先走为妙，暗道的秘密她已经知道了，改日准备好了再来更合适。“老爷，您的样子好像不怎么舒服，我还是先不打扰了，您就歇着吧。”绣儿一边说，一边往后退，出了门又轻轻将门关上。

庄老爷听到绣儿的脚步越来越远，他头上那滴大大的汗珠滚落。只是身体依然不能动弹，他也不知道，还要这样在这个房间里面待多久。他心急如焚，却只能无奈地闭上了眼睛，继续思考这两天自己遭遇的所有事情。如果不能理清头绪，绣儿下次再来他可能就会死在这里。

突然，本能让他感觉有人在注视着自己，他睁大眼。天花板上，一个异类正望着自己。那就是一只人那么大的壁虎，它身上密密麻麻地覆盖着无数只小壁虎。壁虎的眼睛温柔明亮，似曾相识。

庄老爷觉得自己的呼吸也快停止了，他极想找个地方躲起来，可软弱无力的四肢根本没法移动，喊也喊不出口。

还好，那只大壁虎只是一动不动地望着自己，不知道过了多久，庄老爷实在支持不下去，闭上眼睛睡着了。

11. 安倩如

此时的城外，四姨太新入土的墓地前，管家赵严正用奇怪的目光看着庄老爷跪拜着，老爷的表情虔诚，眼角还有隐隐的泪光，完全不似平日对几房姨太的那副冷面。做完整套礼数，庄老爷才依依不舍地离去。

安倩如欣赏了一阵子坟场的风景——磷火，挽起袖子下了楼。从门后抄起一把铁锹，她头也不回地去了墓地深处。

庄家四姨太的坟前，香还没有燃尽，依稀闪烁着点点红光。安倩如笑了一下，看得出，这个笑她发自内心。才填的土还很松软，挖起来一点也不费劲。远处一只乌鸦叫了一声，她锄到了棺木。

安倩如跳到坟坑里，从头发里拔出一把特制的小簪子，不多时，几颗棺钉都起了出来。赶到这里，她有些得意，成功未免来得太容易了些。她略微休息了下，理顺了气息。

没有霹雳，没有惊雷，原来挖人家的坟并不会天打雷劈。但安倩如被棺材里面的死人给吓住了。不错，里面躺着的正是被剥去全身皮肤的四姨太，如假包换的四姨太。她的手上还戴着那个翡翠镯子，身上穿着生前最喜欢的湘绣衣服，即便死得凄惨，也是个富贵的模样。

小虫子闻到了血腥，开始聚集在棺材附近，寂静的坟地里还能清楚地听到几百只蛐蛐唱歌的声音。安倩如有些烦了，她不是个脾气很好的女人。她恼羞成怒地用铁锹砸向四姨太的尸身，大声吼着："为什么不是他？为什么不是他？"

她的力气可真不小，折腾了一阵子，棺材底被她砸穿了。原来下面还有个夹层。笑容又回到了她脸上，她舒了口气。

一阵阴风吹过，遮挡月亮的乌云被吹散了，银子一样的月光投射下来，棺材里的男人面容却还和十年前一样。安倩如恨恨地啐了他一口，然后在他身上摸索起来。不错，东西真的在他身上。

月光下，这个金光闪闪的物事散发着动人心魄的光彩，映衬着她的笑颜。安倩如高兴得快要哭了，为了今天，她已经等了太多年，现在她终于得到了。

临走的时候，安倩如放了一把大火，把小饭馆给烧了。这个地方已经没有让她再停留的意义，她要回到曾经住过的地方去，这次，志在必得。

12. 回来了

这个夜晚注定是不平静的，天还没亮，一个女人破锣般的声音在庄家门外响了起来。

不久，有人来给她开了门。

"我要见你们老爷！"安倩如的态度十分强硬。

管家赵严仔细打量了一下眼前这个女人，他态度谨慎地问："请问您找我们老爷有什么事？"

"哼，按辈分来算，他是我儿子。"安倩如盛气凌人的样子很有些架势。

管家鞠了个躬，脸上不露半分喜怒，"请您先移步花厅，小的这就去禀报老爷。"

安倩如坐下不久，绣儿过来为她奉茶。"请您喝茶。"绣儿的态度不卑不亢，她低眉顺眼的样子很讨巧。在她低头的一瞬间，她瞥见了安倩如的鞋子。那鞋是茄皮紫缎子做底,上面用金丝绣了只壁虎。这样的款式,恐怕全天下都没有哪个女人会喜欢,可安倩如还偏把这个图案绣得活灵活现,仿佛只要稍微跺跺脚,它就会爬出去。

安倩如等了好一阵,庄老爷还是不来。她忙了一晚上,有些倦了,端起茶来喝了一口。香!甚至比十年前的更香。她正准备细品的时候,庄老爷来了。

庄老爷是坐在一辆木制轮椅上来的,一个漂亮的姨太太推着他来到花厅。姨太太安倩如是不认识的,只是眼前的庄老爷却连起身都不能了,看他双眼痴呆的样子,更别想他会说点什么。

他怎么了?

昨天他在坟场还好好的。

安倩如有些疑惑,庄老爷的眼神好似有些莫名的熟悉。姨太太替他回了话,“老爷有些不舒服,一会儿还得休息,您有什么事情就请直说吧。”

安倩如的眉头拧到了一起。十年了,她什么可能都想好了,可就是没有想到会是这样的情况。她有些拿不定主意,沉吟半晌,说:“我等到他病好些再说吧,我的事情只能和他一个人说。”安倩如的表情是坚定的,完全不容商量。反正庄家地方那么大,多她一个人也不会多到哪里去。

姨太太看看管家,管家看看庄老爷,仿佛他们谁都不敢做主。但这个号称是老爷的娘的女人自然是惹不起的,姨太太点点头,算是答应了下来。

安倩如跟着绣儿走出房门的时候发现,绣儿看姨太太的表情像见了鬼一样。虽然绣儿什么都没有说,但是安倩如明白,庄家一定是发生了什么事情。她有些高兴,她本来就是唯恐天下不乱的人,现在乱了正好,再乱些更好。

13. 丢东西了

安倩如住在偏厅的小间里。虽然她自称是老爷的妈,可是如果老爷没有认可,这个家谁都不会承认她的身份。

她掖紧了怀里那个硬邦邦的东西,眼皮好像上了胶水一样,怎么都打不开了。床褥也软绵绵的,人落在里面好像掉进了陷阱,轻易是上不来了。安倩如有种很不好的预感,也许今天真不该来。

迷糊中,一个人影来到她的床前,这人很眼熟,可就是看不清。只见那人的手竟然伸到了她的怀里，那个硬邦邦的重要东西被那人的手拿了出去。那人还笑了一下，那闪烁的金光照亮了她的眼睛。

安倩如想起身夺回，可全身无力，她想大声喊，可声音连她自己都听不清。她唯一能做的就是哭，悔恨的泪大滴地划过她的脸，落在枕头上，很冰凉。一定是那杯茶，太香的茶会有问题，就像太美的女人会有问题一样。她努力分析着，到底是谁拿走了那个东西？

也许，今天的安倩如要想的还不只这个，如今的庄家有太多问题。为什么庄老爷会那么快就一病不起？为什么丫鬟看见姨太太像见了鬼一样？为什么四姨太会是被人剥皮而死？还有庄老爷的眼神，为什么她会觉得莫名的熟悉？

花园里，绣儿唤住管家赵严，质问他："他为什么没有死？"

管家不置可否地笑笑，"他现在不是和死没有什么区别吗？这样更好。"

绣儿又问："那四姨太呢？她不是死了吗？我刚才怎么又看见她了？"

管家捏捏山羊胡子，你看见的不是四姨太，是她的胞妹，昨天我们回临城就是四姨太的老家。老爷还是喜欢四姨太的，所以把她给带回来了。

绣儿想了想，反正她也不能马上得出结论，不管管家说的到底是不是真的也只能姑且相信。临走的时候，绣儿的脸色不那么好看，"你要记得我给的好处，别忘了自己应该怎么做。"

望着她离去的身影，管家本来堆笑的脸也板了起来，山羊胡子一抖，鼻子里喷出一声"哼！"来。

14. 找到了

绣儿和秦夜约好，必须在老爷发现小屋已经被破坏之前再下去一次。

后半夜，月色清朗，普照四方，阵阵秋风吹来，让人感觉很是惬意，如果纳凉歇息的话，没有比今晚更合适的了。可是秦夜和绣儿两人却在那间没有门的屋子外面打探着。虽说里面没有什么动静，但秦夜总是感觉那比有动静还要可怕，因为他面对的是完全陌生的恐惧，连自己害怕的究竟是什么都不知道。

两个人点燃蜡烛，寻着那个破口子进了屋。屋子里面没什么变化，完全没有动静。壁虎们依然在屋子里面聚集着，仿佛它们才是这里真正的主人。绣儿走下棺材里的暗道时，摸了摸胸口边被体温暖得温热的那块硬邦邦的东西。

有了上次的经验，两个人不再那么盲目，绣儿根据手中那块金色的东西背面阴刻着的地图，没兜多大圈子就来到了一间小厅里。虽然不知道具体走了多久，但秦夜感觉自己已经深入地下数十丈的位置了。死一般的静，像是到了地狱。

明明没有看见透气口，可秦夜感觉到一阵阵阴凉的风却在耳边刮着，那声音似乎是垂死的人在呼喊着，有些凄惨。他摸了摸光头，虽然气温很低了，头上还是沁出一层细密的汗珠来。

小厅的墙壁上已经有了更多光华璀璨的矿石晶体，在蜡烛的照耀下闪着妖艳的光。绣儿环视四周，发现了一块圆形的石头，在角落里的石头上面有一块壁虎形状的凹槽。

绣儿的脸色突然亮了起来，“就是这里了。”她把手中的东西往凹槽里面一嵌，除去四肢和尾巴没有，中间部分的躯干刚好吻合。秦夜也笑了，不过他只稍微笑了一下，“不知道其他部分我们什么时候才能拿到。”

15. 秘密

安倩如睁开了眼，望着一身的水有些不解。她刚才还在梦中看见自己已经搬回曾经的宅院了，可一场从天而降的大雨却让她清醒过来。

慕容雷，她面前竟然站着慕容雷！她简直不敢相信自己的眼睛。

“走，我们得赶快走了，不然来不及了。”慕容雷拉着安倩如就往外面跑。那迷药想必已经过了时辰，安倩如已经头不晕眼不花了。慕容雷带着安倩如来到那间小房子前，两人也下了暗道。

慕容雷手上有一张地图，从墨迹上看，那地图似乎才画不久，连墨香都还能闻到。安倩如觉得自己的心跳加快，脸在发烧，这不是在做梦吧？为什么慕容雷会拉着自己的手一起走？

几经周折，慕容雷和安倩如也来到了小厅，现在，小厅里面有四个人了。

“是你？”绣儿看到慕容雷后，有些不屑。

“是我，宝藏里应该有我一份。”慕容雷笑了，很有底气的笑。

“你凭什么？”绣儿问他。

慕容雷不说话，从口袋里掏出了两只黑灰色的壁虎，一只有尾巴，一只没尾巴。绣儿只看了一眼便笑了，“好，算你一份。”

安倩如望着绣儿，说：“我也想算上一份。”

“你？你已经没有东西可以跟我要求了。”绣儿抬起头俯视她。

安倩如不说话，她撩起了裙子，那是一条层层叠叠很厚实的裙子。她的左边大腿内侧缝了一个东西在里面，鼓鼓囊囊的。安倩如咬住自己的辫子，用发簪挑破了透明的线，一块人皮掉了下来，里面滚出一只少了一条左前腿的壁虎来，同样的黑灰色。

安倩如把额头上的汗擦了擦，嘴唇已经被咬出了血，不过她还是笑了，捧着带着她体温和血迹的壁虎，“这个，我应该可以分一份了吧？”

绣儿皱了皱眉头，显然她很不喜欢安倩如，还是点了头。

几个人把壁虎翻过来放在一起，对照上面的标记，分别把壁虎的四肢和尾巴掰下来，左前肢和尾巴部分是慕容雷的那两只壁虎，绣儿手上的是壁虎的躯干和右前肢，安倩如的那一只正好是右下肢。把肢体部分都嵌入圆形石头上的凹槽里，现在只缺头部和左下肢了。绣儿试图转动起来，可石头还是纹丝不动。

“看来，我们来的正是时候。”一个熟悉又有些陌生的声音传来，众人回过头来，那人已经来到了身后。

正是庄老爷。他的身后还跟着一只巨大的壁虎——在地上爬动的壁虎，慕容雷看出来了，这正是那天他在庄老爷房里看见的那只，身上还覆盖着无数只密密麻麻的小壁虎。

“是时候揭开这个秘密了，也不枉诸位来敝府一趟。”庄老爷伸出手来，手心里是一颗金光闪闪的壁虎头和一只黑灰色的左下肢。

16. 庄夫人和魏夫人

庄老爷在众人疑惑的目光里把手里的东西放进了圆形石头上的凹槽，轻轻一扭，一扇石门无声无息地开了，众人眼前一亮，门后是满墙闪闪发光的金矿。只三支蜡烛,却已经把整间厅映照得亮如白昼。

绣儿把脸上的人皮面具抹下来,露出欣喜的老脸。秦夜的光头此刻更像是一颗金头,闪烁着金色的光。安倩如忘了刚才的皮肉伤,咧着嘴痴痴的笑。慕容雷瞪大了眼睛,已经克制不住了,他把手伸向了那闪耀光芒的石头。可是,只轻微一碰,那石头竟然碎了,掉落在地上,变成了一堆粉末。

慕容雷不甘心,再试,还是一样,一块,两块,三块……越来越多的石头掉在地上,化做了金色的尘土。

“这些,到底是什么?”绣儿阴沉着脸问庄老爷。

庄老爷叹了口气,“我也不知道,说实话,连真的庄老爷也不知道,不过可以肯定的是,不是金子。倘若把它们拿去冶炼,除了黑色的渣滓外什么都不会得到。”

“你说什么。真的庄老爷?你是谁?”绣儿有些不解。

“应该叫你魏夫人吧,难为你伺候我这么久了。”庄老爷手一抹,一张和绣儿同样精细的人皮面具掉了下来,里面是一张肤色发灰的老脸。

“庄夫人?”秦夜大惊失色,“你……不是已经死了吗?那金丝楠木棺材里不是你吗?”

庄夫人有些憔悴,“真正的庄老爷早就过世了。不是我假扮成他,这些年庄家不会这么安宁。”

“安宁?你这个坏女人,嫉妒老太爷喜欢我,暗地给我喝你配制的药酒,把我变成了这不男不女的样子,我整整十年的青春都在坟地里面消磨了,我要你还!”安倩如扑上前去。

慕容雷眼明手快地点了安倩如的穴,这个歇斯底里的女人立刻收声。“岳母,小婿有错。如果当初您不那么反对我和小姐的婚事的话,我也不会出此下策。”

庄夫人哼了一声,“你不过是魏家的野种,有什么资格和我们庄家大小姐成亲。别以为我不知道,你是觊觎我家的钱财,根本就不是真心喜欢庄箐。”

魏夫人打断了她的话,“庄夫人,你也知道,我们魏家现在的势力可谓今时不同往日了,当初我们两家可是有过誓约的,一荣俱荣,一损俱损。庄家守宫派(守宫,即壁虎)和魏家五五分账,魏家保护庄家不受官府的追究。我们一直合作得很好,你们庄家靠我们魏家成了名门望族,我们魏家因你们庄家的钱财得以疏通官场上的道路。”

说到这里,秦夜忍不住插了一句,“那些年,兄弟们为守宫派偷来多少钱财,从未失手,多亏了庄老爷领导有方。可自从你接手之后,一切都变了,我还以为是老爷转了性,原来是你规定我们不能再偷东西。庄家是赚够了,可兄弟们……”

魏夫人瞪了他一眼,“是他们要跟我们魏家的,这你别怪我。你们庄老爷说想金盆洗手,做正行。我们老爷信任他,这金矿里也有我们魏家的股份。明明有人把能炼出金子的矿石拿给了我们,你们却再不肯挖了,还在矿上修了庄家大院,把整个矿都据为己有。你们这样不给我们一个说法可不行。”魏夫人的目光咄咄逼人。

庄夫人叹了口气,“最初的确有那么一点点矿石是可以炼金的,可挖过了那一层后, 下面的矿石就全是现在你看见的样子。可你们根本不信,还要我们加派人手再往深处挖。结果终于出了事,一次崩塌事故让数百苦力丢了性命,如果不是我们老爷心慈封了矿口,悲剧肯定还会发生。”

庄夫人的话还没有说完,又一阵凄冷的阴风刮来,烛光随风扭个不停。秦夜想到刚才来的路上耳边呼啸的似乎是人声的阴风,原来这逼仄的地下空间死过这么多人,他的汗毛一根根竖了起来。

庄夫人的目光逼向秦夜,“老爷待你如亲生, 毕生绝学也教给了你,你却下毒害我们。阴差阳错,他喝了我的那份死了,我喝了他的那份还留得半条命,”庄夫人的眼里满是怨毒,“你知道我这些年来怎么过的吗? ”她撩起了一只袖子,那皮包骨头的手臂上,布满毒斑的皮肤上有着密密麻麻的针眼,不,不像针眼,像什么动物咬过的痕迹。“我每天要用壁虎吸血逼毒,喝壁虎泡过的酒,像个怪物,就是这样,还不能完全解除当年你下的毒。”

秦夜打了个哆嗦,低下头去。

“还有你! ”庄夫人的目光锁定安倩如,“哼! 你仗着老太爷的宠爱就为所欲为,暗地里勾搭慕容雷,以为我不知道吗? 你真傻,并不是每个男人都只喜欢漂亮女人的,至少慕容雷不是。他是个没有出头之日的野种,爱的是权利和金钱,年纪比他还大的女人,不过是他利用的工具而已。”

“误会,误会了,岳母大人,我是真心喜欢箐儿的。”慕容雷试图撇清和安倩如的关系。

安倩如虽不能动,眼圈已经红了,这些她何尝不知道? 可是女人就是那么傻,心甘情愿地为了男人做自已违心的事情。

“知道吗？我有多恨你！让你变成这样算是便宜了你。”庄夫人的眼圈也有些微红，“我和老爷白手起家，为了他，我比你付出的多得多，可他竟然也迷恋你。”

众人的目光聚集在安倩如身上，只是现在的她，让人想不起曾经倾倒庄家两代人的风姿了。

“四姨太的皮是你剥的，对吗？”安倩如忍不住问。

“是的，每一个四姨太的皮都是我剥的，我需要最好的全身面具。”

“你真是疯了！”秦夜皱着眉头。

“不，我没疯。至少我还知道把老爷的尸体用药水保存好，他入土的那一天，还和死的时候一样。哈哈，不过，四姨太就不一样了，老爷绝对想不到，他喜欢的人会把他的棺材给刨了。哈哈，安倩如你就是做鬼了他也不会再要你的……”庄夫人的笑已经有些丧心病狂了。突然，她止住了笑声，“我可是好人，至少我保全了那么多苦力，除了那次事故再也没人死在这里过……”

17. 壁虎

庄夫人的话音未落，突然从后面的暗道闪出一个人来，正是管家赵严，“没有想到现在庄家和魏家的秘密我都知道了，就算这座矿是废矿，你们两家的家产还有不少……”赵严话还没有说完，地上匍匐已久的大壁虎突然跃起，直扑向他。赵严先是被吓得不能动弹，继而全身抽搐，不多时便口吐白沫倒地身亡。众人见此情景更是不敢轻举妄动。

“如果一个人只为钱做事，是绝对靠不住的。他可以帮你，那么也可以帮我，更可以帮他自己。知道我为什么现在还在这里吗？”庄夫人讥笑地看着魏夫人，“你用错了人。”

魏夫人有些不好意思，秦夜诚惶诚恐地跪拜在那只大壁虎身前，“参见守宫派圣物！”

可那只大壁虎反而往慕容雷脚边靠了靠，慕容雷有些惊惧，躲避不及。

庄夫人把脸转向了慕容雷，“你口口声声说真心喜欢箐儿，我问你，如果她不漂亮，没有钱，不是庄家的大小姐，你还会喜欢她吗？”

慕容雷毫不犹豫地点了点头，谁都知道庄家大小姐已经在八年前的火灾中被烧死了。

"箐儿,你现身给他看,倘若他还愿意娶你,我便饶他一命。"庄夫人定定地望着慕容雷说。

众人有些诧异,莫非庄家大小姐的鬼魂还能再现?

那只一直匍匐着大壁虎竟爬到慕容雷面前,慢慢抬起了头。壁虎用嘶哑得几乎不能分辨的人声轻轻唤了一声:"雷哥,你还愿意跟我在一起吗?"

慕容雷瞪着眼睛,掩饰不了慌乱,他迟疑了一下,"当然,只要你活着,我就愿意。"

可他的迟疑已经说明了一切,壁虎摇了摇尾巴,转身离去。"娘亲,你说得对,我看错了他。他发现小屋秘密的那一天我就不该手软。"

慕容雷摸了摸后脖子,原来那天弄昏他的人是箐儿,他昏迷在庄老爷房里的那天,守护他的同样是箐儿。

"菁儿那年遭遇那场大火后,全身皮肤溃烂,幸好一位高人指点,把壁虎皮移植到她身上,这才得以保住性命。好了,你死心了,一切都该有个了断了。他们这些人都该死!"庄夫人说话间带着箐儿已经退到了暗道口,一按机关,四道门迅速落了下来。

18. 尾声

佣人已经全部换过,只是庄老爷望着新来应征的管家,怎么看都像是魏家派来的。

那座没有门的屋子里,破损的窗户已经被重新封上。整整三十六颗大铜钉牢牢地固定在窗户的四周。杂乱的枝叶从各个方向攀上了长满杂草的屋顶,占据了大半块地方。灰色的屋子即便在夕阳漫天的傍晚,也有一种说不出的诡异。

还会有人来送饭。

不知道会不会再有人来窗户下偷听那小小的"唧唧"声。

猫知道

文 / 何许人

1

“感谢 CATV，感谢我的婚庆公司，感谢各位来宾。我爱你们，我会坚定不移地跟老公共创生活的辉煌。谢谢，我爱你！”

“别闹了，你以为结婚是拍喜剧片吗？没创意，你再想想吧。有客户找我，先下线了。”

MSN 上，我的头像黑了。

我是甘露，李承鹏的秘书，跟我聊天的是前任秘书董湘，她辞职后就着手筹备跟李承鹏的婚礼，事无巨细她一手包办，就连李承鹏的誓言也是她来准备。我进公司第一天——也是她正式离职的那天，她送了我一个厚厚的红包。我知道她对我不放心，假装热情无非是想卖个人情，以她老板娘的身份，我会对李承鹏有所顾忌，而李承鹏若对其他女人有心，我也该第一时间通知她敌情。

我原以为自己能够坚强地面对现实了，可一想起董湘和李承鹏的婚事，心底还是有细弱的痛楚，如感应到春意的藤蔓生出新芽蔓延开来。

下班时，董湘带着那只黑色的波斯猫来等李承鹏下班。她对全公司的女性都怀有敌意，表面上客客气气，但在 MSN 却跟我大聊感情危机——除了她以外李承鹏还对好几个女下属动过心。

董湘并不知道，我进公司的第一天起，李承鹏就暗示过喜欢我，他不会真的跟董湘结婚。这个男人年轻又多金，还有同龄人难得的睿智和幽默，是女人都很难拒绝。但我也有自己的底线，在李承鹏甩掉董湘之前拒绝跟他上床，我知道一旦男人真的得到女人的身体，总是会很快失去兴趣。

那只黑猫有一身漆黑油亮的毛和一蓝一绿的鸳鸯眼，据说在国外得过大奖,深得李承鹏的欢心。董湘不喜欢猫,但还是假装很疼它的样子,每天带它出来招摇。我给董湘倒了杯红茶，那只猫抬抬眼皮忽然叫了一声,“喵——”它眼里有凛冽的光逼过来,似乎能洞穿人心。

“好奇怪,它今天总算肯出声了,平常不论怎么哄都不开腔,还总用那双吓人的眼睛瞪着我,如果不是承鹏喜欢,我早把它的皮剥了煮锅龙虎斗吃。”董湘落座后把黑猫扔到一边。

“你不喜欢它的眼睛? ”我问董湘。

董湘压低了声音,“你不知道,这只猫鬼得很,每天晚上我半夜起来,她总是不声不响地蹲在墙角看,两只眼睛还会发光,吓得我尖叫,它却没事一样摇摇尾巴走了。”

我不动声色地把话题配合下去,“猫很聪明,听说这种黑色的猫还可以通灵,莫不是她看见你家有什么不干净的东西。”

“告诉你一个秘密,我上次偷偷开车出去把它扔在郊区,没想到两天后这死猫竟然自己回来了。你说它又不是狗,怎知道回家的路? ”董湘面有惧色却不说话了,李承鹏从会议室里走出来,她赶紧起身,假装亲昵地抱过猫,跟在李承鹏后面。

2

回到租来的公寓,天色已经黑透了。吃过晚餐倒一杯柚子茶在窗前坐下,我关了所有的灯,拉上百叶窗帘,黑暗浓墨重彩地占据每一个角落,通过一只专业的望远镜,我能看清对面住宅楼里的风景。搬来这里后,每个冗长的夜我都这样消磨。我病态地迷恋着偷窥,盼望着某天可以亲眼看到李承鹏跟董湘说分手。

望远镜已经调好,焦距和固定的镜头锁定在对面楼的九楼C座,那套豪华的大复式是李承鹏跟董湘的爱巢。镜头里,他们偶尔会做爱,经常吵架,更多的时候我看不到李承鹏的出现,总是董湘一个人跟猫斗气。辞职后她就不能再出去应酬了,这是李承鹏定的规矩。

董湘跟我抱怨过,李承鹏其实还是介意她的出身,她在做秘书前,是酒店的公关小姐。每当看到他们吵架,我就很开心,想象着那是李承鹏终于提出了分手的事情,但是董湘每次都哭哭啼啼,不知道她说了些什么,最后都是不了了之。

今晚董湘一个人先回来,黑猫像只幽灵一样跟在她身后,她走到哪儿它就跟到哪儿,好像它才是这间屋子里的主人,而董湘不过是被它监督的婢女。我喜欢这只猫,雍容华贵,有着董湘不具备的气质。

董湘的脸色很难看,那是厌恶和憎恨掺杂在一起的神情,她先是骂它,继而狠狠地用脚踢它柔软的肚子,看它吃痛到黑毛倒竖尾巴也卷起来时,我感到揪心的疼,恨不能立刻冲过去把猫护在怀里。

然而,黑猫没我想象的那么懦弱,它先是蜷成一团,稍微缓和了疼痛就立刻展开还击。它大叫着跳起来,爪子在董湘的大腿上留下三条血印,然后狠狠地在她脚踝上咬了一口,很紧,董湘用力甩都没甩掉。看董湘疼到抓狂皮开肉绽,我才舒了口气,动物也不是好欺负的。黑猫仍不罢休,它龇牙咧嘴地跳上梳妆台,瓶瓶罐罐立刻受到荼毒,能咬破的全部咬破,不能咬的尾巴一卷扫到地上砸烂。董湘气急败坏地抄起扫把,高举着冲向黑猫,它却灵巧地窜进了衣帽间里,上窜下跳地左抓右挠。

就在这时,李承鹏回来了。乖巧的黑猫顾全大局地抢在董湘前冲到他脚边,"喵喵"地叫着寻求庇护。看到举着扫把的董湘后,李承鹏脸色大变,他把黑猫护在怀里大声呵斥,从他的口型我能猜出,他在说:"你要什么我都可以给你,可为什么你就容不下这只猫?"

受了气的董湘怎会承认是自己的错?争吵开始升级。

我在望远镜前笑出了眼泪,没什么比亲眼目睹情敌狼狈不堪、鸡飞狗跳的场面更痛快的了。

那夜,我睡得分外香甜。

3

随着婚期逼近,董湘跟李承鹏的关系越来越恶劣。争吵已经不仅仅是在家里,就连办公室里都能听到他们的吵架声。董湘带着满脸怒容走后,李承鹏拖住我的手,"甘露,我已经受不了这个女人了,她简直就是个神经病,你再等等,我们一定会分手。"

“为什么说她是神经病？我看她倒是很在乎你的。”我挣脱他的手。

他松了松领带，点燃一支烟，“她才不是真的爱我，她不过是爱我的钱。”

“你就不怕我也是爱你的钱？”我看到楼下气急败坏的董湘发动汽车，飞快地开走。

“你跟她不一样，从我第一次吻你就有种特别熟悉的感觉，好像我们就是前世注定的夫妻。”这一次，不仅他的手跟了过来，唇也贴了过来，一个让人几乎窒息的吻铺天盖地般将我淹没。

就在我们热吻的同时，外面传来一声巨响，董湘出车祸了，李承鹏脸色复杂地冲下楼去。我没跟出去，而是在他的电脑里看董湘的 MSN 留言。

“承鹏，我觉得猫是比人类更聪明的动物。它们只需要摇摇尾巴摆出讨人喜欢的姿势就能换来主人的宠爱和衣食住行，算起来，主人不过是它们的奴隶。你就是这样的奴隶，真不知道那只猫究竟有什么好，你竟然为它跟我翻脸，能告诉我吗？这究竟是为什么。”

“承鹏，你不信我也要说。那只该死的黑猫被鬼魂附身了，它咬牙切齿地看着我，那双眼睛分明是人的眼睛。昨晚，我半梦半醒时看到它的背后站着穿白色衣服的女人，那女人带着烟火气披头散发，全身的皮肤都被烧得皱缩，身上的衣服却滴着水，尽管面目模糊，可我认得那双眼睛，是流苏，她死也不肯放过我！我以为那是幻觉，不，不是，该死的猫走开后我真的在地面上发现了一摊水。是流苏来找我们了。”

原来，那只猫要把董湘给逼疯了。

关上电脑，我想起一句话：上帝欲令人灭亡，必令其疯狂。

董湘，她离死不远了。

4

我没想到李承鹏会在医院里提出分手。

我带着水果去医院看董湘，正巧看见李承鹏气愤地走出她的病房，他的手被董湘咬得出了血，她的声音有些失控：“如果你要分手，那我就把那件事情告诉警察,大家鱼死网破。”

如我所料,他们之间有秘密。李承鹏的背影越走越远,病房里传来了董湘的哭声,我第一次觉得这个女人也有可怜之处,从遥远的湖南山区出来混的小女孩,在风月场历练风霜,好不容易修成正果得遇良人,如今,良人却不要她了。

见到我,董湘再也不能如平时一样端出架子,她哭得落花流水,眼泪弄花了妆容,那张原本娇艳的脸越看越不堪。所幸车上的安全气囊没让她受多少伤,只是蹭破点皮和轻微脑震荡。

“那只该死的黑猫从家里逃走了,以前我下老鼠药给它吃它不吃,后来我索性不给它吃的,它饿跑了,可承鹏不信我,硬说是我把它给扔了杀了,我们就这样吵起来了,那天在公司你都听到了吧?”董湘死死地拖住我的手,生怕我走,“甘露,我真的要疯了,大白天我也能见到鬼。那天出事前我看见那只该死的黑猫,就在车前面跑,它的身后站着穿白色衣服的鬼魂,那个女人,她一定是在水里复活了……我怕水,我现在好怕水,我都不敢喝水,只要有水的地方,就会有那个女人……”董湘的牙齿上下碰撞着,声音变得支离破碎,“甘露,你信我说的吗?你信真的有鬼吗?”

我看着这个疯女人的眼睛,认真地点了点头。

“我就知道,真的有鬼,早知道会这样我不会答应承鹏做那件事情。我就知道……我就知道……”董湘喋喋不休着,眼神和一个真正的疯子没什么两样。

“要我告诉你该怎么挽回跟他的关系吗?”我安抚地摸着她的头发,看她的眼睛。

“要!要啊,甘露你说,我不想离开他。”在董湘的眼里,我看见自己的影子在她的瞳孔里变大。

“你需要怀上他的孩子。”

董湘沉吟片刻,若有所思地点了点头。

三天后,我在百叶窗后通过望远镜镜头看到了戏剧性的一幕:董湘把李承鹏灌醉后,没有使用任何安全措施跟他做爱了。褪尽衣衫的董湘身体还是那么诱人,丰满的胸部结实的臀部,连女人看了都会心动。只是,她的嘴唇却干燥得像树皮一样粗糙,皮肤也不复光滑,大面积的皮屑开始脱落。就在她吻李承鹏的时候,他被那粗糙弄醒了。这场爱事只进行到一半,他恼怒地把董湘从身上推开,穿上衣服离开了家。

5

二十分钟后，李承鹏给我打电话了，他说他好烦，想找我喝酒。

午夜的酒吧，我到的时候，李承鹏面前已经堆了许多酒瓶。

“甘露，我受不了那个疯女人了，她现在一听到水声就发疯，连澡都不敢洗，水也不肯喝，动不动就咬人，像条疯狗。以她现在的精神状况，我不可能跟她结婚，我明天就打电话给精神病院，让他们来把她接走。只要过了明天，把她的事情办妥后我们就可以在一起了。”李承鹏的脸上有种奇怪的光泽，那种光泽在酒吧昏黄的灯光下看起来显得居心叵测，“准备辞呈吧，做我的全职情人，然后，做我的全职太太。”

我没喝酒，也没回答。他醉得不能回家了，我帮他开了一间包厢，然后离开了。午夜的天空月朗星稀，风很轻柔，抚在脸上像情人的手。我的心情好极了，不是因为李承鹏，而是为了董湘在他身上所做的事。

一连七天，我没去上班，也没跟李承鹏联系，直到接到公司同事的电话。“公司现在一团糟，董湘住进精神病院后被检查出患了狂犬病，李承鹏也感染了狂犬病毒，这种病一旦发作致死率百分之百。”

我决定去看他们。之前，我去了趟公司，当大家听说流苏没死时，每个人都张大了嘴。是的，流苏没死，她躺在医院的重症监护病房里，一息尚存。

我跟流苏是多年的好友，我们都很喜欢养猫，大学毕业后我跟家人去了遥远的澳洲，还开了家宠物店。见到李承鹏的照片时，我为流苏高兴的同时也为她担忧，这样英俊的男人，往往都是很花心的。通晓人性的黑猫是我从小养大的，我把它送给流苏作为结婚礼物，希望它能替我守护这个迷信爱情的姐妹。从那时起，黑猫就跟流苏朝夕相伴，是她最亲密的伙伴，她曾在热恋时玩笑地逼李承鹏发过人在猫在的誓言。结婚时，李承鹏的誓言说得那么坦诚，甚至让流苏愿意放弃事业回家做全职太太。可不到一年，他就跟董湘纠缠不清，而且还计划杀了流苏，这一切，流苏在网上全告诉了我。

知道他们要去云南旅行时，我有种不好的预感，李承鹏给流苏服下安眠药后放火烧了木制的吊脚楼，如果不是他为了制造不在场证明而跟去接应的董湘匆匆离去的话，流苏已经死了。他没想到，吊脚楼的下面是条不算浅的小河，所幸流苏被打鱼的当地人给救上了岸，但是全身大面积烧伤。可怜的女人全身插满了管子，只剩下眼泪和绝望，她甚至试图自杀。我跟流苏的家人商量过，暂时不公布她还活着的消息。为了替流苏向这两个狗男女讨回公道，我等了足足一年。

李承鹏并没见过我，我化身甘露进入公司。接近他们后，我发现他们的关系已经濒临瓦解，只是董湘不甘心，一直用杀流苏的事当把柄要挟，李承鹏表面上答应了结婚，其实一直在暗中拖延。也许李承鹏觉得愧对流苏，抑或是对那誓言有所顾忌，他一直豢养着黑猫。多亏那只猫，我的计划才有可能付诸行动。

董湘不知道，就在她把猫扔到郊外的那个晚上，我一直在跟在她后面。我把猫带回公寓，给它注射了从兽医手上高价买来的狂犬病毒，然后又把猫送了回去。我知道狂犬病是可以通过体液传染的，所以才鼓励董湘怀上李承鹏的孩子。接下来的一切，要怪也只能怪他们自己，一切都是他们咎由自取。

医院的隔离病房里，董湘被皮带捆在病床上，歪斜的嘴里流出唾液，神志不清。李承鹏体内的狂犬病毒虽然还在潜伏期，但他得知病情后精神已经崩溃，瘦得脱了人形。他趴在窗前看我带去的流苏与他在一起的合影照片，有些困惑："你究竟是谁？"

"我愿意他成为我的丈夫，从今天开始相互拥有、相互扶持，无论是好是坏、富裕或贫穷、疾病还是健康都彼此相爱、珍惜，直到死亡才能将我们分开。"我重复着当年结婚时他说过的誓言，这是流苏传给我的婚礼视频里最精彩的一幕，曾让我羡慕得想哭。只有死亡能把他们分开，我也算帮这个负心的男人履行了诺言。

李承鹏皱着眉头傻笑，面容古怪之极，他已经不记得这些话了，不要紧，他不会痛苦太久了。

回想起来，这个流苏曾经最爱、最信任的男人远不如那只黑猫贴心。

我至今记得那日我把黑猫带回家后它亲昵地跟我撒娇，像是分别太久的闺密，我把苦恼说给它听时它聚精会神地听，当我把注射器扎进它的身体时它没有抗拒，它那双仿佛能看穿人心的眼睛纯净得比最珍贵的宝石还晶莹。它知道流苏的痛苦和我的愤怒，所以它可以为之付出生命。现在我的计划成功了，而它，却不知道在哪个角落里腐朽。

走在回去的路上，我忽然想哭，不为董湘和李承鹏的即将死去，也不为流苏那份失败的爱情，而是我觉得男人对女人的好，有时候还比不上一只猫。

故事里的事

文 / 何许人

楔子

那天的天气很反常，上午还是晴空万里，下午第二节课时却雷声隆隆，不一会儿就大雨倾盆，直到放学雨还没停。很少有同学带伞，大家把书包顶在头上勇敢地冲了出去，很多男生一边跑还一边狂吼。琪雅的重感冒还没好，不敢淋雨回家，渐渐的，走廊上只剩下她一个人。

反正明天开始就正式放暑假了，回去晚点也不要紧。琪雅虽然这么想着，眼睛却瞄着窗台，天色越来越暗，肚子也有些饿了，旁边教室的窗台上放着的那把伞也不知道是谁拉下的，还没人来拿。反正没人知道，要不要撑着它回家？这个念头像条蚯蚓般钻了出来，就不肯再钻回去了。整栋教学楼里似乎就剩下她一个人了，雨小了些，却还没有停下来的意思，安静得连自己的心跳声都清晰可辨。

黑色的折叠伞，安静地躺在窗台上，似乎它也在等待被人发现。琪雅走了过去，就在她的手触碰到伞的一瞬间，后脑勺被什么东西重重地敲了一下，好疼，然后她就什么都不知道了。

1. 与魔鬼同行

"……本台最新消息，'杀人狂'曹尚智今天上午在押解途中杀死六名警察后逃脱，曹尚智已于日前被高等法院终审判处死刑，此次押解后第三天将执行。此人极端危险，可能携带枪支和致命武器，请广大市民注意防范,如有发现可疑人士请及时报告,警方专案组电话……"

琪雅半睡半醒着还没睁开眼，隐约听到了广播里不甚清晰的声音,除此之外还能感觉到身体在微微颠簸。模糊的视线中唯一能看到的是一张侧脸,黑色的头发,高高的鼻梁,紧紧抿住的嘴唇,好像是位帅哥,他正神情专注地驾驶着汽车。

他是谁？琪雅确定自己根本就没见过他,就算是在学校里,她也很少跟男生说话。

缓过神来后,她才感觉后脖子痛得厉害,她想伸手去摸摸,手却不听使唤,抬也抬不起来。这是怎么了?一个激灵,她猛地睁大眼睛,周围的一切让她感觉不安。

学校不见了,大雨也消失了,她坐在一辆陌生汽车的后座上,胸前系着安全带,除她之外,车上只有那名司机,后视镜里可以看到司机的脸,白皙的皮肤细长的眼,面善,大概 20 多岁的年龄,穿着最普通的白色 T 恤。头很痛,怎么都想不起他是谁。更重要的是,她连腿也抬不起来,身体就像不是自己的,怎么办?她的脑子转得飞快,可就是什么也做不了。她想大声叫出来,可用尽全身力气,最后也只呼出两口粗气。

"你醒了?"司机的眼睛在后视镜里看着她,他的声音略微懒散,却让琪雅打了个寒颤。

"现在肌松剂的药力还没过,再过一阵子就好了。"司机看了看路,又转头看了她一眼,那平淡的语气就像在谈论天气。

琪雅心里一惊,肌松剂?那不是做内科手术时用的东西吗?姐姐是心理医生,家里存着不少她大学时的课本,琪雅在药理学书上看到过,人体被注射后肌松剂,肌肉就会自动松弛,完全丧失支配能力,通常是在全麻手术的气管插管防止呕吐和心脏手术中防止膈肌运动才使用的。自己又没病,他干吗给自己注射肌松剂?还有,这个男人要把自己带去哪里?姐姐等不到她的电话该着急了,还有邹姨妈也在家里等着自己。

车窗外的天空已经黑透了,车前灯只能照亮一小段路,更远的前方全是空洞的黑色,看不出时间,在药物的作用下也感觉不到饥饿,车速很快,这让琪雅很担心。广播里一位鼻音很重的男主持人喋喋不休地说着逃逸杀人犯的相关新闻,他说到了非常重要的部分:由于拒绝跟警方合作,杀人犯的手腕上有严重的皮肉伤，全是手铐磨出来的，另外，他的后颈上还有一颗黄豆大的黑痣。

琪雅的心猛地收缩了一下，她注意到司机的一双手腕上都用白色的毛巾缠着，他的头发不长，很容易就能看到后颈上有颗醒目的黑痣。不会这么巧吧，他就是在逃的杀人犯？极端危险分子？

后视镜里那位司机正死死地盯着她，他的眼睛似乎能洞察人心，他不关收音机，而是在审视着琪雅的反应。

琪雅确认了自己的判断，自己面对的就是广播中的杀手，她很想尖叫很想挣扎很想不顾一切地跳车逃跑，但最终却因为肌松剂的药物作用而什么都不能做。也好，至少不会引起那个极端危险分子的警惕。随着时间的推移，药力渐渐散去，她的手指能微微动弹了，这可是个好兆头，不过她还不敢轻举妄动。

车默默地朝前行进，沿路的路牌可以看出这是一条省道。看得出司机也不太熟悉道路，他不时减速看路边的指示牌，发现前方一千米处有收费站后，他立刻拐出了那条路，开上了县级公路。他一定是害怕检查，琪雅心里默默地想着，也不知道目的地是哪里，只希望他别对自己做出什么过分的事情。

还好，即便发现她醒了过来，司机也没什么动作，大概一个小时后，他把车开进一家很偏僻的小加油站里，琪雅知道机会来了，她已经暗自动了动手脚，确定恢复了行动能力，只要趁着司机下车加油的间隙赶紧解开安全带就可以跑出去。自由就在触手可及的地方。可惜，司机停下车后并没赶着去加油，而是用一副手铐铐住了琪雅的手，顺便还把一件外套搭在她身上，挡住了手铐。

“你！”琪雅急了，忍不住叫出了声。

可司机却用手捂住了她的嘴，面无表情地做了个噤声的手势，并亮出一把雪亮的匕首，“别逼我伤害你，你是逃不掉的。”

他的声音很温柔，听上去根本就不像是在威胁，而是告诫小朋友不要不洗手就吃东西的那种语气。

2. 魔鬼都有着天使般的面孔

琪雅就这样被杀人犯曹尚智挟持了。完全没有逃跑的可能,吃的东西是曹尚智晚上在很偏僻的小店里买的,上厕所他也会守在门口,他的手总是插在口袋里,别人不知道,但琪雅知道他随时握着匕首,只要一回到车上,他就会给她戴上手铐。

起初他们没有交流,不过琪雅还是看出汽车行驶的方向越来越靠近姐姐所在的那个城市,她的心踏实了一些。爸妈都在国外,姐姐又在外地工作,平时琪雅就住在自己家,有位远房姨妈照顾她的生活。姐姐工作的城市距离家里不算很远,高速大巴只要一个上午就能开到,这次的暑假,琪雅跟姐姐说好要去看她的,连车票都买好了,本打算回家后收拾收拾第二天就走,没想到现在……

虽然曹尚智是个极度危险的人物,用警方的话说他根本就是杀人狂魔,他手上有数十条人命。可相处下来,琪雅并没觉得他有多可怕。也许是这个年纪的少女还不知道什么是真正的可怕,她只觉得曹尚智很细心,她打喷嚏他会关上空调,为她买感冒药,买果汁和方便面也会问她要什么味道。

琪雅是个性格内向的女生,成绩优异,跟同龄人在一起时总有种格格不入的感觉,相比之下她更喜欢跟比自己年纪大的人交往,平时跟朋友的聊天也仅限于在网络上。长这么大,这还是她长这么大第一次跟异性单独待在一起这么长时间。某种不应该也不正常的暧昧情绪就在这种时候发生了。

这种情绪的产生应该归结于小超市老板的女儿。小超市的老板在楼上做午饭,红烧肉的味道很香,附近只有这么一家超市,相隔百米之遥才有一家修车店。那个女生跟琪雅差不多的年纪,她懒洋洋地坐在收银机旁看电视里的韩剧。琪雅上厕所时曹尚智守在厕所前,等她出来又拉着她一起去买吃的东西,寸步不离。买单时那女生很羡慕地说了一句:“你真幸福,男朋友又帅又体贴。”

在那个女生说这句话的前一秒钟琪雅还战战兢兢,自己要不要报警?要不要对这个收银的女生做些暗示,或者直接向她求援?琪雅的脑子里在做激烈的思想斗争。男朋友?这三个字让琪雅立刻变得敏感起来。仔细看,他是挺帅的,长得像韩剧里的男主角,高大修长的身体,白皙的皮肤,眼神中有种让她好奇的执著。

曹尚智也听到了这句话,他没有反驳,而是报之一笑。出门时琪雅特意回头看了一眼玻璃橱窗上自己和曹尚智的背影，烈日在玻璃上的投射造成了一种很奇妙的视觉效果，看起来那两个影子就像电影里的某个场景,居然很般配。

也许每个十七岁的女生都是一样的,爱幻想,爱做梦,不现实。就在曹尚智那不经意的一笑中,琪雅心中的恐惧感消失了一大半。她完全忘记了曹尚智的身份,以及他的危险程度,反而有些庆幸被他挟持。她相信他只是要带自己去完成某件事,却不至于会要她的命,甚至他的一举一动中似乎也充满了对自己的善意,那些善意,可以归结为好感吗?

琪雅完全忘记了求援,乖乖地跟着他上了车,顺从地接受他为自己戴上手铐,反锁上车门。她变成了驯服的小绵羊,没有挣扎,也没有咩咩叫。

3. 与魔鬼共舞,只能等到音乐结束

“谢谢你的配合。”汽车重新发动,曹尚智不带感情色彩地说,他温柔的声音却让琪雅察觉出了别样的意义。

汽车广播随着汽车的发动再次开启,这一次,一名女播音员用她低沉的声音告诉大家,由于曹尚智属于极度变态的无差别杀人犯,危险性极大,他随时都可能对身边无辜的人痛下杀手。警方展开了对杀人犯的全面追捕,五省市的所有电视台以及国内各大门户网站同时插播了这条新闻,曹尚智的面部特写照片也被公之于众。

也许这是个互相了解的好机会,琪雅刚想说点什么,还没来得及开口,汽车就猛地刹住了,速度之快让琪雅整个人朝前撞去,差点碰到头。曹尚智的眉头紧皱,他拔掉车钥匙用力地关上车门,拎着刀朝那家小超市走去。

电视屏幕上是刚刚弹出的缉凶新闻，曹尚智的大头照赫然位于正中。愣在收银机前的女生脸上布满了惊讶,正把手伸向电话,另一只手还捂着嘴。不用说,她一定是发现了刚才买东西的人就是在逃犯,正准备打电话给警察。

她没有机会了,她刚刚回过头,曹尚智的刀就飞快地掠过她的咽喉,他的动作敏捷有力,毫不犹豫。浓浓的血争先恐后地涌出,一股温热侵袭了身体并弥漫开来。这一刀太深,疼已经不是最重要的了,让她恐惧的是喉咙里发出剧烈的声响,却没有半点新鲜空气进入肺部。她的眼瞪得不可思议,两只手本能地掐住脖子,身体却无助地下坠。

为了制造抢劫的假象,曹尚智还打开收银机拿走了大部分钱。

隔壁修车厂的一位修理工大概是想买烟,慢悠悠地走到小店门前,吐了口痰准备用鞋底蹭去,却看到门前的地上淌着暗红色的液体。再一抬头,一个身上溅满了血的年轻人正冷眼望着他。想逃也来不及了,这人立刻发现对方不善,但还没意识到眼前的年轻人究竟是个怎样的人,顺手抄起墙边的一根棍子劈头盖脸地朝曹尚智身上招呼,两个人缠斗起来。

杀过人的人和没杀过人的人有着本质上的区别。曹尚智下手稳准狠,不像那个男人生怕打中对方的要害,这么一来很快分出了高下。曹尚智吃了几记闷棍后忽然发力,把刀尖斜着插进了男人的右肋骨。那个部位应该是肝脏,肝脏破裂是致命伤。那个男人挣扎了一下也躺到了地上,曹尚智又补了两刀,这才罢手。

这一切都被琪雅看在眼里,曹尚智杀那个女孩的时候她就被吓坏了。从小她就怕见血,就连家里杀个鸡鸭都躲得远远的,现在更是吓蒙了,嘴唇不住地发抖,全身发冷。

曹尚智重新回到车里时,来不及换衣服,赶紧发动汽车朝着前方继续驶去。

“我必须得杀她,我还有件事没有做。”曹尚智瞥了一眼后视镜里瑟瑟发抖的琪雅,冷静得像是在讨论天气,“放心,我们一定会平安抵达目的地。”

看不见方向的远处传来刺耳的警笛声。为了躲避警察和临检,曹尚智不得不把车开往了更为偏僻的一条路上,沿途的车越来越少,路况也越来越不好,紧张和颠簸让琪雅头晕,车内浓郁的血腥味也让她想吐,她的脸色越来越白,忍不住发出痛苦的呻吟。

“需要我开窗吗?想吐的话可以吐到窗外,很抱歉,我不能停车。”曹尚智关切地回过头看了琪雅一眼,顺手换掉了那个一直在播追凶新闻的频道,跳到一个播放美声咏叹调的音乐调频。

琪雅点了点头，让他开窗，新鲜空气让她舒服了一些，刚才那血腥的画面还没过去，此刻心头萦绕的全是曹尚智究竟是怎样的人这个问题。他对自己很温柔，他杀人不眨眼，从眼神和动作中可以看出他很聪明，情商很高，他擅长察言观色试探人心，他爱听美声，他简直就是个谜。最可怕的是，即便他刚才杀了人，双手还沾着血，他身上还是散发着某种难以形容的魅力，危险本身就是一种诱惑。

高亢的女声如天籁般飘渺，曹尚智把声音调大了些，面部肌肉在音乐的渲染下渐渐松弛，高音花腔在管弦乐队的伴奏下华丽地充溢了整个驾驶室。这歌声和空气中弥漫的血腥味融合在一起，诡异的和谐。

琪雅虽然害怕，但此刻她已经不能主宰自己的命运了，盲目逃跑或者报警很可能会引来杀身之祸，以不变应万变吧。与魔鬼共舞，也许只能等待音乐结束。

4. 魔鬼和姐姐

一路上，琪雅都揪着心，早已打消了跟曹尚智聊天的念头，只求自己不激怒他就好。但是她心里却隐隐地觉着曹尚智似乎不该是这样的一个人，他的眼神原本是温柔的，变成现在这样，一定有原因。

好不容易结束了颠簸的路段，到达了一座城市，琪雅发现，这正是姐姐所在的城市。心里踏实了许多，离姐姐越来越近，也许能找到机会逃跑。琪雅这么想着，眼睛就试探着去看曹尚智，差不多走了整整一个晚上又一个白天，现在是黄昏时分了，他一直没休息，眼里泛起了红红的血丝。

“饿了吧?”曹尚智视线一转，从后视镜里盯着她，“把你的眼镜借给我，我们先吃点东西。”

他脱掉了满是血渍的T恤，光着身子穿上了外套，再戴上琪雅的黑胶眼镜，整个人焕然一新，显得更加文质彬彬。

进入肯德基餐厅时，他略微有些紧张，好在没人注意到他，排队的顾客们着急前面的人怎么这么多，收银台里的工作人员也是忙个不停。事实证明，最安全的地方的确是最危险的地方，人满为患的快餐店里居然没一个人注意到他。

曹尚智洗净手，买回外带全家桶，琪雅闻到炸鸡香味时才发现自己早就饿坏了。原来紧张也是那么消耗体力，她双手开动，完全不顾形象了，就算要逃跑，也得有力气。曹尚智吃得并不多，吃完几块鸡翅和一块胡萝卜餐包后就不再吃了。他把眼镜还给琪雅时，不经意地问道："你姐姐住在哪里？"

"我姐？"琪雅讶异地放下了手里的东西。

"放心，我不会伤害她，她是我的心理医生。"曹尚智擦了擦嘴，很认真地看着她，"纳博科夫说，上帝原谅不能明白自己的人，因为他在造人的时候，只想把他们造得神奇，并不管他们痛苦不痛苦。我知道自己的精神有问题，为了治疗自己，读大学时我选择了心理学。但我竭尽全力也不能减轻那些暴虐的冲动，我对自己失去了信心，对在这个世界生存失去了信心，杀人也只是为了检验自己的承受能力。"

"杀人只是为了检验承受能力?"琪雅忍不住重复了这句话，太可怕了，究竟是怎样的灵魂才会有这样的想法?

"一定是上帝把我变成这样的，我也觉得自己很可怕，所以，你姐姐说她能治好我的时候我很开心。我被判了死刑，我知道自己活不了多久，但我还是想在临死前见她一面，好好地谢谢她，她曾经花了那么多时间在我身上，她是我唯一信任过的人。"

他的眼神分明是冰凉的，可琪雅却莫名地感觉双颊发烫，心跳也快失控了，大概是因为这是第一次有男生这样长时间地盯着她看吧。

姐姐常跟琪雅在 MSN 上聊天，内容无非是姐姐的工作、琪雅的学习，虽然相差八岁，但两人有很多共同语言。姐姐说曾接待过一位很特别的病人，此人的父亲是个恶棍，母亲生下他后就离家出走了，他从小饱受精神和身体的双重虐待。那位病人让她感觉害怕，他身上有种难以抵抗的力量，一种会影响到她正确判断的力量，作为心理医生，对于这种力量的存在无疑是恐惧的。姐姐最后选择了放弃，换了另外的医生为这名内心无比邪恶却又强大的病人继续做检查和治疗。

这事的细节琪雅知道得不多，全是姐姐在 MSN 上告诉她的。当时琪雅也只以为是姐姐工作上遇到了难处，向她发发牢骚而已，现在想起来，这个特别的病人很可能就是曹尚智。是的，一定是他，早就觉得他的极端是有原因的，原来是因为家庭的影响。他那么聪明，应该还有救吧？琪雅忽然觉得曹尚智的死刑太严重了，他是个病人啊，患病杀人，在法律上来讲，是不需要死刑的。他去找姐姐，真的只想见个面问候一下那么简单吗？

“你在想什么？”曹尚智盯着琪雅的眼，深邃的目光仿佛能看透她的心。

“没什么。”琪雅惶恐地回避着他的视线。

“你很聪明。”曹尚智的嘴角动了动，牵出一个浅浅的微笑。

琪雅没有反驳，而是把姐姐的地址告诉了他。如果不说，他也会有办法知道，倒不如尽早去见姐姐，然后再见机行事。

5. 就这样结束吗

汽车很快行驶到姐姐住的小区内，琪雅姐姐的公寓里亮着灯，隐约可以见到窗帘上一个模糊的女性身影在踱来踱去，像是在打电话，又像是在担心什么。

不用猜也能想到，琪雅的姐姐担心的就是琪雅。到现在为止，她已经失踪超过24小时。一个高二女生会跑到哪里去，琪雅从来不会这样无缘无故地玩消失，也不会不跟家里人联系，她一直都是个很懂事的姑娘，除非是遇到了什么事。

“叮咚！”门铃响了。

“姐，是我。”琪雅的声音从门外传来。

琪雅的姐姐在猫眼里看了一眼，果然是琪雅，低垂的双手，苍白的脸色，除此之外没什么不妥的地方。

门开了，但站在姐姐面前的不止有双手被铐住的琪雅，还有微笑的曹尚智。

“你来做什么？”琪雅的姐姐一把拉过琪雅，想趁机关上门。

门被曹尚智手上的匕首卡住了，关不上，他一把推开琪雅的姐姐，闯进了屋。

“宋医生，好久不见了。”曹尚智依然是和颜悦色地说着话，好像他真的只是来看个朋友，但话还没说完，他冲过去一把抓住姐姐的长发不让她逃走，又在姐姐的大腿上猛踢一脚，琪雅的姐姐立刻失去平衡跪倒在地。

“我猜你一定很想你妹妹，所以我就带她来了，你开心吗？”曹尚智一边说着，一边把姐姐和琪雅背靠背地用胶带绑在两张椅子上，胶带纸足有两寸宽，他捆得很用力，她们根本没有挣脱的可能。

心理医生的专业素养让让琪雅的姐姐处变不惊，面对危险，她没有过激的反应，冷静地说："外面有很多警察在找你，你不担心吗？"

曹尚智像个孩子似的笑了，"我不担心，就是想看看你。宋医生，你对我那么好，这些日子我一直都在想你，想你为什么不来给我做治疗了。"

宋医生稍微迟疑片刻，迅速组织好语言，"原谅我当初对你的放弃，其实以我的资历，并不适合为你做治疗。你的病情已经超过我的能力范围，我只能请我的导师来帮忙。"

"超出你的范围？"曹尚智的声音一沉，表情也变得冷峻，"真是笑话，你是心理学博士，智商 130，上大学和读研时还跳了两级，你研究过的病例不计其数，我怎么可能超过你的能力范围？"

"请你不要再说下去了。"宋医生的呼吸很不自然，她显然在努力控制着自己的情绪，"不论你怎么想，反正我是治不了你的，所以，只能请求换人。"

"既然你做不到，为什么当初要答应我？还说要跟我做最好的朋友，跟我说你家里的事，说你自己的事，假装信任我，其实是骗我告诉你所有的心里话。我后来终于想明白了，一个普通的心理医生能碰上变态杀人狂的机会简直是微乎其微，你当初申请来当我的鉴定医生就是为了研究我。你曾是我唯一信任的人，我还傻乎乎地以为你会对我负责，帮我治病。可你得到了想要的第一手资料后就立刻放弃了我。别以为我不知道，联合会诊的鉴定结果上写我没病的人就是你！"说到这里，曹尚智几乎是咆哮了，"你说我没病，所以我被判处了死刑！你知道我信任你是因为喜欢你，你明明可以不喜欢我、拒绝我，但你为什么要害我？"

"求你不要再说下去了。"姐姐的声音在颤抖，琪雅能感觉到姐姐的身体也在颤抖。

原来一切竟是这样。姐姐一定是害怕曹尚智的存在会威胁到自己的人身安全才这么做的，他罪孽深重，连续杀了十几个人，不能让他再在世上活着，他早就不再是个正常人了，帮助他的结果很可能会危及到其他人。

道理琪雅是明白的，姐姐从小就给她灌输那套正统的教育思想，为人处事该怎样，正人君子该怎样，这么多年来她一直都按姐姐说的那样生活。可这一次，琪雅觉得有些不太妥，姐姐是因为害怕才会这样做的吗？是她真的辜负了他，还要置他于死地，道貌岸然的面具下真正的她是否有着不为人知的自私？魔鬼，也有被信任的权力吗？也有被点化为天使的权利吗？在他坚硬的外壳下，是否有着最柔软的心？如果他真的与某人相爱，是否能变成正常人？莫名其妙地想到了这些问题，等琪雅再回过神来，局势似乎发生了戏剧性的变化。

门外忽然传来急促的脚步声，很密集的脚步声，听起来越来越近。

“你报警了？”曹尚智怒了，他这才发现沙发边茶几上的电话没有挂上，一直处于通话状态。

“是我还没来得及挂电话你们就来了。妹妹一直没跟我联系，我很担心，打算报警，警察正好通知我你逃跑了，让我多加小心。”姐姐说得很慢，试图拖延时间。

“你的心真冷。”曹尚智幽幽地说着，似乎已经不在乎自己是否能够逃脱了，他从裤子口袋里掏出了一把枪。那是把警用手枪，大概是他在押解途中逃跑时抢来的。他抬起手臂，枪口对准了琪雅，“我不会让你马上就死，我要让你亲眼看见你最在乎的人一个个死在你的面前。”

“对不起，就让我们地狱里再见。”

这是曹尚智说的最后一句话，是他看着琪雅笑着说的，布满血丝的眼睛忽然亮了，那笑有些狰狞，有些轻松，那不像是赴死的表情，倒像是一只恶魔即将从皮囊中解脱。

枪响了。

不是一声，而是两声，几乎是在同一时间响起的两颗子弹却带着不同的使命奔赴了截然不同的方向。

曹尚智的头被打中了，高速旋转的子弹从他的后脑进入从额头正中窜出，就像开凿了一眼红色的温泉，白色的脑浆混合着红色的鲜血喷薄而出。另一发子弹从曹尚智的手里射出，但是射偏了，擦着琪雅的耳朵飞了出去，她的皮肤感觉到子弹携带的炙热气息。

荷枪实弹的警察一个接一个地进入屋内，有人查看曹尚智的尸体，也有人来关照受到惊吓的姐妹俩。

绳子被解开了，姐姐站了起来，琪雅也被人搀扶着站了起来，不知道为什么，她眼里看到的一切都是高速旋转的，晃得眼花。姐姐，警察，还有她自己，全都陷入了时空漩涡中，耳朵里嗡嗡的，什么也听不清，什么也说不出。

她愣愣地看着躺在地上的曹尚智，他应该是死了吧？可眼睛却没有闭上,直勾勾地像是在看她。恍惚中一个黑色的影子从他身上飘然而出,那影子就像是对焦不准的曹尚智,面目模糊,却带着他临死前那狰狞的笑,张开双臂朝着她拥来。她躲不开,也不想躲,就像有人麻醉了她的神经,只觉得心口一凉,全身都凉了。瞬间失去了所有的力量,她双腿一软,坐在了地上。

旁边的人也好像全都看不见这个影子的存在,姐姐摇着她的手,问她怎么了。可她说不出话来,她也不想说,再看姐姐也好像隔着一层纱似的。身体很不对劲,手脚冰凉,刚想说句“我怎么了”,结果话一出口却变成了:“我又回来了!”

那语气,像极了曹尚智。连同姐姐在内,所有在场的人都愣住了。

6. 那只是故事

别问我后来怎么样,我也不知道,因为这个故事我还没写完,跟网站签约时我只写了这么多。关于琪雅最后的反应,可以理解为受到极度刺激后受到心理暗示产生了过激反应,也可能是真的被曹尚智的灵魂附体,当然,如果是第二个选择的话,这个故事大概要变成灵异类的了,事实上我写的这个故事应该属于惊悚类。

我是个码字的,大学毕业后一直找不到工作,直到现在还得靠家里人接济。好在我是女的,要是个男生,早就有人骂我窝囊废了。家里并不宽裕,为供我读书已经花了很多钱,所以我必须得做点什么。做生意需要本钱,跑单帮需要特长和手艺,打工需要朝九晚五,我既没有本钱和手艺,也不喜欢朝九晚五,当写手就成了唯一的出路。

每天我都睡觉睡到自然醒,晚上我会去步行街附近摆地摊赚点零花钱,收工后我回到家里开始在电脑前编造各种故事。也许是文笔不够好,我被很多杂志拒绝过,只能写不要任何门槛的网文,据说只要看的人多,网站也会找上门来签约,然后就可以赚钱。

为了吸引人气,我闭门造车地编造了这个有点黑色、有点惊悚的另类故事,最初的灵感源于一个噩梦。那是个有点无厘头的梦,只有开头没有结尾,但我还是把它写下来了。没想到这个故事居然大受欢迎,点击率挺高,然后网站的编辑找到我,说了要签约的事。

签约后才知道,原来要赚到钱还得写更多的内容,这意味着至少还需要几十万字,只有后续读者越来越多,并且故事足够吸引他们花钱来看,我才可能真的赚到钱。为此,我只能放弃了摆地摊,全身心地投入了编造故事的紧张生活中。

为了找到素材和灵感,我花了几乎所有的时间看恐怖电影和悬疑小说。我很用功,吃饭的时候看,上厕所的时候看,就连睡觉前我也在看,不到眼皮实在是睁不开我绝不放手。我要让那些恐怖的情节充斥我的脑海,我要尝试着当一个变态杀手,更要经历每夜的噩梦。

是的,每夜的噩梦。只要我一闭上眼睛,就像在看电影,眼前浮现出各种各样匪夷所思的镜头。在梦里我比电锯杀人狂更凶悍,下毒、溺水、剥皮、强酸,甚至还有肢解。那些暗红色的梦充满了血腥的气息,那些粗暴的方式让我惶恐,那些细节清晰得可怕。我很害怕,怕自己会变成真正的杀人狂了,现实生活和幻想世界的界线在我眼中越来越模糊。

长时间地宅在家里令我的社交能力日益退化,我变得极度敏感且易怒。身体也越来越差,胃痛失眠都成了家常便饭。好在网站上读者们的反应越来越强烈,每天讨论区都会出现N多跟帖,有人拍砖也有人捧场,还有人来打小广告,热闹非凡,总之,我开始赚钱了!每一次更新就有一笔收入,虽然钱不太多,但已经足够维持目前的生活,这可是个了不得的进步,看到账户里的数字每天在跳动,我激动不已。

有一次,我在杂志上看到国外有个籍籍无名的女画家,脑子里生了一个致命的肿瘤后,灵感开始爆发,由于脑部活动紊乱以及脑部血管的异常充血,她每天都能在幻觉中见到许多色彩缤纷、匪夷所思的画面。她把那些画面画了下来,并且成功地获得了专业人士以及客户的认可。为了保留这份灵感,她拒绝做手术,她宁可危险地活着,也不愿放弃那些能带给她灵感的幻觉。

我觉得我的情况跟这个女画家有些类似,我憎恨籍籍无名,我憎恨像灰尘像臭虫那样默默地生存下去,我渴望成功,我想赚大钱,哪怕会因此缩短生命。所以,我不能离开那些梦。

曾经最可怕的噩梦,如今却是我最渴望的东西。我只需要把梦见的那些恐怖情节稍加润色就能写出一篇新的超刺激的故事来。可是我的睡眠状态不好,睡都睡不着,噩梦的产量自然大幅减少。这可不行,故事写得少了,读者们就会流失,当网络写手的竞争超乎想象的激烈,我的小说稍微有点要火的意思后，身后已经出现了一大批模仿和跟风的写手。

为了重新找回那些噩梦，我打算向我的心理医生求助。

7. 我有双重人格吗

我的心理医生司马逸风是个很不错的男人，很有风度，永远一副微笑的表情，从来不会发怒。有时候我甚至觉得他的脸就像一张面具，如果一个人永远只会微笑，未免太可怕了。但我说什么他都会耐心地倾听，这一点让我特别感动，我的那些语无伦次的废话连我爸都不爱听，但司马逸风听完后还能给我一些很科学的判断和建议。

按我的经济条件，其实没有那么多钱看心理医生，我曾看过司马诊所的收费单，每小时超过三位数。司马曾开玩笑地跟我说他是钟点工。谁让他是市内最有资历的心理医生呢？白天的时间几乎都被预约满了，我只能在晚上十点以后去找他，那时候连诊所的护士们都已经下班了。

司马为我治疗是不收费的。这是因为本市的市长颁布了一条非常亲民的规定，医生们都必须免费接待一定数量的贫困病人。这是一项惠民措施，就像每位律师每年都必须为付不起诉讼费的穷人打几场免费的官司。

去年夏天，我很不幸地被一个建筑工地上脱落的零件砸中头部，当时诊断为脑震荡，并且有严重的颅外伤。头盖骨都碎了，好在工地的开发商为我负担了所有治疗费用，但是出院后我总觉得不太对劲，很不舒服，我的主治医生建议我去看看心理医生。这种治疗费开发商就不肯负担了，我只能自己去找收费低廉的心理医生，很幸运，我遇到了司马。

司马医生很乐于接待我，因为问题不大，吃点抗抑郁的药，再聊聊天，做个浅催眠就算是治疗了，并不耽误太多时间。在最初的半年里，我一共也只见过他五次，每次他被他催眠后，我就会觉得神清气爽，在他的办公室里小睡半小时比躺在家里睡一整天的效果还好。吃过他开的药后我的情绪变得很稳定，精神状态日渐好转。

和以前一样，这一次我也是打电话预约的，到了诊所后护士们已经下班了，只剩下司马医生一个人在办公室。司马医生听完我的叙述后，决定为我做一次催眠，像之前的催眠一样，轻柔的疗伤音乐，还有让人昏昏欲睡的印度香,柔和的男中音在耳边呢喃:“你很累,已经很久没有休息过了,你的脚尖很重,需要放松,你的小腿也很沉重,你的……”

司马让我很有安全感,我顺从地把脑子里的杂念全都清理干净,我不确定自己是不是睡着了。那感觉就像站在深不见底的黑洞门口,有阴寒的风吹过我的双颊,一个低沉的声音从黑洞深处传来,像在诉说一个故事,又像是来自地狱的风声。后来的事我就不知道了,和以往每次的催眠治疗一样,半个小时后我才被唤醒。

“我想我必须告诉你,经过今天的诊断,我发现你有双重人格。”司马医生的表情有些凝重,“也许是最近才发生的,我以前没发现过这种状况。你的体内还有另一个人格,一个很暴虐很黑色的人格,在你每天晚上入睡后,很可能做出一些匪夷所思的事情来。具体做过些什么我暂时还不得而知,这个人格有很强的对抗性,隐藏得很深,你得多加小心。”

我听完这些话后感觉一头雾水,“双重人格?不至于吧,我只是睡得不太好而已,怎么可能这么严重?”

见我不太相信,司马医生又说:“很多病人都不愿意接受这个事实,但你回去后仔细想想就会发现一些细微的痕迹。我也不便多说,毕竟是很私人的事情,我还是先开些有助于睡眠的药给你吧。你说你希望再做噩梦,这个忙我可帮不上,目前的医学还没发展到可以控制梦境的地步。身体要紧,你要多休息。”

司马医生就是这么好。他甚至没收我的药钱,自己去药房拿了些药片给我,并认真地写下了服用的剂量。

8. 崩溃

回家后我无心码字,一连好几个小时都泡在小说讨论区,这一泡就泡出了问题。

有人说我写的杀人故事都在现实生活中发生过,比如,某年某月某日的某份报纸上就刊登过,凶手的手法跟我描写的如出一辙,而且至今尚未破案,所有案件最大的共同点就是死者的死亡时间都在深夜至凌晨,大约四点到五点之间。

这个帖子发表之后,越来越多的读者们都纷纷跟帖,一个又一个的杀人案接连冒出,死者无一不是按照我在小说里描述的手法死去的,凶手同样没能抓到,更恐怖的是,这些杀人案都发生在我现在居住的这个城市。

有的读者很认真,还在帖子里留下了新闻的链接,我打开来逐一查看,全都是很残忍的手法,而凶手却毫无线索可循。我看得心烦意乱,为什么会这样,那些噩梦难道都是真的? 在现实社会中居然有一模一样的事件发生,如果只有一两件,那么可以解释为只是巧合。

难道……

我信手点击了好几天前的读者跟帖, 一个很醒目的标题赫然出现眼前:作者可能是连环杀手。

我情不自禁地打了个哆嗦, 这位读者以玩笑的口气说我很可能就是个真正的杀人狂,而且是无差别杀人的那种超级变态,杀人于我来说可能就是种乐趣,或者是挑战,而那些被害人大概都是枉死鬼,不过是碰巧被我遇到。

我的脑海中浮现出这样的画面:寂静无声的深夜里,在电脑前把自己消耗到精疲力竭的我如同一具丧尸般直挺挺地躺在了床上,我闭上眼,很快进入睡眠。房间里除了墙上时钟的秒针在滴答作响,就只有我均匀的呼吸声,我睡着了。可没过多久,我被电击一般“噌”地坐了起来,默默地走进厨房抓起一把刀,然后无声无息地、行尸走肉般地走了出去。我的眼睛分明是睁着的, 可这时主宰我身体的却不是这个灵魂……这真的有可能发生吗? 我第一次怀疑自己是否真是双重人格。

我被这个念头弄得寝食难安, 即便编辑天天催稿也无法继续写作了。我吃下双倍安眠药也无法入睡,我害怕入睡,我一个人租房子住,没人照顾我,万一我真有双重人格,万一那些可怕的事真是我做的,那后果真是不堪设想。我不想杀人,也不想再写什么破小说,我只想做个正常人,平静地生活,我还这么年轻,一切刚刚开始,生命的美好我还没有尝试过。

我在这种巨大的精神压力下很快瘦得脱了形, 眼圈更是黑得吓人,蓬头垢面的我衣冠不整,终日缩在房间里,连一只蟑螂跑出来都能把我吓倒。

天知道我有多惶恐,可我不敢去见司马医生,他可是给我催眠过的人,他知道我的秘密,那些连我都不甚了解的秘密是危险的源泉。可我又不能不去见他,因为除了他,这件事我不能跟任何人说起。我唯一能指望的就是他会为我保守秘密,或者他有办法救我脱离苦海。

9. 司马非马

我第一次没有预约。我没有打电话就径自去了司马的诊所。出门前我用冷水好好地洗了把脸,对着镜子中的自己认真地说:不管是什么结果,都别害怕。

走出阴暗的房间，太阳像手术台上的无影灯般把我照得无处藏匿,秋老虎余威尤勇,知了叫得让人心烦意乱,不过我不怕,我已经想好了。如果那些事真的是我做的,我就去自首,请求警察把我送到精神病院去隔离治疗。只要是病,总有一天会好,至少我不必再担心自己会杀人了。

我精神恍惚却意志坚定地来到了司马的诊所，我跟接待处的小姐说:“我是司马医生的病人,虽然今天没有预约,但病情紧急,请你帮忙安排一下。”

“你是司马医生的病人?”那位小姐的眉毛挑了挑,眼神中带着鄙视,“我们诊所的诊金很贵的,你付得起吗?”

我耐着性子解释说我是司马医生的免费治疗对象,并再次强调了自己的病情很严重,急需得到他的治疗。

“据我所知,今年司马医生免费治疗的五个名额里有三个是男人,另外两名女病人也都是三四十岁的,看起来你显然太年轻了。”小姐干脆抄起双手,根本没有要去通报一下的意思。

我很想冲上去揪住这个狗眼看人低的臭女人，狠狠地给她一个大嘴巴。但我努力克制住了这种情绪,毕竟今天是来看病的,不是来踢馆的,我盯着她的眼睛认真地说道:“我已经连续六次来这家诊所接受过司马医生的治疗,每一次都是在你下班以后,晚上十点之后。我再说一次,我的确是司马医生的病人,请你带我见他。”

“别说笑了,司马医生每天只接待最多四个病人,每天下午四点就下班的,晚上不可能接诊,更不可能不留下病人的资料。真是见鬼了,你口口声声说是他给你做的治疗,你的病历本呢?”

“我没带病历本,请你相信我,我还吃过你们药房开出的药。”我从牙缝里挤出这句话。

“你确定没有梦游?”那位小姐白了我一眼,打开电脑里的一张相片给我看，“如果你真的有病，那只可能是妄想症，睁大眼睛看清楚，真的是我们司马医生为你看过病吗？”

我睁大了眼睛，我还揉了揉眼睛，电脑屏幕上，那个挺着大肚皮的中年男人正在跟某位领导亲密地握手，我不解地问：“这人是谁？”

“切，这就是司马医生啊！你说他给你看过病，怎么会认不出他？”小姐不耐烦地说完，伸手招呼保安把我领出去。

“不！让我见他，他不是这样的，你们骗人，你们这些骗子！”我疯狂地挣脱保安的手，朝着走廊的尽头奔去。我用力撞开大门，里面坐着的的确是刚才电脑里的那个大肚子男人。我不敢相信自己的眼睛，这是怎么回事？那个为我治疗了六次的司马逸风呢？他究竟是谁？

我最后被他们按住，强制打了镇静剂，然后扭送至公安局。我把这一切说出来却没人信，所有人都说我是压力太大了，有了妄想的症状，毕竟现在找不到工作的大学生那么多，有精神问题也难免。临出门时，给我录口供的警察还安慰我说：“赶紧找份踏实的工作吧，天天日夜颠倒地过日子没病都会生病。”

就这样，我什么事都没有地回了家。反正双重人格的事我已经跟警察说过了，他们不信，我也没办法。这么闹过一次之后，我反倒踏实了很多。

失去了那些噩梦，我只能放弃了那本恐怖小说，打算换个风格换个笔名重新来过。既然能有第一本小说签约，就一定会有第二本、第三本，我努力地看了很多美好温馨的书和电影，把日子过得很充实，更重要的是，我改变了作息时间，每晚 12 点钟按时入睡，早上 6 点 30 分准时起床。

大概是半个月后，我收到了一封电子邮件，发信人自称是司马非马。

恭喜你成为第一个没被我玩崩溃的猎物。

我是个杀手，一个游荡在黑夜的魔鬼，假扮成其他人于我而言是莫大的乐趣，我喜欢玩弄人、恐吓人、折磨人。猫吃老鼠之前总要跟它玩一会儿，我也喜欢先把猎物玩到精神崩溃再要他们的命。你很幸运，正好碰上了我的新玩法，这次我假扮成心理医生，又偷偷复制了诊所的钥匙，趁晚上没人时让你来见我。从我第一次给你催眠起，就在你的潜意识里灌输了我的杀人经历，那些黑色的故事足够制造出一个个噩梦。

你该感谢我，如果不是我，你不会写出那个前所未有的故事，并顺利地签下第一本书，获得那么多读者的认可。我也要感谢你，是你让那些读者了解了我，让我不再默默无闻。走在大街上，一想到有那么多人知道我的故事我就觉得很自豪。我不想杀你了，好好活下去吧。

司马非马

我把这封信看了好几遍，最后才想起，从我第一次见到司马医生的时候起，似乎正是人生最低潮的时候，后来去诊所也从没遇到过其他的人。

10. 这才是现实

“后来呢？那个‘我’就是琪雅吗？故事里的姐姐和你所说的司马非马有没有关系？司马非马究竟是谁？”我急切地想知道结果。

“呵呵，没有后来了，你以为这是真的，是我编的故事而已，最近我开始为杂志写悬疑小说，这个是最新的构思。”坐在我对面的女人得意地笑笑。

“小说？这只是你凭空想出来的？”我觉得有点离谱。

“当然，你不会以为是真的吧。好了，雨小了，我要去心理医生那里开点安眠药吃，最近睡得不太好，咱们下次再聊。”她似乎不想继续聊了，已经是第三次抬起手看时间。

一个穿着米色短风衣的窈窕身影融进了细细的毛毛雨中，她的背影很快消失在街角。

在这个清凉的初秋午后，我本来是准备去书店看看最新的杂志到了没有，没想到半路下起了雨，我没带伞，就在街心花园的小亭子里避雨，却意外地邂逅了这位神秘美女。她自称是我的小学同学，甚至喊出了我的姓名，对我小时候的事也知之甚多。可我完全不记得有这么一位同学，从她的名字到她的脸全都是陌生的。出于礼貌，我跟她聊了一会儿，没想到她异常热情地跟我说了不少私房话，还有这个匪夷所思的故事。不，这应该算故事里的事了，她说得绘声绘色，我好像看了一下午的电影，不过没有结局，这让人感到烦躁。

我决定回去把这个故事写出来，自己给它编一个新的结局。我是职业写手，最擅长的就是编造各种各样的故事，最近进入了瓶颈期，希望这个故事能打动我的编辑，我已经太久没有得到她的认可了。

我太兴奋了，连回家时都走得晃晃悠悠，这可是个全新的风格，少许灵异和大量惊悚悬疑的成分混搭，两个截然不同的故事其实有着千丝万缕的联系。灵感就像香槟酒瓶里的气泡迅速聚集，即将喷发，我能想象到这样一个全新的故事将会释放出多么新鲜的芬芳。我太渴望需要这种感觉了，我在电脑前拼命地码字，不时有惊艳的句子从脑子里冒出来，从下午回到家一直到午夜时分，我不眠不休地工作着，感觉不到累也不觉得饿。

我把第一个故事中关于琪雅的部分作了些修改，写到结尾的时候，曹尚智并没有真的中枪，而是成功地逃脱了，琪雅因受到过度惊吓产生了幻觉，一度以为曹尚智死了，他的灵魂附在琪雅身上，琪雅成为双重人格患者，并开始杀人。在这个崭新的故事里，考验、惩罚和补偿是全书的主题，危险的际遇考验了琪雅的承受能力，姐姐的死是对自私的惩罚，至于补偿，就是第二个故事中那个宅女作家活下来的理由。

当最后一个标点落下后，我才长长地舒了口气，粗略地看了一遍，几乎不用修改，我马上给编辑发送了离线文件。闭上眼睛，我简直能看到这个故事像一枚重磅炸弹般把那个挑剔的编辑轰炸得外焦里嫩。

"叮咚！"门铃的响声吓了我一跳，电脑屏幕上显示现在是凌晨四点，会是谁这么早来找我？

起身后，我才发现双腿酸麻。从书房出来经过客厅时，我看到电视机没关。

"警方提醒各位市民，该逃犯曾获得过心理学硕士学位，懂得简单的易容术，反侦察能力超强，极度危险，目前很可能藏匿于本市……"

永不疲倦的电视机里正重播着昨天的新闻，表情严肃的主持人正指着一张囚犯的大头照给观众看。那细长的眉眼，高挺的鼻梁，白皙的皮肤，怎么越看越觉得眼熟？

我精神涣散地揉了揉眼睛，打算仔细看看，就在这时，门铃声再度响起，像是在提醒我别忘了走出书房的目的。

"谁啊？"我打了个哈欠，把眼睛凑在猫眼里朝外看。走廊上的声控灯亮着，从上往下投射出苍白的光芒，门前的人穿着米色的风衣，披肩的长发显得有些僵硬，很像假发，那张脸……那不是昨天遇到的那个跟我说故事的女人吗？她怎么跟电视上的逃犯长得那么像？天啊，此时我听到电视里的主持人公布了逃犯的名字:曹尚智!

真有这么个人?我昨天听到的事情全都是真的吗?眼前这个女人就是曹尚智假扮的?他怎么找到我这里来的?该不会是来杀我的吧,怎么办,怎么办?

“我又回来了!”门外的那张脸上浮现出诡异的微笑,这句台词分明是我自己设计的。

我彻底慌了,究竟要不要开门呢?

梁祝

文／辛欣

1

已经是第三天了，我完全不知道我的身体为什么会变成这样。

仔细想想，在此之前似乎就有一些征兆了，只是我没有留意而已，等到发现时，事态已经完全失控。可是，谁会想到竟然会变成这样呢？照理讲，这根本就不可能发生，人的身体怎么会……怎么可能会像这样逐渐“转变”成另一种生物呢？又不是电影或者小说里的情节！

此时此刻，我瘫在客厅的一角，感觉到身体下的触足正贴着冰凉的地板——谁知道那些玩意儿是怎么“长”出来的，我只是一觉醒来就发现身体不对劲了，我的身体底下长出了许多像虫子一样的触足。

刚开始，它们不受控制地胡乱蠕动，令我感到恶心，但很快我就发现我可以控制它们，虽然新长出来的这些小东西令人作呕，但当你发现到它们是你身体的一部分后，其实很快就会习惯它们的存在……不想习惯都不行。

事情是怎么开始的呢？

我记得有一次当我站在镜子前刮脸时，剃须刀划破了我的下巴，我当时的反应就是立刻抽出一张面巾纸吸附渗出的血，但当我看到面巾纸上的血渍时，我承认我确实愣了几秒钟，我怀疑我是不是看错了，还特意凑近到镜子前再次确认，但当时我快要迟到了，所以没有时间去思考为什么会是这个样子。

那天之后，我很快就忘记了这段小插曲，我不知道这么严重的事我怎么会忘记，我应该请个假，然后立刻去看医生才对……算了，反正现在说这些都为时已晚。

那天，从我下巴渗出的血并不是红色的。

接下来的转变比我想象中的还快，就在我忘记这件事的期间——只不过一天而已——一切就变了。那天不知道为什么，我整个人特别疲劳，一回到家倒头便睡，而等到我察觉事情不对劲时，已经是第二天下午的事了。

起先我只想到闹钟为什么没响，接着是我睡过头没去上班，但这两件事都没有盘亘在我心头太久，我连忙跳下床，却立即跌倒在地，我本能地想去摸撞疼的地方，但却摸到一样我身上不可能出现的玩意儿。

没错，就是触足。

那东西就在我身体底下动啊动的，超级恶心。起先我还以为摸到了蟑螂，然后我就像个小女生一样尖声大叫起来——这不能怪我，毕竟我刚起床便跌倒，而且摸到了恶心的东西，难免会作出比较不理智的举动。

总之，我一边鬼叫着一边想把那东西从身上拍掉，我掀开T恤在地上疯狂地扭动。还好我一个人住，没人会看到我这副模样。我以为这样可以把不明物体从身上赶走。但很快我就发现，那东西是长在我身上的，那无辜的触足受了我的重击，正恼人地挣扎着，仿佛它也很不情愿长在我身上，而且我得承认——很疼！

那些触足的感知神经直接报应在我身上，就像你摸到开水壶会立刻将手抽回去一样，当你发现折磨那些触足会让你疼痛，你也会像我一样立刻停手。

有那么一小段时间，我就这么躺在那边，沉浸在痛楚里，然后理智才回到我的脑海，逼我思考为什么会这样。

2

我花了好几分钟才接受这些东西是从我身体里长出来的事实，因为我只要稍微动一下腹部的肌肉，它们就会不停地扭动，这使得我有好一段时间都不敢乱动。但很快我就知道我不能永远待在这里跟这些鬼东西对峙，因为我发现我开始饿了。

我知道现在这个时候提到肚子饿的事，未免显得太没紧张感，但当时就是这样，当电影情节降临在普通人身上时，就是那么没趣，尽管一方面慌乱从未离开我的脑海，但另一方面我已经在思考要怎么出去找东西吃了，毕竟我不想饿死在这里。

我知道第一件事首先就是要让自己站起来，尽管我的身上长出了触足，而它们显然很想大显身手，但我身为人类的自尊还不容许我像只虫子一般爬出去，我还有人类的意识，这表示我搞不好还有机会恢复……

我试着这么说服自己，但效果似乎并不好。

我决定无视那些在我腹部扭动的触足，像平常一样爬起来。我用手撑起身子，然后用两只脚直立起来。当我确定我可以像往常一样站立时，我不想否认我的确有几分欣喜，但那些在我身上扭来扭去的触足很快便击碎了我的喜悦，它们的确没有影响到我像个人类般站立甚至行走的能力，但它们或许很快就会让我没办法那么做了。

虽然我感到十分饥饿，但我还是立刻冲到了卫生间的镜子前，我想知道到底发生了什么事。

我承认当我面对镜中的自己时，有几分恐惧，我怕我变成一个模样恐怖的怪物，连自己看到都会尖叫出来。但好奇心终究还是战胜了恐惧。望向镜子中的我，除了身上的触足外，我大致看起来跟以前没什么两样，只是当我更仔细地观察自己时，我注意到我的皮肤变得不一样了，我的皮肤隐隐透着一股绿色，而且似乎变得比以前更加柔软，像是只要碰到什么硬物就会被刺破一样。

我的脑子里有那么一刻忽然想起了“吹弹可破”这个成语，然后我就笑了，但这不是我能笑得出来的时机，而且就算我抹了什么鬼东西也不可能让皮肤变成这样，如果真有这么恐怖的护肤品，应该也不会大卖，更何况我什么都没抹过。

我努力回想我最近会不会是吃了什么不好的东西才会变成这样，但我完全想不出有哪种食物会让人变成绿色，还长出触足，有这种食物的话消费者协会跟食品管理局不可能坐视不管吧？还是说……

等等！我忽然想起了那盒来历不明的凤梨酥！

前几天下班路过小区收发室，保安递给我一个包裹，说是快递公司送来的。我拿回家一看，居然是我最喜欢吃的凤梨酥。我看了看发件人地址，十分模糊，我想这大概是某个亲戚快递给我的，所以我并没有多想，很快就把一整盒凤梨酥都吃光了。

难道,都是因为它的缘故?

不可能的,那只是一盒普通的凤梨酥而已。

我颓然地走出卫生间,连脸都忘了洗,我想到外国电影《变蝇人》中的那个倒霉鬼,是因为做实验的时候有苍蝇飞进去才会变成那样,但我又不是科学家,我怎么可能会变这副模样……对了,《变蝇人》续集的主角好像是因为他父亲遗传的关系……可是我老爸正常得很啊!

够了,不要再胡思乱想了。

渐渐的,饥饿向我袭来,但我不可能就这个样子上街去觅食,于是我打开冰箱,想找找看有没有什么可吃的。我在上层柜子里找到一包方便面,下层里还有颗鸡蛋,凑合着应该是还算不错的一餐,但当我将热开水倒进碗里时,我却顿时失去了吃它的念头。

当我闻到方便面的香味时,竟然完全没有半点食指大动的感觉——事实上,我一闻到那种味道就想吐,更不要说入口了。最后,我只好将它放在茶几上,继续枯坐在客厅里的沙发上与饥饿共处。

我望着腹部的触足,以及那不明显却仍然看得出来绿色的皮肤,心中百感焦急。我这样是绝对没办法去上班的,连出门都不可能,我必须请病假,而且很可能请到他们将我解雇为止。

我该怎么办呢?

我连要怎么做才能不让自己饿死都不知道。

我望向阳台上的盆栽,明知道这种想法很疯狂,却还是半信半疑地摘下一片叶子。叶片上已经落满了灰尘,所以我用衣服擦了擦,接着将它放入口中。

不到一秒,我就立刻将它吐了出来。

这真是个笨主意!我怎么会想去吃叶子呢!那种东西能吃才怪!我在阳台上将嘴里所有的叶片残渣都吐了出来,就差没去漱口了。在我确定附近没有邻居看到我的蠢样后,我这才回到屋里。

我必须去求救,但我很快便打消了看医生的念头,我很清楚这不是一般医生能解决的事,因为这已经不像是人类会发生的疾病了,我可不想被当成怪胎送进实验室解剖,或者被做成标本放在自然博物馆的玻璃柜里被人参观。

我忽然想到了小芬——我的女朋友,这种时候只有她能救我了。

我马上打她的手机，这时候她应该还在店里，对一些身材走样的贵妇人说“这件衣服很适合你的”之类的违心话。我等待她接起手机，然而她却迟迟不接。我有些丧气，正当我打算放弃时，小芬的声音却在我耳边响起。

“喂！是顾宇吗？你这时候怎么会打来？”她娇笑了起来。

换成平时我可能会觉得她这样笑很可爱，但现在我却觉得莫名恼火起来。

“有这么想我吗？”她说。

“小芬，你听我说，有件事很急，你现在可不可以出来一下？”我尽量控制着情绪。

“嗯……恐怕不行啊，有什么事吗？不能在电话里说吗？”

她娇嗔的鼻音与悠闲的语调令我感到很不舒服，这可不是闲聊的时机啊……

“我变成虫子了！至少已经开始变了，我不是在开玩笑！拜托你快点过来！”

电话那头静默了几秒。

“哦，你变成虫子了，所以呢？”她又笑了一声，似有嘲讽之意。

“这不是在开玩笑！你一定要相信我！我不知道要怎么说才能让你相信……但这是真的！你只要过来一趟就知道了，我……”

“那又怎样？这种事每天都在发生……麻烦你编也要编个好点的理由！”

我还没来得及反应时，电话就被挂断了。

什么意思？

这种事每天都在发生？

编个好点的理由？

她一定是听错了什么，还是误会了——这到底是什么意思？我再次打她的手机，却发现打不通，连试了好几次都没用。

那天，她居然一整天关机，而我也终日未曾进食。

3

今天已经是第三天了，我已经整整两天没有吃过任何东西，也不敢去求救，说不定我就要死了，而且还是死在这里，在这个位于市中心的公寓里。

突然,一片死寂的客厅内响起了电话铃声,把我吓得差点跳起来。我下意识地想去接,但饥饿感却让我头昏眼花,完全站不起来,我只好连滚带爬地爬到电话旁边,接起了那通不知道是谁打来的电话。

我原本以为会是公司打来的电话,毕竟我已经三天没去上班了,但电话那头响起的却是一个我感觉很遥远却又不完全陌生的声音——一个有些粗声粗气的女声。

“喂!请找顾宇。”

“呃……我就是。”我一开口才发现我的声音沙哑得厉害。

“是顾宇吗?”对方似乎有些不相信。

“嗯。”

“吓死我了,我还以为说话的不是你呢!对了,我是崇菲啊!”

“崇……菲……哦!是虫虫吗?”想起这个人在学生时代的绰号,再联想到我如今的境遇,我不禁打了个寒颤。

“对对,我是虫虫!是这样的,就是萱萱啊,你还记得吧?我们高中时的那个女班长,要我打电话来通知你,下礼拜天有同学会,你有空来吗?”

“我?呃……大概不行。”

“可能是礼拜天,也可能是礼拜五,日期还没有敲定,”她笑了一下,“因为好像很多人礼拜天都没有空……那你礼拜五晚上有空吗?”

“应该……”我一开口,就突然发现声音有点哽咽,“没办法……”

“你怎么了?声音怪怪的。”

要命,居然被她察觉了。

我忽然灵机一动,“那个……虫虫,我问你……你现在是不是还在养虫子?”

“有啊,干什么?”

我迟疑了一下,思考着该怎么开口。过了好一会儿,我说:“是这样的……我这里有一只虫子,我不知道是什么种类的……它好像快要饿死了,我不知道该喂它吃什么……”

她听后似乎很热心,立刻道:“长什么样子?”

天啊!我该怎么形容?

踌躇了一会儿,我说:“就是那种……皮肤有点绿,腹部长着许多触足……”我翻看自己的手臂,并绝望地发现那里长了一排橘红色的斑点,

"还有,手……呃……还长着橘红色的斑点。"此时我已经浑身冒汗。

"你这样等于什么都没说,太笼统了,要不拍张照片发给我?"

"不行,我手边没有相机,而且我的手机也没有拍照功能,"我深吸了一口气,并尽可能让语气保持冷静,"这样好不好,你可以过来一下吗?我把我的住址报给你,我记得你现在也住在市里吧?应该不会太麻烦。"

"有必要那么麻烦吗?不然你不要养了,虫子本来就很容易死掉的。"

"拜托,崇菲,好虫虫,就帮我这一次,我也知道突然这样讲很奇怪,但这真的很重要,没人帮我就死定了!"

"为什么突然开始养虫子了?我记得你以前对这明明没什么兴趣。"

"不是我自己想养……是……是我帮人家养。"

"人家没跟你说要怎么养吗?"

"没有。"

"有没有搞错啊!这样你也答应人家?你自己又不会。"

我有些生气了:"你到底过不过来?"

电话那头沉默着,我知道她随时都可能会挂我的电话。

"好吧,把你那边的住址报给我,我记一下,差不多下午三点有空。"

我松了口气。

算起来,我跟崇菲其实初中就认识,那时她在隔壁班,但我们班跟隔壁班的几乎都很熟,所以我们也算是认识——其实所有男生都认识她,因为她是那种……怎么说呢?她是个性格很怪的人,平常不太说话,显得很阴沉,而且长得比较男性化,嘴唇上的绒毛比较重,这一点让人看起来很不舒服,所以大家都不喜欢她,不跟她一起玩。

但她的"出名"并不是因为此,而是她的一种"特殊嗜好"——养虫。

不妨设想一下,一个女孩子——尽管她是个假小子,但她居然喜欢养虫子,这怎么说都很怪异,不是吗?

还记得当时,她的书桌或者柜子里放了一盒盒的幼虫,因此完全没女生想靠近她,跟她玩。也因为她下课时间几乎都在照顾那些虫宝贝,所以也很少跟我们男生在一起,也就是说,在学校里,她几乎是完全被孤立的。

这样的人自然没什么朋友,不过,我应该勉强算是跟她熟的人。有一次午休刚好轮到我和她值日,在校园里鬼混时我没事可干,就跟着她去抓虫子……最多,我只能算是对她爱虫成痴的喜好没啥偏见,或者对她当时的处境有些同情而已，要说我们之间有什么交情倒也谈不上。

也正因为她整天都跟虫子厮混，所以她有了“虫虫”这么个绰号，刚好她名字里也有个“崇”字，所以这个绰号就名正言顺地取代了她的本名，就连她自己都很少用自己的本名。看起来，她还真是个怪人。

等上了高中，就很少有初中认识的同学会跟自己同校了，不像初中那样几乎都是同一所小学的同学一起升上来。不过让我有点惊讶的是，虫虫居然跟我上了同一所高中，而且还跟我同班。

刚开始看到有以前同校的人，我当然是有点高兴，但跟大家都混熟后，其实我也就不太常跟她混在一起了。高二之后，虫虫变得不像以前那么阴沉，虽然她还是会在学校里抓虫子，但已经不会把装着幼虫的罐子或者盒子放在书桌里。高二下学期的时候，她居然还交了男朋友，我当时还很惊讶。念大学以后，她去了外省市的农牧大学，我跟她也就没怎么再联络了。

已经过了那么久，我连她原本叫啥都差不多要忘了，结果今天这通电话我居然还叫对方过来找我，未免也太唐突了一点，但我真的是无法可想了，虫虫对虫子很在行，也许她能帮到我。不过，她看到我这个样子，也有可能会立刻被吓跑，而就常理来看，后者的可能性怎么看都比较大。

还不到三点，门铃就响了，我抓了条被单把自己的下身裹起来——因为皮肤变异的关系，身上穿衣服会很不舒服——虽然我觉得我虚弱得快要挂掉了，但我还是强打起精神去开门。

“你……你干吗搞成这样？有那么冷吗？真那么冷的话，穿上衣服不就得了？”

虫虫站在门口，这是多年后第一次见面，但我发现她其实没怎么变，还是那副假小子的样子，上身穿着一件耐克T恤衫，下身是条被洗白了的牛仔裤，手上还提着两袋红白条纹的塑胶袋。唯一的变化，就是胸部看起来大了不少。

“对不起……我感冒了。”我含糊地说道，打开门让她进来。

“虫子放在哪儿了？”

她不问我的病情，却先问虫子，这符合她的性格。

我将门迅速地关上，确定她与门已相隔了一段距离，不会立刻开门逃走，然后我转过来，面对着她。

“不管是哪种虫子，长得再奇怪，或者个头再大，你都不会被吓跑吧？”

“当然,虫子有什么好怕的?我看过不下几万只了。”

“好吧……算我相信你好了,无论如何你都不要说出去。”

“喂,你到底……”

我松开手,让被单落在地上,将上身赤裸裸地展示在她面前。

时间仿佛静止了……有那么一刻,我甚至产生了某种幻觉,我感觉自己就像是一个正在向嫖客展示自己肉体的妓女。下一秒钟,一阵凉风吹过,腹部的触足开始慌乱地蠕动起来,这才将我拉回到现实。

我就这么站在那里,看见她的表情由震惊渐渐转为另一种我说不出的情绪。

4

“这应该……这算是某种病吧?”良久,虫虫才开口。

“有哪种病会让人变成这种样子?”

“也许是什么新型的疾病……说不定还会传染!”她缩了缩身体。

“虫虫!你看清楚好吗?这不是病,而是我就要变成别的什么东西了,我可能就要变成一只虫子了!我知道你很难接受这种类似电影情节一样的事……我也不能接受,可是只有你能帮我了,你对虫子最了解,不是吗?拜托,别把我丢在这里,我已经一个人待在这里整整三天了,我不想过了好几个月腐烂掉才被人发现我死在这里,你一定要救我,虫虫!”我努力控制着眼眶里的泪水,不让它流下来。

一个大男人当着女生的面哭哭啼啼,是很没面子的表现。

她看着我的眼神仍然很慌乱,但明显已经透出一丝怜悯,“我要怎么救你?”

“我不知道……我只知道我快要饿死在这里了……我本来以为虫子都吃叶子,但是阳台上的那些根本就不能吃……”

她看了一眼阳台上的盆栽,然后开始翻找她拎着的塑胶袋里的东西,我从那里面闻到了一股清香,但我尽可能地克制自己不要太靠近她。

“听你在电话里讲,我还以为是什么蝶的幼虫,所以我带来的都是这类虫子喜欢吃的植物,”她拿出两盆小盆栽,还有几包叶片,“这些帮得上忙吗?”

我打开其中几包叶片，然后选择我觉得最香的几片嚼了起来，不一会儿，我就把包裹中的叶片全部吃光了，可我还嫌不够吃，我伸手去摘盆栽上的叶片，这才发现虫虫一脸目瞪口呆地看着我。

“我的妈呀，你真的变成虫子了！”她惊呼起来。

我立刻将手缩了回来，不太敢对上她的视线，“我哪知道……是这些叶子太香了，跟我家的根本不一样……”

“阳台上那些只是一般的景观植物，叶片太厚也太老了，一般幼虫都爱吃嫩叶，而且只吃特定的植物而已。”

“那你带来的这些是哪种虫子吃的？”

她摇了摇头，“你吃了不只一种，我不知道你算是哪一类。”过了一会儿，她突然从沙发上站起身来大叫，“天呐！这到底是什么鬼情形啊！我只是打了通电话，然后我现在居然坐在这里，还在喂我以前的同学！而且我的同学就快要变成虫子了！我怎么会碰到这么古怪的事啊？”

“我知道你很难相信……但是，也不是我自己想变成这样的，我自己……自己都不知道要怎么办了……”说着说着，我竟然忍不住哭了起来，那该死的眼泪终究还是没有止住，这让我自己都觉得很丢脸。

“喂……你别哭啊，喂……”她走过来，却很犹豫是不是该拍我的肩膀表示安抚。

“我看……我还是饿死好了，现在这样人不人鬼不鬼的，还活着干什么？我干脆吞杀虫剂自杀好了！”

“开什么玩笑?你要是就这样死了才麻烦呢!万一我被当成嫌疑犯怎么办?不对……我要说的不是这个，啊……脑子全搞乱了！”她烦躁地抓了抓头，这是她以前的习惯动作，“我是说，你接下来打算怎么办？”

“什么怎么办？我还能怎么办？”

“你总不能待在这间公寓里吧？这里根本不适合你生存，连食物都没有，要是我再晚两天来，你就死在这里了。”

“可是……我能去哪里？我这副模样……”

她沉默了几秒钟，然后开口道：“去我那里怎么样？”

“啥？”

“我忘了跟你说，我现在在市里的一所大学任教，平时搞搞研究，我的研究室那边正好有块地方是给我养蝴蝶幼虫用的，没有我的允许谁都不能进去，你可以暂时先住在那里，等情形好些再说。”

“研究室……”一听到“研究”这个词，我不禁打了个寒颤。

“没关系的，虽然那个地方离这里有点远。”

“那……万一被发现了怎么办？”

“不会被发现的，我保证。”

坐上虫虫的车上时，我的脑子里一直在想：也许我会就这样被抓去作研究也说不定，毕竟，我完全不知道虫虫为什么愿意帮我。不管怎么说，在任何一个正常人看来，我都是一个危险的存在——天知道我将来会变成什么！

尽管我满腔不安，但过了没多久，我就在虫虫的车上睡着了。梦中，小芬从电话中传来的话语仍回荡在我的耳畔。

“……这种事每天都在发生……编个好点的理由……”

这是什么意思呢？

5

我就这样在虫虫的研究室——一个僻静的园子里住了下来。

刚开始，这显得很奇怪，因为这等于我在接受虫虫的喂养，但日子久了，我也就习惯了。

我在园子里大嚼里面的植物，而她有时会站在一旁作纪录，而不可改变的是，我变得一天比一天更接近昆虫了。很快，我失去了两脚行走的能力，腹部的触足取代了双足的功能，终于有一天，我连说话的能力都没有了。

最近，我变得越来越没精神，也不再想吃树叶了，虫虫显然察觉到了我的异状，但她没有多说什么。

有那么一天，她坐在门槛上，像是自言自语地对着我说话——她经常会这么做，甚至当我失去语言能力后也是如此，不过自从我不再能回话后，她说的话就变得越来越像是说给自己听了，甚至话题也越来越私密。

“顾宇，你大概还不知道，其实我从初中时就一直注意你了。”

我没搭理她，只是继续蠕动。

“我以前是个怪胎，所有人都不喜欢我，只有你第一个来跟我说话，不过我猜你大概也忘了……你还记不记得,有一次我跟你值日,你陪我去抓虫子,那时我紧张得要死,结果啥都没抓到,还被你笑话,可是我很高兴,那时我就觉得,要是可以永远这样子该有多好,哈哈,结果当然不可能了,我长得一点女人味都没有,你怎么会喜欢我?”

我觉得事情似乎有点不对头。

“我那时真的很喜欢你,喜欢到整个人跟神经病一样,我觉得我那时被当成怪胎你也要负一部分责任的,因为我本来应该没那么怪的,碰上你后整个人……好了,我开玩笑的,不过喜欢你倒是真的,我之所以跟你考同一所高中,完全是因为你,你害我念书念得好辛苦,高中的那个男生啊,其实我根本没跟他交往,他是我花钱雇的,我想确认你对我有没有那种感觉,结果你完全不放在心上,害得我好难过……”

原来如此。

她无奈地笑了笑,“我知道,我知道你永远也不会喜欢我,我本来觉得,只要可以待在你身边就好了,但是,唉!白痴啊,一旦能待在身边,就会想要更多,这样太痛苦了,所以上大学我就放弃了,我不想再跟你同校,你知道吗?每次看到那些我养的昆虫,我就会有一种奇怪的想法:如果你变成了小虫子,把你关在罐子里,你就完全就属于我了,那该多好?我只有跟它们在一起才会自在,因为我不用怕它们跑掉,它们只会乖乖地待在罐子里,等我喂它们,它们不会伤我的心,也不会背叛我……我不知道,会这样想也许表示我真的是个怪胎对吧?如果你还是以前的那个顾宇,你一定会骂我是个变态。”

我望着她,而她也慢慢地站起身来,眼神中闪着异样的光。

“所以,我想到了一个办法……还记得那盒凤梨酥吧?我知道你最喜欢吃凤梨酥了,于是我便冒充快递公司,把一盒加了‘料’的凤梨酥送到你们小区的收发室,而且故意把邮寄地址弄得很模糊……忘了告诉你,凤梨酥中加的‘料’是我从蝴蝶的头部提取的一种物质,对人类 DNA 构造有很强的改造功能,这有点类似《蜘蛛侠》的男主角被蜘蛛咬中后的情形。你应该为我高兴才对,这可是本世纪的大发明喔!”

天呐!原来一切都是她在搞鬼!那盒凤梨酥……

她容不得我多想,继续说道:“不过,我又有些后悔,我怕你因此而恨我一辈子,但我又没办法把凤梨酥收回。后来,我算准时间给你打电话,结果你真的变成虫了！看到你变成这个样子，我的心情有些悲哀，但更多的是高兴。虽然我一开始也被你的样子吓了一跳，但是就结果来说，这应该是我所希望的。你在这里，只属于我一个人，而且你哪里都不会去，只能跟我再一起，但事到如今，你就认命吧。”

认命？她叫我认命！

这时，她朝我走过来，我想逃离却徒劳无功，只觉得浑身无力，一动也不能动。我不由得一阵悲哀，心里狠狠地道：“希望警察能抓到你，枪毙这你个疯子！”

她忽然笑了笑，“你现在一定很希望我被警察抓到吧？”

天！她居然能看穿我的想法，她是怎么做到的？

她笑得更加诡异了，“很遗憾地告诉你，警察也拿我没辙，因为不久之后，世界上再也没有崇菲这个人存在了……忘了告诉你，同类生物之间存在着心灵感应，所以我能清楚地知道你心中所想的东西，不过，我能看穿你，你却看不穿我，因为我进化得比你更高级一些。”

什么意思？

这时，她忽然将身上的白大掛一把扯下来，露出赤裸的身体。我吃惊地看到，她的腹部长满了密密麻麻的触足，而乳房上竟然冒出两对类似昆虫复眼一样的东西……那真的是昆虫的复眼！

看来，她果真是我的同类，而且进化得更完美……

“你大概不知道吧，顾宇，你快要成蛹了，昆虫在蛹里一切组织都会融化，转变成另一种外表的生物，所以当你蜕变后，你可能已经不记得我了，可能也不会记得你曾经是一个叫顾宇的人类，虽然我不知道你会变成什么，但我会很期待的。最重要的是，不管你变成什么，我都会喜欢你，我不会抛弃你的……”

一股浓浓的睡意朝我袭来，开什么玩笑？我绝对不要醒来后什么都不记得！我是顾宇！我是人类！我绝不能睡着，绝不能就这样忘记一切……我忽然想起了那盒该死的凤梨酥，还有小芬，不知道她现在怎么样了……

我的眼前渐渐暗了下来。

6

一个星期之前。

“小芬,刚才是你男朋友打给你啊？你们的感情真好。”

“好什么呀,他说要跟我分手！”

“什么？不会吧！”

“分就分吧,可恶的是,他居然找了那么一个荒唐的借口,真是该死！”

“什么借口？”

“他说他……变成虫子了。”

“呵呵,还真够荒唐的。”

“唉！这到底是第几次了,为什么我老是遇到这种可恶的男人……”

“好了好了,别难过了,天底下又不是只有他一个男人,下一个会更好的。”

“唉！算了,反正这种事每天都在发生。”

“是啊,每天都在发生。”